JN306579

スクランブル

復讐の戦闘機《フランカー》 上

夏見正隆

徳間書店

目次

登場人物

風谷《かぜたに》修《おさむ》——第三〇七飛行隊・Ｆ15Ｊパイロット
月刀《がとう》慧《けい》——〈特別飛行班〉Ｆ15Ｊパイロット
漆沢《うるしざわ》美砂生《みさお》——同
鏡《かがみ》黒羽《くろは》——同
火浦《ひうら》暁一郎《きよういちろう》——〈特別飛行班〉隊長
鷲頭《わしず》三郎《さぶろう》——〈特別飛行班〉副隊長
楽縁台《らくえんだい》義展《よしのぶ》——第六航空団司令・空将補
日比野《ひびの》克明《かつあき》——第六航空団防衛部長
有守《ありもり》史男《ふみお》——小松救難隊副隊長・ＵＨ60Ｊ機長
雪見《ゆきみ》佳子《けいこ》——小松救難隊・ＵＨ60Ｊ副操縦士
江守《えもり》幸士郎《こうしろう》——航空総隊司令官・空将補
葵《あおい》一彦《かずひこ》——航空総隊先任指令官
和響《わきよう》一馬《かずま》——同

鰻谷大道《うなぎだにだいどう》——内閣総理大臣・建設族
鳴虫山鉢郎《なりむしやまはちろう》——農林水産大臣（新沢県選出）
蠟山渉《ろうやまわたる》——総理首席秘書官
六塔晃《りくとうあきら》——総理秘書官（財務省出向）
当坊八十八郎《あてぼうやそはちろう》——内閣安全保障室長
夏威総一郎《なついそういちろう》——防衛省内局参事補佐官

鬼座輪教介《おにざわきょうすけ》——中央新聞社編集主幹
赤城賢一郎《あかぎけんいちろう》——航空評論家
八巻貴司《やまきたかし》——大八洲ＴＶ報道ディレクター
沢渡有里香《さわたりゆりか》——西日本海ＴＶ報道記者
山澄玲子《やまずみれいこ》——日本海中央病院外科主任・医師
柴田《しばた》（月夜野《つきよの》）瞳《ひとみ》——救助された乗客
坂田巌《さかたいわお》——石川県警刑事部長
虻沢《あぶさわ》——石川県警本部長

〈牙〉——〈亜細亜《アジア》のあけぼの〉謎のパイロット

〈山猫大佐〉――同、司令官
玲蜂――同、特殊部隊特務将校

プロローグ

日本海・洋上

「ク――」

操縦席で、男は小さく笑った。

新沢県の海岸上空で自衛隊と闘った灰色の猛禽《もうきん》は、今、洋上超低空を帰還の途《と》に就《つ》いていた。

外洋の波をナイフで裂《さ》くような白いしぶきの航跡を曳《ひ》き、灰色の猛禽――電子戦偵察機スホーイ24は逃走して行く。亜音速で進む鋭いシルエットは、まるで海面に張り付くように低い。

すでにここは、日本の北陸沿岸を離れて二〇〇マイル余り。可変翼を畳み込んだ猛禽の機体と海面との間隙《かんげき》はわずかに五〇フィート。追いすがる自衛隊レーダーサイトの捜索電波は、全て頭上をむなしく追い越し、何も捉《とら》えられず大気中へ放散して消えて行く。機上レーダーを積んだ早期警戒機が追尾して来る気配もなかった。

灰色のスホーイ24は、今や海原《うなばら》の中で針のように小さく、少し離れれば鉛色の色彩の中に紛《まぎ》れ込んでしまう。その機首の下面、つい先ほど三機のF15Jイーグルを屠《ほふ》った23ミリ機関砲の前方に備えられた偵察カメラには、日本海に面した新鋭巨大原子力発電所の俯瞰《ふかん》ディテールが、九十六コマのデジタル画像データとなって仕舞い込まれている。コクピットの後方に仕込まれたデータバンクには、収集した日本自衛隊防空網の電子情報。かつてこの機体を製造した旧ソ連の偵察機とて入り込んだことのない、日本本土の内懐《うちぶところ》へ飛び込んでの偵察戦果だ。猛禽は一路、西を目指す。

ごつごつした積雲のまだらの群れが、機首の向こうの水平線から現われると頭上を覆《おお》い始める。天空に浮かぶ長城のように、グレーの雲の壁は視界の届く限り左右に広がり、陽《ひ》を遮《さえぎ》った。

亜音速で進む猛禽は、巨大な鉛色の壁の下へ潜《もぐ》り込んで行くようだった。西方から出迎えるように広がって来たその寒冷前線は、まるで猛禽のコクピットに座るその男の帰還の道筋を、追撃者の眼から覆い隠そうとするようだった。

実際、男はついていた。

つい数分前の、日本の航空自衛隊機との戦闘——小松《こまつ》基地所属のF15Jとの格闘戦でも、最後は不利な態勢に追い込まれながら、銃撃は受けずに離脱することが出来た。

何かが、その男を『護《まも》っている』——そう言ったら、この日は信ずる者がいたかも知れない。


「——何のために……」

フッ、と男の口から出たつぶやきを、
サイドバイサイドの操縦席の右席におさまった女が、訊《き》き返す。

「何だ、〈牙〉?」

コクピットは、左が操縦席。右が航法電子席。この幅二メートルに満たないカプセルのような空間を操縦桿で支配するのは、尖《とが》った顎《あご》と鋭い鉤《かぎ》のような鼻梁《びりょう》を持つ東洋系のその男。年齢は二十代の終わり、百八〇センチを超す長身は風の吹く丘に立つ枯木《かれき》のようで、黒い艶《つや》やかなレイバンが両眼を覆い隠している。黒いグラスの表面には、亜音速で風防に吹きつける白いしぶきが映り込み、絶え間なく流れ続けている。風防が風を切る音以外は、何も聞こえない。

「今、何と言った」

右の航法電子席には正規の戦術航法士ではなく、男の監視役を命じられた一人の特務将校の女がいつでも刺しかかれるナイフと自爆用の手榴弾《しゅりゅうだん》を所持し、着席している。

右席の女のほっそりした身体は、飛行服の胸がかすかに膨《ふく》らんでいるのを見おとせば、少年と見間違うかも知れない。実際、飛行任務の時には、電子戦偵察機の乗員は戦闘機パイロットと同じ酸素マスクにヘルメットを着ける。ヘルメットは長い髪を隠し、黒いヴァイザーを降ろせば、その鋭い光を湛《たた》えた切れ長の両目も隠れてしまう。

「〈牙〉。いいか。任務と関係のない予定外の戦闘をわざわざ自衛隊に仕掛け、我々の大事な〈目的〉を逸《いっ》しかけたお前の失点は大きい。帰還したら報告する」

女は、鋭い切れ上がった眼で男を睨《にら》む。

「――――」

それに応《こた》えず、男はサングラスの下の削《そ》げた頰《ほお》をフッ、と歪《ゆが》ませる。

「心配するな。空自のE2Cはついて来ていない。我々の姿は奴らの視界から消えている。原発の写真は持って帰れる」

「〈牙〉。お前は、我々の組織に『準同志』として迎えられてはいるが、変な真似をすればいつでも収容所へ送り返す。わたしは監視と報告を命じられている。それを忘れるな」

女は、男を〈牙〉という名で呼んだ。

〈牙〉――それが男の〈組織〉内での通称だ。女の口にした『収容所』とは、男が〈組織〉の属する国へ亡命して『日本殲滅《せんめつ》』のプランを持ちかけた時、亡命者としての忠誠度を試すために送り込まれた施設のことを指す。男はよそ者であり、〈組織〉の人々とは国籍も民族も異なる。今回の任務へ向けて飛ぶことを許される前に、彼は三年の期間にわたりその施設での労働に耐えた。

「今、何と言いかけた。〈牙〉」

「独り言まで記録して報告するのか」

「必要ならそうする。わたしは、お前のことは知っておかなければならない。話せ」

女は、男のサングラスを睨み上げた。

「――俺は」

男――〈牙〉と呼ばれた男は、白い水蒸気の押し寄せる水平線に黒いグラスを向けたまま、つぶやきかけたが、

「いや――やめておく」

鋭い顎の横顔を振る。

「話せ」

女は、男の横顔を食いいるように見る。

すると、

「大したことではない」

男は、監視役に説明するのではなく、自分自身の意識を整理するかのようにつぶやいた。

「さっき、楽しいと感じた。日の丸のＦ15が俺のサイトに捉えられ、俺の撃ったガンを吸

い取って血まみれになりながら、もがいておちて行く様《さま》を見た時――俺は楽しいと感じていた。不思議だ、と思った。それだけだ」

「何を言っている」

女は、突然右手を空《くう》に閃《ひらめ》かせると、チャッと音を立てて銀色のナイフを現出させた。早《はや》業《わざ》だ。

「何が『不思議』だ。わけが分からぬことをうそぶくな」

だが男は、冷たい刃の光を顔の前に突き出されても、頬の表情を変えない。

「俺は、ここ数年『楽しい』と感じたことはない。そのような感情は忘れていた。まだそんなものが残っていたのかと、不思議に思った。それだけだ」

「お前は動揺するのか」

「動揺ではない。不思議だっただけだ」

男は一度だけ、女の顔を見返した。

「玲蜂。お前にも惑《まど》いはあるだろう。たとえば男を好きになった時、自分の感情を『不条理だ』と感じたことはないか」

すると女は、上気したように頬を赤らめ、男の顔を睨みつけた。

「うるさい黙れ！」

「怒ったのか」

「いいか〈牙〉。教えてやる。日本を攻める時に悩むやつは、愚か者だ」

「何故《なぜ》だ」

「日本を滅ぼすのは、当たり前だ。世界で一番悪い奴らだ。日本機を墜《お》として楽しいのは当然だ。だが今は、そんな時ではない。大事な〈旭光作戦《きょっこう》〉をふいにするような真似は、絶対に許せないと言っている」

女は、操縦する男の喉元《のどもと》に刃を押しつけた。

「〈牙〉。今日のような行為はもう許さない。今後〈組織〉の作戦に支障を及ぼすような任務逸脱《いつだつ》は一切許さない。肝《きも》に銘じろ」

「―――」

「返事をしろっ」

「――分かっていないな」

〈牙〉は、フッとため息をつく。

「何がだっ」

「さぁな」

「言え」

女は、むきになったように気色《けしき》ばんだ。

「言え！」

だが男は、みずからの思考を口にしようとはしなかった。

女が問い質《ただ》す暇もなく、駿足《しゅんそく》のスホーイ24は前線の雲の壁をくぐり抜け、彼らの〈秘密基地〉へと近づいていた。


「帰り着いた。〈幻の滑走路〉へ降りるぞ」

男はそれ以上会話しようとはせず、着陸進入の準備に取りかかった。


それは島だった。

風防ガラスの前方、猛烈な勢いで足元へ呑《の》み込まれる白波の向こう、水平線から切り立った岩山の頂上が突き出して見えて来る。

猛禽は速度を緩めず、低空を接近して行く。みるみる岩山のシルエットは高くそびえて行く。

鉛色の海面から一基の尖塔《せんとう》のように突き立つ、それは海中の岩山だった。切り立った基部を波が激しく洗い、島の上部も急斜面の崖《がけ》で、航空機の離発着施設など到底設営出来そうにはない。

しかし猛禽は、波の砕ける岩肌をまっすぐに目がけて飛ぶ。

何もない海面の上で、電子戦偵察機はフラップを降ろし、不整地用着陸脚を展張する。速度をおとし、波の上を超低空のまま近づいて行く。

潮《しお》に汚れた海鳥の群れが、ギャアギャアと鳴きながら左右に割れて道を空《あ》ける。その空間を、スホーイ24は可変翼を一杯に開き、あたかも水の下に滑走路があるかのように降下し始める。

〈亜細亜《アジア》のあけぼの〉秘密基地の入口——任務を完遂した猛禽を受け入れる〈幻の滑走路〉は、やがて眼下に青黒く姿を現わした。

第一章　ティンクとフェアリ

小松沖・洋上

「うわっ」

漆沢美砂生《うるしざわみさお》のF15Jイーグルは、謎《なぞ》の敵〈亜細亜のあけぼの〉が送り込んだ電子戦偵察機スホーイ24を格闘戦の末追い散らしたのも束の間《つかのま》、新たな危機に見舞われていた。敵の背後を取るために無理やり展張した着陸脚が、速度超過の風圧で損傷してしまったのだ。

小松基地を目指して帰還の途についた美砂生と鏡黒羽《かがみくろは》の二機であったが、無事に降りられる保証はどこにもなかった。

ラダーペダルに載《の》せた美砂生の足には、ガガガガッ、と床下から断続する震動が伝わって来た。そのたびにF15の機首はハトが首を振るようにふらついた。機首のヨーイングは左右の主翼の揚力《ようりょく》に差を生じさせ、その結果機体は空中で踊るように暴れた。

「わっ、くそ」

美砂生は、数秒間隔で跳《は》ねるように踊ろうとする機体を操縦桿とラダーペダルで押さえつけた。前脚と主脚は二〇〇ノットの気流の中へ出したままだ。どんな損傷状態か分からないので、下手《へた》にギアレバーを〈ＵＰ〉にすることは出来ない。速度も上げられない。思わず風防ガラスから下を見ると、海面は五〇〇〇フィートほど下。白波が、ゆっくりと後ろへ流れて行く。

――『ククク。死ね、女』

「くそっ。姿勢が保てない……！」

つい数分前。「ククク」と笑う不気味な可変翼機の背後へ食らいつくため、設計限界速度の超過を承知で、美砂生は無理やりに着陸脚を降ろした。機体を急激に減速させる緊急手段だった。過度の風圧がギアの格納扉を吹き飛ばすのが白分でも分かったが、仕方なかった。ああしなければ、多分殺されていただろう。

美砂生の機転でイーグルは劣勢を逆転し、謎のスホーイの背後を取り返した。小松所属のＦ15を今日だけで三機も撃墜《げきつい》した可変翼機は、美砂生の機関砲にロックオンされると、主翼を畳み込んで遁走《とんそう》した。強い戦闘機パイロットは、引きぎわも鮮やかだという。おかげで傷ついた鏡黒羽と二人そろって撃墜される危機だけは、まぬがれた。

でもこれで――まともに着陸出来るのだろうか？

美砂生は『間一髪《かんいっぱつ》生き残った』と息をつく暇もない。

あの日本語を話す、死神《しにがみ》のような冷たい声のスホーイのパイロット――いったい何者だったのだ……？　と想像をめぐらせる余裕もなかった。

「ちっくしょう。外れたギアドアが、どこかに噛《か》み込んでいるのかなぁ。ひどい震動だわ！」

美砂生は、これから被弾して負傷した黒羽をともなって、基地へ帰還しなくてはならない。すでに機首は本土の方角を向いており、小松基地の滑走路のある海岸線が、操縦席のヘッドアップ・ディスプレーの向こうに見えて来ている。海面の白波と、陸地の松林を覆うかすむような砂の膜は、寒冷前線が通過した直後の強風が海から吹きつけていることを示している。

気象条件も良くはない。強い横風下の着陸は、機体コントロールが難しい。

府中・総隊司令部

「駄目です。アンノンは超低空を遠ざかり、レーダーから消えました」

要撃管制官の一人が報告すると、葵一彦《あおいかずひこ》は日本海中部を拡大した中央指揮所《CCP》の情況表示大画面を見上げ、「くそっ」と舌打ちした。

つい数分前。小松基地のわずか五〇マイル沖合の洋上で、第六航空団所属のF15二機と格闘戦で揉《も》み合っていたオレンジ色の三角形は、消えていた。

小松のF15を示す緑の三角形の一つが、オレンジの背後を取るところまではこの中央指揮所でも確認出来た。だがその直後、オレンジは北西方向へ離脱すると、遁走したのだ。たちまち海面付近まで高度を下げ、地上レーダーサイトの覆域の下へ潜り込んでしまった。今、情況表示画面には、所属・国籍不明航空機を表わすオレンジ色の三角形は一つもない。

〈亜細亜のあけぼの〉と名乗った、あの乾いた冷たい声だけが、葵の脳裏《のうり》に残っていた。

「くそぉ、また逃げられたか……！」

日本海沿岸の新沢県の海岸上空を領空侵犯《しんぱん》し、新しく稼働し始めた大規模原発の頭上を飛行した謎のスホーイ24は、法的に発砲の出来ない空自要撃機を尻目《しりめ》に、日本海西方へ姿を消した。

「和響《わきょう》。E2Cを出して、追跡出来ないのかっ」

今日はオブザーバーの立場だが、みずからも先任指令官である葵は、指揮所の当直先任業務を執《と》っている同期の和響一馬《かずま》に食ってかかる。しかし、

「無理を言うな、葵。お前も司令から聞かされただろう？　首相官邸からの通達だ。韓国との外交上の問題で、日本海に早期警戒機は出せない」和響は頭を振る。

「それでは、また奴らの発進基地をつきとめられない！　今回もおめおめ逃がすのかっ」

「いきりたつな、葵」和響は、同じ二佐の階級章をつけた同期生の肩をつかみ、背後の頭上のトップダイアスを顎で示した。「一番悔しい思いをしている人が、あそこで我慢しているんだ。お前もこらえるんだ」

葵は唇を噛んで、背後を振り仰いだ。

トップダイアスの中央の席に、空将補の階級章と航空徽章《きしょう》をつけた、がっしりした影がある。

「葵二佐」

視線が合うと、総隊司令官の江守幸士郎《えもりこうしろう》は見返して来た。この世の悩みをすべて背負い込んで、その重みを全身全霊で耐えているような屈強《くっきょう》の空の男。その低い声を耳にすると、葵は興奮から冷まされ、正気に返る思いがした。そうだ。この人は怒鳴《どな》りたくても、俺みたいに怒鳴れない。

「葵二佐。あそこにいる小松のF15二機は、無事に帰投出来ると思うか」

江守の問いに、葵は「はい」と応えた。

「はい司令。先ほどの報告では、二機とも第六航空団〈特別飛行班〉所属の凄腕《すごうで》と聞きます。多少の損害を受けていても、必ず生還はするでしょう」そうしてもらわなけりゃ、たまりませんよ——心の中で、葵はそうつけ加えた。

小松・海岸線上空

「鏡三尉。あたしがリードを取る。ついて来て」

小松基地の位置する海岸線が、二〇〇ノットの速度で眼前に迫って来る。

美砂生は気力を奮い起こし、謎のスホーイとの空戦で片発をやられた黒羽機のやや前へ出ると、自分が編隊のリードを取ることを宣言した。まったく、鷲頭《わしず》三佐との〈空中戦闘適性試験〉の勝負のため訓練空域へ離陸した一時間前には、まさかこんな日に遭《あ》うとは想像もしていなかった……。そう思いながら美砂生は暴れる機体の機首を下げ、高度を一五〇〇フィートまでゆっくりと降ろした。

そうだ。色々なことが起きて、半年くらい寿命を使ったような気がするが、実際は昼前に離陸してからまだ一時間ちょっとしか過ぎていない。

着陸パターンへ入るための初期進入高度である一五〇〇フィートで、ファンネルと呼ばれる目視進入ポイントへ接近して行くと、小松の滑走路がはっきり見えて来る。

まずいな——美砂生はマスクの中で舌打ちする。

松林が一面になびいている。近づくと、地上の風の強さが分かる。滑走路《ランウェイ》06と滑走路24、どちらから進入しても、難しい横風の着陸だ。前線が去った後の強風が、日本海沿岸一帯に吹き荒れている。美砂生はヘルメットの眼庇《まびさし》の下の額に、かつて証券会社の自分のカウンターにうるさがたの地主のおっさんがのしのし迫って来た時のような圧迫感を覚え、眉を曇らせる。

おちつけ。

〈牙〉と名乗ったあのパイロットとの格闘戦を、ちらりと思い出す。

──『ククク、遊びで軍隊に入ったことを後悔しろ。お前は間もなく死ぬ』

でも、自分は生き残れた。

もう敵はいない。殺される心配はない。何とかして安全に、基地へ還《かえ》るんだ。

美砂生は自分に『おちつけ』と言い聞かせ、ヘッドアップ・ディスプレーの表示をＡＤＩモードに切り替えると、視線を下ろして着陸進入前の準備項目に取りかかった。鏡黒羽が被弾して負傷している以上、自分がしっかりリードを取らなくては……。

しかし、

――『美砂生さんなら、直接彼を救えるわ』

ふいに脳裏をよぎった言葉に、セットアップの手が止まる。

――『美砂生さん。あの国籍不明機がまた現われたら出動して、あなたのイーグルで捕まえて来ればいいじゃないですか！』

（簡単に言うなよ、有里香《ゆりか》……。まったく）

美砂生は心の中でつぶやくが、

――『石川県警だ。風谷修《かぜたにおさむ》、業務上過失致死傷の疑いで、お前の身柄を拘束する』

『な――何だって⁉』

押さえ切れずに目の前に浮かぶのは、警察から理不尽な仕打ちを受けて窮地《きゅうち》にある〈彼〉――風谷修の憂《うれ》いをたたえた横顔だ。

一週間前、国籍不明機が韓国の旅客機を撃墜したあの事件は、スクランブルした空自機に過失があったせいだと県警の刑事は決めつける。風谷を拘束して取り調べると言う。

——『ふざけるのもいい加減にしてください！　どう見たって、昨夜の犯人は国籍不明機じゃないの。犯人はあっちじゃないの！』

収容された病室に押しかけた刑事からいきなり〈過失責任〉を追及され、呆然《ぼうぜん》とする風谷に代わり、美砂生はむきになって反論した。だが、

——『ほう。では自衛隊の活《い》きのいい姉ちゃん、あんたがその国籍不明機を、捕まえて来てくれるかね？』

『えっ』

いけない。今はあの気持ちの悪い中年刑事の声など、思い出している時ではない。

——『捕まえて来てくれるかね？』

（ええい、うるさい！　あたしはこれから着陸で忙しいのよっ）

美砂生はヘルメットの頭を振り、革手袋の手を伸ばして進入前の手順にとりかかった。

　機体重量をチェック。着陸のための最終進入速度をチェックリストで求める。今日は一三八ノットだ。小松基地の自動気象通報《ATIS》を聴き取って、気圧高度計の規正値を二九・八八インチにセット。UHF無線航法受信機を小松TACANにセット。着陸前に必ず切らなくてはならないマスター・アームスイッチは〈OFF〉位置のままになっている（恐ろしいことに、これを〈ON〉にするのを忘れて美砂生はあのスホーイに格闘戦を挑《いど》んでしまった）。さて、肝心の燃料はどのくらい残っている――？　とゲージに目をやって驚く。残量一五〇〇ポンドしかない。空戦に入る前にチェックした時は八〇〇〇もあったのに……！　これではあと十分も飛べない。いや、脚が出っぱなしだから五、六分もてばいいほうか。

「鏡三尉。燃料はいくらある？」

　躍ろうとする機首を押さえつけながら、美砂生は送信ボタンを握って左横に見えている黒羽のＦ15に呼びかけた。

『――一五〇〇』

　右腕を負傷して無線の送信ボタンが握れないという黒羽は、低い声で痛そうに応えた。

『ゲージが、生きてればの話』

「分かったわ、あたしと同じ。鏡三尉あなた前に出て。先に降りなさい」

　黒羽は負傷している。残燃料が同じならば、先に着陸させてやろう。美砂生はそう思って手信号で『前へ出ろ』と合図したが、右エンジンから薄い黒煙を曳いて美砂生の横に浮かんでいた黒羽のイーグル927号機は、前へ出ようとはしなかった。

「もうファンネルに入るわ。早く前に出て」

『漆沢三尉、あんたが先に降りろ』

「あなたが先よ」

『駄目だ』

左に浮かんだ黒羽は、キャノピーの中でヘルメットの頭を振る。ヴァイザーを下ろし、酸素マスクを外した小さな顔。その唇と華奢《きゃしゃ》な肩の線で女性だと分かる。傷ついた戦闘機は尾部を黒焦《くろこ》げにし、かろうじて飛行を続けているようだった。

「やせ我慢はよしなさい」

『やせ我慢じゃない。バカ』

黒羽は、常識のない初心者を叱《しか》るような口調で、痛そうに言った。

『わたしは、負傷しているんだ。この横風に片肺じゃ、まともに降りられず滑走路に擱座《かくざ》するかもしれない。そうなったら、あんた降りられないぞ』

「あたしだって、脚を損傷しているわ。この通り姿勢もおちつかない。接地と同時に路面にへたり込むかもしれないわ」

美砂生は言い返すが、

『あんた脚が出っぱなしなんだろ。燃料消費はわたしの倍だ。一人前みたいな口をきいてないで、フレームアウトする前にさっさと降りるんだ』

「な――」

一人前みたいな口……？　せっかく助けてやったのに！

年下のくせに先輩風を吹かす黒羽にムッとしたが、確かに飛行経験は向こうが一年上になる。そしてガガガッ、という不規則な震動は美砂生のイーグルを数秒間隔で足元から煽《あお》り続けている。機軸の左右どちらか片側に、ひどい抵抗が生じている気がする。だが自分の脚の下は、パイロットには見えない。何がどうなって異常震動となっているのか、美砂生には分からない。

降ろしたギアを、いったん上げてみようか――ちらりとそう思ったが、吹っ飛んだ格納扉の機構に再び作動油圧をかけたら、何が起きるか分からない。

「人がせっかく、先に降りろって言ってるのに」

『うるさいバカ、戦闘機に乗る資格もないやつは、わたしの言うことを聞いてさっさと降りればいいんだ』

「戦闘機に乗る資格もないって――あなたそれどういうことよっ!?」

小松基地

『資格がないからないって言ってるんだ、バカ』

『バカとは何よ、バカとは』

『バカだからバカって言ってるんだ、バカ』

『人に助けてもらって、その言いぐさは何よっ』

『誰が助けてくれと頼んだ、バカ！』

「基地の周波数で、言い合いしてますよ」

管制室のスピーカーを見上げ、千銘が言った。

「うう」

月刀慧《がとうけい》は、天井のモニターにつかえそうな一八〇センチの長身を折り曲げるようにして、頭を抱えた。

「あ、あいつら……」

小松基地管制塔の最上階にある管制室。そのパノラミック・ウインドーからは、雲の切れ間から陽が差し込み始めた日本海の光景が、三六〇度見渡せる。

今、沖の方角から二つの小さな点が雲間の光線を横切り、寄り添うようにしてこちらへ接近して来るのが見える。片方は薄黒い煙の尾を、長く曳いている。

「月刀一尉、見ますか？」

福士《ふくし》が後ろから、月刀に双眼鏡を差し出した。

管制室の床には、当直管制官の後ろに月刀、火浦《ひうら》、千銘、福士の四人の〈特別飛行班〉パイロットが立ち、帰還して来る二機を待ち受けていた。双眼鏡を見ていた福士正道《まさみち》は、千銘一也《かずや》と同じ二等空尉。第六航空団でも若手の、二十代なかばの戦闘機パイロットだ。

「鏡三尉の機は右エンジンから煙を噴《ふ》いています。漆沢三尉は、ギアが出っぱなしのようですね。どうしたんでしょう」

福士は双眼鏡を渡しながら濃い眉をひそめた。

洋上訓練空域での格闘戦で、漆沢美砂生がどうやって〈亜細亜のあけぼの〉のスホーイを追い散らしたのか、詳しい経過は基地ではつかめていなかった。基地と編隊の間の無線を敵に傍受《ぼうじゅ》され、小松基地が民間旅客機の立ち往生《おうじょう》で応援を出せない状態であるのを知られてしまった——そのことだけは分かっていたが。

月刀は「すまん」と双眼鏡を受け取り、眼に当てる。

その横で、火浦暁一郎《きょういちろう》も自分の双眼鏡で接近して来る二機を見やった。

「しかし月刀、よく生きて還って来たじゃないか。あの二人」

管制塔の前に左右に伸びる滑走路では、ようやく立ち往生した旅客機が牽引車《けんいんしゃ》で片づけられ、通常の離着陸が再開されている。小松基地は軍民共用の飛行場だ。滑走路は一本のみ。民間旅客機が離着陸中にトラブルなど起こせば、空自の要撃機は発進不能になってしまう。

「火浦さん。先ほどスクランブルで出た二機のほうですが、ベイルアウトはしたんですか」

「うむ、脱出したようだ。さっき下に〈緊急脱出〉の信号が入った。新沢沖で撃墜された鷲頭三佐もベイルアウト出来たらしい。三機とも被弾した時に、Gの掛かる機動をしていなかったのが幸いしたな」救難隊のヘリが今向かっているよ、と火浦は説明する。

「けど、いったい何者なんですか？　スホーイを飛ばして、日本語を話す。〈亜細亜のあけぼの〉だの〈牙〉だの名乗ってみせる、あのふざけた野郎――」

「分からんな」

双眼鏡を降ろした火浦の顔は、困惑の表情だ。

「はっきりしているのは、やつが日本を狙《ねら》う危険極まりないテロリストだということだけだ」

その頭上で、

『もうイニシャルに入っちゃうわ。さっさと先に行きなさいよっ、この強情っぱり！』

『うるさい、バカ！』

天井スピーカーでは、着陸パターンに進入して来た漆沢美砂生と鏡黒羽がまだ言い合っている。火浦はさらに顔をしかめると、当直管制官に「借りるぞ」と断わり、管制塔のマイクを取った。

「おい、そこで喧嘩している二人。聞け」

小松基地・上空

『いいか。先に降りるのは、スノーホワイト・ワンだ』

ヘルメット・イアフォンに火浦の声が入った時、美砂生はファンネルを通過した機体を滑走路に正対させるところだった。細長い滑走路のこちら側の端に描かれた〈06〉という白い大きな文字が機首の下に迫って来る。滑走路の向かって右側が小松基地、反対の左側が民航ターミナルだ。

『今、管制塔でお前たちを見ている。だいたいの状況は把握《はあく》した。ティンク、お前は負傷しているから何かあってもベイルアウト出来ない。お前が先に降りるんだ。フェアリはイニシャル・レグで後ろへ下がれ』

『…………』

「スノーホワイト・ツー」

火浦の指示に黒羽が応答をしないので、美砂生は自分のコールサインで『了解』の意志を伝え、両方のスロットルレバーを絞った。滑走路の直上へ近づきながら、高度が下がらぬよう操縦桿を軽く支えるようにして減速し、編隊のリーダー位置から後退して二番機ポジションへ。尻尾が黒焦げになったイーグルを前へ追い越させる時、キャノピーの中でムスッとしている黒羽の横顔がちらりと視野に入る。でもヘルメットとヴァイザーで、あの野生の猫のような眼までは見えなかった。

二機は着陸パターンのイニシャル・レグに入った。一五〇〇フィートで滑走路にのしかかるように進む。編隊飛行からの着陸は、滑走路上をなぞるようにフライパスしながら数秒間隔で編隊から離れ（ピッチアウト）、順番にダウンウインド・レグへ旋回して行く。そして間隔をつけた一列となり、陸上競技のトラックを周るようにして滑走路のタッチダウン・ポイントへ降下するのだ。

『いいか。ピッチアウトは十秒間隔だ。旋回も2Gでいい。機体と身体に、無理をかけるな』

『…………』

「スノーホワイト・ツー」

仕方なく、美砂生だけが返事をする。

『ティンク――こら鏡、聞こえているか？』

すると、

『腕が痛くて返事出来ません』

黒羽の声が、ぶすっと応えた。

飛行隊長に向かって……。美砂生は黒羽機の後ろ姿を見ながら、『しょうがないなぁ』と思う。今の今までさんざん憎まれ口をきいていたのに、『返事出来ません』はないだろう。

『そうか。無理するな。それからフェアリ――漆沢三尉』

今度は美砂生が呼ばれる。

「は、はい」

『君は最初はローパスだ。着陸せず、いったん滑走路上を低空通過しろ。ギアを破損しているようだから、機体の状態を下から整備員に見させる』

火浦は美砂生に、いったん滑走路上を這《は》うように飛んで通過しろと指示した。脚の破損状況を、下から整備員に目視でチェックさせるというのだ。

（そうか。ローパスして機体チェックか……）

的確な指示だと思った。着陸脚がどのような状態なのか分かれば、どのように降ろせば良いか、心の準備が出来る。美砂生は燃料ゲージを素早く見た。残り八〇〇ポンド。ぎりぎりだが一回だけの低空通過なら出来そうだ。

「はい、了解しました」

美砂生は操縦桿の送信ボタンを握って応えた。

新沢県沿岸・洋上

「二時方向、マーカーが見えます」

降下するUH60J救難ヘリコプター。その右側副操縦士席からオレンジ色の飛行服にヘルメットの雪見佳子《ゆきみけいこ》がコールすると、後部キャビンの救難員たちが一斉《いっせい》に降下の準備にかかった。

すでに小松基地を緊急発進して二十分。日本海を海岸沿いに北上した小松救難隊のUH60Jは、謎の国籍不明機との戦闘で撃墜され脱出したというF15搭乗員の姿を求め、緊急《E》救難発信機《LT》のシグナルを頼りに新沢県沖の海面を捜索していた。

「どこだ――よし。見えた」

左側機長席から有守《ありもり》が見やると、逆光になった海面の一部が、入浴剤を混ぜた風呂のように明るいグリーンに染まっている。着水したディンギーの位置を知らせるマーカーだ。

同時に、

『副隊長、スモークを確認。二時方向、海面』

後部監視席で周囲を見張っていた救難員からも、インターフォンで報告が入る。見ると着色した水面の端で赤い煙が立ち上り、風に乗って流れ始めている。このヘリの接近に気づき、海面の漂流者が非常信号発煙筒を点火したのだろう。まだ距離は遠いので、ディンギーに乗った人影がこちらへ手を振っているかどうかは分からない。

だが、スモークを自分で焚《た》けるっていうことは——鷲頭のやつは元気だな……。

小松救難隊副隊長・有守三佐は小さくつぶやくと、スモークの出ている場所へ機首を向け、救難ヘリの全クルーに聞こえるよう機内マイクを取って指示した。

「サバイバー発見。これより海面のパイロット一名を救出する。全員、揚収《ようしゅう》用意！」

『了解』

『了解』

「副隊長、新沢県警の監視ヘリから入電です」

雪見佳子が、ヘルメットの内蔵イアフォンを押さえるようにして報告した。

「すぐそこの陸岸に原発があるので、『これ以上陸へは近づくな』と言って来ています」

警察が、どこかで空白の救助活動を監視しているのだろうか。あの謎の電子戦偵察機は、原子力発電所の上空を飛行したという噂を基地で耳にしたが……本当なのだろうか？

同じ小松でも、救難隊は基地のいちばん外れに位置している。裏方《うらかた》中の裏方だ。花形の戦闘機隊の情報など、噂《うわさ》程度しか入っては来ない。

「頼まれたって近づかないさ。そう言っておけ」

有守は左手に操縦桿、右手にコレクティブ・ピッチレバーを握ったまま佳子に応えた。

ＵＨ60は、スモークの発煙源に近づくと、白波の立つ海面上二〇フィートまで平たいオレンジと白の機体を降下させ、波間に見え隠れする紅いディンギーに左の横腹を向けるように機首を回転させた。漂流者の小型ディンギーに、横滑りで接近するためだ。救難員は、十分に近づいたところで横腹のサイドドアから海面へ降りる手順になっている。ヘリはさらに頭を振って機首方位を調節する。メインローターのダウンウォッシュが、海面に真っ白い同心円の波紋を広げる。

機首が回転すると、コクピットの窓の向こうに霧にかすむ巨大なドームか、イスラム教のモスクのようなものが何体も見えて来た。あれが最近稼働を開始したという、浜高原発だろうか……。有守の眼には陸岸の巨大構造物群が、造り物の髑髏《どくろ》のような生白《なまじろ》い色に映った。

『副隊長、こちらＦＥ。揚収はハーネス／スリングでやります。ＨＲＳ隊員が降ります。もうあと一〇フィート下げてください』

「よしきた」

機関士が下の状況を見て、注文をして来る。今回は、ＨＲＳと呼ばれるヘリ搭乗救難ダイバーを乗せている。航空自衛隊救難部隊でも最高の技量を持つ、プロ中のプロ救難員だ。

る必要があった。だがダイバーはロープを使わずに直接飛び込むため、ヘリは一メートル以下に高度を下げる必要があった。

　三十七歳の有守の超低空ホヴァリング技術は、名人芸の域だ。さらに海面をこするように、シコルスキー社製の中型ヘリコプターは難なく高度を下げる。風圧でしぶきが立ち、霧のように機体を包み込む。しぶきがコクピットよりも高く上がるたびに、右席で雪見佳子が息を呑む。だが有守は平然と遠くの水平線に眼を置いたまま、リラックスした姿勢で手を動かし続ける。双発のタービンエンジンがミリ単位のスロットル操作でキィィ、キィイイインッと揚力を調節し、機体の底部は数十センチ単位でさらに波濤《はとう》との間隔を縮める。それは、見事な機体コントロールと言えた。

「そらよ。一〇フィートだ」

『ありがとうございます』

『HRS、出ます！』

「おう、気をつけて行け」

　技量には自信があった。元々、有守は戦闘機パイロットだった。五年前、飛行副班長まで務めたF15の飛行隊から救難隊へ転出させられたのがどういう理由による辞令《じれい》だったのか、実は有守本人にも分かっていなかった。自分は、何か組織の上のほうに、気にいられないことでもしたんだろうか――今でも分からない。自衛隊の転出辞令に、理由が付されることは滅多にない。一つだけ確かだったことは、〈F転組〉となって救難ヘリの操縦をするようになった有守には、戦闘機を飛ばすチャンスは二度と訪れないだろうということだった。

左側のサイドドアから屈強な救難ダイバーが飛び込む白いしぶきが、操縦桿を握る有守の視界の端にかすかに映った。

小松基地

「団司令。謎のスホーイに撃墜されたわが搭乗員は、三名とも脱出に成功しました。ただ今救難隊のUH60複数機が、着水海面に急行中です」

地下要撃管制室から地上へと戻る階段の途中で日比野《ひびの》二佐が報告すると、楽縁台《らくえんだい》空将補は「やれやれ」と巨顔の汗を拭《ふ》いた。

「やれやれ助かったな。どうにか今日は、殉職者《じゅんしょくしゃ》を出さずに済んだか……」

「はい。鷲頭三佐も、後続スクランブル編隊の二名も、ともに航空総隊司令部の指揮下に入っている最中に撃墜されましたから、わが第六航空団には管理責任も発生いたしません」

良かったですねという顔で、日比野は階段を先に行く上司にハンカチをもう一枚差し出した。

「ああ、まったくだ。これでもし失点がついたら、第五航空団の猿ヶ京《さるきょう》の奴に先へ行かれてしまうところだったからな」

　来年度の航空幕僚長の椅子をめぐって、同期のライバルとデッドヒートの渦中《かちゅう》にある楽縁台は、汗を拭きながら「それにしても――」とつぶやく。

「それにしてもあの謎のスホーイ……。何故うちの女子パイロット二人を撃墜せずに逃げたのだ？　まぁ助かったのは、何よりだが」

「燃料切れで、逃げたのでしょう。いくらスホーイ24の航続性能が優《すぐ》れていて、やつらの秘密基地が日本海のどこか比較的近くにあるとしても、そうそう長く空戦は出来ません」

　一応、戦闘機パイロットの航空徽章を制服の胸につけた日比野は、推測をする。第六航空団の団司令部で防衛部長の要職にある日比野克明《かつあき》は、三十歳を前にした若さで、もう戦闘機を降りてしまっている。現在では資格維持のための定期飛行訓練――いわゆる日曜フライトでしか飛ぶことがない。防大卒のキャリア幹部が現場の飛行機にいつまでも乗っていると、自衛隊では出世が遅れる、という。

「〈亜細亜のあけぼの〉と名乗ったあのパイロットは、元飛行教導隊副隊長の鷲頭三佐をあっさり負かした強敵です。いくらコンピュータに素質を認められたといっても、空戦機動もまともにマスターしていない新人の女の子なんかに、歯の立つ相手ではありません」

日比野は、漆沢美砂生と鏡黒羽の二名を〈特別飛行班〉へ放り込むきっかけを作ったのが自分であることなど忘れたかのように、「歯が立つわけありません」とくり返した。

「しかしなぁ。演習評価システムのスクリーン上では、漆沢三尉が奴の背後を一瞬取ったようにも見えたがなぁ」

「ありゃ、まぐれでしょう」

日比野は楽縁台に従って階段を上りながら、そんなことないない、というように手を振った。

「私も、F15の操縦課程ではさんざ苦労させられました。空の国防の最前線を見ておこう、という意志でパイロットコースに入ってはみたのですが、高空で最大8Gの機動戦闘をするんです。あれは華奢《きやしや》な女の子に務まる仕事じゃありません——ん？」

サイレンが聞こえた。司令部の地上一階フロアに出ると、開け放したエプロン側のドアの向こうを施設隊の赤い化学消防車が横切り、続いて列線整備員たちが一斉に駆け散って行くのが見えた。

日比野が「どうしたんだ？」と整備員の一人をつかまえて訊くと、ギアトラブルを抱えて帰還して来るF15が、これから滑走路上をローパスするという。

「ローパス？」

「はいそうです、防衛部長。漆沢三尉の928号機です。下から我々が目視でチェックしますが、損傷の状況によってはまともな着陸は出来ないかも知れません」

「全員滑走路脇に散れっ。急げ！」

列線整備班長の号令で、手に手に黒い双眼鏡を携えた整備員たちが、格納庫前のエプロンを走って散って行く。

長い髪をポニーテイルに結び、第三〇七飛行隊整備小隊の赤いキャップをかぶった角田《つのだ》涼子《りょうこ》も、その中の一人だ。十九歳の涼子はF15戦闘機が整然と並ぶエプロンを「はぁっ、はぁっ」と息を切らして駆け、コンクリートのエプロンを走り切ると、その向こうのタクシーウェイも横切り、滑走路脇の芝生の中へヘッドスライディングのように飛び込んだ。

そして草の中に仰向《あおむ》けになると、手にした双眼鏡を頭上の空へ向けた。

息をつきながら、重たい双眼鏡の調節ダイヤルを頭上三〇〇メートルのあたりで焦点《しょうてん》を結ぶよう合わせ、涼子は「三班角田、準備よし！」と叫んだ。他にも草地のあちこちから、同じ報告の声が上がる。みんな草の中に仰向けになっている。

「よぉしいいかっ、みんな聞け。間もなく928号機が頭上をローパスする。オーバースピードでギアを出して壊したらしい。ギアベイの状態がどうなっているか、眼に焼きつけて報告しろ。誰の真上を通るか分からん、全員でしっかり見ろ！」

整備員たちがみな仰向けに寝ているのは、高速で通過する戦闘機の胴体下面を、しっかりと見るためだった。班長が号令すると、滑走路脇の芝の中に散った整備員たちが「はい」「はいっ」と応える。飛行隊に所属する列線整備員ばかりでなく、通常ショップと呼ばれる屋内工場で作業をする整備補給群のメカニックたちも駆り出されている。号令に応える声の中に、普段は電装品のショップにいるはずの同僚の女子整備員、神崎祐子《かんざきゆうこ》と重森《しげもり》亜弓《あゆみ》の声も混じっている。

草地に仰向けになったというのに、涼子の荒い呼吸はなかなかおさまらない。

い、嫌だなぁ……。

わたしの真上を通ったらどうしよう――涼子は寝転びながら、しきりに肩を上下させる。これから頭上を通過するF15J・928号機は、上空での戦闘で着陸脚を破損してしまったらしい。いったいどんな闘い方をして脚を壊したのか、涼子には想像も出来なかったが――整備員である彼女は、傷ついた928号機が無事に着陸出来るよう、脚の破損状況を目視点検してパイロットに伝えなくてはならない。

だが、ローパスする戦闘機は誰の頭上を通るか分からない。時速三〇〇キロ以上でフライパスする機体の腹の下を正確にチェック出来るのは、その一瞬、機の真下にいた整備員だけだろう。

どうしよう、責任重大だ……。

涼子は、整備員になってまだ日が浅い。高校を出てからすぐに航空自衛隊へ入隊し、術科学校での一年間の教育を終えると、すぐに現在の列線整備の職場へ配属された。誰もが憧《あこが》れる列線に配属となったのは、術科での成績が良かったからだ。石川県の地元の公立高校では物理が得意で、担任には薬科大学にも進学出来ると言われていた。でも経済的に東京や大阪の大学へ進むのは無理だと分かり、結局就職活動をして、信用金庫にも内定したのを蹴《け》って航空自衛隊に入ったのだった。

（やだなぁ……どきどきする）

しかし能力が優秀であっても、経験の少なさは努力では補えない。涼子は、ズドドドドッという叩きつけるような爆音が頭の上から近づいて来ると、飛行隊エンブレムを縫いつけたジャンパーの下の胸が高鳴るのをどうすることも出来なかった。

き、来た……！

双眼鏡を眼につけた涼子は、唾《つば》を呑み込む。

ドドドドドッ――――！

９２７号機と９２８号機が、帰って来た。

どっちが９２７で、どっちが９２８だろう？

頭上の高みに、鋭い影のような二機編隊のＦ15がさしかかり、滑走路の真ん中あたりで一番機がピッチアウトする。一番機が９２７だ。背中を見せるようなバンクでダウンウインド・レグへ旋回する９２７号機は、右のテイルノズルを黒焦げにし、薄い煙を吐いている。エンジン火災を起こしたのだろうか……?　涼子はそんな状態のF15を、初めて眼にした。いったい上空で何があったのだろう……?

胸がどきどきする。鼓動で、顔につけた双眼鏡がぶれそうだ。

(鎮《しず》まれ。鎮まれ心臓……！　しっかりギアの状態を見るんだ。パイロットの命がかかってる)

自分に言い聞かせながら、涼子は重たい双眼鏡を両手で握り締める。

円《まる》い二つの視界に、続いてライトグレーの鋭いシルエットが飛び込んで来た。三本の脚を出したままのF15J――二番機・928号機だ。涼子に腹部をさらしながら、頭上を通り抜けて行く。速い。なんて速い……。これでもフラップなしで飛べる最低の速度だというのか……!?　イーグルはたちまち頭上を通り抜ける。涼子は顎を上げるようにして追う。逆光の中に、ギアベイの空洞《くうどう》がちらりと見えた。その瞬間、涼子は何かを感じた。左翼側の主脚――左主脚だ。その斜め支柱に、何か余計な物が引っかかっているように見える。何だろう、板のような……駄目だ、行ってしまう。確かめられない。

だが整備班長は叫ぶ。

「トラフィック・パターンを一周して、次はもっと低くローパスするぞ。全員しっかり見ろっ」

そうか。今のはイニシャル・レグのフライパスだったんだ。高度が高かったはずだ。確か戦闘機のイニシャルは一五〇〇フィート――五〇〇メートルも上空だ。ローパスは通常、高度一〇〇フィート――三〇メートルの低さで通り抜ける。この次に回って来る時は、もっとずっと近いはずだ。よし、しっかり見よう……。涼子は双眼鏡を握り直す。

その間に薄黒い煙の尾を引く一番機は、ダウンウインド・レグで接地点の真横を通過するとギアを下げ、降下旋回をしてファイナル・アプローチに入った。滑走路に正対するように回り込み、ふらつきながら進入して来る。草を一面になびかせるほどの強い横風だ。着陸しようとするF15は、機首があさっての方向を向いているように見える。

「クッ――――!」

その一番機、機首ナンバー927のイーグルのコクピットで、鏡黒羽は歯を食いしばっていた。

洋上の空戦で九死に一生を得た黒羽だったが、この着陸を無事に決められなければ、命がないのは同じだった。右腕は被弾の衝撃で痛み、脱出レバーを引くことは出来なかった。

2Gのベースターンを回り終わって滑走路に正対すると、接地点の白い標識目がけて黒羽は機を降下させた。風防の向こうに、三度の降下角で裾《すそ》を広げたような形の滑走路がある。次第に大きくなる滑走路の姿が左右に振り子のように揺れて見えるのは、機が安定していないせいだ。海からの強い横風でたちまち機は風下に流される。滑走路が、風防の左の端へ流れるようにずれて行く。

「ち——畜生っ」

このままでは滑走路の中に降りられない……！　舌打ちして操縦桿を左へ倒し、進入コースの中心線上へひねり込むが、腕の痛さに「うっ」と顔をしかめる。操縦桿をつかむ右手が外れそうだ。こんなところでコントロールを放したりすれば命はない。こらえて右足を踏み込み、機軸を滑走路の中心線に強引に合わせ、風上側にバンクを取って片肺になったF15を横風の中で直進させる。

わたしは、死なない……。

黒羽は胸の中で自分に言い聞かせる。

わたしは死なない。

——『命を粗末にするな』
ふと、誰かの声が蘇《よみがえ》った。
——『とんでもない奴だな。死にたいのか？』

クッ――黒羽は唇を噛《か》む。

飛行服の胸で揺れている小さな銀のロケットに、ほんの一瞬視線をおとすと、すぐに眼を上げて浅黒い猫のような女性パイロットは滑走路《ランウェイ》06のタッチダウン・ポイントを睨んだ。〈06〉という白い数字が大きく機首の下に迫って来る。降下角はちょうどいい。無事な左エンジンも回っている。

そうだ。わたしはこんなところでは死なない。

「も――もう少しだっ……！」

自分と機体を叱咤《しった》しながら、苦痛をこらえて黒羽は機軸線を保つ。風上側にバンクを取った、空気に対しては横滑りのアプローチだ。風が強い。風の息が激しい。ヘッドアップ・ディスプレーの速度表示が上下し、進入速度を切りかける。失速させないためにはエンジン推力が余計に要《い》る。左のスロットルを一瞬ミリタリー・レンジまで出す。ギィイイインッ、と背後でジェットノイズが高鳴る。すぐに戻す。頑張れ。今一〇〇フィート。飛行場のフェンスを越えた。視界の左右一杯がグレーのコンクリート路面になる。路面が揺れる。姿勢を保て。保つんだ。目の前の白いセンターラインと、白い接地帯標識。あの縞《しま》模様三本の真ん中だ。真ん中へ降りて行くんだ。真ん中だ……もう少しだ。

「くそっ、腕が痛い……！」

悲鳴を上げかけた瞬間、ドシュン、キュッ！　と風上側の左主車輪がコンクリート路面に着地するショックがコクピットを突き上げた。着いた！　黒羽は反射的にスロットルレバーを全閉する。続いて風下側右主車輪も接地。風上側に傾けていた機の姿勢が水平に戻った。黒羽のイーグルは両脚を地面につけ、尾部から煙を噴きながら滑走路上を疾走し始めた。

「……スピードブレーキ……！」

左の親指で、機体背面のスピードブレーキを一杯に直立させた。がくんと機体は減速する。

「あうっ」

のめった肩に、ショルダーハーネスが食い込んだ。銀のロケットが胸から跳ね上がってヘルメットのヴァイザーにキンと当った。だが通常なら機首を出来るだけ上げたままの姿勢にして減速するところを、黒羽はもう腕の力が限界で操縦桿を保持出来なかった。右腕の力が勝手に抜ける。機首が力なく下がってしまう。まずい。まだ一二〇ノットあるのに前車輪がドスンと接地。滑走路の前方の末端が、風防の向こうに見えた。減速不十分のまま、黒羽のイーグルは長さ八九〇〇フィートの滑走路を末端目がけて突進する。

「し、しまった！」

「いかんっ、ジェットバリアを立てろ！」

管制塔で、双眼鏡を覗いていた火浦が叫んだ。

「制動が不十分だ。このままではオーバーランするぞっ」

火浦の声を聞くまでもなく、接地したスノーホワイト一番機の制動が不十分と判断した小松タワーの主任当直管制官が、滑走路《ランウェイ》06の過走帯末端にあるジェットバリアを起立させるスイッチを押した。赤いランプが管制卓で点灯し、滑走路内で止まり切れない戦闘機を受け止めるための過走防護柵が、スタンバイ・ポジションから瞬時に跳ね起きて立ち上がったことを表示した。

「ジェットバリアが立った」

「バリアが立ったぞ」

草むらの中の整備員たちが、滑走路の末端に立ち上がった強化ゴムとアルミ合金製の防護柵を見て色めき立った。管制塔からの遠隔操作で立ち上がった防護柵は、まるで黒い巨大なテニスコートのネットのように見えた。管制塔が、ジェットバリアを立てたということは……。

「――――」

だが角田涼子は、その騒ぎには気づかず、一心に仰向けのまま双眼鏡を見続けた。

「――いけない……！」

前方の滑走路末端でジェットバリアが立ち上がるのを眼にした黒羽は、舌打ちした。制動の足りないこの機体は、このまま進めばバリアに突っ込んで止まるだろう。それはいい。しかし戦闘機がバリアに突っ込めば、強化ゴム索《さく》の絡みついた機体を防護柵から外してどける作業に、最低でも十分はかかる。もちろん滑走路の大部分は使用可能だが、後から来る美砂生のバカの機体は、着陸脚を損傷しているのだ。もしもあいつがブレーキもステアリングも効かない状態だったら、撤去《てっきょ》作業中のこの機体に後ろからもろに突っ込んでしまう。

（まずい。そうなったら大惨事《だいさんじ》だ……！）

一瞬でそう判断した黒羽は、滑走路を飛び出す決心をした。草地に突っ込ませて止めよう。左の民航ターミナル側は駄目だ、右の空自側の草地へ突っ込むんだ……！

黒羽は躊躇《ちゅうちょ》せず、右のラダーを思い切り踏み込んだ。横Gで右主車輪が浮き上がりそうになる。こらえて、踏み込み続けた。まさか黒羽は、自衛隊側の滑走路脇の草地に整備員たちが仰向けになって、漆沢美砂生のローパスに備えているとは思わなかった。そのままF1マシンをコースアウトさせるように、機体を草地へ突っ込ませた。

「止まれぇーっ！」

「う、うわぁっ」

ベテランの整備員が、悲鳴を上げると双眼鏡を放り出して逃げ出した。

「こっ、こっちへ来るぞ！」

「逃げろ」

「逃げろ！」

「全員退避《たいひ》ーっ！」

整備員たちは、滑走路を外れて暴走する戦闘機がどんなに怖いか知っていた。927号機が草地へ突っ込んで来るのを目にすると、ほぼ全員が立ち上がって放射状に一目散《いちもくさん》に逃げた。

だが角田涼子だけは、経験の少なさからか、寝転んだまま一生懸命双眼鏡を覗《のぞ》いていて「逃げろ！」という号令にも気づかなかった。頭のすぐ上をズガガガッ！　と927号機が芝をほじくり返して通過した時も、施設隊のダンプカーでも通ったのかと思った。それほど涼子は、双眼鏡の視界に集中していた。

そこへ、漆沢美砂生の二番機――928号機が低空で進入して来た。

「何よこれ。ひっどい横風……！」

美砂生は高度一〇〇フィート――わずか三〇メートルの高さで小松の滑走路をローパス

しながら顔をしかめた。機首を風上側へ一五度も振らないと、センターラインの上を直進出来ない。その上ガガガッ、という足元からの震動は収まるどころか、次第に激しくなって行く。

「ギアの状態、しっかり見てよねっ」

美砂生はつぶやきながら、操縦桿で機の高度を一定に保つことに神経を集中した。ヘッドアップ・ディスプレーの電波高度計のデジタル表示が、一〇〇を中心に上下に細かく変動する。滑走路脇の草が一面になびいているのは視野に入ったが、とても視線を下げて地上の様子を見る余裕まではなかった。右側に近づいて来る小松管制塔のてっぺんに、目の高さを合わせるように操縦した。地面が恐ろしい速さで後ろへ流れる。速度二〇〇ノット。整備員が下から見易《みやす》いよう、フラップを降ろしてもっと減速したかったが、残り燃料が五〇〇〇ポンドを切っている。これ以上空気抵抗を大きくして燃料流量を増やしたら、トラフィック・パターンをもう一周して着陸するのは、不可能になってしまう。美砂生は、小松基地整備隊員たちの熟練度を信頼することにした。

（来た……！）

だが地上の草地で、ローパスする９２８号機の下腹を見上げていたのは角田涼子一人だった。

まさか自分以外の全員が逃げたとは気づかない涼子は、傷ついたF15が頭上に覆いかぶさるように近づいて来ると、双眼鏡の焦点を調節してその足元のギアベイに神経を集中した。

しっかり見るんだ。さっき気になった所を……。

涼子は唾を呑み込み、自分に言い聞かせた。

近づいて来る。さっき何か感じたのは左翼側の主脚——左主脚だった。そうだ。やはり斜め支柱に、何か引っかかっているように見える。何だろう、板のような……いや待て、あれは……！

ズドドドッ、とイーグルが直上を通過する。鋭いシルエットは機首を上げ、背中を見せるようなバンクで再びトラフィック・パターンへ入って行く。

「班長！」

その爆音に負けないように、次の瞬間涼子は双眼鏡を顔につけたまま叫んだ。

「班長、左のメインギアです。サイドストラットに、外れたギアドアが引っかかっています！」

板のような物の正体が分かった。外れた着陸脚の格納扉が、脚の支柱に噛み込んで風圧を受け、抵抗板のように震動しているのだ。涼子は起き上がって、近くにいるはずの整備班長に叫んだ。

「これ以上Gを掛けないようパイロットに伝えてください！　このままでは引っかかったドアが、油圧系統の集中配管を破断《はだん》してしまいますっ」

『漆沢っ、Gを掛けるな！』

トラフィック・パターンを再度一周し、最終降下旋回に入った美砂生のヘルメット・イアフォンに火浦の声が響いた。

『Gを掛けてはいかん。緩めて着陸をやり直せ』

な——何だって……？

美砂生はヴァイザーの下でまばたきをした。

目の前を六〇度バンクで景色が流れている。機は２Gの左旋回で滑走路へ回り込んでいる。小松基地のフェンスが、視野の左端に入って来る。

「隊長、どういうことですかっ」

美砂生は、操縦桿を引きつける腕の力を緩めずに訊き返した。今Gを緩めれば、旋回半径が外側に膨《ふく》らんで、この横風の中、滑走路に正対することは出来なくなる。

だが、

『整備班から報告だ。お前の機の左のメインギアのドアが吹っ飛んで、サイドストラットに噛み込んでいる。サイドビームも外れて無くなっている。Gを掛けては駄目だ！　このままでは脚の油圧系統の集合チューブを破断――』

火浦の声が、そこまで言いかけた時。美砂生の左足の下に突如ガツッと鋭い衝撃が走り、同時にスロットルレバーの後ろの損傷表示パネルにオレンジ色の警告灯がビーッ！　と点灯した。続いて不意に操縦桿の手ごたえが漬物石《つけものいし》のように重くなり、機体が右へゆさっとローリングした。

「わ、わっ……!?」

吹っ飛んで主脚に絡みつき、抵抗板のように足元の空気を掻《か》き回していた左の主脚格納扉が、Gを掛けられてさらに油圧支柱に押しつけられ、油圧系統の集中配管に食い込んで破断させたのだ。一平方インチ当り三〇〇〇ポンドの高圧を封じ込めた油圧配管が三本とも、破裂して作動油を噴出させ始めた。

「うわっ」

美砂生は、急に油圧のアシストを失って漬物石のように重くなった操縦桿を、コントロールしようとして悲鳴を上げた。

「う、動かない」

2Gで六〇度バンクの旋回をしていた美砂生のイーグルは、急速に傾きを戻して水平になろうとした。引きつけていた昇降舵《しょうこうだ》と、補助翼の油圧操舵《そうだ》力が抜けたらしい。美砂生は必死に旋回を続けようとするが、重い操縦桿は言うことを聞かなかった。しまった、油圧をやられたか……!?　どの系統だ。ＰＣ１、ＰＣ２、ユーティリティのどれだ？　損傷表示パネルを見る余裕がない。

重い。舵《かじ》が重い。

冗談じゃない。最終着陸進入中だぞ……！　こんな時に、操縦不能になるなんて——いや、操縦不能ではない、石のように重いが舵はかすかに動く。おそらく手のインプットを増幅《ぞうふく》する油圧サーボシリンダーが、三系統とも働いていないのだ。油圧アシストなしの人力操舵になってしまった。もうすぐ目の前が滑走路だっていうのに……！

美砂生は歯を食いしばって、思いきり操縦桿を引きつける。だが駄目だ、Ｇが緩んで旋回が膨らむ。目の前から滑走路がスーッと横のほうへ逃げて行く。

『漆沢、大丈夫か。コントロール出来るか』

くっ——唇を噛む。

火浦の声に応える余裕がない。

重い。コントロールしきれない。機が滑走路の正面から外れて行く。

『漆沢、着陸はやり直しだ！　いったんパワーを入れてゴー・アラウンドしろっ』

今度は月刀が叫んで来た。

「駄目ですっ」

美砂生は必死に操縦桿を引いてイーグルに旋回を継続させながら、ヘルメットマイクに叫び返した。

「もう一五〇ポンドしかありません、燃料！」

『何』

『何っ？』

「ゴー・アラウンドしたら、上昇中にフレームアウトするわ！　降りるしかありませんっ」

もう、やり直す燃料はなかった。ローフューエル・ウォーニングライトが赤く点滅し始めた。

しかし美砂生の操るF15の機体は、Gを掛けられぬまま、海からの横風に流されてどんどん滑走路の中心線から外れて行く。このままでは飛行場の外へ出てしまうかも知れない。

ど――どうすればいいんだ……!?

ベイルアウトするのか――!?

しかし自分が脱出した後、捨てられた機体が地上施設や民家に突っ込めば、とんでもない大惨事になるぞ……!!

「冗談じゃないっ！」

叫びながら美砂生は、目の前から逃げようとする滑走路に向け、あらん限りの力で機首を突っ込ませた。腕の筋力が限界に近づき、舵がますます重くなった。美砂生はスロットルを握っていた左手を右手の上に重ね、操縦桿を押しつけながら左へ倒した。同時に右のラダーを踏み込み、機軸を滑走路の中心線に合わせると、風上側にバンクを取って機体を直進させた。ウイング・ローと呼ばれる横風の中での着陸法だ。

だが、

狭い。なんて狭いんだ……！

ヘルメットの下で眼を円くした。戦闘機が横に二機並べるはずの、幅一五〇フィートの滑走路。それがこんなに狭いとは……。滑走路上にペイントされた白い接地帯標識の三本線を目標に、美砂生はイーグルの機体を降下させた。だが路面が細い。狭い。一瞬も目を離せない。ヘッドアップ・ディスプレーで速度表示が上下にぶれるがパワーは出せない。スロットルで推力を上げた瞬間、燃料は切れるかも知れない。第一、左手を操縦桿から離せない。ちょっとでも力を抜いたら、機体は風に流されて滑走路の幅からはみ出してしまうだろう。風下の柵の外には水道の施設がある。あんなところへ突っ込んだら命がない。

「失速したって、路面の上におちれば何とかなるわっ。頼むからまっすぐ降りて！」

美砂生は機体を叱咤する。

「降りられるのかっ、漆沢は!?」

管制塔からは、今にも飛行場からはみ出しそうなフラフラのＦ15が、横風に逆らいもがきながら降りて来るのが見える。

「分かりません。しかし、油圧が全部抜けたとしても、F15はメカニカル・リンクで人力操舵が出来るはずです」

火浦に訊かれ、月刀は答える。しかし火浦は双眼鏡を覗きながら顔をしかめる。

「『油圧なしでも操舵可能』っていうのはお前、メーカーのマニュアルの記述だろう。日本人の、女の子の力でも動かせるのか？」

「うぅ――そ、それは……」

月刀は再び頭を抱える。

管制塔の下のエプロンから、赤い化学消防車三台と救急車が一斉に滑走路へ向け走り出す。


「こんちくしょう、逃げるな滑走路っ！」

斜めになってコンクリートの路面が近づいて来る。目の前は舗装《ほそう》路面と芝生の境目だ。よし、なんとか降りられる。燃料よ持ってくれ――美砂生は祈った。もう燃料計に目をやる余裕もない。白いセンターラインを真ん中に引いたグレーの路面が近づく。近づく。なるべくノン・ショックで降ろすんだ……機体の着陸脚は破損している。車輪を叩き付けたらどうなるか分からない……。

「よし、まっすぐだ。まっすぐだ！」

路面が迫る。自分は幅の中に入っている。大丈夫だ。接地まであと三呼吸、二呼吸……。

だが、いつもより方向舵を大きく踏み込んだ降下姿勢のため、機体の沈降《ちんこう》率は大きかった。美砂生は目測を誤《あやま》った。接地まであと一呼吸——と思った瞬間、Ｆ15の左主脚はいきなりダーン！　と路面を打った。ウイング・ローを取ると方向舵の抗力が増すことを忘れていたのだ。引き起こしの上げ舵を全く取っていなかった美砂生は「ウッ!?」と目を丸くした。左脚の反動で機体の傾きが戻り、右の主脚もダダンッ、と接地。同時に背後で双発のエンジンがヒューンンと力なく燃焼を止めた。

「う、うわっ」

美砂生は激しい着地の衝撃に顔をしかめたが、目をつぶっている暇はない。機首が言うことを聞かずに下がってしまう。

「と、とにかく止めなくちゃ……！」

必死にラダーを踏んで滑走路からはみ出さないよう操向し、右手で操縦桿を風上側へ倒し、左手をスロットルレバーに戻してスピードブレーキのスイッチを引く。だが着地のショックで作動油は爆発的に噴出し、わずかに残っていた油圧は完全に抜けてしまった。空中・地上を問わず畳一枚の面積で速度を殺してくれるＦ15の背中の減速抵抗板は、立ち上がらない。

「だ、駄目だ、ブレーキも効かないわっ」

ブレーキを踏むが、スポンジのように反応がない。エンジンを燃料切れでフレームアウトさせた美砂生のイーグルは、一〇〇ノット以上のスピードを残したまま滑走路を惰性《だせい》で突進した。

「わっ、ステアリングも効かなくなった！」

美砂生は悲鳴を上げた。ラダーペダルが重くなり、前輪操向も出来なくなった。たちまち横風に流され、双尾翼の機体はせっかく降りた滑走路から外れて行く。外れて行く。路面の縁に並ぶ高輝度滑走路灯の列を蹴散《けち》らし、イーグルは暴れ馬のように草地へ飛び込んだ。

「きゃ、きゃーっ！」

ズガッ、ズガガガガッ、と機体が激しく跳ねて揺れた。悲鳴を上げたら舌を噛みそうだ。目の前がぶれて何も見えない。仕方がない、このまま草地の中で止まろうと美砂生は思った。震動は激しいが、芝の抵抗で機体は止まってくれるはずだ……。

だが、

「なっ――!?」

前方の草地に、何故か斜めになって止まっているF15の機体らしいものを眼にした時、美砂生はヘルメットの下でさらに大きく目を見開いた。

「な、何でそんなとこに止まってるのよーっ！」

「う、うわぁっ」

黒羽は、急に滑走路を外れて自分のほうへ突っ込んで来たイーグルの機体に、猫のような黒目がちの両眼を見開いた。何だこいつ、せっかく滑走路を空けてやったのにわたしを殺す気かっ――!? 黒羽は「きゃっ」と女の子らしく両手で顔を覆いかけたが、次の瞬間後天的な訓練の成果が表われて、コクピットを反対側へ跳び降りると芝生の中へ転がった。

ズガガガッ、と芝をほじくり返して機首ナンバー928のF15は、黒羽の跳び降りた機体の手前三メートルでつんのめるように機首を上下させると、停止した。土ぼこりが舞い上がった。

「ば――」

土煙をかけられた黒羽は、腕をかばいながら顔をしかめ、立ち上がった。

サイレンを鳴らしながら赤い消防車がわっと寄って来る。二番機の機体が停止するのを確認した整備員たちも、四方から一斉に走り集まって来る。牽引用トラクターも走って来る。たちまち機付きの列線整備員を中心に、大勢のメカニックが二機の機体に取りついた。

大丈夫ですか、とメカニックに声をかけられても、黒羽は肩を上下させながら停止したばかりのF15Jを睨み上げていた。

「あのバカヤロウ」

９２８号機のコクピットに乗降用のラダーが掛けられるのを見た黒羽は、キッと口を結び、整備員を押し退《の》けてよじ登った。


「と、止まった……」

機体が衝突寸前で奇跡のように停止すると、美砂生は計器盤のグレアシールドにヘルメットの額をぶつけるようにして「はぁ……」と息をついた。力が入らず震える左手を上げ、キャノピーをオープンさせた。だが吹き込んだ風に肩を上下させる暇もなく、美砂生は飛行服の襟首を誰かにふんづかまれた。

ぐいっ
「い、痛い」何するのっ、と見上げると、

「いいか。一つだけ忠告してやる漆沢三尉。戦闘機パイロットになろうとするのはやめるんだ」

黒羽だった。黒目がちのきつい両目を吊り上げ、美砂生を睨んでいた。右腕が痛むのか、左手一本で美砂生の襟首をつかんでいる。だがその目の光は、本気だった。

「ど――」生還した……と息をつきかけていた美砂生は、目を白黒させる。「どうしてよっ」

「どうもこうもないっ」

その背後から、登って来た機付きの整備員が「鏡三尉、おちついてください」と肩に手を掛けるが、黒羽は構わずに睨みつける。

「いいか。あんたこれ以上戦闘機に乗ったら、確実に、すぐ死ぬぞ」

「え――?」

新沢県沖・洋上

「鷲頭はどうだ?」

原発が望める海面から、漂流者一名を揚収した救難ヘリUH60Jは、ただちに五〇〇フィートへ高度を上げると、小松基地への帰途に就いた。

同じように脱出した他の二名のF15搭乗者については、G空域方面へ向かった別のヘリから『発見・生存確認』の報が入っていた。今ごろ同じように基地へ向かっているはずだ。

有守は、副操縦士の雪見佳子二尉に操縦を任せると、後部デッキに引き揚げられた鷲頭三郎《さぶろう》の様子を見にコクピットを出た。

救出された大男はデッキの床で毛布にくるまり、ふてくされたトドのように天井を睨んでいた。射出座席に付属の小型ディンギーで漂流する間、だいぶ潮を浴びたのだろう。鷲頭はオリーブグリーンの飛行服を海藻《かいそう》のように黒く濡らしていた。

「口をきこうとしません」

デッキにやって来た有守に、救難員の一人が告げた。見ると、うずくまって遠くへ視線を投げるような大男にＨＲＳ隊員の一曹がかがみ込み、「大丈夫ですか。私の言うことが聞こえますか」と話しかけている。

「ああやって意識はあるし、揚収の時はハーネスにもつかまってくれましたが……」

「我々が近づくのを見て、あいつは自分で発煙筒を焚いたんだろう」

「その通りです」

「なのに、引き揚げたらしゃべらんのか」

「はい」

「一種のショックかな――？」

「さぁ……なんとも」

有守は、ドライスーツのＨＲＳ隊員に「代わってくれ」と頼むと、うずくまった大男の髭面《ひげづら》にかがみ込んだ。

「鷲頭。俺だ。有守だ。分かるか――？」

見ると、ずぶ濡れになった大柄な戦闘機パイロットは、眼の光は失っていない。むしろ黒ずんだ顔の中で両目だけが白く光っていた。しかしその視線は、かがみ込んだ有守の顔もヘリの天井をも透過《とうか》して、遠くの何かを追い続けているようだった。

「…………」

髭面の口が、かすかに動いた。

「ん？　何と言った」

有守が訊き返すが、

「…………」

遠くを睨んだままの大男のつぶやきは、ヘリのタービンエンジンの排気音にかき消され、有守の耳には届かない。

「何と言ったのかな」

「分かりません」

そばのＨＲＳ隊員も頭を振る。

「何か、誰かの名前みたいにも聞こえましたが」

「――仕方がない。基地で医者に見せよう」

有守は立ち上がると、救難員に後を任せてコクピットへ戻った。右席の雪見佳子に「ご苦労」と礼を言い、ベルトを締めて再び操縦桿を握った。

「鷲頭三佐は、大丈夫でしたか」

佳子も、小松基地の名物のような大男の存在は知っているらしい。ヘルメットの顔を向けて、有守に尋ねた。

「とにかく身体だけは、無事のようだ」

「身体だけは……？」

「そうだ」

有守は、前面風防に迫って来る小松基地の海岸に、眩《まぶ》しそうに眼をすがめた。

「いったいどうしちまったのかな……。昔から知っているんだが、鷲頭三郎というのは殺しても死なないような男だった」有守は頭を振った。「新沢沖の空戦で、何があったんだろうな」

国籍不明のスホーイと、空自F15との戦闘の詳細がどうであったのか、救難隊副隊長の有守には知り得るわけもなかった。

だが、着陸のために飛行場のフィールドへ進入しようとすると、ふいに操縦席の背後から野太《のぶと》い声がした。

「有守さんよ」

聞き覚えのある声に振り向くと、大男がずぶ濡れの黒い飛行服のまま、左右の操縦席の間にぬうっと身を割り込ませて来た。手負いの野獣がいきなり現われたような圧迫感に、右席で雪見佳子が「きゃっ」と小さくのけぞった。

「鷲頭。正気に戻ったのか？」

大男の後ろから、「鷲頭三佐困ります」と救難員が引き戻しに来る。間もなく着陸だ。

しかし大男は「いいんだほっとけ」と一喝《いっかつ》する。

「鷲頭。大丈夫なのか、お前？」

「俺はおかしくなんかなってない」

頭を振った。オーバーヘッドパネルにつかえそうな大男からは、つい先ほどの虚《うつ》ろな印象は消えている。その代わり潮と煤《すす》で汚れた頬に、悽惨《せいさん》さが浮かんでいる。

「ただ、怒りで言葉を失っていただけさ」

「怒り――？」

「有守さん」

飛行服の袖をまくり上げた大男は、けげんな顔で見返す有守の操縦席の肩の部分をつかみ、髭面を近寄せて声を低めた。

「有守さん。ちょっと訊きたい」

「何だ。後じゃ駄目か」

飛行場のフィールドが近づいて来る。右席で雪見佳子が小松タワーに呼ばれ、救難隊ランプではなく司令部前エプロンへ着陸するようにと、指示を受けている。

「ラジャー。ヒーロー・ワン、ランド・アット・フライトオペレーション・ヘリパッド」

佳子は小松では新人だが、きれいな航空英語で管制塔に応答する。その復唱を聞きながら、

「おそらく、降りれば箝口令《かんこうれい》が敷かれる。あんたに話すことも出来なくなる」

鷲頭は顎で、司令部の建物の屋根を指す。

「何のことだ」

「副隊長。操縦を代わります」

口を出した雪見佳子に、有守は反射的に「ああ。頼む」と機のコントロールを預けた。

足元の窓に、ヘリパッドの白い同心円が見えて来る。

「何を訊きたいんだ。鷲頭?」

「有守さん……。見城《けんじょう》を覚えていますか」

「――見城……?」

「誰だ、そいつは」

有守は眉をひそめた。

「あなたは、知っているはずだ。やつを」

「俺が、知っている――その男を?」

「そうです。五年前に姿を消すまで、やつは少なくとも、あなたには俺に対するよりも『素顔』を晒《さら》していたはずだ。聞かせて欲しい。やつがどんな人間だったか」

「――見城……さてな」

「あなたは覚えてるはずだ。忘れるはずがない」

鷲頭は、首をかしげる有守にたたみかけた。

「有守さん。元はと言えばあなたが戦闘機隊をおん出され、〈F転〉してこうしてヘリに乗ることになったのも、やつのせいじゃあないいんですか」

「何だと……？」

総隊司令部

G空域で〈亜細亜のあけぼの〉を追い払った二機のF15が、傷つきながらも小松基地へ無事着陸したことが知らされると、スクリーンに向かっていた数十名の中央指揮所スタッフにもホッとした空気が流れた。

脱出したF15三機の搭乗員も、全員救助――これで殉職者だけは出なかったことになる。

中央指揮所は、通常の当直態勢に戻された。

葵一彦が、地下四階の廊下に立って自動販売機の紙コップコーヒーをすすっていると、後ろから肩を叩く者があった。

「今度また部屋へ来い。旨いのを飲ませる」

「し、司令」

振り向くと、がっしりした長身は江守空将補だった。胸の航空徽章。そばに立つと、鍛え方が違うのがよく分かる。

「ご苦労だったな。葵一佐。どうやら今回の危機は去ったようだ」

若い要撃管制官たちからも『親父《おやじ》』と呼ばれて敬愛される司令官は、疲れた笑みを浮かべた。これから上の司令部へ戻るのだろう。

「は、はい」

だが葵は、江守の後ろにトップダイアスの幹部士官たちがぞろぞろ行列して付き従っているのを見ると、気安く応えることは出来なかった。

「司令こそ、お疲れ様でした」

葵はコーヒーを脇において敬礼した。もちろん、葵が江守に先ほど密かに相談していた、『国家から命じられた特殊任務』についてなど、おくびにも出すわけにはいかない。

「うむ。葵二佐。ここで改めて命ずるが、本日より正式に先任指令官の職務に復帰し、『国を護るため必要と信ずること』に邁進《まいしん》しろ。私も応援をする」

「は、はっ」

江守の言葉は、葵が総隊司令部先任指令官の身で、内閣安全保障室に通じる秘密エージェントとして活動すること認める、と言っているように聞こえた。実際、そのつもりで江守は言ったのだろう。

「私は、これから市ヶ谷の本省に向かい、報告と対策会議だ」江守は、自分の後ろに年功順に並んで立ち話が終わるのを待っている、十数名の幹部士官たちを顎で指した。その中の一人は、さっき葵と国籍不明機への攻撃命令をめぐってまともにぶつかった監理部長の一佐だった。江守と仲の良さそうな葵を、しかめ面《つら》で横から睨《にら》んでいた。「葵二佐。君の〈仕事〉が忙しくならずに済むよう私は骨を折るつもりだ」

江守は、我慢強さを感じさせる低い声で言うが、

「しかし司令。次にやつが来る時は、原発がやられる時かも知れません」

「うむ」

「事態は待ってくれません。深刻です」

葵は、自分の中の懸念《けねん》をストレートに表明した。小僧がまた過激なことを、と睨まれても構わないと思った。どうせ後ろの連中には、とうに睨まれている。

「司令。原発の偵察写真を撮られているのです。それに対して防衛省が対策を講じると言いましても、〈防衛出動〉の国会承認がなくては、自衛隊は正当防衛以外に一発も撃てません。おまけに外務省のさしがねで早期警戒機も出せないなんて――」

葵がそう言いかけると、後ろで監理部長が「ゴホン」と小うるさそうに咳《せき》をした。

「うむ。君の指摘することも含めて、出来るだけの対策を本省を通し政府に上申するつも

りだ。君も自分の職務を頑張ってくれ」

江守はもう一度葵の肩を叩くと、「ではな」と行ってしまう。その背中に、航空総隊防衛部長、監理部長、運用課長を筆頭に総隊司令部の幹部士官たちが大名行列のようについて行く。コーヒーを手に見送る葵を、ジロリとねめつける者もいる。「ご苦労だよ全く」と聞こえよがしにつぶやく一佐もいる。

やだなぁ。

江守さんが、来年定年で退官されたら、俺はまた奥尻島《おくしりとう》かも知れないな……。葵は思った。あの監理部長が総隊司令になんかなったら、自分はとてもここにはいられないだろう。

（いや――それまでこの日本が、もっていてくれるかどうか……。あの〈亜細亜のあけぼの〉と名乗ったテロリストは、近いうちに必ずまた襲って来る……）

葵がそう思った時。

「司令、司令」

パタパタと廊下を鳴らして中央指揮所の当直幹部が葵の目の前を通り過ぎ、江守の行列を追いかけて行った。

「司令、また外務省から電話です。至急お戻り願います！」

小松基地

三時間後。

夕闇が迫る格納庫の隅で、美砂生がひとり膝を抱えていると、飛行服姿の月刀がやって来た。

「まだここか。漆沢」

「月刀一尉……」

長身のパイロットは「邪魔するぞ」と美砂生の横に腰を降ろすと、サングラスの横顔で修理を受けている928号機を見やった。すでに草地から引き出されたイーグルは汚れを取り除かれてジャッキアップされ、着陸脚と油圧系統の整備が行われている。カン、カンと金属音が格納庫の空間に響いている。

「報告会は、ご苦労だった」

「すみません。ろくな説明が出来なくて――」

美砂生は、膝の間に顔を埋めるようにした。いつの間にかオリーブグリーンの飛行服の汗も、乾いてしまっている。

あの時……。乗機が草地の中で停止してからというもの、美砂生は着替える暇も与えられずに司令部へ引っ張り込まれ、上空での戦闘経過を報告させられたのだ。

「――でも、自分でも何をどう操作したのか、よく覚えていないんです。気がついたら、あのスホーイと同時ロールに入っていて、そこで何かが……」何かがあたしの中で『ギアを降ろせ』と命じたんです――とは美砂生は言えず、口ごもった。言えない。自分の中に何かの〈声〉が聞こえたなんて、そんな非現実的なことを口に出せるはずもない。司令部の報告会でも、美砂生は無我夢中だった、としかあの戦闘を表現出来なかった。

ま、そんなもんだろうな。まぐれですよ、まぐれ。団司令部会議室のテーブルで、日比野防衛部長がひきつって笑う様が眼に浮かぶ。その横で、ふうむ、ふうむと扇子を使う楽縁台空将補。結局美砂生の戦闘は、『初心者が無我夢中で格闘しているうちに何かの拍子で脚を下げてしまい、怪我の功名《こうみょう》でそれが謎のスホーイのバックを取る結果となり、スホーイはその時点で燃料が切れたので遁走《とんそう》した』という筋書きにまとめられてしまった。

美砂生は、ちょっと違うと思ったが、報告書を作成するのが仕事の人たちに何を言っても仕方がない気がした。今ごろ、あの筋張った美砂生より少し歳上の日比野二佐が、ワープロで報告書を打っているところだろう。

戦場となった沖合の空域で、美砂生とあの謎のスホーイの格闘戦を横で見ていたはずの黒羽は、助けてくれなかった。「腕が痛くてしゃべれない」と主張し、報告会をフケて自分だけさっさと医務室へ逃げ込んでしまった。

――『やめるんだ』

ふと、猫のような眼をした年下のパイロットの低い声が蘇《よみがえ》る。

――『戦闘機パイロットになろうとするのはやめるんだ』

三時間ほど前。やっとのことで停止した美砂生の機体のコクピットにわざわざよじ登って来て、鏡黒羽が怒鳴《どな》った声だ。

（まったく、何が『しゃべれない』よ……。あれだけ人を罵《ののし》り倒しておいて、あいつ――）

美砂生はその罵りを思い出すと、いまいましさも蘇り、格納庫の床で膝を抱えたまま「ふんっ」と鼻息をついた。

何なのよ、あいつ……！

その時の機上での会話が、蘇る。

「いいか。一つだけ忠告してやる漆沢三尉。戦闘機パイロットになろうとするのはやめるんだ」

「どー―どうしてよっ」

今でも、美砂生は右腕が痛い。ひどい筋肉痛なのだ。腕が痛いのは黒羽だけじゃない……。思い出しながら、美砂生は操縦桿を握っていた自分の二の腕をさすった。

あの時。自分はやっとのことで生還し停止したイーグルのコクピットの中で、計器盤に額をぶつけるようにして息をついていた。油圧のない操縦桿を操った腕が、ぶるぶる震えていた。背中でエンジンの駆動軸が二本、からからと空転していた。機体は動力を失って発電機も止まり、計器盤もバッテリーに繋《つな》がっている最小限の計器をのぞき、灯《ひ》が消えて真っ黒に沈黙していた。自分も機体も精根尽き果てていたのだ。

左手で風防を跳ね上げるスイッチを押すのが、辛い作業だった。

プシュッとキャノピーが上がり、ふわりと頬に冷たい空気が押し寄せ、あぁ地上の風だ。帰って来れた――と思った瞬間、美砂生はいきなり襟首をつかまれてあいつに怒鳴られたのだ。

「どうもこうもないっ」

浅黒い肌の黒羽は、美砂生よりも長めの髪を風に吹かれ、背後から整備員に「おちついてください」と止められるのも構わずに怒鳴りつけて来た。

「いいか」

黒羽は、隊の女子整備員たちから『女優の誰かに似ている』と評される歯切れのいい動作で、美砂生の白い顔を指さした。

「あんたこれ以上戦闘機に乗ったら、確実に、すぐ死ぬぞ」

「何言ってるのよ」

美砂生はムッとした。面食らったが、負けてはいなかった。それまでの上空での黒羽の物言いが腹に据えかねていたのだ。

「さっきから聞いていれば、あたしに戦闘機に乗る資格はないだの、バカだのすぐに死ぬだの」

「すぐに死ぬ」

「どうしてよっ」

「マスター・アームを入れ忘れて空戦するなんて、相手を殺して生き残ろうとする覚悟がない証拠だ！　あんたこのままじゃ、いちころで死んじまうぞ。悪いことは言わないから、民間へ出るか、戦闘機を降りて嫁にでも行くんだっ」

「よ、余計なお世話よっ」

美砂生は怒鳴り返す。

「あなたこそ、一人で勝手にきりきりしてチームワークもへったくれもないし、そんなに憎まれ口ばかりで楽しくないなら、なんでここにいるのよ。あなたこそ戦闘機パイロットやめなさいよ」

「楽しくてやってるんじゃない、バカ！」

あいつ――記憶を蘇らせながら、美砂生はふと思う。あたしにあんなことを言うのなら、あいつは何故、どうして戦闘機パイロットをやっているのだろう……？

「バカとは何よ、バカとは」

「バカだからバカって言ってるんだ、バカ！」

怒鳴るだけ怒鳴ると、フンッと身をひるがえして黒羽は美砂生のコクピットに掛けられた梯子を飛び降りた。美砂生は「あ――あのやろ」とハーネスを外して射出座席を立ち、梯子を掛け降りると、追いかけた。風の吹く草地の真ん中で黒羽をつかまえた。

「ちょっと待ちなさいよ。待ちなさいよ鏡三尉！　あなたには、あるって言うの!?」

美砂生は問い返した。

「実戦の相手を殺して、自分が生き残ろうっていう覚悟が、あると言うの」

「少なくとも、わたしは死なない」

「どうしてよっ」

「死なないと誓った。だからわたしは死なない」

黒羽は立ち止まると、睨み返した。

「いいかっ、大卒お嬢さんの漆沢三尉。やつはまた襲って来る。やつは死神だぞ。小細工はもう利《き》かない、やつをぶち殺す気概《きがい》がないんなら、あんた次は確実に殺される」

「殺――」

言葉を呑み込む美砂生を後に、黒羽は鼻を鳴らして背を向けると、草地の向こうへ歩み去った。途中でその後ろ姿は、右腕を痛そうに胸に抱えた。

後で聞いたところでは、鏡黒羽は骨折はしていないが右肘の腱を衝撃で痛めており、基地の医官から『全治二週間』の診断が出たという。


「ちょっと訊《き》いていいですか」

「ちょっと訊いていいか」

格納庫の隅に並んで座った美砂生と月刀は、互いに同じ問いをしかけて、苦笑した。

「どうぞ」

「君からでいい」

サングラスの月刀がうながした。

「俺に、何を訊きたいんだ」

美砂生は、こうして月刀と座っていると、沖縄の海の上空で片発のアイランダーを二人で飛ばしたあの事件が蘇るようだった。まさか三年たって一緒に戦う仲間になろうとは、あの時には想像もしていなかった。

「それじゃ、月刀さん――あなたはどうして航空自衛隊で戦闘機に乗っているんですか？」

　だが美砂生が問うと、月刀は頭を掻《か》いた。

「動機か」

「はい」

「どうしてって訊かれてもなぁ……。幹部候補生の志望者に講話するような立派な志望動機なんて出て来やしない。乗りたいから、こうして空自のウイングマークを取って、ここにいるんだ」

「作文に出来るような動機はない？」

「そういう作文とかが得意なら、俺はとっくに防衛部長になっている」

「それもそうですね」

　笑うと、長身のパイロットは「馬鹿」と美砂生の頭を小突《こづ》いた。

「でもな。『国を護りたくて戦闘機に乗るようになった』のか、あるいは『戦闘機に乗りたかったから結果的に国を護っている』のか、どっちだと尋ねられたら、俺は確実に後のほうだ」

「そうですか」

「だがこんな俺でも、空へ上がれば一人前に日本の防空と安全保障を背負って立っているつもりになれる。動機がどうだろうと、〈職業〉はその道に入った人間をそのように造って行く。そういうものだと思うけどな。

漆沢。君のほうこそどうなんだ」

月刀は美砂生の顔を見た。日に灼《や》けた長身の男と並ぶと、美砂生の姿は、飛行服を着た小さな白いウサギのようだった。

「君こそ何故、戦闘機を志望した？　前にも話した気がするが、飛行機に乗れる場所は自衛隊だけじゃない。民間エアラインのほうが君にはいいはずだ。待遇だけじゃない。何よりあっちは死ぬ心配がない。何も好き好んで、こんな危険な世界へ入って来ることはなかったじゃないか」

「え……ええ」

美砂生は、その問いには生返事《なまへんじ》しか出来ない。

「今、君に訊こうとしたことだが」

口ごもる美砂生に、月刀は修理を受ける９２８号機を顎で指した。美砂生の命を護ってくれた、日の丸をつけたライトグレーの流線型。美砂生の背丈よりも高い前脚が、ジャッキアップされて伸び切っている。あの双尾翼の大きな機体が、数時間前には美砂生の手足となって空を切り、気流の中で機動してくれたのだ。

「君は怖くなったんじゃないか――？　ということさ」

「え」

月刀は重ねて問うた。

「漆沢。君は今、イーグルで飛ぶことが怖くなっていないか？」

「どうして、ですか」

「今日、もう少しで死ぬところだった」

「………」

「君があのスホーイを追い散らしたのがまぐれかどうかは、この際どうでもいい。日比野のあんちゃんは君の手柄《てがら》にはしたくないらしいが――それよりも戦闘機で闘うことが怖くなったのなら、無理をすることはない。俺は一度は君を預かった飛行班長として、君のことには責任がある。いや、三年前に冗談でもおだてて誘ったからな」

「月刀さん。あたしは」

「いや」

月刀は苦笑すると、立ち上がって膝を払った。

「君たちの応援に上がって撃墜された、スクランブルの二機がいただろう――フロッケン・ワンとツーだ。撃たれたがベイルアウトして拾われ、さっき戻って来た。パイロットは二十八歳と二十五歳、三〇八空の中堅の二人だ。命に別状はなかった。だが二番機の若いほうのパイロットは、救助されてからずっと錯乱《さくらん》状態だそうだ。恐怖のあまり――」月刀は修理される機体を見たまま、ため息をついた。「医官の診《み》たところでは、『恐怖による錯乱状態』だそうだ」

「…………」

「君たち二人は、今回はあの謎のスホーイと一応五分の勝負をして、自力で帰還して来れた。

だが闘いを挑んで負け、後方から実弾をぶち込まれて撃墜された者は――俺だって実弾をぶち込まれた経験はないが、たとえ命が助かっても、重傷がなくて済んでも、パイロットは人間だ。精神に受けたダメージはな……。医官の話では、若いパイロットは心的外《P》傷《T》後ストレス《S》障害《D》を免れないだろうという。俺は、君がそんなふうになるところは、見たくないんだ」

特別ブリーフィングルーム

「――――」

左腕と額に包帯を巻いた鷲頭三郎は、特別ブリーフィングルームの安楽椅子にうずくまるようにして、暗がりの中のスクリーンを見つめていた。照明をおとした完全防音の室内には他に人影もなく、鷲頭は独りだった。天井に備えつけられたＶＴＲプロジェクターが、三原色の光源を瞬《またた》かせ、ブリーフィングルーム前方の白い長方形の上に映像を再現している。

　がらんとした室内で、その映像を鷲頭はじっと睨み続ける。不精髭《ぶしょうひげ》の口にくわえたマルボロの煙が、映写の光線をよぎって鷲頭の顔に影をおとす。髭面の大男は、数十秒で終わるスクリーンの中の光景をリモコンで飽きずに巻き戻し、身じろぎもせずに眺め続ける。しらじらと瞬く画面は、Ｆ15の機首から前方を見た視野だ。ガンカメラの撮影した映像である。音は入っていない。斜めになった水平線に雲が浮かんでいる。洋上の空と分かる。画面は左横へとパンしていく。雲が流れる。機が旋回しているのだ。視野は次いで右へぐぐっと傾き、反対側へ切り返す。画面に集中していると眩暈《めまい》を覚えるような映像だ。すぐにまた左。左、また右とせわしなく傾きを変え、機動する画面。このカメラを載せた機を操縦するパイロットが、焦《あせ》りまくっているのがよく表われている。やがて斜め上から、フレームに小さな影がスッと入る。

　小さな影は、スホーイ24の後ろ姿だ。カメラを載せた機のパイロットは、ようやく正面に捉えた灰色のフェンサーを押さえ込もうと試みる。小さな影を、画面の真ん中へ固定しようともがく。だが鋭い猛禽《もうきん》のようなシルエットは突如可変翼を左右に広げたと思うと、次の瞬間フッとかき消すようにカメラの視野からいなくなった。フレームの中に捉えられていたのはわずか数秒間だけだった。パイロットは姿を消したスホーイに全く対応が出来ない。カメラの視野が、一瞬呆然《ぼうぜん》としたように動かない。

「――――」

この操縦者は、眼前の可変翼機がどう機動し、どこへ消えて行ったのか分からないのだ。

だが鷲頭は表情を変えず、画面を凝視し続ける。

鷲頭三郎は、三時間前救難ヘリで基地に帰着すると、負傷の手当てと報告もそこそこに、二本のVTRテープを司令部から借り出して独りでここへこもった。二本のテープは、草地で停止した二機のF15Jの機首のガンカメラから取り降ろされ、コピーされたばかりのものだった。本来なら部外秘の空戦記録VTRを個人で借り出せたのは、国籍不明機に対処した〈特別飛行班〉副班長としての権限と、『VTRを観なければ報告書が書けない』と防衛部長に向かって強硬に主張したのが効いていた。被弾した鷲頭の機体も、スクランブルした二機の機体も、すべて海に沈んでしまったから引き揚げられるのは数日後となる。あの謎のスホーイの動きを生で記録して還ってきたのは、今のところ二人の新人女性パイロットの機体カメラだけだった。

二本のVTRは、つい先ほどの小松沖での空戦の経過を記録していた。日比野防衛部長も「一応は観た」と言ったが、漆沢美砂生の口述を報告書に纏《まと》める作業に忙殺《ぼうさつ》されているようだった。

鷲頭は独りでVTRを掛けて観た。

二本のうち、９２７号機のテープは一度しか観なかった。片発をやられていたこのイーグルのパイロットは十分な闘志と技量を持っており、追いつめられながらも一撃必殺の逆襲に出た。しかし〈敵〉の能力のほうが軽くそれを上回っていた——その事実が確認出来ただけだった。

二本目の９２８号機のテープ。やられそうな９２７号機の救援に駆け付けたＦ15のテープだが、最初にこのＶＴＲをスクリーンに掛けた時、鷲頭は上方へ跳躍するように消えたスホーイを操縦者が簡単に見失うところで、「ちっ」と頭を振ったものだ。しかし数十秒のＶＴＲをおしまいまで観終わると、大男はすぐにテープを巻き戻し、リプレイさせた。終わると、また巻き戻して最初から観直した。終わるとまた最初から。三度目からは、ぶざまなロスト・コンタクトの場面でも、舌打ちをしなくなった。それからというもの十数回にわたって、煙草をくわえながら元飛行教導隊副隊長という経歴を持つ男は、ＶＴＲのリプレイを繰り返した。

スクリーンでは、クイックロールで後ろにつかれたＦ15の操縦者が、僚機《りょうき》のアドバイスでやっと劣勢に気づき、背後からの銃撃を避けるための機動にかかろうとしている。画面のフレームの動きは不安を表わすように震え、次いで初心者の馬鹿の一つ覚えのような、恐怖にかられた左急旋回に入る準備動作を見せる。あぁ、これでこいつは撃墜されるな

——鷲頭は最初にこの場面を見た時、そう感じた。だがそれでは、VTRテープが機体と共に無事生還している説明がつかない。

928号機は、小松基地の演習評価システムのレーダー記録画面をリプレイしても、確かに一度謎のスホーイの後方六時《シックス》を占位して、フォックス・スリー（機関砲）にロックオンしているのだ。まぐれだろうと何だろうと、ここで撃墜されていたら、それが出来たはずはない。

画面が一秒と半分ほど、戸惑うように揺れる。後方から狙いをつけられた初心者の戦闘機パイロットが、恐怖にかられて本能的に取ってしまう回避《かいひ》行動——左への力任せの高G旋回を、この操縦者も確かに一度、やろうとしている。しかし、何故かふいに冷静さを取り戻したかのように画面のフレームはぴたりと静止し、そして次の瞬間、こいつは信じられないような挙動に出るのだ……。鷲頭はテープがその場面になると、もう十回以上見ているにもかかわらず、スクリーンに向かって数センチ身を乗り出した。

だが、その時特別ブリーフィングルームの後方ドアが開いて、差し込んだ廊下の照明がスクリーンの映像を薄めてしまう。

「ちっ」

大男は舌打ちすると、入室してきた二つの人影を振り返った。リモコンでVTRを止めた。

「鷲頭君、鷲頭君」

扇子をぱたぱたさせる恰幅《かっぷく》のいい影は、見間違うはずもない楽縁台空将補。その横につき従っているひょろりとした影は、先ほど無理やりテープをむしり取ってきた防衛部長の日比野――楽縁台とつるんで出世コースをつっ走る、防大卒の若造《わかぞう》だ。

第六航空団を仕切っている、企業の重役のような楽縁台空将補は艶《つや》のあるバリトンで「鷲頭君、鷲頭君」とすり寄ってきた。

「何ですか」

鷲頭は、白くなったスクリーンを顎で指し、迷惑そうな顔をした。

「いや鷲頭君。忙しいところをすまんのだが。ちょっと相談があってなぁ」

「何ですか？」

「例のあの二人の、処遇《しょぐう》についてです。三佐」

楽縁台の横で、日比野が補足するように言う。

「三佐もご存じの、うちの女性戦闘機パイロット二名を問題が起きないうちに追い出す――いや、転属させる計画についてです。本日行われた、あの二人の〈空中戦闘適性試験〉ですが、当初決めたルールでは『試験官役の鷲頭三佐と格闘戦の勝負をし、三本取られたら不合格』ということになっていました。しかし途中であのような邪魔が入ってしまい、現在試験は宙に浮いた形です」

「そうなんだけどなぁ。一応中断という形だが――実質的には、君の圧勝だよなぁ」

楽縁台はせわしなく扇子をぱたぱたさせる。

「勝負はもう、ついてるよなぁ」

「団司令もこうおっしゃっておられる通り、現在スコアは鏡・漆沢とも『ゼロ対二』ですが、実質的には鷲頭三佐の圧勝と言えます」日比野は、年齢も飛行経験もずっと上の鷲頭に、敬語を使ってたたみかけた。「どのみちこれ以上やっても結果は見えていますから、ここはもうどうでしょう、鷲頭三佐に〈空中戦闘適性試験〉不合格の判定をしていただき、鏡・漆沢両名の『戦闘機操縦者不適格』の上申書を書いていただいてはどうかと……。そうすれば、あの小生意気な――いえ問題を起こしそうな女子パイロット二名を、ただちに輸送航空団へ転属させられます」

「そうだよなぁ。そうすれば君も、残り試合を待つことなく晴れて飛行教導隊へ返り咲けるというものだよなぁ。うん」

うんうん、と楽縁台は巨顔をうなずかせた。

「あの二人も分相応な輸送機に移れるし、君も教導隊で思う存分腕をふるえる。八方丸くおさまるというものだよなぁ」

「いかがでしょう、鷲頭三佐？」

だが、

「教導隊の件は、いいです」

鷲頭は素っ気なく頭を振った。

「司令。今、飛行教導隊へ戻ってしまえば、私はやつとの勝負が出来なくなる。あの謎のスホーイとのリターンマッチを、戦えなくなります。せっかくのお話でしたが、辞退させてもらいます」

その返答に、楽縁台と日比野は「え」「え」と言うように顔を見合わせた。

「し、しかしだね、鷲頭君——」

「私はここで戦います。それからあの二人に関しては」遮《さえぎ》るように鷲頭は応える。「あの二人——漆沢と鏡は、とりあえず〈特別飛行班〉から外してください。はっきり言って、実戦ではまだ役に立たない」

「そ、そうだろう」

「そうでしょう、そうでしょう」

「ですから、もっと鍛える必要があります」

「え？」

「え？」

鷲頭は、驚く楽縁台と日比野を尻目に、ぬうと立ち上がった。

「日比野防衛部長。ちょうどよかった。これから928号機のフライトレコーダーのデータを閲覧《えつらん》したいので、許可願いたい。あの色白姉ちゃんがどんな機動をしたのか、私の考えを裏づけたい。謎のスホーイを倒すための参考にもなる。よろしいですな？」

「え、あ。まぁ、それは……」

立ち上がった大男を羆《ひぐま》のように見上げ、のけぞった日比野が口ごもるが、鷲頭は「では」と一礼して行ってしまう。


ブリーフィングルームを出て行く大男の背中を見送って、楽縁台がフンと鼻息を漏《も》らした。

「何だ、全然あてが外れたではないか。日比野」

「は。残念です団司令」

「『残念』どころではない。ところでさっきの報告書、お前どう書いたのだ？　まさか漆沢と鏡が手柄を立てたような内容にはしておらんだろうな。女性戦闘機パイロットが『実戦で役に立った』などと書いて上に出したら、大変なことになるんだぞ」

「ま、まさか。その辺のところは、ちゃんと『大まぐれ』と強調してあります。だいたい、漆沢三尉本人だって『どう戦ったのか覚えていない』と口にしているのです。あのスホーイと実力で戦えたわけがありません。スホーイは燃料切れで逃げたことになっています」

「ならよいが……。さっきも二機そろって滑走路を外れたではないか。そのうち『きゃあ』とか言ってどこかで勝手にベイルアウトして、機体が市街地にでも突っ込んだらどうするんだ？　わしは航空幕僚長どころか、責任とらされてこれもんだ」

楽縁台がイライラした手つきで喉《のど》をかっ切る振りをしたところへ、団司令部の小柴垣《こしばがき》運用課長がやって来て声をかけた。

「団司令、お捜ししました。こちらでしたか」

「何だ」

「は。たった今、府中の航空総隊司令部から、『至急連絡するように』と電話です。団司令に照会したい事項があるそうです」

叩き上げ幹部の小柴垣二佐は、真面目《まじめ》そうに直立不動で報告した。年齢は日比野よりも遥かに上――おそらく五十に手が届くだろう。それでも小柴垣は、高卒の一般隊員出身幹部としては出世頭になる。団司令部広報係長の平泉《ひらいずみ》三佐と同様、謹厳実直《きんげんじっちょく》のかたまりで、権謀術数《けんぼうじゅっすう》など頭の片隅にもなさそうな男だ。

「私にか？」

楽縁台は自分を指さした。

「はっ、司令。先日の韓国旅客機捜索救難オペレーションに関し、総隊司令部が照会をしたいそうです」

日本海中央病院

病棟六階の廊下の端にある喫煙コーナーから、夕方のTVニュースが流れている。

「――――」

外科主任の山澄玲子《やまずみれいこ》は、音量を絞ったスピーカーの喧騒を耳にすると、立ち止まった。

『総理、総理』

首相官邸の記者会見だ。フラッシュが焚《た》かれる中、壇上の茶色い顔をした太い首の政治家に、記者たちの質問が浴びせられている。生中継だ。画面の下には『国籍不明機また領空侵犯!?』という筆書きのような派手なテロップ。

『総理、総理、総理、鰻谷《うなぎだに》総理』

手を挙げる女性記者の声。

『――はい』

さっきからわざと無視していたらしいが、発言を求める金切り声に根負けしたのか、総理大臣・鰻谷大道《だいどう》は嫌そうな顔でその若い女性記者に質問を許した。

『はい。じゃ、そこのあなた』

すると、

『総理、中央新聞の塩河原です。総理はまさか、今回の事件によって原発の警備を自衛隊にさせるつもりではないでしょうねっ』髪の短い痩せた女性新聞記者は、ガタタッと立ち上がると大声で詰問《きつもん》した。『どこかの国籍不明機が、たまたま原発の立地する海岸の上をほんのちょっと飛行したというだけで、それを大げさに喧伝《けんでん》して国民の危機感を煽《あお》り、〈防衛出動〉の既成事実を作り上げて自衛隊を自由に動かせるようにし、これを足がかりに一気にアジア侵略の軍国主義へ突き進もうというつもりではないでしょうねっ』

『あぁ、うぅ。そのようなことは、微塵《みじん》も考えていない』大柄な両生類を想わせる政治家は、太い首に汗をかきながら否定する。ライトと十数台のＴＶカメラに押さえ込まれ、巨体の政治家はまるで吠《ほ》えるのを我慢する怪獣のようだ。『実際だね、政府としては本日午後にわが領空を侵犯した国籍不明機が原発の上空を飛行したとは、正式に発表もしていないわけで――』

『では、多くの国民が地上から目撃している国籍不明機の原発上空飛行を、政府は無かったことにしようとした、隠そうとしていたというのですかっ』

すかさず別の記者が口をはさんだ。

『それは問題だ』

『問題だぞ』

『放射能の危険を、国民に知らせないで隠すつもりだったのかっ』

『とんでもない裏切りだわっ』

　ざわざわっ、と会見場が色めき立った。

『いや、そうではない』

　政治家はぐるるっ、と喉を鳴らして否定する。

『そうではない。私が今言ったのは、声高に原発への危害の可能性を喧伝したのではない、という意味で……。自衛隊を日本海沿いの原発の警備につけさせる具体的計画も、今のところは無いわけです』

『それでは、原発はどうやって護るんですかっ』

『テロ攻撃や爆撃をされたら、どうするつもりなんですかっ』

『ひどいわ、国民を護る備えは何もしていないって言うのっ』

『いや、そうではない。いざとなれば内閣で〈安全保障会議〉を招集して〈防衛出動〉を決定し、国会の承認の上で自衛隊を原発の防備に当たらせることは可能であるわけだ。防空はもとより、市民に紛れたテログループに対する警備も、やろうと思えば万全の対応が取れる能力はある』

『それじゃやっぱり、原発の警備にかこつけて自衛隊を出すつもりなんだなっ』

『ひどいわ、憲法違反の自衛隊を出して、テロ警備を理由に市民に銃を向けるつもりなのねっ』

『原発への〈防衛出動〉を拡大して、原発反対の市民運動まで鎮圧《ちんあつ》するつもりだなっ』

『テロ警備と称して、また赤狩りをやるのかっ』

『いつか来た道だ』

『軍靴《ぐんか》の響きが聞こえるぞっ』

『あぁ、うぅ。そういうことは、全くない。原発警備に関する自衛隊の出動については、各方面からの意見を伺いつつ、内閣として極めて慎重に検討すべきことと認識している。まず警察による警備態勢を敷くのが第一であるし――』

『ではテロに対して、原発をどう護るんですか。機動隊で対抗出来るんですか』

『上空から爆撃されたら警察は防げるんですか』

『ほら見ろ、やっぱり何も考えてないんだ』

『ひどいわっ。国民の安全を何だと思ってるの』

　TV、新聞、通信社の記者たちの怒号に混じって、中央新聞女性記者の金切り声が響いた。

『だいたい、原発や自衛隊があるからいけないのよっ。原発がなくなって自衛隊が解散して米軍が出て行かなければ、この国に平和はやって来ないわっ』

　喫煙コーナーの革の破れたソファに座ったパジャマ姿の老人が、煙を吐き出しながらあくびをした。その隣では、禿《は》げ頭の老人と松葉杖を脇に置いたギプスの中年男が、将棋を指している。

「――――」

白衣の胸に聴診器を下げた三十三歳の女性外科医は、廊下に立ち止まってその騒ぎを眺めていたが、すぐに看護師から「先生」と呼ばれた。

「山澄先生、お願いします。来てください」

「どうしたの」

「それが、警察の人たちがまた――」


長身の玲子がカツカツと床を鳴らして駆けつけると、六階の中央にある風谷修の病室前では、黒い革ジャンにボブカットの女の子が野良猫のように首根っこをつかまれていた。手足をばたばたさせ、二十代の女の子は「返してよっ」とわめく。よれよれの茶色いコートを着た脂《あぶら》ぎった顔の中年男はそのボブカットの髪をつかみ、「このアマ、ふざけやがって」と怒鳴りつけている。

「何をしているんですかっ。病院の中ですよ！」

玲子が一喝すると、中年刑事はフンと鼻息をつき、引きずり回していた沢渡《さわたり》有里香の髪を突き飛ばすように放した。

「このくそ田舎ＴＶが！　二度と姿を見せるな。公務執行妨害で逮捕するぞっ」

「返してよ、わたしのカメラ！」

刑事に田舎ＴＶと揶揄《やゆ》された女の子――地元Ｕ局・西日本海ＴＶの報道記者だという沢渡有里香とは、何度か顔を合わせている。

一週間前のあの事件――韓国旅客機を護ろうとして撃墜された小松基地の戦闘機パイロット・風谷修が、収容されたこの病院で警察から〈業務上過失致死傷〉の疑いをかけられて事実上拘束された事件で、有里香は「不当だ」と県警捜査員に抵抗し、トラブルを起こした。それからも懲《こ》りずに何度か病棟へ押しかけ、刑事に追い出される騒ぎを繰り返している。

騒ぎは迷惑だったが、有里香の〈抗議〉には玲子も同感した。

いったい、公海上で謎の国籍不明機が韓国の旅客機を撃墜した事件の責任が、どうしてスクランブルで駆けつけた空自パイロットの風谷に対して問われるのか。またどうして石川県警が風谷を被疑者扱いして取り調べることが出来るのか。山澄玲子にはいくら頭をひねっても理解出来ない。

負傷して運び込まれた病室に風谷を軟禁《なんきん》し、毎日朝から夕方まで〈事情聴取〉という取り調べを強《し》いるのは違法拘束ではないのか――？　玲子が主治医として抗議すると刑事は「いや、任意だ」と言う。任意なら、本人は治療中なのだから出て行ってくれと要請すると、「出て行かない。警察が調べると決めたんだから、調べる」と主張する。ではどういう合法性があって調べているのか、と尋ねれば「うるさい。警察がこいつを被疑者だと決めたんだから、いいんだ」と言う。やって来る三人の中年刑事たちは、理屈の合う話がまるで出来ない。

いったい何が起きているのだろうか。

中年刑事は、有里香を放しはしたが、取り上げた小さなビデオカメラを廊下の床に叩き付けた。家庭用デジタルビデオは、がしゃっとタイルで弾《はじ》け、蓋《ふた》が開いて中身のカセットを吐き出した。

何するのよっ、と有里香がスピッツのように吠える。うるさいっ、と刑事が大型の闘犬のように吠え返し、床のカセットを踏み潰《つぶ》す。警察の捜査を妨害すると公務執行妨害で逮捕するぞ――そう男が言いかけたところへ、玲子が口をはさんだ。

「それ、器物損壊じゃないの」

「うるさい」

グルルッ、と大型犬が喉を鳴らすように、刑事は玲子も睨んだ。

まずいな……。玲子は思う。この調子で彼らは一日、病室の風谷修を〈尋問〉していたのだろうか。今日でもう一週間、よく飽きない。

「沢渡さんが、何をしたというのですか!?」

「こいつは、事情聴取の現場を覗き、隠れて撮影しようとした。とんでもない女だ」

「あなたがたが違法な取り調べをしているのが悪いんでしょう」

「違法だとっ。気をつけて物を言え」

「とにかく、今日の面会時間は終わりです。帰ってください」

　玲子はエレベーターを指さした。これまでは、決められた面会時間が終了すれば、刑事たちは一応引き揚げた。あくまで名目は『任意の事情聴取』なのだ。しかし玲子の声を聞いたのか、病室の中からリーダーらしい顔色の悪い中年刑事が出て来ると、「今夜は帰らない」と宣言した。

「今夜は中断しない。自供するまでいつまででも尋問を続ける」

「何ですって」

「警察がそのように判断したのだから、お前ら病院関係者は全員協力しろ。主治医のお前も、風谷が自白するように助言しろ。助言することを、命令する」

　顔色の悪い刑事は、自分の言動に何の疑いもないようにそり返ると、玲子を指さして命じた。

「いい加減にしなさい」

「今週中に何としても自供させると、方針が決まっている。県警の捜査方針は絶対だ」

「方針――？」その言葉に引っかかり、玲子はここ数日心の中で疑っていた考えを口にした。「あなたたちまさか、『自衛隊を悪者にする』っていう組織の方針が先にあって、そのつこいストーカーに狙われたような、暗い執念のようなものを感じて背筋がぞくっとした。
顔色の悪い刑事が上着の下からギラギラ光る手錠を出して突き出すと、玲子はまるでし
「うるさいっ。警察の命令に従わない場合は公務執行妨害となる。お前も逮捕するぞ！」
通りの〈自供〉をするまで風谷君を締め上げるつもりじゃないんでしょうね⁉」

その男が来てくれなければ、刑事たちは本当に夜通しそこに居座ったかも知れない。

玲子が顔色の悪い刑事と睨み合っていると、ふいに背後から低くしわがれた声がした。

「いくらなんでも、そりゃまずくねぇか。増沢《ますざわ》」

振り返ると、胡麻塩《ごましお》頭の長身の老刑事が、いつの間にか玲子の後ろに立っていた。確か、坂田《さかた》と呼ばれていたか――偉そうな雰囲気は微塵もない叩き上げ風なのに、県警の刑事部長らしい。

「これ以上あからさまにやると、地検が動くぞ。目こぼしにも限度があるんだ。いくらうちの蚫沢《あぶさわ》本部長と首席検事が懇意《こんい》でもな」

老刑事は、『これは違法捜査だ』と言ってくれているのだ。玲子がここ一週間に眼にした、唯一《ゆいいつ》のまともな警察官だった。だが定年近いらしいこの人に、実質的な権限はないらしい。刑事たちも警備の巡査たちも、みな長身の老刑事を避けるようにして、顔色の悪い中年刑事の指示に従っていた。

「う、うるさい坂田さん。あんたは黙っててくれ。定年の日までおとなしく温泉にでも行ってたらどうなんだ」

「定年したら行かせてもらうさ。頼まれなくてもな。だがそれまでのふた月は、俺は外されようと干されようと警察官の本分を尽くす。こうして県内を見回って、正しくないことはただす。

　増沢、お前たちのやっていることは明らかに不当拘束だ。裁判所から逮捕状はおろか家宅捜索礼状すらとれない案件に、二十名を超える現場捜査員と現場警察官を投入し、国のために命をかけた自衛隊員を拘束し監視し続ける。これは異常だ。お前はそんなにしてまで本部長に取り入って出世したいのか」

「う、うるさいっ――――！」

　顔色の悪い刑事は、どす黒い額と頬を赤黒く染めると、怒鳴り返そうとした。しかし坂田に睨まれると、声を詰まらせ「うぐぐ」と唸《うな》る。明らかに格負けをしている。

　一分後、顔色の悪い刑事を先頭に、三人の中年男が「覚えてろ」と捨て台詞《ぜりふ》を残しエレベーターに消えると、老刑事は玲子に向き直って言った。

「先生。あの若いパイロットは、退院出来るのかね。もう空自の基地へ帰したほうがいい。県警の連中は、明日からもまだ来るだろう」

「はい」

玲子はうなずいた。

「外傷はもう大丈夫だからと、一昨日から第六航空団の司令部へ迎えに来るよう連絡はしているのですが、来ないんです。妙にあそこの司令部は、県警に遠慮しているような——らちがあかないので、これから風谷パイロットの直属の上司へ電話をしてみます」

「それがいい。なるべく、自衛隊の組織に迎えに来させたほうがいい。あのパイロットを個人で退院させたら、玄関前で見張っている覆面《ふくめん》パトカーにたちまち拉致《らち》される。『任意だ』と言っても、警察署に一度引っ張り込まれたらおしまいだ。都合に合うことを吐《は》くまで、連中はやるだろう」

「でもいったいどうして、県警は彼を……?」

「ふん。俺も詳しくは知らんが、県警の本部長が会議で『証拠がないなら自白をさせろ』といきまいていた。本部長は、何か自分の都合でどうしてもあの若いパイロットを犯罪者にしたいらしい。何とかしてやりたいが、俺にはもう力がなくてな」

老刑事はため息をつくと、玲子の白衣の肩を叩いた。

「あの若者は——国を護るために命をかけた。なのに同じ国民を護るはずの警察に、こんな仕打ちをされてしまう……。情けない。せめてあんたが、力になってやってくれ。先生」

ひょっとしたら、組織の問題なのかも知れない。玲子も何となく感じていたことだ。県警の組織の上のほうが何かの理由でこの違法捜査を「やる」と決め、現場の警察官たちを走らせているのではないだろうか――？

そう思いながら、玲子は〈風谷修〉と名札の掛けられた個室のドアに手を掛けた。ドアは刑事たちが乱暴に蹴って出て行ったまま、半開きになっていた。

「風谷君」

玲子が呼んでも、ベッドに腰掛けてうつむいた横顔は、反応しなかった。

小松基地

『火浦二佐、外線です』

今日一日の疲労でぐったりした火浦暁一郎が第三〇七飛行隊のオフィスへ戻ると、ちょうど巡り合わせたかのように机上の電話が鳴った。

「――外線？」

受話器を耳に当てたまま、火浦は顔をしかめて肩を回す。

のしかかる苦痛の大部分は、神経疲労だった。飛行隊の管理職などにつかず、一パイロットとして戦闘機に乗っていたころは、こんなにだるい疲れ方はしなかった。全く、自分一人が苦しいだけの激務なら、身体はきつくてもどれだけ回復が速いだろうか……。航空学生出身の優秀な戦闘機パイロットだった火浦は、今や飛ぶことだけを仕事にしてはいられない。飛行隊の隊長は、それぞれがパイロット三十名を擁《よう》する飛行班二つと、ほかに整備班の統括《とうかつ》までしなければならない。列線整備班は整備補給群ではなく、飛行隊の所属なのである。

六十名のパイロットのほかに五十名余りの整備員まで部下につけられては、薄く広く目を配るのがやっとで、とても一人一人の後輩パイロットの技量の面倒までは見切れない——それが本音である。飛行隊の技量練成は、飛行班長の仕事だ。ところが先週〈特別飛行班〉が設置されてからは、特別飛行班長職も兼任で押しつけられ、二人の新人女性パイロットの特訓コーチまで務めなくてはならなくなってしまった。オーバーロードである。

「それより温泉入ってマッサージしたいなぁ。どこかに効く温泉を知らないか」

思わず電話の交換手にこぼす。部下たちの前では黒いサングラスで隠したが、先ほど漆沢美砂生のF15が滑走路を外れて草地へ突っ込んで来た時には、両肩の筋肉が緊張でぶち切れそうになり、苦痛で顔が歪《ゆが》んだ。

『山向こうの入婿山《いりむこやま》温泉ならお勧めですが——外線も繋いでよろしいでしょうか？　二佐』

「どこからだ」

『日本海中央病院、外科病棟からです』

「何――？」

『病院からです。「火浦二佐に直接」と』

「わかった」火浦は煙草をつけようとした手を止め、うなずいた。「繋いでくれ」

三十三歳のベテランパイロットは、火のついていない煙草をくわえたままどさりと腰掛けると、デスクに長い両脚を載《の》せ、外線が繋がるまでの一秒間にため息を一回ついた。それ以上はつけなかった。

『こんにちは』

有無《うむ》を言わさぬように回線は繋がり、受話器に声がした。

『それとも、今晩は――かしら？』

「……もう、そんな時分だな」

火浦は手首の時刻を見た。隊長室に窓はないが、三月の夕日は日本海の水平線へ沈むころだろう。激しかった風の音も止《や》んでいた。前線が一本過ぎるたびに、北陸地方は春に向けて気温が上がって行く。

「君か……」

『そうよ。私』

耳に流れ込む声を聞きながら、火浦は片手の指でサングラスの眉間《みけん》を押さえた。

「そうか」

『どうしたの。ため息なんか』

「ここに座った瞬間に、電話が鳴った。そう言えば、何か予感がした」

『悪い予感？　フフ、腐《くさ》れ縁《えん》かしら』

「よしてくれ」

第七格納庫

「――――」

美砂生は、月刀が立ち去った後も、しばらく格納庫の中で膝を抱え、修理される機体を眺めていた。

団司令部の方針なのか、基地の整備工場は残業をしないらしく、一七〇〇時の終業ラッパが鳴ると『本日の作業は終了』とされてしまった。だが整備員たちが全員出て行った後も、美砂生は一人残って水銀灯に照らされる戦闘機を飽きずに見上げた。

自分が今日飛ばした機体――Ｆ15Ｊ・９２８号機は前輪を外されてジャッキアップされ、整備台に固定されていた。破断した油圧系統の配管パイプは、三系統ともすべて交換となるらしい。修理には何日かかかるだろう。

主脚の支柱から滴《したた》りおちていた紫色の油圧作動油は、まるで傷口からあふれ出した血液のように見えた。系統の作動油がすべて抜かれた後も、ポタポタと格納庫の床に染みを作っていた。美砂生に操られたこのF15は、出血多量で貧血を起こしながら、やっとの思いで生還《せいかん》したのだ。

いや。下手《へた》をすれば、基地へ帰り着くずっと前に洋上でスホーイに後ろから撃たれ、尾翼の一枚も吹っ飛ばされて海面に激突したかも知れない。

あの上空での闘いは、時間にしてわずか数分だった。だが美砂生には、あのスホーイを相手に半日くらい闘っていたような気がしていた。目をつぶると、激しくぶれる空の視界と共に機動Gの感覚が蘇り、頭がクラッとした。だいぶ疲れているようだった。腕も脚も痛かった。でも疲れているのに、神経は張りつめたままだった。疲れ過ぎているのだろうか……。運が悪かったらあそこで死んで——いや殺されていた。

眩暈《めまい》のような感覚を振り払い、目を開けて立ち上がった。

後で、何とかして今日上空でやった機動を思い出してみよう——美砂生は機体を見上げながら、そう思った。自分がどうやって後方からの銃撃を避けられたのか、空力的《くうりき》に解明してみよう。無我夢中とはいえ、この機には相当な無理をかけて空戦した。今日の経験を自分の糧《かて》に出来なければ、この傷ついたイーグルに申し訳がない……。

（ごめんね。今度からは、もうちょっととまともに飛ぶから……）

美砂生は、心の中で小さく頭を下げた。それから、機体の周りを歩いてぐるりと回った。イーグルは大きかった。空気取入口前に描かれた日の丸は、美砂生の頭より一メートルも上だ。それよりもっと高い主翼の右端から左端まで歩幅で測ると、美砂生のコンパスで十八歩もあった。二枚揃った垂直尾翼のてっぺんは、格納庫の円《まる》い天井に触れるかと思うほどだ。

油圧がなければ、舵《かじ》が重いわけだよなぁ……。

そり返って見上げながら、美砂生は思った。燃料が空でも、機体自重だけで一五トンある。増槽や弾薬をフル装備すれば二八トン。満載の国産旅客機YS11より重いのだ。

ふと、

――『怖くなっていないか？』

機体のシルエットに、先ほどの月刀の声が重なった。

――『漆沢。君は今、イーグルで飛ぶことが怖くなっていないか？』

だが美砂生は、脳裏《のうり》に浮かんだ声に頭を振る。

「怖くなってはいない……。不思議だけれど」

自分はまだ、飛ぶことに必死なだけで、怖さを感じる余裕もないのかも知れない……。

見回すと、水銀灯に照らされる空間の一方の隅には、黒羽の機があった。

美砂生は足を運ぶ。

鏡黒羽の搭乗していた927号機は、損傷が激しいため基地での修復は困難と分かり、メーカーに送られるため分解されるのを待っていた。格納庫の隅で、草地に突っ込んだ汚れだけを除去されて、あの猫のような眼の女の子を護って闘ったF15Jはひっそりと休息していた。

「────」

黄色い〈立ち入り禁止〉のテープの外側から、美砂生はその機体を見た。尾部、右側エンジンのテイルノズルの側面に、斜めに突き刺さるような23ミリ機関砲の直撃弾痕《だんこん》が開いている。美砂生の腕がすっぽり収まるような、真っ黒い大穴だ。直撃した砲弾は右エンジンの高圧タービンケースを削り取り、火災を引き起こしたという。しかし、それだけで済んだのは幸運だった。もしも射線があと二十センチ機軸に近ければ、砲弾は真後ろからノズルに飛び込み、右エンジンを大爆発させていたはずだ。そうなれば黒羽の命はなかった。

あの死神《しにがみ》のようなスホーイは、積乱雲《せきらんうん》の中で撃って来たという。激しい乱気流で射線がぶれたのかも知れない。この弾痕を見ると、黒羽と自分が生きて還《かえ》れたのは、不思議なほどの幸運だったのだと分かる。

――『君たち二人は、今回はあの謎のスホーイと一応五分の勝負をし、自力で帰還して来れた。だが闘いを挑んで負け、後方から実弾をぶち込まれて撃墜された者は――』

「…………」

美砂生の脳裏に、無線に響いた悲鳴が蘇る。

――『う、うぎゃぁあああっ』

――『「恐怖による錯乱状態」だそうだ』

先ほどの月刀の説明が、また頭をかすめる。今日、上空で悲鳴を発したのは、隣の第三〇八飛行隊に所属する二十五歳のパイロットだという。

――『心的外傷後ストレス障害《PTSD》を免れないだろう』

「……風谷君」

思わずつぶやいていた。

──『う、うわぁあああっ』

美砂生の頭の中で、もう一つの悲鳴が重なる。

一週間前の夜の、風谷の叫びだ。

〈敵〉に死に物狂いで対抗しようとしたが、どうしようもなく力及ばず、背後からばっさり叩き斬《き》られた──そんな無力感と恐怖が、どちらの悲鳴からも滲《にじ》んで来る。

自分よりも年下の二人の男に悲鳴を上げさせたのは、同じ国籍不明のスホーイ24──やつだ。

後方六時から狙われた時のあの冷たい声──〈敵〉の声を、今日、自分もこの耳で聞いた。

──『ククク──死ね』

美砂生は目を閉じた。

――『医官の話では、若いパイロットは心的外傷後ストレス障害を免れないだろうという』

切れ長の眼を、美砂生はもう一度きつく閉じた。

「風谷君……」

あなたは大丈夫なの――？

自分を空の世界へ誘うきっかけとなった年下の男の面差《おもざ》しを、美砂生は想った。

東京でOLをしていたころ、風谷は暴漢に襲われた自分を助けてくれた。結果として、怒り狂った証券会社の中年客を取り押さえたのは警官だったけれど、遠巻きの人垣の中から美砂生を助けようとしてくれたのは彼一人だけだった。

（風谷君……）

日本海中央病院

「また近くで働くようになったのに、あまり話をしないわね」

『そうだな』

「元気にしてる？」

『ああ』

「仕事のほうも順調？」

『あぁ、まあな』

「懐かしいわ。私と話すと決まってそうやって、口数が少ない振り」

玲子は、受話器に笑った。

だいたい、まだ三十代の前半で口髭なんか生やして、フライトの時以外でも黒いサングラスなどを掛けたままにしている男なんて、内面の弱さを宣伝して歩いているようなものだと玲子は思う。そういう男は、外界と自分の内面の間に、〈障壁〉が必要なのだ。むき出しの自分では歩けない。いざという時にうろたえる自分を、少しでも隠そうというわけか……？　情けない。

本当に強い男なら、何が起きても素顔で笑っていられるはずではないのか――？

そう感じたままを口にしたら、「勘弁してくれよ」と言われた。あれはいつのことだったか。

『勘弁してくれよ』

電話の向こうで、火浦がまたため息をついた。

『何か話せば、君はすぐに分析するじゃないか』

「いいわ。ひさしぶりだけど、今日はあなたの揚げ足取るために電話したんじゃないから」

山澄玲子は、六階のナースステーションで、立ったまま受話器を握っていた。かつての知り合いと会話の遊びが出来るほど、外科の病棟は暇ではない。白衣姿の玲子の横では病室からのコールを受け、当直の看護師が「はい、どうしました」とインターフォンに応えている。

「お宅の坊やのことで電話したの。傷のほうはもういいわ。引き取りに来て」

『風谷か――？　もういいのか』

「一昨日から知らせているでしょう」

『いや。聞いていないな』

「一昨日から、航空団司令部に『退院出来る』って知らせているわ。でも迎えが来ない。あの坊やを一人で外へおん出したら、正門前に覆面パトカーが張っているの。連れて行かれるわ」

『そうか。知らなかった』

「とぼけないで頂戴《ちょうだい》。こっちも忙しいの」

『いや、新人のパイロットの特訓とか、ここ一週間色々忙しかったんだ』

「とにかく、彼をここに置いておくと、毎日警察が来て騒ぎを起こすのよ。いい加減迷惑だわ」

玲子がそう言うと、電話の向こうで、同い年の飛行隊長はもう一度『すまん』と頭を下げた。

『すまん。すぐに迎えをやるよ』

「装甲車で来て。県警の連中、ひどいのよ」

玲子は、立ったまま受話器を持ちながら、ふと禁煙を解除したくなっている自分に気づいた。

ストレスか……。はたで見ている自分だって嫌になるのだ。あの坊や――風谷修の心理的苦痛はどれほどのものがあるだろう。今日で一週間だ。

「ねえ」

玲子は、ナースステーションの看護師たちに背を向けると、少し声をおとした。

「話は変わるけど、あの風谷っていう子――やって行けるの？　あなたのところで」

『どういうことだ』

「だって――」

古い知り合いにつられたように、長い髪を後ろでまとめた女医もため息をついた。

「なんか、一途っていうのかしら……。あの坊や、純粋でまっすぐで――見ていられないわ」

玲子は、先ほど三人の刑事たちが引き揚げた後に、風谷と交わした会話を想い出す。

――『駄目だった』

前髪の下で、目を伏せる横顔が浮かんだ。

――『僕は……駄目だった』

ほんの十分ほど前のこと。嵐が去ったようにがらんと静かになった病室で、二十四歳の青年はパジャマ姿でベッドに腰掛け、うつむいていた。彼は戦闘機パイロットだというのだが、素姓を知らない人がその横顔を見たら、結核にかかった画家の卵が入院しているように見えたかも知れない。「風谷君」と声をかけても、最初は反応をしなかった。

神経が参っているのだろうか、と玲子は思った。県警のやることはひどい。中年の刑事たちは、法的に筋道立てて自分たちの正当性を主張出来ない。警察のやることは全部正しいのだから、一般市民は従え、と言わんばかりだ。

あの連中は自分の頭で何が正しいか正しくないか、考えることをしないのだろうか。組織の命令には何の疑問も持たず、黙々と忠実に走り、吠え、噛《か》み付くのだろうか。警察組織での上下関係や出世競争の激しさがどれほどのものか知らないが、あれではまるで、芝居に出て来る〈権力の犬〉そのものではないか。

「風谷君。あの連中はきっとね、組織に命令されてやっているの。違法と承知で、無理に自衛隊を悪者にしようとしている。きっと自衛隊のイメージさえ悪くなればいいのよ。あなたを立件なんて出来っこないわ」だから元気を出して——と話しかけると、風谷は横顔で力なく頭を振った。

「……違うんです」

「何が？」

「警察に責められたから……おちこんでいるんじゃありません」

まだ少年の面差しをわずかに残す風谷は、辛《つら》そうに唇を噛むと、うめいた。

「僕は——弱いんです」

「あの子は——あの子なんて呼び方したら変だけど、弱くはないと思うの。弱かったら空自で戦闘機まで上がって来られるはずはないでしょう」

玲子は、受話器の向こうの火浦に言った。

「でも彼は、真面目なの。なんかこう、『男はこうじゃなきゃいけない』とか、『自分はこうあらねばならない』とか、理想を持ちすぎているの。そうなれない自分は駄目だ、みたいに思っているの。社会で大人が生きていくことがどういうものなのか知りもしないで、一人で自分に失望して、落胆している。あれでは、〈世間知らずの極致〉って言われても仕方がないわ」

玲子は再び思い浮かべる。

「僕は……弱いんです」

「強い男なんて、そう滅多にいやしないわ」

病室の中に立って、うつむく風谷を見下ろして玲子は腕組みをする。

「でも、強くなくても、ふてぶてしくなることは出来る。刑事たちは組織に動かされてあやっているのは明白だから、ちょっと世間を知っている大人なら『あなたたちも確信ないくせに、上に言われて毎日やって来て大変だね、ご苦労さん』なんて軽口を返したり出来るはずだわ。エアバスが墜《お》とされたのも、二番機の後輩が殉職《じゅんしょく》したのも、私には詳しい状況は分からないけど、少なくともあなたが責任を一人で背負い込む必要なんて絶対ないはずだわ」

「警察に責められたから——おちこんでいるんじゃありません」

「じゃ、どうして？」

「僕は、変わっていなかったんです」

「？」

「それがはっきりしたから……。自分は今まで五年間も何をして来たんだろうって――何も出来ていないじゃないかって、愕然《がくぜん》として……それで」

「どういうこと？」

「……山澄先生。聞いてくれますか」

　ここへ来てから、風谷修は内面で何を考えているのか、決して他人に見せようとしないところがあった。彼を慕っている沢渡有里香に対してすらそうだった。一人で背負い込み、思い詰める性格なのかも知れない――そう玲子は感じていた。だから風谷が「聞いてくれますか」と眼を上げて尋ねた時、やっと溜《た》め込んだものを吐き出してくれるか、と少しほっとした。このままでは、この若者はストレスに押し潰されおかしくなってしまうのではないかと、心配していた。

「いいわよ。忙しいけど、特別に聞いてあげる」

　努めて素っ気ない振りをして、玲子は促《うなが》した。

　すると、風谷は足元のタイルを見つめたまま、話し始めた。

「先生。弱い人間って――ふだんは優しい人間と見分けがつかないんです。でも、いざという時になると勇気をもって行動することが出来なくて、正体が露《あら》われてしまうんです。こいつは優しいんじゃない、ただ弱いだけで優しいように見せていただけなんだって、ばれてしまうんです」

「――――」

「子供のころ、内気だった僕は、強くて優しい人間になりたかった。月夜野《つきよの》は……高校時代に好きだった女の子は、僕を『優しい』と言ってくれました。でも違うんだ。僕はただ、弱いだけの男だった。いざという時になったら何も出来ない……だから、人に優しく振舞うことしか出来ない」

そんなやつ、この世にいっぱいいるじゃない――という返し言葉を呑《の》み込んで、玲子は黙ってうなずいた。

「月夜野とは――」風谷は続けた。「――あいつとは、もう一緒に歩けなくなってしまったけれど……。でも僕はいつだって、今だって、岸壁で隣に座ってくれたあいつを何があっても護ってやれるような、強くて優しい人間になることを目指していました」

「でも、無理してそんなものを目指すことはないんじゃない。なぜそんなものを目指す必要があるの？　そのころのままのあなたではいけなかったの」

「初めて好きな女の子が出来た時――考えたんです。それまで、自分が他人に対して何が出来るかなんて考えたこともなかったけど……。僕はこの子に何をしてやれるだろう？

そう考えると、何も出来ない。何もしてやれそうにない。僕はこのままでは駄目だと思いました。でも航空自衛隊でF15を乗りこなせるようになれれば——戦闘機パイロットとなるための訓練に耐え抜いてイーグルドライバーになれば、きっとあいつを護るのにふさわしい、強くて優しい男になれるはずだと思いました。そうなるために、努力したつもりでした」

繊細、という形容を絵にしたような横顔の青年は、目を辛そうに伏せた。

「でも僕は……駄目だった。こうしてイーグルを操れるようになっても、何も変われなかった。僕は弱いままだった。あの晩、はっきりと分かりました。あのころと何も変わっていない。いざとなったら、何も出来ない。僕はあいつを——瞳《ひとみ》を、護ってやれなかった……！」

「風谷君」

唇を噛み、拳《こぶし》をパジャマの膝に打ちつける風谷に、玲子は言った。

「風谷君。誰だって、あの撃墜は防げなかったと思うわ。誰だって無理だったのよ。あの謎の国籍不明機には、空自のベテランもばたばたやられているって言うし——」

「違う」

風谷は顔を上げた。

「違うんだ」

「何が」

「あったんです。一度だけ」

「あったって――何が？」

「やつを撃てるチャンスが、一度だけあったんだ。あの時――旅客機に流れ弾を当てず、やつだけを撃破出来る射撃のチャンスが、僕には一瞬だけあったんです。絶好の射線が取れたんだ。地上の命令なんか無視すれば、撃つことは出来た。脱出の猶予《ゆうよ》すら与えずにやつを葬《ほうむ》ることが出来た。

でも――僕は出来なかった。撃てなかった。トリガーを引けなかった。その結果どうですか？　あのエアバスに、川西《かわにし》……。巡視船に護衛艦。そして今日また仲間の機が……」


「そう言って、泣き出すのよ。私の前で」

『泣く――風谷がか？』

「そう。悔し涙かしらね」

『そうか……』

「一生懸命なのは、分かるんだけどね」

玲子は、受話器にため息をついた。

「『優しいんじゃない、弱いだけなんだ』――なんて理由で泣くんなら、世の中の男はみんな泣かなきゃならないじゃない。純粋すぎるわ、あの子」

『いや。責任感のある若いパイロットなら、ある程度そうなるのも仕方がないだろう』

「責任感、ありすぎよ。純粋に志をもって自衛隊へ入って来たような子って、これだから困る。

　あの子──風谷君は、たとえこの事件が決着して解放されても、将来ずいぶん辛い目に遭《あ》うのではないかしら。一人前の顔をしていても、世の中の仕組みなんかちっとも知らないし」

『大人になるまでの間は、誰でもそうさ。航空学生は、高校を出てすぐに飛行場の囲いの中へ入れられて、訓練ばかりさせられるんだ。世間といえば週末に呑みに出る街か、基地の喫茶室の新聞くらいしか触れないで来るんだ。大学へ行って就職をして営業なんかやるやつに比べれば、世間なんか何も知らないさ。だがあいつももう編隊長だし、修業の期間がひと段落すれば自分の生活も持てる。これから色々と社会勉強もするだろう』

「出来るのかしら」

『──ん？』

「あんなふうに一途《いちず》に──高校時代に好きだった女の子を、まだそのころのままの姿で忘れられていないのよ。そんな自分の夢やイメージに一途な男の子が、一途に戦闘機にばかり乗っていて、別世界ばかりを飛んでいて、ちゃんと世の中のことを覚えられるのかしら」

『玲子、そりゃ母親の――いや』

電話の向こうで火浦は言いかけ、口ごもった。

「母親みたいな心配……って言いたいの?」

『あ、あぁ』

「……そういうこと、あなたに言われたくない」

玲子は、その場にいない火浦を睨みつけるようにした。

するとその視線をまるで感じ取ったように、火浦は電話の向こうで頭を下げた。

『――すまん』

病棟一階ロビー

「坂田さん」

面会時間が終わり、閑散《かんさん》としたロビーは照明がおとされ、人のいないベンチが並んでいる。

正面玄関の自動ドアを出ようとする古びたコートの背中を、階段から追いかけて来た沢渡有里香が走って呼び止めた。

「待ってください。坂田さん」

「――？」

振り向いた長身の老刑事に、追いついた有里香は、息を切らしながらお辞儀をした。

「坂田さんとおっしゃるんでしょう。ありがとうございました」

有里香の顔を認めた刑事は「よう」と笑った。

「TV局の嬢ちゃんか」

「は、はい」

有里香は呼吸を整えながら、

「帰られるのを見たので、お礼言わなくちゃと思って……。今は、風谷さんを助けてくださって、ありがとうございました」

乱れたボブヘアの頭で、もう一度お辞儀した。

「風谷――あの自衛隊パイロットのことか」

「はい」

「助けになんか、なっていねえよ」

「いえ。でも」

有里香を見下ろして、定年が近いという胡麻塩頭の刑事は鋭い眼を細めた。埃《ほこり》まみれで事件現場を飛び回っている風体《ふうてい》だが、あの顔色の悪い中年刑事の物言いからすると、この老刑事は石川県警の刑事部長だという。

「あの若いパイロット――嬢ちゃんの彼氏か」

　坂田刑事は微笑した。

「いえ、あの。そこまでではないんですけど」

「そうか」

　刑事はコートの懐《ふところ》から煙草を取り出しかけて、ロビーの柱の〈禁煙〉を見てやめた。どこもかしこも不自由になったもんだ、とため息をつく。

「あの」有里香は革ジャンの胸ポケットから名刺を出すと、「申し遅れました。西日本海TVの沢渡有里香です」と渡した。

「俺に名刺なんかくれても得にならねえぞ。あとふた月で定年、御払い箱だ」

「いえ。よろしくお願いします」

　有里香はまたぺこりと頭を下げる。

「嬢ちゃん、あまり見ない顔だが。この土地は長いのかい？」

「いいえ。まだ半年ちょっとです」

「こんなド田舎に、どうしてやって来た」

「どうしてもＴＶの仕事がしたくって、東京から……」

「あんたみたいなしっかりした子なら、東京のＴＶ局にも入れただろう。昼間機動隊に噛みついたところは、大した根性だった」

「いえ、わたし学歴がないから——東京のキー局では採《と》ってくれなくって、どうしても報道をやりたければ地方のローカル局しかないんです。でも、報道は報道ですから」

「そうか」

学歴がなくて頑張るっていうのは、きついよな。老刑事はそう言ってうなずいた。

「沢渡さんとやら——あんた、あのパイロットを助けたいか？」

「はい」

「惚《ほ》れてるのか」

「え——」

「ずいぶん一生懸命だ。昼の国道でもそうだったが……。あんた、見てるとつい助けたくなる」

「そんな」有里香は乱れた髪をかき上げたが、「でもそれだけじゃありません」と言う。

「それだけじゃない？」

「はい。〈報道の使命〉です」

「使命——？」

「わたしが〈使命〉って言うとみんな笑うんですけど——でも明らかに正しくないことが、権力によって行われています。警察が——あ、すみません」

「いいよ」

「でも、正しくないことが分かっているのに、地元のマスコミはＴＶも新聞も、どこも風谷さんの不法拘束を問題にしようとしません。おかしいんです。県警のやることを批判なんかしたら、記者クラブから追い出されて記事が取れなくなるとか、尻込みしているんです。使命感が全然ないんです」

「うん」

「ひょっとしたら、『県警には逆らわない』っていうのがこの土地の業界の常識で、逆らっているのがわたし一人なのかも知れないけれど、でもそれでは何のために報道の仕事に就《つ》いたのか、分かりません。報道は言論の自由のためにやるんです。局の利益のためじゃありません」

「うん」

「ですから、無駄になるかも知れないけど、わたし一人でも頑張って――闘ってみようって……。あ、すみません。警察の偉い方にこんなこと」

「いいや」

刑事は頭《かぶり》を振った。

「使命を果たすために頑張るのは、いいことだ」

坂田刑事は、身長差が三十センチもある有里香の肩を大きな手で叩いた。

「頑張りな、嬢ちゃん」

「はい」

「すまねえが、煙草を吸いたいから失礼するよ」

長身の刑事は、後ろ姿で手を振るとロビーを出て行った。正面玄関の自動ドアへ消える背中に、有里香はもう一度深々と頭を下げた。

西日本海ＴＶ

病院から局へ急いで戻ると、沢渡有里香は髪のほつれを気にする暇もなく、手持ちの仕事をまず全力で片づけた。

一人でも闘う――そう決めてはいても、有里香には日常の仕事が山ほど背負い込まされている。石川県の地元ＵＨＦ局である西日本海ＴＶが、契約社員として有里香を採用したのは、報道でスクープを取ってもらおうと考えたからではない。膨大《ぼうだい》な雑用を安い賃金でやらせるためであった。

多くの地方Ｕ局の例に漏《も》れず、西日本海ＴＶも地元を牛耳《ぎゅうじ》る財閥《ざいばつ》が副業として運営する会社だった。ＴＶ放送も、電気・ガスや路線バスなどと同じ政府許認可の権益事業である。

地元の権益という権益はとりあえず独占してしまえ、というのが経営者の設立時の考えだったから、経営ポリシーも『とにかく問題を起こさず放送事業を継続する』ことに尽きていた。事業を継続してさえいれば広告収入は川の流れのごとく細く長く入り込む。電波に乗せる商品である番組は、東京の巨大なキー局がネットワークで流して来るものを、右から左へそのまま流せばよい。だから独自に番組を制作する能力は、必要なかった。報道でスクープを取るような能力も要求されない。ニュース番組の後半のローカル枠にはめ込む地元ニュースと〈街の話題〉のVTRさえ作れれば、それで十分だった。

東京で有名商社のOLをしていた有里香が、そんな地元の事情を知ったのは、ここへ赴任してしばらくしてからだった。マスコミへの就職情報の中には、採用されるためのノウハウは多くても、放送局が地方の社会でどのような役割を占めているのかまでは、解説されない。

「でもわたしは、安く使われるためにここへ来たんじゃない。M物産を辞めてまでわざわざTV局へ入ったのは、報道人になるためなんだ」

小さくつぶやきながら、有里香は狭い編集室に一人こもって、商店街のお惣菜《そうざい》のVTRを編集した。病院に寄って時間を食ってしまったから、急がなければならない。取材とは別に、専門の編集技術者を雇うような局ではなかった。ニュースに使うVTRは、テロップまで記者が付けなくてはならない。わずか半年で、有里香のＶＴＲ切り貼り作業は職人のように素早くなっていた。

昼間の国道の核燃料輸送の素材テープと〈お惣菜特集〉の素材テープを編集して、一分三十秒と四分四十五秒の二本のＶＴＲに纏《まと》め上げ、夕方のニュースのディレクターに手渡すと、もう六時になっている。新人のアナウンサーでも分かるようにしておけ、とデスクに命じられた〈プルトニウム使用のＭＯＸ発電の問題点〉についても、ワープロ打ちのレジュメを付けた。今日の仕事は、これで何とか間に合わせた。我ながら何と素早い作業だろう。

（――法学部の先生というのは、この時間でも研究室にいるのかしら……？）

一人の闘いを、再開させよう。

腕時計を見た有里香は、早足で局の曲がりくねった廊下を急いだ。何かお腹に入れたかったが、目当ての大学助教授と今晩中にコンタクトを取りたい。県警の捜査の違法性を、専門の法学者の見地から解説してもらい、その取材ＶＴＲを元に警察を糾弾《きゅうだん》しようというのが有里香の計画だ。

報道部オフィスの自分の机へ戻ると、調べかけの職業別電話帳を書類の山の上から取り上げ、昼に付箋《ふせん》をしておいたページを開いた。隣の新沢県にある国立日本海大学の法学部の番号に、赤いアンダーラインが引いてある。県警の不法な取り調べの動かぬ証拠として、病院で風谷が責められている場面の隠し撮りを試みたが、そのテープは中年刑事に踏み潰されてしまった。

この問題を言葉だけで説明しても、分かってもらえるだろうか——？　とりあえず、当ってみるしかない。目星をつけた若手の助教授に、急いで連絡しようと電話に手を伸ばしかけると、

「おい沢渡、ちょっと」

第二報道部制作デスクの三宅《みやけ》が呼んだ。

「は、はい」

有里香は仕方なく、椅子を立つ。

にきび面の河馬《かば》みたいな四十男は、デスクに足を載せて扇子をパタパタやりながら手招きした。TV局には珍しく三つ揃いのスーツを着ているが、腹は相当出ている。この男は、地元の財閥の傍系《ぼうけい》の親戚の四男坊だという。有里香にそう教えたのは、第二報道制作主任の鰐塚《わにづか》だった。組合副委員長だという、あの顔の長い三十男は今日は姿が見えない。

「何でしょうか」

「あのな沢渡」

三宅は、吸っていた煙草をせわしなく灰皿につぶしながら言う。

「今晩、大八洲《おおやしま》の料理番組が来るんだよ」

大八洲、というのは、西日本海ＴＶが所属するネットワークのキー局、大八洲ＴＶのことだ。東京では8チャンネルである。

「俳優の喜多条《きたじょう》俊之《としゆき》がレポーター役で、市内の料理屋で蟹《かに》を食べるんだ。それでな、誰かお相手する女性のアシスタントを付けてくれって、向こうのプロデューサーから頼まれてなぁ。『なるべく若くてきれいどころを』っていうことで――」

「はぁ」

「それで、お前に頼みがあるんだが」

わたし――？　と自分を指さしかける有里香に、

「いや、アナウンス室の新人の川俣《かわまた》を出すことにしたんだ。だからお前悪いけど、川俣がやる予定だった資料室の整理、今晩残業してやってくれ。これからすぐにやってくれ。いいな？」

それだけ言いつけると、三宅は「さて俺もお相伴《しょうばん》で蟹、蟹」と嬉《うれ》しそうにつぶやきながら立ち上がり、上着を羽織った。

「残業代は出ないけどな、しっかり働くんだぞ沢渡。これもみんなのためだ」

「は――はい」

残業手当は出さない、などとデスクが公言すれば、組合執行委員の鰐塚が黙っていないところだが、こういう時に限ってあのむさ苦しい髭面はいない。

「あのぅ、ちょっと電話の用事をしてから……」

「駄目だ駄目だ、本当なら昼に終わらせるはずだった整理だ。すぐにやれ、すぐ」

資料室というのは、局の一階のずっと奥の窓のない穴蔵みたいな、しいんとした空間だった。

夕食は、〈お茶室〉の販売機でカップラーメンかなぁ——とため息をつきながら有里香が未整理の資料を棚から降ろしていると、やたらに目立つ黄色のスーツを着たロングヘアの女の子が、そうっと部屋に入って来た。

「あのう、沢渡さん」

昼のニュースで、スタジオに立っていた新人の女子アナだった。川俣真理《まり》という。

「あら——川俣さん」

同い年だったが、有里香はこの局アナとあまり話をしたことがない。

契約社員として、中途で報道部に入った有里香と違い、川俣真理は東京の有名私立女子大から新卒で入って来た正社員アナウンサーだ。新卒一年目で二十四歳というのは、浪人や留年をしたからではなく、英文科在学中ロンドンに一年間留学していたからだという。局の新人歓迎会の宴席で、「父には反対されましたが、このような街に文化の灯をともすのも良い仕事だろうと、あえて飛び込んでみました」とか口走ったという。

「あのう、沢渡さん。すみませんけど……」

川俣真理は、黄色いミニスカートの裾に埃がつくのが気になるのか、テーブルを避けながらそうっと有里香に近づいた。

「あら、いいのよ。気にしないで」蟹食べて来れば──？　と言いながら有里香は、胸に抱えたファイルをどさどさとテーブルに置く。

「そうじゃ、ないんです」

「え？」

真理は、飛び散った埃に眉をひそめながら、

「実は、沢渡さんにお願いがあって」

「何？」

資料室の整理を代わってもらった詫《わ》びを言いに来たのか──と思ったが、違うようだった。有里香はこの新人の女子アナが何を言いたいのか、分からなくて首を傾げる。

「お願いって──？」

「実は沢渡さん。今度東京でね、BSのニュース番組のオーディションがあるんです」

「BSの──ニュース番組？」

「ええ。私、アシスタント・キャスターを受けるんです。だってこんなド田舎に、いつまでも居るわけにいかないでしょう？」

「ああ——そうなの」

有里香は手を止める。

「採用条件は『四年制大学卒で一年以上の留学経験』っていうから、応募者も絞られるし、可能性あると思うの。私、これでも去年は大八洲ＴＶで最終面接まで残ったし、キー局をあきらめるのはもったいないと思うの」

「あぁ、そう」

「みんなには、受けることは内緒なんだけど——それでね、来週有給を使って東京へ行くんだけれど、アリバイ、お願いしようと思って」

「アリバイ……？」

「来週の土日、私と居たことにしてくれません？　アナウンス室はみんな競争相手だから、頼める人がいないの。ねぇ沢渡さん、お願い。東京へ返り咲けるチャンスなの。いいでしょう？」

わたしは——
一方的に拝み倒した真理が、俳優と蟹を食べるために出て行ってしまうと、また資料室はしんと静まり返った。書類棚にぱたぱたハタキをかけながら、有里香はため息をついた。
わたしは——どうせ短大だし、留学なんかしたことないし……。でも、能力でも見てくれでも、あんたなんかに負ける気はしないのに……。

心の中でつぶやくと、こらえても目頭《めがしら》が熱くなる。埃が目に入る気がして、ハタキを止めた。

（風谷さん……）

有里香は、グスッとすすり上げた。

（わたし、負けないから……。わたし戦うから）


日が暮れて、受付もいなくなった西日本海ＴＶの正面ロビーでは、待合ソファの壁に設置された三〇インチのモニター画面が自局の放送を映し出している。地方のＴＶ局は、夜になれば来訪者もなくなる。誰も見ていないその画面は、東京からのネットワークを通って流れ込んで来る、夕方の全国ニュースだ。〈緊急特集〉という筆書きのようなテロップが、右下にかぶさっている。

『――ですから、原子力発電所が国籍不明機に爆撃され破壊されるという危険性は低く、杞憂《きゆう》だと言えるわけです』

三原色の照り返しが、薄暗いロビーに瞬く。

画面の中は東京のキー局――港区の台場にある大八洲ＴＶ本社の、局舎内情報分析室だ。

暗い室内にモニターが並び、再生される映像を指しながら三十代の眉の濃い男が解説をする。下のほうに、〈航空評論家・赤城賢一郎《あかぎけんいちろう》〉とテロップ。

『この視聴者から届けられた目撃VTRですが、これを見ますと確かに国籍不明の謎のスホーイ24――このモニター中央に映っている可変翼の灰色の機体ですね。これは航空自衛隊のF15に追われながら、新沢県の浜高原発の頭上を通過しています』

ボールペンで指し示すモニターに、素人《しろうと》の撮影らしい粗い映像がブレながら拡大される。数秒間フレームに入った小さな影は、灰色の可変翼機を斜め下から撮影したものだ。発電所付近の海岸あたりから、爆音に驚いて見上げたようなアングルだ。旋回する灰色のシルエットは動きが疾《はや》く、たちまち巨大なドーム型建屋の向こうへ姿を消してしまう。それを追うようにさらに二つのシルエット。やや小さく見えるライトグレーの影は、空自のF15二機だ。

『ただ、このスホーイの飛行が、近いうちに原発を爆撃するための事前偵察行であったのか、それとも単に洋上を飛行していたところを、空自機に過度に追い回されたために内陸へ入ってしまっただけなのかは、この映像からは判別出来ません。しかしながら原発への空襲・爆撃が実行されるかとなると、私としてはかなり可能性は低い。たとえ空襲に成功したとしても、原子炉を爆弾で破壊することは到底困難と言わざるを得ないのです』

それはどういう理由による意見ですか、と画面の外から記者らしき声が訊《き》く。生映像ではなく、あらかじめ録画したインタビューらしい。

『そうですね。まず第一の理由としては――』

小松基地

『第一の理由としてはですね。まずこの国籍不明機がもし爆弾を抱いていたら、こんなに内陸へは侵入出来なかっただろうということです』

第六航空団司令部の一階。食堂脇の喫茶室で、備えつけのＴＶがニュースを流している。夕食を済ませた整備員や事務方の隊員たちが十数名、ベンチで煙草を吸いながら画面を見上げている。

『これをご覧ください』

画面に、下方から撮影されたスホーイ24の拡大画像がアップになる。頭上通過の瞬間を捉《とら》えた、粗いストップモーションだ。ベンチの全員が、煙草や缶コーヒーの手を止めて注視する。

「――？」

月刀は、通り掛かった喫茶室のＴＶにその画を認めると、足を止めた。喫茶室の入口のドアに手を掛け、整備員たちの後ろからニュースの画面を見やった。

『ご覧の通り、主翼と胴体の下面がよく見えますが、ここに注目してください。この機はていないのです。さきの尖閣《せんかく》諸島の事件では、海上保安庁の巡視船と海上自衛隊のイージス艦を爆撃して撃沈したスホーイですが、今回の飛来では、爆弾を携行して来ていません。これは、南西諸島の離れ島ならともかく、護りの堅い日本本土に爆弾などを抱いて近づけば、たちまち航空自衛隊の要撃《ようげき》機に撃墜されてしまうからです。それを良く知っているからだと言えるでしょう』

『航空自衛隊の戦闘機は、国籍不明機を簡単には撃てないのではなかったですか?』

画面の外から、記者の声が訊く。

『その通りです』画面の中の男はうなずいて『しかし、条件が揃えば撃てるのです。もしも――もしもですよ。国籍不明機が爆弾を抱えていて、原発のある海岸線へまっすぐ突っ込んで来るようなことがあれば、これはわが国の国民の生命・財産に対する明らかな危険ですから、事態は専門用語で〈急迫した直接的脅威〉と判断されます。すると自衛隊は現場指揮官の権限で、武器の使用が認められるのです。この〈急迫した直接的脅威〉を排除する場合だけは、総理大臣が招集する〈内閣安全保障会議〉の許可・命令も必要ありません。現場のパイロットは中央指揮所の了解を得て、国籍不明機を撃墜出来ます。

そういったわが国の国防の仕組みを熟知していたからこそ、このスホーイは、真の目的は何なのか分かりませんけれども、あえて丸腰で飛来したのだと言うことが出来るでしょう』

『では、もしこの国籍不明機が爆弾を抱いていたら、原発に接近した時点で自衛隊の戦闘機に撃ちおとされていただろう、と言えるわけですね』

『そうです。ただ今日の事件では、結局空自はまたしてもこのスホーイを取り逃がしましたが、これは当該機が爆装をしていないと分かった時点で防衛省の中央からの指示が二転三転し、追尾するF15が何も出来なかったせいだろうと推測出来ます』

『ちょっとそこが心配なのですが。何も出来なかったどころか、自衛隊機は撃墜されましたね』

『そのことも、指揮系統の乱れか何かによるものでしょう。本来ならば電子戦偵察機であるスホーイ24が、F15イーグルと格闘戦をやって勝てる可能性はありません。全く意外な出来事でした』

『赤城さん。では、もしこのスホーイが爆弾を抱えて再度襲来した場合、次も今回のような指揮系統の乱れが発生すれば、原発への攻撃を許してしまうという事態も有り得るのではないですか』

『う～ん。そうならないことを祈りたいですが』

画面が、パッと明るいスタジオへ替わった。

『はい、ここでいったんスタジオです』

キャスター席のきつい眼の女性が、隣に座ったゲスト・コメンテーターらしい五十代の男を振り向き、『鬼座輪《おにざわ》さん』と問い掛ける。

『鬼座輪さん。今日午後の新沢県沿岸上空でのこの事件について、航空評論家の赤城さんの解説の途中なのですが、ここまでをお聞きになっていかがですか』

すると、不精髭に黒いタートルネックを着た眼の鋭い男は、うっそりと低い声でつぶやく。

『全く、役立たずだ』

『は』

『自衛隊のことですよ』

画面の五十代の男の髭面の下には、〈中央新聞編集主幹・鬼座輪教介《きようすけ》〉とテロップ。朝のワイドショーにも出ていた人物だ。

喫茶室の隊員たちの談笑がすっかり止んで、全員が画面に注目した。

鬼座輪と呼ばれた男は、世の中を憂《うれ》うるような鋭い眼をカメラに向け、続ける。

『私は、これまでも機会あるたびに「自衛隊は必要ない、なくしてしまえ」と主張して来ましたが、今日は私の主張の正しさが証明されました。自衛隊は、あっても何の役にも立たない。ああやって国籍不明機を追い回すだけ追い回して過度に刺激し、かえって日本に害を与えているだけだ』

『しかし鬼座輪さん。先週の尖閣諸島の事件でも、中国の調査船が魚釣島《うおつりじま》に上陸しようとしましたが、こういう事態に対してわが国の領土を護るため、最小限の防衛力として自衛隊は必要だという意見もあります』

『そんなことはありません。断じてない』わざと伸ばしたような不精髭の男は、心外だというふうに頭を振る。作家のような文化人にも見えるが、大手新聞社の編集主幹だという。

『尖閣の事件は、日本が悪いのです』

『日本が悪い――?』

『そうです。実は尖閣諸島という島々は、もともと中国大陸から連なる大陸棚から突き出している海底山脈です。本来なら中国に属している群島なのです。それを、日本が、ちょうど北方領土みたいに不法に占拠しているわけです。歴史的にこういう悪いことをしているのに、この国は教科書で子供たちに教えることもしない。だからアジアの人々から軽蔑《けいべつ》されるのです。尖閣諸島は、早期に平和的に中国へ返還し、海底資源については、共同で開発させてもらえるように、話し合いを行うべきだった。ところが日本政府はそういう平和のための話し合いをしようとせず、自分たちの国益だとか言って欲の皮をつっぱらせているから、ばちが当ったのです。それというのも、間違った憲法違反の自衛隊などがあるからです』

『しかし、日本の国益を考え、優先させるのは日本の政治家の役目だという見方もありますが』

『いえ。いえ。二十一世紀になろうというのに、ちっともグローバルな考え方をせず、自分の国さえ幸せなら他の国はどうなってもいいだなんて、間違っています。私は、そんな考え方しか出来ない日本人の仲間であることが恥ずかしい』黒いセーターの男は、どうしてこんな間違ったことに人々は気づかないんだ、とでもいうふうに頭を振り、ため息をついた。『少なくとも私は、未来に生きる〈地球市民〉として、アジアの、いや世界全体の平和と利益を考えて生きて行きたい。日本が防衛予算を返上すれば、アジアの貧しい子供たちがたくさん救えるのだ。そういった進んだ考え方をする市民団体や教師の集団なども、世の中にはあるわけです。次代を担《にな》う日本の子供たちを教え導いて、誇り高き〈地球市民〉を育成しようと頑張って闘っている人たちがいる。そういう人たちの闘いを邪魔しているのが、憲法違反の間違った悪い自衛隊なのです』

『はぁ。なるほど』

『見てご覧なさい。正しい市民団体や教師の人たちに比べ、自衛隊員はみんな心が歪んでいるのです。その証拠に、見なさい、今日のあの連中のていたらくを。世界最強なんて威張っている主力戦闘機が、本来は格闘戦用ではない電子戦偵察機に三機もやられた。ばたばたと墜とされた。これは空自のパイロットの技量の低さを示すものであると同時に、自衛隊員たちの心が歪んでいることを如実に表わしている。歪んだ心で撃った弾丸など、当るわけがないのです』

煙草を手に見上げていた整備員たちが、絶句した。後ろで見ていた月刀も「な——何だと!?」と目を見開いた。

『では、航空自衛隊というのは、高価な装備は揃えているけれど、いざという時は役に立たない存在だ、ということでしょうか』

『その通りです。装備は米国から買わされた高級品でも、もともと憲法違反ですから戦う権限などないに等しく、現場のパイロットには技量も根性もなく、おまけに心が歪んでいる。航空自衛隊は何の役にも立ちません。実戦を行う能力で比較したら、きっと朝鮮半島の某国などよりも遥かに弱く、万一戦ってもこてんぱんにやられるだけでしょう』

黒い不精髭の男は、画面のこちらをグイと睨むようにして言った。

『あっても害になるだけの、憲法違反の自衛隊は、税金の無駄づかいの戦闘訓練などする暇があったら迷惑をかけたアジアの人々に謝るべきだ』

「な——何を言いやがる……!」

月刀はドアの脇に立ったまま思わず肩を怒らせたが、その肩を後ろから誰かが叩いた。

「おい月刀」

「ひ、火浦さん」

「何をいきりたってる」

「ひどい言われ方ですよ。あのニュース、ひどいですよ!」

月刀は、廊下をやって来た火浦に「あれを見てくださいよ」とTV画面を指さして示した。

「月刀。マスコミ評論家なんかの言うことに、いちいち目くじら立てても仕方がないだろう」

「でも！」

「それより、風谷を迎えに行ってくれないか」長身の飛行隊長は、日が暮れても外さないサングラスの顔で、月刀に依頼した。少し疲れたように、ため息をついた。「今、病院の主治医から『退院させる』と電話があってな……」

「風谷を――？」

『さて、ここで赤城さんの解説の続きを見てみましょう』

新沢県
浜高原子力発電所

『第二に、たとえ原発の原子炉へ向けて爆弾を投下することに成功しても、炉そのものを破壊するのは極めて難しいだろう、ということです』

「――――」

食堂のTVに映る夕方のニュースを何気なく見上げながら、三十六歳の早乙女慎吾《さおとめしんご》は、後輩の石川健一《いしかわけんいち》と共にどんぶりのご飯を食べていた。新しい発電所の食堂は、二百名を収容出来る広さの空間であったが、食べている職員の姿はまばらだ。全職員が二十四時間三交替のシフト体制で動いていることに加え、システムの自動化で省力化が図られているためだ。

「先輩」

「ん」

「何か、えらい物騒なこと言ってますよ」

〈当直副長〉のプレートを胸に付けた三十一歳の石川が、箸で画面を指す。

「ん。ああ」

早乙女は、鯖《さば》の味噌煮を噛みながら、うざったそうにうなずいた。おかずの味つけが、塩辛い。施設内の食堂は地元の賄《まかな》い業者に任せているので、東京育ちの身にはしょっぱく感じる。

「TVの連中っていつもそうですよね。原発となればすぐ『危ない危ない』。まったく、自分たちのスタジオの照明や、番組の後で繰り出して遊んでいる六本木の店の電気がどこで造られているのかなんて、考えたこともないんでしょうね」

「ああ」

「今や日本の原子力発電は、規模で世界第三位、国内の総発電量の実に四割。電源別で火力を追い抜いて国内一位になってからすでに十年だっていうことも、あいつら知らないんじゃないですか」

「……ああ」

勤務の日は、発電所の中でしか食事が出来なかった。独身だから弁当も持てないし、毎日こうしょっぱいおかずばかりでは困るのだ。だが食堂の味つけが濃いから何とかしろという声は、所内からは聞こえた試しがない。みんな我慢しているのかといえば、そうでもない。原発では、雇用職員の七割以上が立地する地元の出身者で占められる。大部分の職員たちは、これを普通の味だと思って食べているのだろう。

「それにしても先輩、この鯖塩っ辛いですねぇ」

「うん、そうだな」

早乙女は飯を呑み込み、うなずいて茶を呑んだ。その制服であるベージュ色の作業ジャンパーの胸には、〈当直長〉のプレートが付けられている。早乙女は、〈原子炉運転責任者〉の国家資格を持つ発電所の幹部運転員だった。東工大で五年後輩の石川とは、同じシフトを組んで半年になる。人数の少ない東京出身者同士でコンビを組むのは、珍しいことだ。

「あと何年、ここの飯を食うんでしょうね」

「当分だろうな……。プルサーマルが一段落するまでだ」

二人はこれから、十九時から翌朝午前三時までの通称〈S直〉と呼ばれる中央制御室の夜間当直勤務につくところだ。

株式会社東洋原子力発電に勤務する早乙女慎吾は、〈原子炉運転責任者〉の資格を取って十年になる。若手だが責任ある立場を任された、第一線の技術者だ。これまで六か所の原発で運転を経験し、浜高原発には昨年から勤務している。

三十六歳で独身なのは、早乙女自身に言わせれば『なんとなく』だった。女性にもてないタイプではない。日に灼けた細身の長身で、東京工業大学で核物理学を修めていたころは体育会ラグビー部に所属し、桜に囲まれた大岡山《おおおかやま》のグラウンドで走り回っていた。四年間の大学生活では女子大生と合コンもしたし、友達がうらやむような本命の彼女もいた。

口数の少ない、朴訥《ぼくとつ》なスポーツマンと人に言われる早乙女は、中学時代に読んだアインシュタインの伝記の影響もあって物理学を志したが、大学で核物理へ進んだのは成り行きに過ぎなかった。本当は、将来宇宙開発事業団へ進める航空宇宙学科が希望だった。アインシュタインの特殊相対性理論の解説本に出て来る、宇宙ロケットを造ってみたかったのだ。しかしラグビーの練習ばかりしていたので、気がついてみると東工大の中で一番人気のない核物理学科しか、進める道がなくなっていた。当時はスペースシャトルが将来性のないシステムだと判明する前の時代で、日本も国産H－Ⅱロケットを開発しており、ロケットコースへは希望者が殺到していたのだ。のんびりした早乙女の成績で選べるのは、原子炉コースだけしかなかった。有名女子大に通っていた当時の彼女は、会うたび「本多技研か松下電器に入って欲しいわ」などと勝手な希望を言ったが、大学生の早乙女は専門課程が核物理と決まった時「まぁいいか……」と思った。自動車や家電には元から興味がなかったし、オタクと呼ばれるほどにロケットが好きだったわけでもない。一応原子力だって、立派な仕事だろう……。

当時はそのくらいに、軽く考えていた。

『赤城さん、原子炉の破壊が困難というのは、どういう理由ですか?』

『これをご覧ください』

ＴＶのニュースの画面では、眉の濃い航空評論家だという男がフリップを出し、解説を続ける。イラストで描かれた断面図は、大型の沸騰水型原子炉――どこかで見た図面だ。

『これは、今日の午後〈ＭＯＸ〉と呼ばれるプルトニウム混合酸化物燃料が搬入された、新沢県の浜高原発・第一号炉の断面図です』

その言葉に、二人の男は箸を止めた。

「――」

「――」

思わず顔を見合わせた。画面の図は、自分たちの操る原子炉そのものだった。

『この通り、発電用原了炉というものは、三重の構造体で護られています』評論家が、図の外殻を棒でぐるりと指す。『一番外側が、高さ二二〇メートルの原子炉建屋。ご覧の通りのイスラム寺院を想わせる巨大なドーム状構造物で、壁は厚さ平均三〇センチの鉄筋コンクリートです。この建屋の中は空洞になっていて、一回り小さな〈原子炉格納容器〉が設置されています。これは厳重な気密性のある厚さ三センチの鋼鉄製です。この格納容器の内側に、さらにもう一つ。高さ二八メートル、直径七・四メートルの円筒型カプセルのような〈原子炉圧力容器〉が隠されています。圧力容器は実に厚さ一八センチの低合金鋼と呼ばれる粘り気のある特殊合金製で、二一〇気圧の内部圧力と一〇〇〇度の高熱に耐えられる性能があります。この中に原子炉が封じ込められているのです』

断面図が、画面にクローズアップされる。何重もの殻に包まれた、原子炉の構造図。

『原子炉というものは、簡単に言えば核燃料を棒状にした〈燃料棒〉を数百本束ね、水のプールに浸《つ》けた装置です。〈燃料棒〉が核分裂で吐き出す熱を、水を循環させて取り出し、蒸気に換えて発電用タービンを回します。言ってみれば核を使った蒸気機関なのです。この〈核蒸気機関〉が、圧力容器、格納容器、建屋と三重の硬い殻に包まれ、護られて動くわけです』

『これは大層な防備と言えますね』

『そうなのです。先週、国籍不明機に爆撃されて轟沈《ごうちん》した海上自衛隊のイージス艦〈きりしま〉、立派な軍艦ですけれども、あれの外部装甲が一番厚いところでもわずか三センチの鋼鉄です。現代の軍艦は機動性を重視していますから、案外防備は薄いんです。それに比べたら、原発の防護は、木造家屋とお城くらいも違うと言えるでしょう。ですから仮に国籍不明機が自衛隊のスクランブル機を出し抜いて振り切り、単機突入して〈きりしま〉撃沈時と同じ量の爆弾を投下し、全弾を命中させたとしても、原発は外側の建屋にひびが入る程度で済むはずです』

『でも、周辺の設備を破壊されたら、どうなりますか？』

『その時は、原子炉は自動的に緊急停止するはずです。問題ありません』

『かつて、原子炉が空爆を受けたという実例は、あるのでしょうか？』

『稼働開始前の原子炉を狙ったものなら、あります。二十五年以上前の一九八〇年九月、イラクが核開発に乗り出そうとした時のことです。まず、この計画を潰そうとするイランが、Ｆ４ファントム二機を差し向けて完成目前のイラク原子炉を爆撃しましたが、この時は建屋にかすりもせず失敗。続く八一年六月、稼働させてしまうと影響が大きいので最後のチャンスだったのですが、今度はこの原子炉に対しイスラエルが八機のＦ16に合計十六発のＭｋ84一トン爆弾を積み、これらを十六機のＦ15に空中援護させて突入、ピンポイント爆撃で十五発を命中させ、やっとのことで破壊しました』

『一トン爆弾が、十五発ですか⁉』

『そうです。それだけの爆弾が一点に集中して命中し、ようやく破壊出来たのです。この作戦にはアメリカの全面的なバックアップがあったと聞いています。まぁ、共産圏の古い機体を単独で使うどこかのテロ組織などには、とても真似の出来ない攻撃と言えるでしょう』

『では、日本海の原発が爆撃されて大爆発を起こし、放射能をばらまくなどという事態は――』

『さっきから申しあげている通り、杞憂ですね』

「あの評論家――」

石川がゴホン、と咳《せき》をして言った。

「――何か一応、『大丈夫だ』とか強調してくれてますね。経産省から依頼でも行ったのかな」

「交代の時間だ。行こう」

早乙女は箸を置いた。

『怖いのはむしろ、爆撃されたという〈風評〉による社会のパニックでしょう』

『いわゆる〈風評被害〉ですか』

『そうです。実際、茨城で昨年起きた、ウラン加工工場の臨界《りんかい》事故では――』

評論家は得意げに解説を続けていたが、早乙女は不機嫌そうに「行こう」と石川を促し、トレイを持って立ち上がった。

　当直勤務の開始時刻が、迫っていた。

　ところが食堂を出ようとすると、廊下に五十代の総務課長が折り畳み式テーブルを出し、紺色のハッピを羽織って立っていた。

　まずいな——

　早乙女は困った表情になったが、食堂の出口は一か所しかなく、その前を通るしかなかった。

〈美味しい！　本場茨城の乾燥イモ〉というハッピと同色ののぼりが、壁際に何本も立てられ、総務課長の前のテーブルにはパック入りの商品が山のように積まれている。

「さぁさぁ、安全で美味しい茨城の乾燥イモだよ。どんどん買っとくれ」あと数年で定年を迎える白髪混じりの総務課長は、通り掛かった早乙女と石川を呼び止めると、真空パック入りの乾燥イモの束を突き出して見せた。「早乙女さん、あんた管理職だろう。ノルマは一〇キロだよ」

　総務課長の手は、有無を言わさず「買え」と言っていた。

「乾燥イモを、一〇キロ——？」

　早乙女は絶句した。

「そうだ」

「そんなに買わされるのか……」

長身の早乙女は、テーブルに積まれたパックの山を猫背になって見下ろし、ため息をついた。

「独り者が、そんなに食べられるわけないじゃないか」

「食べられても食べられなくても、ノルマだよ。余ったら、親戚にでも配ればいいさ」

「勘弁してくれよ、総務課長。俺の部屋には、先週買わされた茨城の納豆が五キロも積んであるんだ。寝る場所がなくなるよ」

「しょうがないじゃないか。所長がどんどん引き受けて来るんだ。でもね早乙女さん、今や茨城の産品を買うのは、全国の原子力従事者の責務だと私も思うよ。さぁ文句を言わずに伝票にサインしとくれ。あとで宿舎に届けるから。支払いはいつもの通り給料天引きだ」

中央制御室の当直を引き継ぐ時刻は迫っていて、押し問答の暇はなかった。

早乙女が一〇ヤロ、石川が五キロの乾燥イモの伝票にサインをさせられてしまった。これで独身者用宿舎の個室が、また狭くなってしまう。しかし昨年のウラン燃料加工工場の臨界事故以来、毎週回って来る茨城県名産品の購入を断われる雰囲気は、この発電所にはなかった。

「まだ、風評被害は続いているんですね」

「そうらしいな……」

二人が急いで行こうとすると、総務課長は思い出したように廊下を追いかけて来た。

「あぁそうだっ。待ってくれ、待ってくれ」

考えてみると、農産物を買わされるくらいはまだ良かった。

「早乙女さん、石川君。あんたらのデスクに置いておいた写真は、見てくれたかね？」

浜高原発・中央制御室

「いいじゃないか。もらえよ、嫁さん」

当直交代の引き継ぎをするブリーフィングで、昼の勤務を終えた年かさの当直長が笑った。

「俺たちのころは、原子力発電をやるんだとか言えば『立派なお仕事で』と言われたもんだ。でも、早乙女たちが大学を出るころから『原子力はどしゃ降り』だろう？　チェルノブイリもあったし、今の若いやつは嫁の来手《きて》なんかありゃしない。総務課長が写真を持って来てくれるんなら、渡りに舟じゃないか」

「いいですよ」

早乙女は、頭を振った。

「だいたい、何ですか、あの写真の山。『東海村とその周辺の出身だから』という理由だけで、婚約相手の親や親戚に反対されて、よってたかって縁談を壊された娘たちだっていうじゃないですか。その子たちが可哀相だからって今度は原子力関係者とくっつけようなんて、いったいどういう神経なんだ。誰が考えたんだ」

早乙女には信じられなかったが、昨年のウラン燃料加工工場の臨界事故以来、本当に日本の社会で起きている現象だった。お陰で発電所の独身職員の机には、本社から回されて来た見合い写真が一人十数冊も積まれているのだった。

「誰が考えたのか知らないが、所長がたくさん引き受けて来るんだ。写真くらい見てやれよ」

「嫌ですよ」

「誰か、決まった人でもいるのか？」

「そういうわけじゃないけど――」

早乙女はため息をついて、集中制御席のシートに腰をおとした。

「まったく、核施設のある街で生まれ育ったというだけで、結婚を拒否《きょひ》されるなんて――ひどい社会だ」

「まぁ確かにな。野菜が売れないのも困るが、こういう風評被害もひどいもんだよな。マスコミも悪いんだ。あの事故の後、茨城に押しかけて、畑でナスとってる人にマイク突きつけて『何とってるんですか、それ食べるんですか』だもんな」

「でも僕は——今度会ってみようかなぁ……。写真の中に、合いそうな子がいたから」

石川が頭を搔きながらつぶやいた。

「そうしろよ。所長が喜ぶ」

歳かさの当直長は、石川の肩を叩いた。

「仲人《なこうど》でもさせてやれ」

「ところで、その所長は——？」

石川は中央制御室の空間を見渡して訊《き》いた。

文句の一つも、言ってやろうと思ったのだ。

普段なら、当直引き継ぎの時刻になると、どこからともなく中央制御室に現われ「よう、やってるか」とか肩を叩いて行く。しかし五十過ぎの所長は激励に来るのではなく、引き継ぎの時に運転員同士が会社の方針に反対するような言動をしていないか、監視しているのだとも言われる。

「ああ。所長なら東京だよ」

「——東京？」

「燃料搬入が済んだと思ったら、おっとり刀で出かけて行った。夕方の便に飛び乗ったらしい」

「搬入後の気密検査も、まだ済んでいないのに？」石川はあきれた声を出した。確かに所長は、親会社の日本海電力から出向して来た文系管理職で、技術者ではないから居なくても炉の気密検査には困らないのだが……。「しかし何でまた、東京なんかに」

「どうも、鳴虫山《なりむしやま》先生のパーティーらしい」

「鳴虫山――あの農水大臣の？」

「〈鳴虫山鉢郎《はちろう》・政見を語る報告会〉だとかに、呼ばれて行ったんだ」年かさの当直長は、肩をすくめた。「どうせMOXは、搬入は済んでも地元の県議会が認めるまで燃やせないんだし、鳴虫山先生のパーティーは会社としてもどうしても出なけりゃぁアレだろうってことさ」

「やれやれ……」


昼間帯勤務の運転員たちが、引き継ぎを済ませて帰ってしまうと、中央制御室の空間は早乙女と石川の二人きりになった。

ここには窓がない。巨大なイスラム寺院のようだと言われる原子炉建屋二基は、一〇〇メートル海側の位置に並んでそそり立っているはずだったが、その偉容は外部モニターのカメラをスイッチングしなければ見ることは出来ない。ここは計器とモニターだけで埋められた中枢だ。

東洋原子力発電・浜高原子力発電所の中央制御室は、八面の壁一杯にモニターパネルを配した、八角形のアイマックス劇場のような空間だ。端から端まで直径二〇メートル、小型の立体映画館くらいに広いのだが、規定では最低二名の運転員が在室すればよいことになっている。

「鳴虫山農水大臣、か——」

発電出力三六〇万キロワットの軽水炉三基を制御している管制パネルの前で脚を組み、早乙女はぼそりとつぶやいた。

「確か、この一号炉は……」

「そうですよ。うちの一号炉だけを、沸騰水型に変えちまった張本人ですよ。その先生」

石川が、広い八角形の中央制御室の隅でコーヒーメーカーから紙コップに注ぎながら言う。

「そうだったな……」

早乙女は、制御席のモニター群を見回す。

運転員が二人並んで座る集中制御席では、三基のうち二基の原子炉が自動制御で安定して運転中であることが、二面のモニターにカラーグラフで示されている。

もう一面のモニターには、今日の午後に燃料集合体を入れ替えたばかりの一号原子炉の運転諸元が表示されている。カラーグラフが全体にブルーなのは、炉が熱を出していないからだ。今、循環ポンプが全系統に冷却水を回し始めているが、燃料の核分裂反応はまだ起きていない。これから一号炉は一週間をかけて種々の点検を行い、制御棒を降ろせるようになるのはその後――いや地元の県知事が「プルサーマルは認めない」と騒ぎ出しているらしいから、ひょっとしたら一号炉を臨界させられるのはずっと先になるかも知れない……。

「あの先生のお陰で、現場は大変ですよね」

「……そうだな」

中央制御室は、三基の原子炉を擁する浜高発電所の中枢だが、二人のほかに人影はない。最新のシステムで省力化を図ったというのがうたい文句だが、現場の運転員の間では「ただの合理化だ」「省力になっていない」という声が大きい。

計画では、浜高原発は当初三基すべてが同型の、三つ子の原子炉となるはずだった。そうなれば省力化は出来たはずだ。ところが、完成してみると二号炉・三号炉は加圧水型原子炉だが、一号炉だけが別のタイプの沸騰水型原子炉にされてしまっていた。どちらも出力は同じだが、仕組みはかなり違っている。運転するほうとしては、タイプとメーカーの異なる炉が混在するのはやりにくく、人為的ミスも起こし易《やす》い。しかし、発電所の最終仕様を決める段階で地元選出の大物国会議員から「新規メーカーの参入も公平に認めるべきだ」という〈意見〉が出されたのだという。その結果、三つの原子炉のうち急きょ一基だけが新興メーカー・北武新重工製の新型沸騰水炉に変更されてしまったという。

「制御棒の操作一つ取っても、加圧水型は『上げる』、沸騰水型は『下げる』で逆ですからね。おまけにシミュレーターの定期訓練は、一度に二種類受けなきゃならないし――」

「…………」

「いい加減にして欲しいけど、地元の権益となると影響力絶大らしいですね、あの先生。もっとも最近は革新の県知事に押され気味とも言われますけど」

「…………」

長い当直勤務が始まると、仕事はシステムの監視なので、何事も起きない限りは退屈になる。

普段から口数の少ない早乙女は、当直勤務中は石川に好きにしゃべらせ、自分は黙っていることが多かった。これから午前三時まで、二人だけで過ごさねばならない。気を遣《つか》えば疲れるし、計器だけ見ていれば眠くなってしまう。夜間当直の難しいところだ。

「ところで早乙女さん、話は変わりますけど本当に写真、一枚も見ずに返すんですか――？」

石川は、集中制御席の早乙女の隣に戻ると、コーヒーのカップを渡しながら訊いた。

「ん――まぁな」

早乙女は受けとって、一口すすった。

「どうしてです？」

「まぁな」

「思えば僕も大学のころですね、遊んでいて気がついたら核物理しか行くところがなくなっていて、もう手遅れ。お陰でとうとう彼女いないままで三十一ですよ。あっ、まさか早乙女さん、まだ昔の彼女が忘れられないとか？」

「馬鹿を言うなよ」

早乙女はブラックを口に含んで、苦笑した。

「それより――来るのかな。本当に」

〈当直長〉のプレートを胸に付けた早乙女は、集中制御席のシートで肩を回した。現在、三つの原子炉を預かる責任者は、自分だった。炉を緊急停止させる権限も任されている。今のところは計器にも画面の表示にも、何の異常も示されてはいないが……。

「来るって、嫁さんがですか？　僕は本気で行けば、けっこう来るんじゃないかと――」

「馬鹿。違うよ」

早乙女は頭を振った。

「ニュースでやってただろう。爆弾を積んだ、国籍不明機だよ」

東京

『農業予算から五〇〇億、何とか割いてこっちへ回せんか？』

電話の向こうで鰻谷大道が開口一番切り出すと、五十六歳の鳴虫山鉢郎はのけぞり、ただでさえ汗っかきのこめかみから滴《しずく》を飛び散らせた。

「なっ、何のことですか⁉」

『だから、君んとこの農業予算から、緊急に五〇〇億都合して回して欲しいと言っとるんだ』

総理大臣の声は注文した。

『今すぐ要《い》るのだ』

「じょ、冗談じゃないですよ総理」当選六回の農林水産大臣は、携帯を握ったまま悲鳴を上げた。「いったいどういうことですかっ。私はこれから支持者とパーティーで懇談なんですよ」

いきなり電話して来たかと思えば、総理は何を言い出すのだ？　しかし一国の宰相《さいしょう》がわざわざ冗談で電話するほど暇でないことは確かだ。五〇〇億円――？　いったい何に使うのだ。

『何とかならんか、鳴虫山君。外交上の緊急特別援助予算が、どうしても五〇〇億足らんのだ』

「勘弁してください総理」

〈新沢平野の猪八戒《ちょはっかい》〉と揶揄《やゆ》される政治家は、巨体の上に載った禿《は》げ頭をブルブルと振った。


夜七時。お濠端《ほりばた》にある帝都ホテル最上階の大宴会場では、〈鳴虫山鉢郎・政見を語る報告会〉と墨書《ぼくしょ》した看板が立てられ、黒塗りハイヤーで乗りつけた財界人を始め、各分野からの招待客が専用エレベーターで来場し始めていた。いずれも新沢県の開発に関与する企業の関係者と、地場《じば》産業の経営者、加えて地元農協の幹部らしき面々も見える。

楽屋のようなホテルの宴会場控室は、鳴虫山鉢郎東京事務所のスタッフと、地元の後援会から応援に来させた手伝いの若者、それに携帯無線のイアフォンを耳に入れた進行スタッフや警護のSPなどでごったがえしている。

「先生、出です。お願いします」

進行スタッフが呼んだ。大宴会場の準備が、整ったらしい。ライトに照らされた舞台と、自分の名が大書された横断幕がちらりと見える。すでに公設秘書は三名とも会場に出て泳ぎ回り、重要な来客に張り付いているはずだ。司会には地元の出身であり、TVで顔の知れているキー局の女子アナウンサーを頼んでいる。高いのだが、盛り上げるためには仕方がない。「わたくしも新沢県の出身です。本日はわたくしも仕事抜き、楽しみにして参りました」と、場内から嬉しそうなマイクの声が漏れて来る。ざわざわと大勢の気配がする。来客もかなり集まっているようだ。

鰻谷大道が突然電話して来たのは、そんな矢先だった。握った携帯の向こうで、大型両生類に似た総理大臣は、今夜の主役である農水大臣に無理を言い続ける。

『なぁ鳴虫山君。例の一連の国籍不明機事件のせいで、成り行き上決めさせられた韓国と中国への特別援助の金が、精一杯かき集めてもどうしても足らんのだ。そこでなんだがな、確か今年は農業生産総合対策事業費の中の米産地育成対策事業費の最終執行年だったろう。あれ、何とかこっちへ回せんか？』

総理みずから突然電話してよこした用件は、『韓国と中国に約束させられた特別経済援助のために農業予算を割いてよこせ』であった。

「無理を言わんでください、総理。そんなことをすれば、農村票が一気に流れ出ます。二か月後には参院選です。大変なことになります」

当選回数の多い鳴虫山鉢郎は、これも二世議員ではあったが、若手の長縄《ながなわ》防衛大臣などに比べれば貫禄《かんろく》があり、鰻谷に対して口答えが出来た。

『鳴虫山君。あのな、この局面を君の協力でしのげればだな、来期の改造内閣では外務大臣をやってもらおうと考えているのだが……』」

「そっ、そんなことを言われましてもですね」

「先生、出です、お願いします」

秘書の一人が呼んだ。

会場から響いて来る声が、ひときわ高くなった。「それでは迎えましょう。郷土の誇り、わたしたち新沢県民の希望の星、真の改革を実現して明るい明日をもたらします。必ずやります。英知と努力の人、わたしたちの代表であり現鰻谷内閣の力強き農林水産大臣。鳴虫山鉢郎です！」

拍手が沸き起こった。

「総理。もう舞台に出んといけません。とにかく米産地育成対策事業費からですね、五〇〇億も削ってそちらへ回すなんてですね、不可能です。今年の執行分の一割に当ります。無理です。農民がそっぽを向きます。全国のコメ農家の一割が今すぐ廃業でもしない限り、絶対無理です」

鳴虫山は、電話を切るとスタッフに預け、「なんてこった、なんてこった」とつぶやきながら舞台への階段を上った。禿げ頭から飛び散る汗が強烈な照明にきらきら光り、どわぁっ、という歓声が場内から押し寄せ、壇上から深々と頭を下げる政治家を包み込んだ。

「みなさん、大きな拍手でどうぞ！　鳴虫山鉢郎が、みなさんに決意と政見を報告します！」

パーティーは盛況に見えた。しかし半年前に催した前回よりも、出席者の数と券の売り上げが微妙に減少していた。演説経験の長い鳴虫山には、舞台に上がった瞬間にそれが肌で感じられた。

新沢県の農村と土建業界という二つの地盤を、祖父の代から引き継いで来た鳴虫山家の現当主・鳴虫山鉢郎は、今窮《きゅうち》地に陥っていた。

原因は不況と、新沢県の新しい県知事だった。

誰が想像し得ただろうか。昨年の地方選挙は、本当なら保守現職知事の圧勝となるはずだった。ところが投票日の当日、新沢県は『十年に一度』という集中豪雨の嵐に襲われたのだ。このため農民たちも土木建設業者も田畑や堤防・橋の保守に駆り出され、夕方の締め切りまでに公民館へ投票に行けた者はごくわずかだった。その隙《すき》をつき、原発反対の市民団体の運動家から出た中年女性候補が、平和世界党の支援を受けて大番狂わせの当選を果たしてしまったのである。

大変なことになった。

公共事業をめぐる国民の眼は年々厳しい。批判の眼をかいくぐってダムや河口堰《かこうぜき》の建設予算を引っ張って来るのは、当選六回の鳴虫山にも至難《しなん》であった。ところが当選したばかりの革新女性知事は「こんな無駄なものは要らない」と叫び、せっかく獲得した地方交付金を片っぱしからつっ返してしまうのだった。建設計画を凍結されたダムは県内でもう三か所に上る。新しい河口堰も「要らない」と言い出している。苦肉の策で考え出した『県民のための大型コンサートホール』も、凍結どころかあっという間に廃案にさせられた。県の工事がこうも減るのでは、大手ゼネコンは鳴虫山から離れて行ってしまう。

「若者は出て行ってしまう。農村の後継者は少ない。このままではわが県は衰退の一途だ。窮余《きゅうよ》の策で誘致した原発も、完成してしまえば工事は終わりだし、原発関連会社を地元の出資で作っても雇用出来る人数はそう多くはない。やはり、公共事業しかないのだ！恵まれた都市部に比べ、地方はまだまだ遅れている。県民のために高速道路を敷けるのが真のリーダーなのだ。

　しかしあの女知事は、自衛隊と公共事業がこの世で一番嫌いだとか言いよる。こんな道路は要らん橋は要らんダムは要らん堤防は要らん、こんな大ホールを造ったって演奏に来る楽団なんかいない。バカヤロウ、大ホールは使うために造るんじゃない、造るために造るんだ――！　と当たり前のことをいくら言っても聞く耳を持たん。だがわしは負けないぞ。どちらが県民のためを考えた真の改革の実行者か、そのうちあの女に思い知らせてやるからなっ」

　手にした水割りのグラスが波打ってこぼれるような勢いで鳴虫山が力説すると、パーティー会場の真ん中で巨体を取り囲んだ財界人たちが「先生、頼みますよ」「その意気ですよ」とどっと笑う。鳴虫山は会場の人波をかき分け、さらに汗を飛び散らせながら来客に挨拶し、いかに自分の体制が盤石《ばんじやく》であるか説いて回る。大手ゼネコンの役員は一応全社来ていた。話も聞いてくれた。しかし立食のテーブルに用意された最低限の料理はたちまちなくなってしまい、最後の〈壇上バンザイ〉まで付き合わずに帰り始める招待客も目についた。権勢が昇り調子の政治家のパーティーならば、決して見られない現象だった。

「減反？　大丈夫だ、大丈夫。日本の農業は、この鳴虫山がしかと護ってみせる！」

地元の農協幹部に対しては、いつもの通りにそっくり返って力説した。

「先生。でも農林水産大臣というのは、減反を実行する側の親玉なのではないですか？」

「農産物輸入の元締めではないのですか？」

「生産者米価を下げて、農業予算を効率化する張本人じゃないんですか？」

最近の農業者は、勉強している。

「そんなことはない、ない。わしは農水省の減反政策に一矢《いっし》報いるため、あえて敵地へ飛び込んで闘いを挑んでいるのだ。どんと任せろ」

胸を叩いて否定する。だが減反は公共事業同様、困っている問題の一つだった。コメは余っている。作れば国は買わなくてはならない。農水大臣は、本来なら自分のようなコメ議員がなるものではないと鳴虫山は思っている。当選六回で大臣になれたのは良かったのだが……。さっき鰻谷総理がほのめかしたように、減反問題を全部うっちゃって外務大臣になれたらどんなにいいだろう。

「米価も減反も、コメの輸入も、この鳴虫山が大臣でいる限り国の好きにはさせん。どんと任せろ。わはははは」

減反を強制され生産を減らされる一方で、米価を〈人質〉に選挙協力も強制される農民の中には造反《ぞうはん》の動きも出始めている。さきの地方選では、若い農業後継者たちがずいぶん平和世界党に投票したと聞いている。一昔前まで新沢県は自由資本党の支配する王国だった。しかし今、足元が土砂《どしゃ》崩《くず》れのように崩れ始めている。

去年の地方選で、大雨さえ降らなければ――！

鳴虫山は焦りの汗を拭きながら、のの字を描いて会場を一回りした。隅のテーブルにたどり着き「はぁはぁ」息をつき、そう言えば先代の父親が五十九で他界したのは糖尿病から来る心筋梗塞《しんきんこうそく》だったな――と思い出していると、

「先生。大変ですね」

一番隅のテーブルで、輸入物のスーツを着こなした三十代の眉の濃い男が、水割りのグラスを上げて会釈《えしゃく》した。

「おぉ。赤城君か……！」

気の許せる身内に会った顔になり、鳴虫山はテーブルに手をつくとビールのグラスを取

り、ゴクゴクと呑み干した。

「ぷはっ。君の活躍は、TVで見とるよ。最近ニュースにもよく出とるじゃないか」

「お陰様で」

　夕方のニュースで解説をしていた評論家は、にやりと笑った。

　若手の航空評論家として売り出している赤城賢一郎は、これも二世である。父親の赤城武彦《たけひこ》は、鳴虫山鉢郎と新沢市の地元中学校の同級生で、東大の工学部へ進んで航空工学者になった。赤城家の一人息子・賢一郎は、子供のない鳴虫山にとっては甥《おい》っ子のようなものだった。賢一郎は大学を出てからしばらく海外を放浪していたようだが、評論家として名を成していた父の病死を聞くと、どこからともなく帰国して跡を継いだ。

「大変そうですね。先生」

　濃い眉の下のぎょろりとした眼を向けて、赤城賢一郎は含み笑いをした。

「大変もこうもない」

　鳴虫山は汗を拭いた。

「問題が山積みだ」

「先生。脇で見ていて思うんですが、いつまで小規模の個人農家など保護するのですか？政府は農地法の農業生産法人制度をさっさと改革し、株式会社に農業をやらせるべきです。

大手スーパーが大規模農園を直営すれば、野菜の値段なんて中国にセーフガードを発動する必要がないくらいにすぐ下がりますよ」

「そ、そうは言ってもなぁ」

「今年度も、米産地育成対策事業費を六〇〇〇億もバラまくんでしょう？　でも小規模個人農家に補助金を出していくら機械を買わせたところで、アメリカやオーストラリアや中国の農場にはかないませんよ。無理です」

「そうは言うけどなぁ」

壇上では、今日のパーティーのために呼んだ北陸出身の若手女性演歌歌手が、白い着物姿で歌い始めた。色白の美貌は、財界人にファンが多い。最後の〈壇上バンザイ〉まで残ってもらうためのアトラクションだ。これが目当てで来た客もいるのだろう、みんな舞台に注目している。

おかげで、鳴虫山は隅の暗い席で話し込むことが出来た。しかし幼少から甥っ子のように可愛がってやっていた親友の息子は、遠慮のない物言いをする。

「先生。確かに都市部に比べれば半分から三分の一の得票で選挙に勝てるんですからね、農村部は政治家にとっては美味《おい》しいんでしょう。しかしもう、後継者も少ないし、補助金ばかり注ぎ込んだって長くないですよ」

「そんなこと、わしの口からは言えんだろう」

「先生の辛さは、分かりますよ」

赤城はまた含み笑いをした。

「農村部を地盤にしている国会議員が農水大臣になり、地元の期待はかかっているのに、当の大臣は農業予算を減らさなくてはならないお立場です。たとえばあの無駄の象徴・米産地育成対策事業費。全国たった四十万世帯の農家に対して十年間で六兆円の国家支出です。それも投資効果はほとんど見込めない。食料輸入自由化をするための見返りだ。そんな無駄はやらないで、さっさと大手スーパーに農園をやらせればいいんです。大規模農園が出来れば、若い従事者がたくさん地元へ移住して来ますよ。活性化します」

「そんなこと言ってもなぁ。若いやつは、投票しないしなぁ……」

「組合幹部をうまく抱き込めば、組織的にコントロール出来ますよ。要はやりよう次第です」

「君に来て欲しいなぁ」鳴虫山はため息をつくと、手ぬぐいを取り出して汗を拭いた。

「赤城君、うちの秘書にならんか。親父さんとは刎頸《ふんけい》の友だった。将来は君に地盤を譲ってもいいぞ？」

「それは遠慮しときます」

若い評論家は、フッと頭《かぶり》を振った。

「僕は、当事者になるなんて御免です。脇で好き勝手に言っているほうが、性《しょう》に合ってる」

永田町　首相官邸

「総理のお帰りです」

官邸事務官のその声に、総理秘書官室で予算委員会答弁書を清書していた六塔《りくとう》晃《あきら》は慌てて立ち上がると、走った。「やれやれ洞窟《どうくつ》の主が帰って来たか……！」つぶやきながら続き部屋になっている南向きの総理執務室へ駆け込むと、カーテンを開けて電灯を点《つ》け、官邸二階回廊《かいろう》に面した両開きドアを開け放ち、入口の横に姿勢を正して立った。足音が正面階段を上がって来るのを待った。

まず、赤ネクタイの私服ＳＰがカッカッと早足でやって来て室内をぐるりとチェックした。続いて数人分かたまった足音が迫ると、官邸の主が姿を現わした。

「あぁ腹が立つ」

大型両生類に似た総理大臣が「腹が立つ。しかし腹が立つ」とうめきながら執務室へ歩み入って来るのを、六塔晃は執務室の入口ドア脇に立って迎えた。

（ずいぶんと荒れているな……）

新任の総理秘書官である三十二歳の六塔は、眼を合わせないように目礼した。その前を、鰻谷大道は手にした携帯電話を振りながら「腹が立つ、腹が立つ」とつぶやき、どかどかと通過する。

「いったいあと五〇〇億、どうやって都合しろというのだ。逆さに振ってもどこからも出んぞ」

執務室へ入るなり総理大臣は吠《ほ》えた。六塔は、怪獣を岩陰に隠れて見送るような気がした。

「総理」

その巨体の背中に追いつき、骨張った面長《おもなが》に眼だけが鋭い五十代の首席秘書官が言う。

「やはり、粘り強く値切り交渉をするしか――」

しわがれた囁《ささや》きを耳に受けると、巨体の総理大臣の背中がまた「ううむ……！」とうなる。

それを見て、六塔は踵《きびす》を返し、茶を煎《い》れるため執務室と続き部屋の総理秘書官室へ下がった。

執務室へ戻って来た総理大臣に茶を出すのは、秘書官の中で一番新任の者が受け持つ役目だ。大客間で総理が来客と会う時などは官邸付きのボーイがやってくれるが、執務室へは秘書官が手ずから茶を出すのが決まりだった。それだけ秘密の会話が多いということだ。

（やれやれ――あんまり国政の秘密の話とか、聞きたくないなぁ）

メタルフレームの眼鏡を湯気で曇らせながら、六塔は慣れない手つきで煎茶を二人分入れると、秘書官室備えつけの盆に載せた。一つは総理、もう一つは首席秘書官の分だ。日本茶の正式な煎れ方は、官邸への出向が決まってから、国際線キャビンアテンダントをしている妻に頼んで教わった。社会人になってからというもの、六塔は自分で茶を煎れたことなどなかった。つい先月までは、北陸のある地方都市で税務署長をしていたのだ。

「やっぱり……」

スリムな長身、真ん中で分けたさらさらの髪。見た目では二十代の大学院生と間違われることも多い六塔は、盆を持ち上げながらため息をついた。

（やっぱり、あの時……。理Ⅰか理Ⅱにしとけばよかったかなぁ……）

財務省のキャリア官僚・六塔晃が総理秘書官として官邸への出向を命ぜられたのは、つい先週のことだった。辞令は、いきなりであった。お決まりの地方税務署勤務を済ませた六塔は、本当ならばこの春から財務省主計局で課長補佐になるはずだった。

キャリアの課長補佐クラスでは一番の若手に当たる六塔は、東大法学部から財務省へ入省してまだ九年だ。国家公務員採用Ⅰ種試験の成績が同期でトップだったとはいえ、入省わずか九年で首相官邸へ出向というのは、異例の抜擢《ばってき》人事であった。これは六塔が望んだものではなく、本人に言わせれば『何だか知らないがいきなり天から降って来た』ものであった。官邸行きの決まっていた二年先輩が、出世コースであるにもかかわらず何故か直前になって辞退したのだ。

「あちち」

古びたヤカンにうっかり手を触れて顔をしかめた六塔は、ふと『俺は、どうしてこんなところに居るのだろう――?』と現在の自分をいぶかった。

「やっぱり――ものの弾みで文Ⅰを受けちまったのが分かれ道だったかな……」

六塔は東京都出身だ。世田谷の開業医の家に生まれた六塔は、もともと財務官僚になりたかったわけではない。暮らしが裕福だったので、出世してやろうという気もなかった。家の病院は兄が継ぐことになっていたから医者になる必要もなかったし、数学が好きだったから、のんびり研究の出来る学者にでもなろうかと思っていた。頭がいいのは、生まれつきだった。特に苦労して勉強した覚えはない。外に出るのは好きだったし、友達付き合いも良く、高校時代はガールフレンドを作って遊んだ。遊んでいても、模試の成績などはいつもトップクラスだった。小さいころから、六塔晃にとってテストの問題がすらすら解けるというのは、生まれつき駆けっこが速いのと同じようなことだった。自分とはそういう個性を持つ、普通の人間だと思っていた。自分のことを周囲より優秀だとか、特別だとか思ったこともない。だから友達は多かった。大学は、設備と研究環境が整っているという理由で、東大の理学部へ進むつもりでいた。

ところが、高校三年のある日。代々木ゼミナールの夏期講習の教室で出会った一人の少女が、六塔の進路を変えてしまった。いや、あれは『進路を変えさせられた』どころではない、俺は『人生を狂わされた』のだ、と今になって六塔は思っている。それほどの事件だった。

「あいつ……」

ふと、ある面影《おもかげ》が脳裏に浮かんだ。

現在の妻とは、違うシルエットと横顔だった。

「……あいつのせいで」

官邸秘書官室の給湯コーナーに立ったまま、六塔は束《つか》の間《ま》、少年時代の情景を想い出した。

六塔たち中高一貫の私立男子校生にとって、夏の代《よ》ゼミの教室は戦場であった。受験のためではなく、他校の女子生徒と知り合ってガールフレンドとして獲得するのを競い合う戦場である。だから全然必要もないのに、六塔は級友たちに誘われるまま、予備校の夏期講習へ出かけたのだった。

その少女は、紺のスカートにベージュのセーラーの上着に青いスカーフという夏制服で、階段教室の中ほどに座っていた。その長い黒髪に縁どられた白い横顔を眼にした瞬間、十七歳の六塔は電気に打たれたような感じがした。綺麗《きれい》だなぁあの子、どこの学校だろう

——？　そうつぶやくと、級友が「お前、知らないのか。あの制服はT女学館というのだ」と教えた。それまでは、一緒に映画に行ったりする程度のガールフレンドはいた。しかし六塔少年にとって、女の子に会うなり一目ぼれするという体験は、初めてであった。

「あぁ、いかん」

頭を振った。

何を思い出している。仕事中だぞ……！

しかし、

「思えば、あれが間違いの始まりだったんだよなぁ……。俺はあいつに目を奪われ、それまで付き合っていたR女学院の由美《ゆみ》ちゃんをあっさり振っちゃったことになるんだよなぁ。陰で泣いていた由美ちゃんのことなんか、何にも考えてなかったもんな。罰が当っても、仕方がないよなぁ」

六塔はひとりごちた。

十五年も昔のことをブツブツ後悔しながら、盆を持って総理執務室への続きドアをノックしようとすると、ふいに背後から肩を叩かれた。

「新任秘書官。君はどう思うね」

「え？」

六塔は驚いて振り向いた。

四十代の、顎《あご》の尖《とが》った、眼の暗い男がダークスーツのポケットに手を突っ込んで立っていた。気配を感じなかったのは、男が武道の有段者であるせいか、それとも自分が後悔に気を取られていたせいか……。

「叩戸《たたきど》さんでしたか……」

眼の暗い男は、内閣広報官室長・叩戸史郎《しろう》だった。警察庁からの出向キャリアだという。

「新任秘書官。君は財務省からの出向だったな」

叩戸は訊いた。

「は、はい。そうですが」

盆を持ったままうなずく六塔。

「では、今回の中国と韓国への緊急援助問題だが。わが内閣としては足りない五〇〇億の資金を、どう捻出《ねんしゅつ》するべきだと考えるね?」

「え」

叩戸は、いきなり質問をして来た。

「君にアイディアがあったら聞かせてくれ。一連の国籍不明機事件の絡《から》みで、成り行きで約束させられた中国と韓国への緊急援助。その是非《ぜひ》はともかくとして、約束が守れなければ国際問題に発展して内閣の命運は尽きる。鰻谷総理は、政府内のあらゆる場所から金をかき集めたが、どうしても、あと五〇〇億足りない。君ならどうやってそれを捻出するね？」

六塔が財務省出身だから訊いて来たのか、あるいは新参の若い秘書官がどの程度の頭脳か、試してやろうとしているようでもあった。

「はぁ。資金の捻出――ということになれば」六塔は盆を持ったまま首をかしげた。「年度末ですから、予備費も底をついているし、既存《きぞん》の予算を削って回すよりありませんが……。削っても困らないところとして考えられるのはまず政府開発援助《ODA》予算、国内公共事業の予算、防衛予算に農業者向けの農業生産総合対策事業費といったところでしょうか」

「まっとうな答えだ」

警察官僚出身の広報官室長は、うなずいた。

「だが、ODAと公共事業は鰻谷派の資金源だ。総理に直接、ゼネコン各社からキックバックが入る仕組みになっている。良い悪いは別として、派閥の命脈《めいみゃく》だから総理は切れない。防衛予算も、削るとしたら兵器開発購入費だが、これも長縄防衛大臣を介して総理にキックバックが流れ込む。だからこれも削れない。ただでさえ二か月後の参院選を控え、自由資本党は金が足りないのだ。そこで総理は、農業予算の米産地育成対策事業費から一割削って回そうと考えたが、これは農産物輸入自由化と引き替えに国内の農家に出す補助金だから、削れば農村票が逃げてしまう。今すぐ国内のコメ農家の一割が廃業でもすれば別だが、五〇〇億も削ったら次の参院選が大幅に不利となると分かった。これも削れなくなった。さてどうする――？　どうやって五〇〇億を作る？」

広報官室長は、問答を仕掛けて来た。参考意見を尋ねたい、というよりも、問答であった。新任総理秘書官の思想調査でもしようというのだろうか？　警察官僚というのは、何を考えているのかよく分からない。でも、仕掛けられた以上は、答えないといけない雰囲気だった。

「はぁ……。あっ、でも待ってください。もう一つ、六カ国協議による北朝鮮エネルギー支援計画への出資金がありました。核開発中止と引き替えに北朝鮮へ軽水炉を援助する国際プロジェクトですが、米韓中露との付き合いで拠出《きょしゅつ》が決められた日本の負担金がちょうど五〇〇億円です。考えれば、最近北朝鮮のものと思われる不審船が領海へ侵入したり、覚醒剤や工作員を運び込んだりしているという噂《うわさ》ですから、それを理由に計画への出資を凍結あるいは延期すれば、五〇〇億はすぐに浮きますよ」

六塔が答えると、

「やはり君は優秀だな」

叩戸はため息をついた。

「その若さで、官邸へ派遣されるだけのことはある。確かに、自由資本党の上流政治家に還元《かんげん》されるキックバックを減らさず、次の参院選にも影響を与えずに五〇〇億をかき集めるなら、答えはそれしかない。しかし、エネルギー支援計画出資金の凍結――それだけは絶対にしてはならないのだ」

「絶対にしてはならない――?」

「そうだ。やったら国を危険に晒《さら》す」

「どういうことですか」

「いいか。理由は二つある。まず一連の不審船や国籍不明機の事件、これらは北朝鮮の仕《し》業《わざ》だと断定出来る証拠が上がっていない。国際社会を納得させられる、反論のしようがない証拠は残念ながらまだ無い。したがってわが国が支援計画への出資を凍結出来る十分な根拠にはなりえない。それが第一の理由。

もっと恐ろしいのは、支援計画への出資金を韓国の空港建設に回すとすれば、北に援助する予定だった五〇〇億を敵対する南へ回したことになり、あの国の指導層の感情を激発させてしまう。そうなれば日本国内に潜伏中のあの国の秘密工作員たちが、蜂起《ほうき》を命じられて一斉に暴れ始める危険性が高まる。これが最も大きい第二の理由だ」

「ひ、秘密工作員――?」

六塔は盆を持ったまま目を丸くする。

「新任秘書官。君は、日本国内に、あの国の秘密工作員がいったいどのくらい流れ込み潜伏しているか、想像がつくかね」

「い、いいえ」

「わが警察庁の警備局外事課が存在を把握《はあく》し、行動をトレース出来ているあの国の潜入工作員は、現在のところ二十数名。それらを支援している組織構成員まで勘定に入れると、だいたい二百余名といったところだ」

「二百名ですか……」

「だがこれらは、氷山の一角だ。今やあの国の潜入工作員は、あらゆるところからわが国へ入り込み、国内あらゆる地域へ浸透し、一般市民に混じって生活している。特殊部隊で訓練を受けたプロのテロリストから、その手足になって働く者。オルグされて洗脳された元過激派や労働運動家などの日本人もいる。暇な日本の若者が海外をうろついているところをオルグされ、潜入工作員にされてしまう例も多い。それらが国内にいったい全部で何人くらいいると思う？」

「さぁ」

「二万人以上、と推測される」

「二万人……!?」

「そうだ。警察では最早《もはや》把握不可能だ。外事警察を百倍に増員し、戦前のようなスパイ防止法や国家安全機密法を施行出来れば洗い出しも可能だが、現代は警察捜査のための通信傍受法ですら平和世界党に潰《つぶ》されかかる始末だ。とても把握はしきれない。だが考えてもみろ。二万名の潜入工作員たちが、いったん事あれば本国からの〈指令〉を受け、全国で一斉に蜂起し破壊活動に出る危険性があるのだ」

「は、はぁ……」

「いいか新任秘書官。現在、窮地に陥っておられる総理は、財務省出身というだけで、新任の君にすら何か意見を求められるかも知れない。そういう時に『北へのエネルギー支援を削りましょう』などという考えは、口が裂《さ》けても言わないことだ」

「は、はぁ——」六塔は、うなずきながらも首をかしげた。「しかし叩戸広報官室長、そのような危険があるならば、総理のお耳には入れられたのですか」

「そんなこと、俺の口からは言えないよ」

「どうしてですか」

「警察庁から出向している俺が、総理に『警察は工作員の破壊活動に対処し切れません』などと言えるわけないだろう。二万人の工作員が潜伏中などという事態を放置していることがばれたら、警察庁の上層部はみんな左遷《させん》だ。だからこの事実は警察庁上層部で止められ、総理にはブリーフされていない。君もここだけの話にしてくれ」

「はぁ」

「だからせめて、仮に総理に意見を求められても、エネルギー支援中止のことは絶対提案するなと君に頼んでいる」

「はぁ」

「分かったら、茶を持っていけ。六塔秘書官」

　叩戸は六塔の背を押した。


「しかし腹が立つ」

　鰻谷大道は、茶をがぶりと呑むと顔をしかめた。革張りソファに収まった巨体が着ているスーツは、夕方の記者会見のTV画面に映っていたのと同じものだ。会見場から戻る途中に、携帯で誰かと話していたのだろう。

「やはり、赤字国債しかないのか……」

「しかし総理。今回に限っては、赤字国債はまずいでしょう」

　ソファの向かいに座り、蠟山《ろうやま》首席秘書官がずずずっと茶をすすりながら言った。内閣には、総理秘書官という役職者は五名いる。そのうち四名は、中央省庁から派遣された中堅のキャリア官僚である。任期が終われば各省庁へ戻る、歴《れき》とした役人である。六塔もその一人だ。しかし首席秘書官だけは、総理大臣が政治家として長年右腕にして来た個人秘書が就任することになっている。したがって、同じ秘書官といっても、六塔と蠟山ではまるで立場も役目も経歴も違う。若い六塔から見れば、蠟山もやせ細った背中から妖気《ようき》が立ち上る、立派な一個の政治家に見えた。

「総理。中国の鉄道と韓国の空港のために赤字国債を発行した、などとマスコミに知られてご覧なさい。国内でさえ大きな借金を抱えて苦しい財政再建に取り組んでいるのに、中国と韓国のためにさらに借金を重ねたなどと書かれれば、わが内閣には『国を売るつもりか』と国民の反感が一斉に向けられること必至《ひっし》です」

「ううぅむ……」

鰻谷は考え込んだ。

意外に、窮地に陥っても総理大臣は一人で考えて決断せねばならない場面が多いと言う。参考にするため各界の有識者を呼んで意見を求めたくても、相談を受けた経済人や学者が帰ってから『いやぁ、総理に相談されちゃったよ』と自慢するので、すぐに秘密がばれてしまうのだ。国家公務員には守秘義務があるが、民間人の口まで塞《ふさ》ぐことが出来る法律は無いのだった。仕方がないので学者や経済人の意見は私的諮問《しもん》機関を作って、そこでまとめて言わせることにしている。しかしそのような場では、表に出したくない話はほとんど出来ない。

「あーそうだ、君」

会話に疲れた総理大臣が、一息つくような感じで、盆を持って控える六塔を見上げた。

「新任の君――ええと」

「六塔、です」

「そうか。六塔秘書官。君は確か、財務省からの出向だったな」

「はい」

「では訊くが——仮にだね。早急に、わが内閣が五〇〇億を用立てなければならないとする。だがＯＤＡや公共事業、防衛予算は崩せない。赤字国債も駄目だ。とすれば、君ならばどこから捻出するかね？」

たいして当てにしていない態度で、鰻谷は訊いた。しかし六塔はすくみ上がる思いがした。

「は——はい、いえ、特に思い付きません」

六塔は頭《かぶり》を振った。

これを見越して、俺に釘をさしたのか……。あの態度はぺろっとして、叩戸という警察官僚、相当な切れ者だと六塔は思った。

「そうか——」鰻谷は、六塔の返答を聞くとプハッと息をついた。「——それにしても、あぁ腹が立つ！」

「わが政権を、維持するためです総理。何とか捻出策を講じましょう」

蠟山秘書官が言う。

「いや。五〇〇億の問題だけではない」鰻谷は不機嫌そうにグルルッと喉を鳴らした。

「それもだが、もっと腹が立つのはさっきの会見の、マスコミの記者どもの態度だ！」

蠟山も思い出したのか、うなずいて、

「そうですな。ああ言えばこう言う、こう言えばああ言うで、あの記者連中ときた日には、たまに鮨《すし》を食わせる程度では何の効きめもありませんな」

「特に許せんのは、あの金切り声の女だ」

総理大臣は唸った。

六塔も「総理、総理、鰻谷総理」としつこく発言を求める金切り声の女性記者の姿は、秘書官室のＴＶで見ていた。確か、大手の新聞社の政治部記者だ。会見の中継は国民の眼に晒されるので、総理もずいぶん我慢していたようだが……。許せんというのは、あの女性記者のことだろうか。

「あの『総理総理』は、どこの新聞だ」

「総理。二言目には『アジアに謝れ』『米軍追い出せ』『原発廃止』に『自衛隊解散』とくれば、中央新聞に決まっております」蠟山が茶碗をがちゃんと置いた。「私思いますに、孕石《はらみいし》官房長官などは中央新聞一派と融和路線を取ろうとしているが、とんでもないことです。中央の一派を率いる編集主幹の鬼座輪教介という男は、韮山《にらやま》情報調査室長の話によればアジアの支局員を歴任した曲者《くせもの》で、わが国に言論の自由があるのをいいことに、資本主義日本をあわよくば転覆《てんぷく》させてやろうと考える左翼論客の急先鋒《きゅうせんぽう》だということです。

あの小うるさい女記者は、その配下でありましょう」

「ううむ」

鰻谷は、腕組みをして唸った。

「なぁ蠟山。わが国には言論の自由はあるのだが、一国の宰相の揚げ足を取って小馬鹿にするような無礼を働く自由までは、あると思うか」

「あるとは、思いませぬ」

やせ細った首席秘書官は、喉仏《のどほとけ》の浮かんだ首筋をヒクヒクさせながらうなずいた。

「そうだろう。ないだろう」

「ないです。総理」

その蠟山の細い眼に、不思議な妖気が光るのを六塔は壁の前に控えて立ったまま見た。なぜだか周囲の気温がさっと下がるような感じがした。機会を捉え、秘書官室へ下がるべきだったか？　しまった。総理に質問を振られ、立ち去り時を失《しっ》してしまった——そう思った時は手遅れだった。

「何とかしたほうが、いいかも知れませんな」

低い、しわがれた声で蠟山は言った。

「お前も、そう思うか」

「もちろんです総理。このままではわが内閣のイメージダウンを招き、国益に反します」

「うむ」

鰻谷はうなずいて、

「なぁ新任秘書官――六塔君といったか」

急に総理大臣が壁際の自分を見上げて来たので、六塔はびくっとした。

「は、はい」

「訊くが、君は一国の宰相が全国民の面前で今日のように揚げ足を取られ、小馬鹿にされても、わが国には言論の自由があるから仕方がない、宰相は踏まれても蹴られてもあくまで我慢するべきだと考えるかね？」

「あ、いえ――」六塔は返答に困ったが、とりあえず頭を振った。「――れ、礼儀は、大事だと思います」

「そうだろう」

鰻谷はうなずいた。

「内閣がマスコミの作為によって不当にイメージダウンさせられ、支持率が低下し次の参院選で自由資本党が敗れるようなことになれば国益に反する。そう思わないかね？」

「は、え、まぁ……」

「その通りですな」

蠟山もうなずいた。

「うむ」

「そうですな」

日本国総理大臣と、二十年連れ添ったというその首席秘書官は、うなずき合うとそろって六塔の顔を見た。

（え……？）

いったいこの人たち、なぜ俺を見るんだ――？

六塔は、なぜか背筋が、ぞくっとした。

数秒間、妙な沈黙が流れた後、総理大臣が懐《ふところ》から扇子を取り出すとバサッと広げた。それはひどく大きい音に聞こえた。六塔がまたびくっとすると、鰻谷大道はぼそっとつぶやいた。

「あの女記者――ああいう礼儀を知らないやつはきっと、近いうちに自殺するな」

すると、蠟山も大きくうなずいた。

「うむ。きっとそうですな。仕事で行き詰まるか、あるいは失恋でもして、近いうちにきっと自殺するでありましょう」

蠟山は言うと、壁際の六塔をぐいと睨《にら》んだ。

「そうだな？　六塔秘書官」

「は……？」

わけが分からず訊き返すと、蠟山はゴホンと大きく咳をして、もう一度くり返した。

「あの中央新聞の女記者は、近いうちに必ず自殺する、と総理はおっしゃられている。であるからして、きっとそうなるはずだ。このお言葉を聞いた君は、そのようにしなくてはならない」

「ど、どういう――」

「六塔君。君はそうしなくてはいかんのだ」

山奥で千年生きた蛇《へび》が、田んぼの蛙《かえる》を睨むような妖気でもって蠟山は六塔を睨んだ。

（ひ……!?）

六塔はぞっとした。

いったいどういうことだ……!?　だが蠟山の視線は、六塔を搦《から》め捕り、離そうとしなかった。

「な――何のことで……」

「分からんのかっ」

蠟山は一喝した。その細い眼はまるで『うなずくまで許さん』と言っているようだった。

「あの中央新聞の女記者は、自殺するのだ。総理がそう言われた以上、必ずそうならなくてはいけない。そうなるように責任を持ってそうするのが、秘書官たる君の役目である！」

「は——？」

「まだ分からぬか六塔秘書官。君は今、〈重要な使命〉を授かったのだぞ。逃げることは出来ぬ。遂行するのだ！」

「…………」

六塔は、立ったまま絶句した。

俺は、いったい何を命じられたというのだ——？　あの女性新聞記者が、自殺するだって？　そんなことを、どうやって『実現させろ』と言うんだ……？

「六塔秘書官」

扇子をパタパタさせながら、鰻谷が言った。

「君、将来財務事務次官になりたくないかね」

「え……いえ」

「ふむ。交通事故でもいいな。自殺でなくても」

公園でも散歩するように、鰻谷はつぶやいた。

「そうですな総理」蠟山はうなずくと、ひきつっている六塔に改めて命じた。「手段は君に任せるということだ。費用は官房機密費から出せ。分かったか」

「あ、あの——」

「秘密を知った以上、今君は、わが内閣ならびに鰻谷派と一蓮托生《いちれんたくしょう》の運命となった。総理のお志を遂行出来なければ、いずれ君が『自殺する』ことになるぞ」

「は――はい」

六塔は、最早うなずくしかない。

何だ――!? いったい、どういうことになったんだ!? 六塔は悲鳴を上げたくなった。

まさか。俺に何をさせようというんだ……!? 目が回りそうだった。

「下がりたまえ。六塔秘書官」

蠟山は手で命じた。

「しっかりやれ」

小松基地

日没後。一九〇〇時。

(なんか疲れたなぁ……)

基地飛行場の敷地外れにある、独身幹部宿舎。

寝るためにだけあるようなこの部屋へ、ふらふらになって帰り着くと、美砂生は天井の裸電球を点けた。漆喰《しっくい》の天井から下がっている電球はゆらゆら揺れ、黄色い光で室内の影が動いた。

ここは女子刑務所か――？　と思うほど何もない部屋だ。ベッドと机。それにカーテン。赴任時には最低限の備品しか用意されていない。せめて洒落《しゃれ》た照明に付け替えて、殺風景なのを何とかしよう――そうは思っていたが、ここ一週間は〈空中戦闘適性試験〉へ向けての特訓のため、買物どころではなかった。

「はぁ……」

飛行服のままの美砂生は壁に寄りかかり、裸電球に浮かび上がった空間を見回して、ため息をついた。

「今日の空戦のおさらいをしようかと思ったけど――疲れたわ。とりあえず少し寝るか」

一週間の特訓の疲れ。そして昼間の洋上での空戦。生還はしたものの、居並ぶ基地幹部たちの前で立ったまま絞り上げられた報告会……。今日一日で、半年分くらい働いた気がする。

シャワーを浴びる気が、おきない。階下の喫茶室へ降りれば、TVでNHKニュースを見られる時刻だが、その気にもなれない。飛行服を脱ぎ、ブラとショーツだけで毛布の中へ転がり込んだ。パジャマは引越し荷物のカラーボックスのどこかにあるはずだが、赴任した日から出していない。この七日間、それどころではなかったのだ。

〈今度外出したら、照明とTVと、洋服掛けと、それから留守番録画用のビデオも買おう……。訓練訓練でここ三年間、好きなドラマも見ていないわ……）

少しは息ぬきもしないと――とつぶやきながら、電灯を消す。

シーツをかぶり、目をつむる。

（……）

しんとした暗闇に、時おり救難隊ランプのエンジンテストの音が、遠く小さく響く。

（……）

ため息をつく。

寝返りを、打つ。

（……）

もう一回、寝返りを打つ。

数分間じっとした後、何故か美砂生は「もうっ」とベッドに上半身を起こした。短くした髪を、両手でかきむしった。

「もう、何なのよぉ……。眠れない。いろんなこと思い出して、眠れないようっ……」


この日の勤務を終えて宿舎に戻った漆沢美砂生は、眠れなかった。

疲れているのに、何故か眠れなかった。

昼間は生死の境を闘って飛んだのだ。身体は疲労の極のはずだ。しかし神経のあまりの興奮が、美砂生の疲れの感覚を麻痺させていた。眠気がやって来ない。倒れ伏して眠ってしまってもおかしくないと思うのだが……。

「うー。疲れ過ぎてるとかえって眠れないって、このことなのか――」

美砂生は髪をかき上げながらベッドを降りた。きっと神経の興奮が、完全に抜け切っていないのだ。ため息をつき、まるで片づけられていない室内を見回した。

裸電球の下に置かれた、自分で毛布を張った硬いベッドを見下ろしていると、ふいに両目から涙がぽろっとこぼれた。

「――ぐすっ」

美砂生は、二の腕で顔をこすった。

「なんか、情けないよう……」

ぐしぐしと顔をこすった。

「命がけで闘って帰って来たのに、誰もあたしに『お帰り』って言ってくれなくて、裸電球に官給品のベッド……。女二十七の夜が、こんなだなんて。こんなだなんて」

わびしさが、急に美砂生の中で津波のように盛り上がって来て、熱いものになって両目からこぼれおち始めた。ハイになっていた神経が急速に傾き、〈あたしって可哀相〉モードになっていく。それを自分では止められない。生きて帰れたのだから十分ではないのか、と反対側で理性が言う。戦闘機パイロットになったら、日常の生活はこうなるだろうと分かっていたはずだ……。でも理性は、流れ出すものを止められなかった。

「ぐすっ。たまらないよ。寂しいよぅ。なんかせめて、美味しいものでも食べたいよう」

美砂生は一人でしゃくり上げた。そう言えば、昼前に離陸してから何もお腹に入れていない。緊張のあまり、空腹感もどこかへ吹っ飛んでいたのだろうか。

昼も夜も抜きでは、明日仕事にならない――そう思うと、急にお腹が空《す》いてきた。

「何か、食べに出よう」

美砂生は思い付くと、鼻をすすりながらジーンズに脚を通してシャツを着込み、セーターをかぶった。ミニバイクのキーを取った。

「でも今夜ばかりは、自衛隊のご飯は御免だわ」


航空自衛隊では、三尉以上の士官は外出が自由だ。士官の生活は自己管理に任され、基地の外に住む者も多い。美砂生もいずれそうしようと考えている。ただ、特別飛行班で鷲頭三佐に突きつけられた〈空中戦闘適性試験〉の残り一本を勝たない限り、自分はこの基地を追い出される運命だ。そのことを考えると、アパートを捜してみる気にもなれない。

（あー、思い出すとまた暗くなっちゃう。今夜くらいは考えないようにしよう……）

日のとっぷり暮れた場周道路に出てパタパタ走り、滑走路の外れの救難隊ランプを横に見て基地のゲートへ向かう。ダウンにマフラーをしていないと、三月の小松の夜はバイクでは走れない。

基地の周辺は何もないけれど、小松の市街地へ向かう国道へ出れば、街道沿いのレストランくらいあるだろう。そう考えてゲートを出ようとすると、後ろからクラクションを鳴らされた。

「え」

驚いて振り向くと、横長の公用車プレートを付けたオリーブグリーンのステーションワゴンが、美砂生の横に並んで停《と》まった。運転席の窓が下がり、野生味のある彫りの深い顔が覗《のぞ》いた。

「漆沢。どこへ行くんだ？」

「月刀さん」

美砂生は、制服をきちんと着こなした先輩パイロットを見返した。まだ仕事をしているのだろうか。特別飛行班なんかに放り込まれる前は、この男は、自分の直属上司の飛行班長だった。

「ちょっと、ご飯です」

「そうか。俺も出るところだ。良かったら付き合え」月刀は、ゲートの警備室を顎で指した。「バイクは、警備室に預けて行ったらいい」

「え――でも」

「いいから。乗れ」月刀は仕事を命じるように促した。「ちょうどいい。俺一人で行くより、君がいたほうがいいだろう」

「どこへ行くんですか」

「風谷が退院するんだ。病院まで迎えに行く」

「え――」

風谷君が――退院？

「そうだ。君も一緒に行って、励ましてやれ」

「は、はい……」

美砂生は、思わず灯の点いた警備室を見やった。門衛の三曹が寒そうに立っている。月刀は気軽に言ったけれど、バイクを預かってもらって、悪くないだろうか。後で差し入れでもすればいいか……。


月刀の横の助手席に乗り、基地の外へと出た。

思い掛けないことになった。

「風谷三尉は、もういいのですか」

「そういう連絡が、火浦さんのところにあったそうだ」

月刀は、このまま日本海中央病院へ向かうと言う。車中には月刀と美砂生の二人だった。

迎えを依頼した火浦は、忙しくて来られないと言う。

ゲートを出てすぐに、一台の白い乗用車とすれ違った。その運転席に何気なく目を向け、月刀は「ん」と首をかしげた。

「救難隊の有守三佐だな。これからまた出勤か」

「救難隊の……？」

つられて振り向くと、セダンは赤いテールライトの尾を引いて基地のゲートへ入って行くところだ。

「今の車、昼間に着水搭乗員を救出に飛んでくれた、救難隊の有守副隊長だ。普通は日中飛んだら夜は非番のはずだが、また出て来たようだ」

家族持ちの隊員のための鉄筋の官舎は、基地の外に道路を隔てて立ち並んでいる。ちょっとした団地だ。

「呼び出しですか」

「緊急事態でなくても、中間管理職は何かと雑用が多いからな」

「……そうですか」

美砂生は、上《うわ》の空で相づちを打った。頭では別のことを考えていた。

眠れなくて、良かったかも知れない……。ひょんなことから、風谷修を迎えに行けることになった。

彼は、大丈夫だろうか——？　美砂生は思った。撃墜されたショックに加え、目の前でエアバスがやられ、僚機《りょうき》が墜とされ、県警にあらぬ疑いまでかけられている。あの刑事たちはあれからも押しかけ続けたのだろうか。一週間の特訓の間、自分は病院へ見舞いに行けなかった。彼もまさか、今ごろ心的外傷後ストレス障害《PTSD》に侵され苦しんではいないだろうか。

（風谷君……）

美砂生は、公用車のステーションワゴンの広い助手席の肘掛けを握りしめた。

（元気でいて。風谷君……）

小松基地・司令部

「有守三佐。大変なことをしてくれましたな」

「は？」

救難隊副隊長・有守史男《ふみお》が呼び出しを受けたのは、つい十分ほど前のことだ。

その時、帰宅した有守は官舎で一人、ビールを飲もうとしていた。

今日もきつい一日だった。救難ヘリの超低空海面飛行は、慣れたと言っても命がけに変わりはない。相当な疲労が残る。

フライト中には平気な顔を維持出来ても、帰宅すると口をきく気もなくなってしまうのが常だ。せめてビールの美味いのが救いといえば救いだった。ところが有守が缶ビールのプルトップを引き開ける直前、部屋の電話が鳴って「至急団司令部へ出頭せよ」と呼ばれたのである。普通、遭難事故などが起きて応援が必要な時なら「救難隊オペレーションルームへ」と呼ばれるものだが……。基地の団司令部へ来い、と言うのは何故だろう――？

有守は違和感を持った。しかし理由を尋ねても、連絡をくれた事務の一曹は分からないと言う。

違和感は的中していた。有守はこの夜、とんでもないトラブルに巻き込まれることになった。

仕方なくまた制服を着込み、車で基地へ戻って司令部四階の団司令室へ出頭した有守は、いきなり防衛部長から「大変なことをしてくれた」と一方的に責められたのだ。有守は一瞬、何を言われているのか分からず、訊き返していた。

「何のことですか？」

「まったく、あなたは大変なことをしてくれたと、そう言ったのですよ有守三佐」

団司令室のマホガニー・デスクの脇に立った日比野二佐は、くり返した。窓を背にした巨大なデスクには主である楽縁台空将補の姿が見えず、代わりにいつもの定位置から、防衛部長の日比野が有守を非難した。何故非難されるのか、分からなかった。

「は――？」

わけが分からない有守は、また訊き返した。

「何の――ことでしょうか？」

「何のって、あなたね。あなたのせいで国際問題になりつつあるんですよ。日本と韓国との！」

「え――？」

さらにわけが分からない。

有守は、八つも年下だが防大卒出世コースのためすでに組織で自分を追い抜いている日比野に、なるべく丁寧な物言いで尋ねた。

「救難隊の私のせいで、韓国との国際問題が？」

「そうです！」

日比野のひきつった顔つきを見ると、何か大変な事態が起きてはいるらしい。

しかしやっぱり、わけは分からない。首をかしげる有守に、日比野は詰問《きつもん》調で続けた。

「有守三佐。先ほど、府中の航空総隊司令部より緊急に照会があった。先週の韓国旅客機捜索救難オペレーションでのあなたの行為についてです。あなたのやった行為について、外務省を通じて韓国が抗議して来ている。場合によっては重大な国際問題に発展しかねないので『韓国側の抗議して来た問題は事実か？』と、総隊司令部は問い合わせて来ている」

韓国が抗議……？

「私のやった行為に……？」有守は口を閉じ、思い浮かべた。

先週の、大規模な洋上捜索救難オペレーション。謎のスホーイに銃撃され日本海へ着水した、韓国の民間旅客機の生存者を救出する作戦だった。

確かにあの捜索飛行の最中に、有守のヘリは、韓国空軍の派遣した救難ヘリと低空でかち合い、海面で発見した生存者を獲《と》り合うというトラブルを起こしている。『韓国空軍の名誉にかけ、その生存者は我々が揚収して還《かえ》る。そこをどけ』と韓国軍ヘリは主張した。彼らはホヴァリングしたまま波間の生存者の頭上に居座り、有守が『病院の集中処置室へ運び込むための時間はこちらのほうが短い』といくら説得しても聞こうとしなかった。有守は必死に説得をしたが、結局、国際問題化を懸念《けねん》する上層部の指示で、心ならずも生存者の揚収を譲らなければならなかった。

「確かに一週間前、韓国の救難ヘリと私のヘリとが洋上でかち合いましたが――しかし生存者の少女は司令部の命令の通りに韓国ヘリに引き渡し、向こうが揚収するところを確認しています。私は何も指示命令に違反するような行為は……」

「したんだよ」

すると、マホガニー・デスクの反対側の脇に立った小松救難隊隊長の釣牽《つりひき》二佐が口をはさんだ。

「有守副隊長。君は、生存者の人命を第一に優先すべき捜索救難オペレーションの最中に、こともあろうに窃盗行為に走り、韓国の対日感情を決定的に悪化させる間違いを犯したのだ。そのような疑いがかかっている。釈明したまえ！」

これも防大卒なので有守よりも年下の釣牽は、頬をひきつらせて詰問した。釣牽も同じように突然呼び出されて来たらしい、制服のネクタイが少し曲がっている。

しかし日比野もこの釣牽も、二人揃っていったい何を言うのだ。今、窃盗とか言ったか……？

「あの……」

だが訊き返す暇を与えず、

「いいか有守三佐！」釣牽は怒鳴った。「下手をすれば、あの韓国エアバス撃墜事件は、どこかのテロ組織でなく、我々航空自衛隊が銃撃して引き起こしたことにされるかも知れないのだぞ。もしそうなったら国家的大問題だ！　君が洋上で、かく言う窃盗行為を働いたのが事実かどうか、釈明したまえっ」

「そ――!?」有守は絶句した。

自分のせいで、国家的大問題……!?

「そ――そんなことを言われても」

やっぱりわけが分からない。こんな疲れた夜に呼び出され、いきなり吊し上げられ、突きつけられた〈嫌疑〉がこともあろうに『窃盗』……？　何の話だ。完全にわけが分からない。俺が何か悪いことをしたのか⁉　有守は叫びたくなった。俺が空の上で、いったい何を盗んだと言うんだ。

救難隊オペレーションルーム

「畜生……！」

海に突き出した、基地の滑走路の外れにある救難隊ランプのオペレーションルームは、がらんとしていた。日勤の隊員はとうに帰宅している。急な事態に備えるスタンバイ勤務の隊員たちは、格納庫の待機室にいるのだろう。

あまりの出来事に、官舎の部屋へ帰る気になれなかった有守は、気がつくと日常の仕事場である救難隊オペレーションルームの自分の机に座っていた。半分だけ電灯を点けた人《ひと》気《け》のない室内で、一人座り続けていた。エンジンテストの整備員たちも帰ってしまったのだろう。基地の敷地の一番外れにある救難隊の隊舎は、静まり返っている。

「畜生」

――『いったい何を』

つい数分前、必死に抗議した自分の声が、まだ有守の頭蓋骨《ずがいこつ》に反響していた。

「畜生……。ひどい言いがかりだ」

有守は頭を抱え、うめいた。

――『いったい何を盗んだと言うのです。私が「窃盗」とは、どういうことなのです!?』

団司令室の中で、非難される理由が分からず訊き返した有守に、しかし日比野は言ったのだ。

「有守三佐。あなたは捜索飛行中、撃墜されたエアバス機の機体の一部――被弾し脱落したフラップが海面に浮いているのを発見、これを引き揚げて持ち帰ろうとした。そうですね」

「フラップ――?」有守は、言われてすぐに思い出した。「――あぁ、あのフラップか。確かにあの時、海面から拾い上げて機体の下に吊したが――まったく余計なことをさせられた」

「させられた――って、いいですか有守三佐。あなたは、人命最優先の捜索救難オペレーションの最中に、こともあろうに韓国エアバス機が銃撃された証拠となる物件を、自分の独断で拾い上げて持ち帰ろうとした。それを韓国は、許し難い泥棒であり証拠隠滅《いんめつ》行為であると怒っているのです」

「なっ、何を言うんだ」

有守は額を打たれた感じがした。

「私の独断――？　とんでもない。『フラップを拾い上げて持ち帰れ』と命じて来たのは、司令部ではないですか」

「総隊司令部が、そんな指示をするわけないでしょう」

「いや。総隊司令部ではなく、この基地の司令部だ。指示したのはここの団司令だ」救難隊は航空支援集団に所属しており、有守たちは小松基地に間借りしてはいるが組織上は第六航空団直属ではない。だから有守は『うちの司令』ではなく『ここの団司令』という言い方をした。

「楽縁台空将補は、どこにおられるんですか？　私は空将補から直接無線で指示を受けたんだ」

有守は団司令室の空間を見回した。

「団司令なら、すでに帰宅された。今夜は市内で会合があるとのことです」

「では団司令に確かめていただきたい防衛部長。私は、生存者の救出をいつも第一に考えているし、あの日も団司令にそのように申し上げた。しかし『どうしても持ち帰れ』と強要され、仕方なく拾い上げたのだ」

「嘘を言うな、副隊長」

「嘘ではありませんよ隊長。楽縁台空将補に確かめてもらえば分かる。指示をしたのはあの人だ。連絡して確かめてくれ」

「いや。その必要はない」

日比野が頭を振った。

「どうしてですかっ」

「団司令は、『そのような指示をした覚えはない』とおっしゃっている。有守三佐が、独断で勝手な行動に走った可能性が高いから、呼び出して事情聴取せよと命じて行かれたのだ」

「そんな――」有守は、絶句した。「そんな馬鹿な。冗談じゃない！」


「冗談じゃない……」

有守は、人気のないオペレーションルームの机に頰杖《ほおづえ》をつき、つぶやいた。

「どうして俺が――そんな馬鹿な真似を好き好んでやるんだ……。ただでさえ救出タイムリミットの迫っていたあの時に」

濡《ぬ》れ衣《ぎぬ》を着せられた、と感じた有守は、団司令室の中で釣牽にも食ってかかった。

「隊長。確かあの時の団司令からの直接通話は、上空のU125指揮機によって中継されていた。あなたも団司令が私に強要する会話を、聞いておられたはずだ」

だが釣牽は、

「俺はU125のコクピットで、他のヘリに指示を出していた。そんな会話など聞いていない」

否定して頭を振った。釣牽は素っ気なかった。部下の隊員たちと個人的なつき合いを全くしないこの隊長は、いつも有守が『酒に酔って街で喧嘩《けんか》した隊員の面倒を見ない』と陰で批判しているのを知っていたのだろうか。言下に否定する身ぶりは、お前など助けてやるものか、と言っているようにも見えた。

「そ、そんな」

「副隊長。楽縁台団司令が、君に直接交信してフラップ回収を強要したなどという話は信じ難い。証拠でもあるなら別だが。ひょっとしてまさか君は、栄誉ある小松救難隊の副隊長として責任を取らず、世話になっている小松基地の司令に罪をなすりつけるつもりではないだろうな!?」

「そっ、そんな――!」

「とにかく有守三佐」

抗議しようとする有守を、日比野が制した。

「さ来週、総隊司令部監理部長がわが基地に来訪の上、この問題の事実究明のための査問委員会が開かれる運びとなりました。有守三佐。あなたは被取調人として出廷させられる。よろしいな」

「さ――」査問委員会――!?

有守は、自分の顔から血の気が引くのが分かった。査問委員会だと――!? 何も悪いことをした覚えはないのに、どうして俺が責任を追及され、裁かれなければならないのだ。

さらに頭に来たのは、「では嫌疑をかけられた私は、明日から飛行差し止めですか」と訊いた有守の問いに向かって浴びせられた、釣舎の台詞《せりふ》だった。

「いや副隊長。問題がはっきり決着するまで君は飛行禁止と言いたいところだが、救難隊は人手が足りない。さ来週の委員会で処分が決まるまで、君にはとりあえずローテーションに入って通常勤務についてもらう」

自衛隊の組織は、普通ならこういう場合はトラブルの渦中《かちゅう》の人間は飛行差し止めにする。あえてそうしようとしない釣舎の意図は、見えていた。

釣舎は、いつも『全体を統括するため』と称して、救難オペレーションの時はビジネスジェット改造のU125A救難指揮機に座乗《ざじょう》している。ヘリの資格は持っているのだが、乗ろうとしない。救難ヘリは操縦が難しく、勤務がきついのである。もし有守を一線から外せば、釣牽は自分がヘリに乗らなくてはならなくなる。だから有守の飛行差し止めをわざとしなかったのだ。救難隊の隊長職は『航空支援集団での出世コース途上の腰掛けポスト』と考えているらしいこの男にとって、現場のヘリ勤務は避けたい事態なのだろう。

「君を遊ばせておく余裕はないのだ、副隊長。嫌疑が晴れるかどうか分からないが、現場の仕事はみんなのために粉骨砕身《ふんこつさいしん》やりたまえ。やるよう命令する」

「どいつもこいつも……勝手じゃないかっ……」

有守は、またテーブルを叩いてうめいた。

「畜生……！」

その時、

「どうしたんですか」

ふいに背後で女の声がして、有守は驚いて振り返った。オペレーションルームから隊舎の奥へと通じる廊下に、ほっそりしたシルエットが立っている。

「――君は……」

「どうしたんですか。副隊長」

女の声は、訊いた。

「君は、誰だ」

「雪見です」

「え」

有守は、眼をこすった。

暗い廊下の奥から、体重のないようなふわりとした歩き方で現われたのは、ストレートの黒髪を肩に垂らした、透き通るような白い肌の女だった。両白山地《りようはく》の雪女だ、と言われたら信じたかも知れない。しかしオレンジ色の飛行服を着ている。声には聞き覚えがある。

「雪見二尉か……？」

「すみません」

女は、微笑して頭を下げた。そう言えば、切れ長の眼にも見覚えがある。

「勤務の時間が過ぎたので、髪を下ろしていました。失礼しました」言うと、女は白い両手の指で長い髪を器用にたくし上げ、黒いリボンでキュッと結んだ。「フライトの時は、結んでヘルメットの中にたくし込んでいるんです」

髪を結ぶと、見慣れた雪見佳子になった。

「驚いたな」

「感じ、変わりますか？　よく言われるんです」

「いや。それもだが――」有守は、息をついて廊下の奥を見やった。並ぶドアが一つ開いて、灯《あか》りが漏れている。「こんな時間まで、あそこの資料室にいたのか？」

「わたし、小松は初めてですから」

佳子はまた微笑した。資料室を振り返って、

「空域や、いろんな環境に早く慣れなくちゃと思って、残って勉強していました」

「そうか」

出て来たのは、茶を煎《い》れるためらしい。手に自分用のマグカップを持っている。

「あのう」

「ん」

「何か、ありました？　副隊長」

「ん――ちょっとな」

有守は息をつくと、片手で頭をかきむしった。

「どうしたんですか」

「いや――君はまだ気にしなくていい」

国道三一五号線

「あっ」

病院へ向かう国道は、いったん大きく海側へカーブし、見晴らしのいい崖《がけ》の上を通った。すでにとっぷりと夜だったが、月が黒い海面をきらきらと照らしている。

崖から海に突き出している、一軒の小さなレストランの前を通過した。助手席の窓に、照明された白壁と看板が通り過ぎる。〈イタリアンレストラン・ウサギ翔《と》ぶ海〉。

「いいなぁ。こんなところでパスタ食べたいな」

ため息混じりに美砂生がつぶやくと、

「なんだ、君はまだ晩飯食っていないのか」

運転席で月刀が振り向いた。

「だから言ったでしょう。『ご飯に行く』って」

「そうだったか。済まん」月刀は、ロッカーで締めてきたばかりのようなネクタイを緩めて、「風谷を引き取ったら、どこかで退院祝いでもするか。三人で」

「そうですね」

美砂生はうなずく。

湯気の立つ、茹で上げのスパゲッティーか……。そういうものを、ずいぶんと食べていない気がする。自衛隊の食生活は、東京での独り暮らしOL時代に比べればずっと健康的だが、味や雰囲気は求めようもない。

ひさしぶりにペペロンチーノが食べたい、と美砂生は思った。茹でた麺《めん》に、オリーブオイルと焦《こ》がしたニンニクと、輪切り唐辛子を散らしただけのスパゲッティーが美砂生の好物だ。

思い浮かべると、鼻腔《びこう》に匂いが蘇《よみがえ》るようだ。

「食べたいなぁ、ペペロンチーノ。お腹空いた」

「美味いものが食いたいか。漆沢?」

「はい」

「ほう。それは良かった」

月刀は、運転しながらうなずいた。

「君の神経は、案外戦闘機パイロットに向いているのかも知れないな」

「――――?」

美砂生は、どういう意味だろう?　と月刀の横顔を見た。

その視線が分かるのか、この世界では十年近く先輩になる月刀は、説明してくれた。

「いいか。フライトの後で『何か美味いものが食いたい』と感じるのは、いいことだ。君の身体と心が、生死を賭けた闘いの世界から日常の世界に戻って、『明日も生きよう』と思い始めた証拠なんだ」

「明日も生きよう――と？」

「そうだ」月刀は、国道から病院への枝道へハンドルを切って曲がりながら、「俺たち実戦部隊の戦闘機パイロットは、スクランブルはもとより、たとえ訓練でもほんのわずかな油断で空中接触して粉々になるような生死の境を飛んでいる。気を緩めれば数秒後には死んでしまうような世界だ。そういう環境にいると、たとえ腹がからっぽでも不思議に食欲はわかない」

「それは緊張するから――」

「それだけじゃないさ。ものを食べる、というのは、少なくともそれから数時間を生きるための行為だ。言ってみれば、『明日も生きよう』と身体と心が思うから、腹が減るんだ。数秒後に死んでしまうような世界では食っても無駄だし、胃の負担になるだけだから腹は減らない。フライト中に空腹を感じないのは、緊張のせいだけじゃないんだ」

「はぁ」

「身体って不思議なものでな。無事にミッションが済んで、明日もとりあえず生きられそうだと分かると急に腹が減って来る。フライトが済んで、しばらくするとな。ところが経験の浅い新人の戦闘機パイロットには、なかなか生死の境から日常の世界へ神経が戻らなくて、地上に降りてもいつまでも腹が減って来ないやつがいる。そういうやつは、心配だ。神経の〈生死の境〉モードは、そう長く続くものじゃない。地上へ降りたら、早く日常モードへ切り替えないと、参ってしまう」

「はぁ……」

「未熟な者や、向いていない者ほど、日常への切り替えが遅くて、その分神経をよけいにすり減らし、参ってしまう。そういう例を、これまで少なからず見て来たんでな……。君は今日、上空で殺されかかって降りて来て、でも半日もしないうちに『スパゲッティー食べたい』と言い出した。今ちょっと驚いた。案外見込みがあるのかもな」

「そういう――ものでしょうか」

「そうさ」

「はぁ」

美砂生がうなずくと、月刀はふいに、

「風谷が、心配なんだ」

続けてそう言った。

「風谷く――いえ風谷三尉が、ですか?」

「そうだ」

月刀はうなずいた。

「あいつ——病院を出た後、『あれが食いたい』とか『これが食いたい』とか、言い出すようならいいんだが……」

日本海中央病院

六階建ての病院は、休耕田《きゅうこうでん》の広がる台地の上に、照明を灯して立っていた。

ステーションワゴンは砂利を鳴らしてスロープを上がり、正面に滑り込む。また機動隊がいたら嫌だな——と思ったが、美砂生が風谷を見舞いに訪れた日には病棟を包囲するように布陣していた青黒い群れは、今は姿がない。あの鉢巻きをした教職員組合の一隊も見えなかった。辺りは地方の町外れの総合病院らしく、静まり返っている。

面会時間は終わっているらしい。両開きの自動ドアは閉まっていた。月刀と連れだって脇の通用口から入った。

「エレベーターは、どっちだったかな」

「こっちです。確か」

前回来た時に、平泉広報係長に見つかって逃げ回ったせいで、道筋を覚えていた。月刀を案内して暗いロビーを通り抜け、エレベーターを捜し当てて乗った。連れて来られたのに、いつしか美砂生のほうが先に立って、早足になっている。

「何階だったかな」

月刀がそうつぶやくのと同時に、もう六階のボタンを押していた。

エレベーターが、上昇し始めた。

「何だ漆沢。君、見舞いに来たことがあるのか」

月刀が驚いたように言った。

「えっ」美砂生は口元を押さえた。

しまった。

そう言えば自分が初出勤前にここへ来たことは、基地の人たちは知らない。月刀を含め小松基地の人たちは自分と風谷との〈関係〉も知らない。〈関係〉と言えるほどのことでもないのだが……。

別に、秘密にすることではない。しかし自分の事情——風谷を入隊前から知っていたことや、初めての任地に小松基地を希望した理由、いや戦闘機パイロットになろうと思い立った動機そのものが風谷だったことなどは、美砂生はまだ誰にも話していない。

何となく、話せない。

「特訓で、火浦さんに死ぬほどしごかれていたんじゃないのか？　よく来る暇があったな」

月刀は美砂生を見下ろして、不思議そうに訊いた。

「風谷と、何か話したか?」

「え——あ、その……」

どう言い繕《つくろ》おうかと、視線をそらして階数表示を見上げた時。六の数字が点灯してエレベーターの箱は止まり、ドアが開いた。

とたんに、開いたドアの向こうから、何かが激しくぶつかって来た。上を見ていた美砂生は弾き飛ばされ、ぶつかって来た何者かと折り重なるように仰向けに倒れた。

「きゃあっ」

「うぐっ……!」

ぶつかって来た者も、美砂生の上でうめき声を上げた。

いったい何が起きたのか。悲鳴を上げながらよく見ると、倒れた美砂生の胸に仰向けに重なっているのは、頭に包帯を巻いたパジャマ姿の青年だった。

若い男の骨格と重みが、美砂生の身体にのしかかっている。激しく息をしている。

美砂生は驚きに呼吸が止まった。

「か——」

だが美砂生がその名を口にする隙もなく、

「立て、風谷っ」

もう一人の何者かが、エレベーターホールから野太い声で叱咤《しった》した。大男だ。照明の半分おちたホールから大柄な影がのしのしと迫り、毛むくじゃらの二本の腕が伸びて、美砂生の上に倒れた青年の襟首をつかんだ。

次の瞬間、のしかかっていた体重が消えた。大男がぐいと青年をつかみ起こしたのだ。美砂生は仰向けになったまま、目を丸くした。

パジャマ姿は、間違いなく風谷修だった。その背中が反《そ》り返って目の上にある。そして彼の襟首をつかみ起こし締め上げているのは、あろうことかあの熊のような大男――鷲頭三郎だった。

(どうして――鷲頭三佐がここに……!?)

美砂生がいぶかしむ暇もなく、大男は「この馬鹿野郎っ」と怒鳴りつけて風谷を投げ飛ばした。パジャマの背がホールの床に叩き付けられ、転がる。

「うぐっ！」

「きゃっ」

「鷲頭さんっ。何をしてるんだ」

悲鳴を上げるのがやっとの美砂生に代わり、月刀が制止した。ドアの開いた箱から飛び出すと、鷲頭の背につかみかかった。だが大男は軽く振り払い、なおも風谷を引き起こして殴りつけようとする。月刀がもう一度組みついて止める。

「やめてくれっ。鷲頭さん！」

「うるさい、放せっ」

大男はヒグマのように吠えた。

「こいつは殴られなきゃどうしようもねぇんだ」

「ここは病院だ。何が気に食わんのか知らないが、やめるんだっ」

いったい、何が起きたのだ……？

美砂生は、声を失ったまま、揉《も》み合う男たちの背を眺めた。

国道三一五号
レストラン〈ウサギ翔ぶ海〉

三十分後。

美砂生は、窓から暗い海を見下ろすレストランのテーブルに、月刀、風谷の二人とともに座っていた。病院へ来る途中で国道沿いに見つけた、崖に突き出したイタリア料理を出す店だ。

四人掛けテーブルの、美砂生の隣に風谷。さしむかいに月刀。赤いチェックのテーブルクロスの上には、灯のついたキャンドルの隣に生ビールのグラスが三つ置かれている。

「じゃ、まずは退院祝いといくか」

「――――」

月刀が咳払《せきばら》いし、グラスを上げてうながしても、風谷は椅子でうつむいたままだ。

「どうした、風谷？」

「――――」

唇を噛んでうつむく風谷は、動かない。その横顔を、美砂生は横目で見た。どうしたのだろう。やはり警察に責任を追及され続けた一週間が効いて、心労から憔悴《しょうすい》しているのだろうか……？

病院を出てからずっと、彼はこんな状態だ。

（風谷君……）しっかりしなさいよ、と言いたい。三年前、路上であたしを暴漢から護《まも》ってくれた時の元気はどうしたのよ――？　そう問いたい。でもこの席には月刀もいる。美砂生は、新しい任地で風谷と初めて会ったという振りをし続けるか、昔からの知り合いとして振る舞ってしまうか、決心がつかない。つかないまま、ゆらゆらしている。

どうしよう……。美砂生は黙ったまま、周囲を見回す。ここはデート向きの店だ。漁師小屋を模したほの暗い店内にはカップルの姿が見えるが、平日だから混んではいない。塞ぎ込んだ雰囲気を何とかしようと、あの国道の店で退院祝いをしましょう、と言い出したのは美砂生だった。でも、メニューを広げて料理を選んだりする明るさにはならない。風谷は、うつむいたままだ。

――『畜生』

脳裏に、つい先ほど病院の廊下で風谷が発した、絞り出すような声が浮かんだ。

――『俺は……。くそっ、畜生……!』

美砂生は、メニューを畳んで膝に置き、病院での出来事を思い出す。

それは、美砂生にとっても嫌な事件だった。

三十分前のこと。

エレベーターから病棟六階のフロアに出ようとした美砂生と月刀に、いきなりぶつかって来たのはパジャマ姿の風谷の背中だった。彼は好きでそんなことをしたのではない。誰かに殴られ、吹っ飛ばされて来たのだ。

「立て、風谷っ」

下敷きにされた美砂生が顔をしかめながら見上げると、ホールの向こうで大柄な影が怒鳴った。鷲頭三郎だった。飛行服の袖をまくり、毛むくじゃらの両腕を見せて仁王立《におうだ》ちしていた。

風谷を殴ったのは鷲頭だった。だが美砂生にも月刀にも、騒動の理由が分からない。

「鷲頭さんっ。何をしてるんだ」

月刀が止めに入った。しかし大男は「うるさい」とヒグマのように吠え、倒れた風谷を引きずり起こしてまた殴りつけた。

「うぐっ」

吹っ飛ぶ風谷。

「きゃあっ」

悲鳴を上げる美砂生。

「やめてくれっ。鷲頭さん！」

「うるさいっ。こいつは殴られなきゃ、どうしようもねぇんだ」鷲頭は床に倒れた風谷に向かって吠えた。「立てこの野郎っ。この腰ぬけ。お前のせいで何人殺されたと思ってる⁉」

「そんな言い方は、ないだろう」

月刀が割って入り、遮《さえぎ》るように両手を広げた。

「あの事件の結果に、風谷の責任はない」

「いいや。大有りだ」

「何だって？」月刀は鷲頭を睨みつける。「聞き捨てならないぞ鷲頭さん！　あんたまでマスコミや県警と同じことを言って責めるつもりか。だいたいここへ、何をしに来たんだ」

だがその足元で、床に顔をつけた風谷はうめきながら「――――」と何か言った。

「何だ、風谷?」

「――いいんです」

「何だと」

「いいんです――月刀さん。俺は、俺は――」

苦しげに言葉を吐こうとして、風谷はゴホッとむせた。額を床につけたまま、拳でタイルを叩いた。

「俺は……。くそっ、畜生……!」

「月刀。そいつは、使えない臆病者《おくびょうもの》だ。今すぐ空自をクビにして、基地から放り出せ」

「何を言うんだ。命がけで旅客機を護ろうとした後輩に、それがかける言葉ですかっ」

「命がけで護ろうとした……? 月刀、お前はしょうもない。後輩の教育係の資格もないな」

「何?」

「そいつによく訊きただして見ろ。あの夜の情況をだ。その甘い二枚目の兄ちゃんが、あの時本気で命がけで旅客機を救おうとしていたなら、とっくにあのスホーイは夜の空中で粉みじんになり、旅客機も川西も巡視船も護衛艦も、沖縄の仲間も、一人も死なずに済んでいる」

　この大男は何を言うのだろう……？　美砂生はその時、鷲頭の物言いが理解出来なかった。理解出来ないまま、対峙《たいじ》する男たちを見ているしかなかった。

「どういうことだっ。鷲頭さん」

「訊いてみれば分かるさ。ふん」


「──月刀さん」

テーブルのキャンドルに照らされ、うつむいていた風谷の横顔が、ふいに視線を上げた。そのかすれた声に、美砂生の回想は途切れた。

「月刀さん。一つ文句があります」

卓上のグラスにも手をつけず、二十四歳の青年は、さしむかいの先輩パイロットの顔を睨むようにした。

美砂生は、風谷の眼を見た。憔悴し切った横顔だが、辛そうな眼の光は死んではいなかった。

「な、何だ」

月刀が面食らったように訊き返す。

「月刀さん。この間病院へ面会に来てくれた時です。あの時にどうして、俺に川西のことを話してくれなかったんです」

「え……？」

「隠したんですか」問い詰めるように、風谷はテーブル越しの月刀を睨んだ。「川西が死んだことを、俺に隠したんですか。月刀さん」

辛そうな横顔だった。傷ついて倒れそうな野生の獣が、それでも必死に起き上がろうと宙を睨む時のような眼——美砂生にはそのように見えた。

(風谷君……)

隣で何も言えない美砂生は、再び病院での光景を思い出す。


「いいか月刀」鷲頭は吠えた。「俺たちは、空に甘っちょろい夢を見る飛行機マニアじゃねぇ！　そんなやつらは、飛行クラブでセスナにでも乗ればいいんだ。俺たちは音速の殺人マシーンを操る殺し屋だ。いざという時に敵を殺せないやつに、イーグルに乗る資格はねえんだっ」

鷲頭は、月刀とつかみ合いの寸前で対峙していた。『いざという時に敵を殺せないやつ』と口にする時、さげすむように床に手をついた風谷を見やった。

「どういうことなんです」

月刀が睨み返す。

「俺はな、月刀。やつが――あのスホーイのパイロットが、夜の峡谷でどのような飛び方をしたのか詳しく訊くためにここへ足を運んだ。この次に、もしも夜の戦闘になったら、同じ手で逃げられる可能性があるからだ。実際にやつと闘った人間の体験は貴重だと思った。だから来た。だが話を聞けばこいつは――」鷲頭は、床の風谷を顎で指した。「――この腰ぬけは、旅客機がやられる寸前、やつを撃墜する絶好のチャンスに恵まれながら撃たずに逃したという」

「何ですって？」

「聞かなかったのか月刀？　お前も面会には来たんだろう」

「う、それは……」

「話を聞けば、こいつはやつと旅客機との間に割り込む寸前、偶然斜め上方から絶好の射撃軸線を得たという。だが絶好射線を得ていながら、撃ち逃した。なぜだと訊けば、分かりませんと言う。では『撃てなかった』のか『撃たなかった』のかどちらだと訊けば、撃てませんでしたと言う」

「ちょっと待ってくれ、鷲頭さん。あの夜『割り込め』という無茶な指示は出されたが、攻撃命令は結局――」

「いいや。たとえ地上から発砲の許可があろうがなかろうが、言い訳にはならねえ。流れ弾を旅客機に当てずにやつを――テロリストの機を始末出来るんなら、絶対墜《お》とすべきだった。信念を持った戦闘機乗りなら、必ずそうするはずだ。自分がたとえ後で懲罰《ちょうばつ》されようがクビになろうが、何百人が助かるなら、そうするはずだ」

「勝手な自分の理屈を、押しつけないでくれ鷲頭さん。我々空自パイロットは、あくまで統制に従って――」

「じゃあお前ならどうする？　月刀。お前が全く同じ情況にはまったら、どうしたと思うっ」

「そ、そんなことを訊かれても――」

「情況が誰よりも見えていて、地上の幹部連中が保身しか考えていない馬鹿揃いと分かっていて、それでもお前は地上の指示に従い、やつに旅客機撃墜を許すのか？　それが本当の戦闘機パイロットのすることかっ」

「う――」

月刀が一瞬考え込むのを、美砂生は息を呑んで見上げていた。

「俺たちは木偶《でく》じゃねぇ。俺たちは、国を護るために殺人も犯す戦闘機パイロットなんだ」

倒れた風谷は、鷲頭のその言葉を聞きながら、床で歯を食いしばっていた。暗くてよく見えなかったが泣いているようだった。

「少なくとも俺は、こんな腰ぬけを――規則を守ったにしろこんな軟弱者を戦闘機乗りとは認めない。こいつがふらふら迷って見逃したお陰で、死ななくていい数百人がやつに殺された。俺は許せねえ。だから殴った」

鷲頭は、鼻息を荒らげて二の腕で顔をぬぐうと、床の風谷に「やめちまえ腰ぬけ！」と吐き捨て、絶句する月刀を尻目に退場した。

エレベーターのドアの前であっけに取られている美砂生に気づくと、大男は思い出したように立ち止まり、ぎろっと睨みつけて来た。

「おい、それからそこの色白姉ちゃん」

「な、何ですか」

「お前、どこで覚えたのか知らねえが、あんな無茶な〈技〉は二度と使うんじゃねえ」

「は――？」

「今日、お前がやつのガンを避ける時使った、マイナス1・3Gのスピードブレーキだ。どこで教わったか知らねえが、あの下降運動はF15の空力《くうりき》設計上の唯一の欠陥だ。あんなものを〈技〉として使うなどもってのほかだ。下手すりゃ機首下げモーメント過大でアンコントロールに陥り、相手を殺《や》る前に自分が死ぬぞ」

「無茶って……」

「いいか。無茶と勇気は違う。よく覚えておけ」

美砂生は、何のことを言われたのか、さっぱり分からなかった。あっけに取られたまま、立ち去る大男の背中を見送っていた。

分かったのは、野生の熊が吠えていきまいているように見えたのに、当の鷲頭は意外に冷静だったということだ。低い声でぼそっと『F15の空力設計上の唯一の欠陥』とか『機首下げモーメント過大』とか言われると、頭から湯気を立てて怒っているように見えたのが、嘘のような――芝居でもしていたんじゃないだろうかという気さえした。


「月刀さん」

レストランのテーブル越しに、風谷は月刀の彫りの深い顔を睨み、苦しげに訴えた。

「月刀さん。教えてください。あなたはまさか、俺に川西の殉職《じゅんしょく》を告げたら、俺がショックを受けて錯乱するとでも思ったんですか」

「あ。いや……」

月刀は、言葉に詰まっていた。

「どうなんですか。答えてください」

月刀がなぜ返答に窮するのか、風谷と月刀が何を話しているのか、美砂生には分からない。卓上のビールは泡が消えてしまう。しかしそんなことは目に入らぬように、風谷は詰問する。

「俺が責任を感じて自殺するとでも思ったんですか。ウイングマークを返上して、戦闘機パイロットを辞《や》めると言い出すとでも思ったんですか。月刀さんは俺のことを、普段からそんなヤワなやつだと見ていたんですか――!?」

「いや……。すまん風谷」

月刀は眼を合わすのが辛いのか、顔を背《そむ》けた。

美砂生は、月刀がそんな弱気に振る舞うところを初めて見た。三年前の沖縄では、ダイバーのインストラクターを「不注意だ」と怒鳴ったり、カモメと激突したアイランダー機を立て直すのを手伝ってくれ、冷静な対処で救援のイーグルを呼んでくれた。好きなタイプかと訊かれれば分からないが、野生味ある頼もしい空の男――それが月刀慧の印象だった。

ところが、後輩と眼を合わせづらくて顔を背けてしまうなんて、この弱気はどうしたのだ。

（……?）

美砂生は首を傾げた。そう言えば、病院のホールで鷲頭が去った後、二人で風谷を助け起こすところから、何となく月刀は口数が少なくなり消沈《しょうちん》したような印象だった。風谷を着替えさせ、荷物をまとめる一連の作業も、ほとんど美砂生が仕切ったのだ。風谷も月刀も押し黙ってしまって、病院を出たはいいが雰囲気が変に沈んでしまったから、美砂生は「どこかで退院祝いをしましょう」と提案したのだ。

「すまん風谷」月刀は、あろうことか後輩に頭を下げた。「お前は二機編隊長になったばかりだ。苦労して、やっとここまで這《は》い上がって来たんだ。だから……」

「俺に川西が死んだことをわざと言わないのが、思いやりだったとでも言うんですか」

風谷は月刀に、あの夜二番機として飛んでいた川西三尉の殉職を告知してくれなかったと、抗議しているのだった。あの事件の翌朝、月刀は美砂生より前に風谷を見舞っていたはずだが……。川西の死について、月刀は話さなかったのだろうか。

「月刀さん。俺は確かに――あの時絶好の射線を得ながら、やつを撃てませんでした。俺は、優しいのと弱いのとを混同している馬鹿な男かも知れない。鷲頭三佐の言われることは、ここがズキズキするくらいに分かります」風谷は左胸に手を当て、爪を立てた。「分かっているんです。俺は、撃つべきだった。その後で自衛隊を追われる結果になろうと、あの時は撃つべきだった」

「風谷」

「分かっているんです。俺の優柔不断がテロ組織の攻撃を成功させてしまった――」風谷は前髪をつかみ取るように両手でかき上げ、悔しそうに宙を睨んだ。「――そのせいで月夜野を……」

「風谷。それは違う。お前個人が結果責任を感じてしまうような、日本政府と自衛隊の組織体質がいけないんだ」

「歯車だから、見て見ぬ振りでいいって言うんですか。俺たちまで、保身ばっかり考えていていいと言うのですか」

「戦闘機パイロット一人で、日本を背負って立てるわけがない」

「そう考えれば楽だろうって――また思いやりですか月刀さん。俺は、楽にはなれませんよ。言葉では楽になれません。あの時、目の前であいつが――あいつを乗せた旅客機が……!」

あいつ……？　誰のことだろう。

さらに首をかしげる美砂生の横で、月刀は言う。

「風谷。俺のしたことがお前を余計に悩ませてしまったのなら、謝る。正直、俺は飛行隊の飛行班長をやらされていて、時々どうしていいのか分からないことがある。白状するが、いつも手探りでやっている」

月刀はため息をついて、卓上のビールでなくコップの水をぐいと呑んだ。

「俺も……こうして組織管理職の端くれなどに就《つ》かず、一匹狼でいたころは、さっきの鷲頭三佐と同じような考え方をしていた。少しでも神経のヤワなやつは、さっさと淘汰《とうた》されて戦闘機を降りて飛行隊を去って当然と考えていた。しかし組織で後輩を育てる立場に立ってみると、とてもそんなことは言えない」

「――――」

「つぶしたくない。ここまでせっかく育って来た後輩を、つぶしたくはない。一人の人間がF15のパイロットになるのにどれほどの努力と運が必要か、知っているからだ。少々の弱点があっても、何とか乗り越えて独り立ちして欲しい。一人前になって欲しい、そう考えるようになった。

ところがだ。俺は……正直な話、お前のようなタイプの男とつき合ったことがない。どう対処していいか――どう鍛えればいいのか、今まで二年間手探りだった。お前が撃墜されて収容された時、どう励ませばいいのか分からなくなった。下手なことをして、つぶしてしまいはしないか。そんなことを恐れた。正直に言うと、そういうことだ。お前の考えた通りだ。俺は、お前がつぶれるのが怖かったんだ」

「――そうですか……」

風谷は唇を噛むと、うつむいた。

だがすぐに顔を上げた。

「……月刀さん。お願いがあります」

小松基地・独身幹部宿舎

鏡黒羽は、独身幹部宿舎女子棟の個室で独り、ベッドに腰掛けたままＴＶを見ていた。

「―――」

モニターの下で、ビデオデッキが回っている。

画面の中は、録画された昨夜放映のドラマだった。夜の街路を、トレンチコートの犯人が逃げて行く。一人の女刑事の背中が、息を切らして追って行く。手持ちカメラでさらにその後ろ姿を追いかけた、揺れ動く映像だ。『待て』『待ちなさい』叫ぶ二人の女。

「―――」

画面に激しい雨が降り始める。走る二人の女の髪と背を、夜の雨粒が濡らしていく。闇の奥へ消え入ろうとするかのように、逃げ続ける犯人の男。アスファルトに飛沫《しぶき》を上げて追いかける二人の女。どちらも二十代だ。先を行くのは白いパンツスーツの髪の長い女。続くのは黒いパンツスーツの髪の短い女。息を切らす横顔が浅黒い。

『あたし飛びかかるわ。あなたバックアップ』

白いスーツの女が言う。

『駄目だ、わたしがやる。どけ』

黒いスーツが追い越そうとする。

『何言ってるのよ』

『あんたじゃ無理だっ』

『言うこと聞きなさい！』

『こんな時に、キャリアも下《した》っ端《ぱ》もあるかっ』

右腕を包帯で吊った黒羽は、黒目がちの両目で画面を見ている。むすっとした顔だ。黒いパンツスーツの女刑事――浅黒いその横顔が、猫のような切れ長の眼で白いスーツの色白の女刑事に台詞《せりふ》を怒鳴る。

『どけっ。こいつは、わたしの恋人だった男を殺《や》った。わたしがこの手で逮捕する！』

息を切らしながらの演技のせいか、浅黒い横顔の女優は、大声の台詞が棒読みのようになる。

火曜の夜九時から全国ネットで放映されているこのドラマは、新人の女刑事二人組の活躍を描いたものだ。去年に続いて二期目が制作されている人気シリーズだが、視聴率が良いのは話が面白いせいで、主演女優の演技力はあまり貢献していないようだった。

『わたしが、彼に代わって決着をつけるんだ！』

声が大きいだけの台詞が夜の路上に響くと、見ていた黒羽は頭を振り、包帯の右手を上げてリモコンで画面を切った。

「────」

わざわざ予約録画した番組なのに、途中で見るのをやめてしまう。リモコンを放り、浅黒い肌の女性パイロットはフンと鼻息をつくと、官給のベッドにぎしっと仰向けになった。

目を閉じ、つぶやいた。

「──あの、へたくそ」

個室のドアがコン、コンと鳴ったのはその時だった。

夜のプライベートな時刻に、来訪者など珍しいのだろう。黒羽は不思議そうに目を開けると「誰──？」と低い声で訊いた。

「あたし」

声は、昼間に無線を通してさんざんやり合った相手だ。降りてからも口論した。

何の用だろう。

黒羽は、小さく身を起こした。

「何？」

「入ってもいいかしら。鏡さん」漆沢美砂生の声は尋ねた。「ちょっと、話があるの」

黒羽は、少し考えてからうなずいた。

「──どうぞ」

小松市郊外

「参ったな……」

家に戻ると、月刀は明かりを消したままのリビングでソファに倒れ込み、息をついた。

カーテンのむこうから、波の音が聞こえている。今夜は穏やかな音色《ねいろ》だ。

海の見える場所に住まないとおちつかない、というのは性分だったが、こうして海のそばで起居《ききょ》していると『自然の中で生活している』実感がある。天候のいい日ばかりではないからだ。

月刀慧が、この日本海を見下ろす崖の上の家で生活するようになって、そろそろ二年になる。

一軒家である。天然木の丸太を積み上げたような造りの、カナダ製ログハウスだ。もちろん買ったのではない。もとは東京在住の医師が別荘として建てた物件で、使われずに空き家となっていたものを、三年契約で借り受けたのだ。国道から細い道を入った崖の突端近くにあるため、ちょっとした買物にも車が必要だ。不便なのでずっと借り手がなく、二十畳のリビングに十畳の寝室が二つという広さなのに家賃が安い。月刀は、手間はかかるが近所付き合いにわずらわされないこの家が気に入り、休日のたびに外壁のペンキを塗り直したりして、少しずつ補修しながら住んでいる。

ここへ帰れば、一人の静かな時間だ。

しかし、

――『……月刀さん』

「……参った」

もう一度、仰向けのままで月刀はつぶやく。

今夜は、いつもなら帰宅してまず一番にする日課――自分でブレンドしたコーヒー豆を挽《ひ》き、ケトルを火にかけるという作業をする気になれなかった。

――『……月刀さん。お願いがあります』

目を閉じると、風谷の眼が真剣にこちらを見ていた。額から包帯を取ったばかりの顔だ。

「明日から復帰させろか……。参ったな」

先ほどのレストランの席で、退院させたばかりの風谷修は、月刀に「お願いがあります」と詰め寄ったのだ。

風谷は、航空学生で五年後輩となる。飛行経験も、飛行班長である自分より五年少ない。色白でおとなしく、繊細なばかりのやつ——そう風谷を評価していた月刀は、今まで僚機の殉職も伝えないままにしていた。伝えれば、半狂乱になるのではないかと心配していた。ところがテーブル越しに自分を睨んで来た両眼は、いつの間にかかすかな凄《すご》みさえ湛《たた》えていた。脆《もろ》そうな凄みではあったが、必死さをダイレクトにぶつけて来た。

「参ったな……」

月刀はため息をつき、真剣な目の後輩との対話を思い出す。

「月刀さん。お願いします」

テーブルの向こうから、風谷は迫った。

「俺を、明日からアラート勤務につけてください」

「アラート勤務?」

「はい」

「明日からか?」

「はい」

月刀は驚いて見返した。

「明日から、もう飛びたいと言うのか」

風谷はうなずく。

「はい。明日からです」

「どうしてだ」

「どうしてって――俺は、もう寝ていられません。飛ばなくちゃならないんです」

「焦るな。風谷」

復帰を焦ることはない、と月刀はさとしたのだ。しかし、二十四歳の若い後輩パイロットは頑として聞かない。

「俺は、飛ばなくちゃいけない。飛ばなければならないんです。身体ならもう大丈夫です。お願いします」

「どうしてそう急ぐ？　フライトに復帰して欲しいのはもちろんだが、無理をせずだんだんにやればいいいんだ」

「しかし」

「しかしもへったくれもあるか風谷。いいか、ベイルアウトして一週間も現場を離れていて、いきなりスクランブルのアラート待機に就けるわけがないだろう」

「――――」

すると風谷は、ＴＶドラマに出て来る男優のような整った面差しをうつむかせ、ドラマの俳優になど到底出来ないような身を切られるような表情をした。辛そうな顔だった。隣の席に座った漆沢美砂生が心配そうに「大丈夫？」と覗き込むほどだった。

「俺は――」だが風谷は、何か言おうとして唇を噛んだ。「――俺は……」

「風谷。宿舎に戻って、鏡で顔を見ろ」

月刀は言い聞かせた。

「ひどい顔だぞ。まるで……そうだな、甲子園の予選で負けた高校の野球部が、負けた当日の夕方から来年目指してやけくそになって練習を始める時のような――」言いかけて、咳をした。「たとえが悪いかも知れんが、とにかくそういうような顔だ。お前はここ一週間、理不尽な目にばかり遭《あ》った。僚機を撃墜され、警察には責任を追及され、鷲頭三佐には殴られもした。追いつめられた気持ちになるのは無理もない。しかし考えてみろ。冷静な気持ちを失ったまま、お前は戦闘機に乗れると思うのか？」

「俺は、冷静です」

「そうは見えない」

「でも、このままでは――」

「このままでは、何だというんだ？」

「――」

唇をつぐんでしまう風谷を、月刀は漆沢美砂生と二人で両脇から抱えるようにして、店を出た。結局食事どころではなかった。飲まなかったビール三杯分だけ勘定を払い、海にかった。

面した駐車場へ出た。なぜ風谷が思い詰めたようにしているのか、聞き出すことは出来な

漆沢美砂生が、本気で心配しているようだった。うつむいた顔を覗き込み「風谷君、大丈夫？」と訊いていた。何が『風谷君』だと思ったが、柄《がら》にもなく歳上の母性本能かも知れない。思い詰めた後輩の気持ちをほぐすには女の声がいいだろうと、二人でワゴンの後席に乗るよう指示した。

それが一時間ほど前のことだ。

「まったく──考えてみれば配属された二年前から、あいつは心の中で思っていることを口に出さないんだよなぁ……。困るんだよなぁ、溜め込むタイプは」

月刀は、灯りを点けないリビングの天井を見つめて、ひとりごちた。

「……おまけに、警察までくっついてくるし」

そうだ。

さっきは、危なかった。もし風谷の急な申し出に押し問答をしていなければ、ビールに口をつけていただろう。制服だったから、口をつける程度にしておこうとは思っていたが、飲んでいたら危ないところだった。

いったいいつから尾けていたのだろう。レストランの駐車場から基地の方角へ向けワゴンを出した直後、背後に青黒いセドリックが現われ、すうっと寄って来るといきなり屋根

で赤色回転灯をつけたのだ。

「畜生、シックス・オクロックに食いつかれるなんて……！　戦闘機パイロット失格だ」

月刀は舌打ちをする。

覆面パトカーがどこに隠れていたのか、月刀はまったく気づかなかった。病院を出るところから追尾されていたのだとは、車を止められてから知った。向こうは道路での格闘戦のプロだ。あっと思う間に抜かれて鼻先を押さえられ、路肩に停車させられた。乗っていたのが愛車のホンダS２０００だったら簡単にやらせはしないが、公用車のワゴンではどうしようもない。

「飲酒運転の疑いがある。降りてもらおう」

運転席の窓を叩いたのは、私服の刑事だった。

「何だ、最近は私服刑事が交通違反の取り締まりをやるのか？」月刀は窓を開けて軽口を返した。「測るんなら測れよ」

すると、本当にアルコール検査用の風船が出て来た。車を降りろ、と強要された。

あれは、今夜のようなケースを想定していたに違いない――月刀はそう思う。普通なら県警の捜査車両が、飲酒検査用の風船なんか備えているわけがない。自衛隊の車が風谷を乗せて病院を出ることがあったら、路上で何かと難癖《なんくせ》をつけ、警察署まで引っ張って行く算段だったのだ。

飲酒の反応は当然、出なかった。「なら免許証を出せ」「車検証を出せ」と引き止める若い刑事に月刀は「いったい何のための職務質問か」と訊き返した。

「うるさい！」刑事は一喝《いっかつ》し、ワゴンの後席の風谷と漆沢美砂生をうさん臭そうに見た。

「ふん、噂の通りだな。大罪を犯しておいて女連れか」

風谷は無表情に、聞こえない振りをする。その横で漆沢美砂生がキッと睨む。

「おぉ、おっかねえ。税金泥棒のくせに一人前だな姉ちゃん」

「何だと」

「とにかく風谷修、逃げることは許さん。署まで同行してもらおう」

「理由は何よ」

風谷の代わりに、漆沢美砂生が言い返した。

「うるさい。警察が来いと言っているのだから、来ればいいんだ！」刑事はボンネットを叩いた。「車を降りろ風谷。こっちへ来い」

「断わる」

月刀は、胸板で遮るように刑事と車体の間に割り込んだ。

「邪魔すると公務執行妨害だぞ」

「連れて行く根拠は何だ」

「ふん。税金泥棒が、いっぱしの口をきくな」

月刀は、だが挑発に乗ってはいけないと怒鳴り声をこらえた。

「こちらは、公務中の公用車だ。これ以上引き止めるのならば、正当な理由を示されたい」

押し問答の末、車を出すことは出来た。しかし覆面のセドリックは、あろうことか月刀の運転するワゴンが基地の正面ゲートに入るまで、執拗《しつよう》に真後ろをついて来た。途中で一キロでも制限速度を超えたら、また捕まえる気だったのだろう。

楽縁台空将補から聞いた話では、石川県警は防衛省の足を引っ張りたい虻沢本部長の意向で、どうしても風谷を〈業務上過失致死傷〉にする気だという。法的にはかなり無理だと思える暴挙を、県警は何の疑いもなく組織を挙げて実行しようとしている。自分と同い年くらいの刑事の暗い目を思い出し、月刀は背中におぞましさを感じた。

「あのしつこさは異常だ。どうかしてるぜ……」

基地にはどうにか無事に到着したが、交通違反を一つでもしないように気をつけて運転するのは疲れた。

風谷を一週間ぶりの独身幹部宿舎に送り届け、とりあえず明日の地上勤務での出勤を命じると、月刀はやっと今日の仕事を終えた。司令部のパーキングで終日主人を待っていた愛車のS2000は飛ばしたそうにしていたが、どこかでまた覆面パトカーが見張っているかも知れない。自重して帰宅した。

「まったく危ないところだったぜ……。免停になんかされたら、ここから基地まで通勤が出来なくなっちまう」

月刀はつぶやき、「さてシャワーでも浴びるか」と上半身を起こした。

明日も忙しいだろう。

風谷の件は、とりあえず明日火浦さんと話そう。

まったく悩ませてくれる……。風谷のやつを復帰させるにしても、組織内でハードルがあるだろう。風谷は警察とのトラブルの元だから干せ、と主張する幹部だっているだろう。団司令の楽縁台空将補が、県警に妙に遠慮している様子なのも気にかかる。司令部の組織が、簡単に飛行任務復帰を許可するとは考えにくい。

もちろん干させたくはない。風谷を県警に引き渡すつもりもない。しかし本人の希望するようなフライトへの早期復帰は難しいだろう。それは確かだ。組織はどう動くか分からないが、ことによると防衛部長から上が全部、敵に回る可能性だってある。火浦さんと対策をよく話さないと……。そう考えながら身を起こすと、ふいに視線が止まった。壁のコルクボードが目に入った。

スケジュールを書き入れたカレンダーの横に、数葉の写真が貼り付けてある。那覇《なは》にいたころから並ぶ写真は変わっていない。月刀のこれまでの記念だ。

ふと、左端の古い一枚が目に飛び込んで来た。十年以上も昔の写真だ。剣道の胴着をつけた、二人の少年。面を外し、汗を光らせて肩を組む二人の前で、髪の短い少女が笑っている。少年たちの胴着には〈高知県立第一高校〉の白い文字。

「…………」なぜこれが目に留まったのだろう。

月刀はシャワーを済ませると、冷蔵庫からメタリックに光るバドワイザー・アイスの缶を取り出し、腰にタオルを巻いたままもう一度写真を眺めた。

プルトップを開けかけ、指が止まった。

こちらを見ているような目があった。

高校時代の自分と肩を組んでいる、鋭い目が冷たい感じのする少年。月刀はその少年のことを覚えている。どんなに稽古で音《ね》を上げても、こちらから打ちかかっても、決してその目の光が揺らぐことはなかった。たいしたやつだった。

なぜこの写真が目についたのか、気づいた。

「そう言えば、こいつ……」

月刀はつぶやきながら、コルクボードの下のライティングデスクの引き出しを開けると、中を探って一枚の名刺を手に取った。

三年前、那覇基地で偶然再会した時に、手渡された名刺だ。裏返すと、携帯の番号も記載してあった。月刀は卓上の電話を取り、番号をプッシュした。現在はどこの部署にいるのか知らないが、防衛省本省のキャリアなら、今時分でもまだ仕事中だろう。

――『組織を甘く見るんじゃない』

脳裏に声が蘇った。

――『組織を甘く見るんじゃない、月刀』

三年前――那覇基地の炎天下のランプに立っていた、ダークスーツに鋭い目の長身が蘇った。こいつのことを思い出すのは、ひさしぶりだ。

「組織か……」

独身幹部宿舎

「ねぇ鏡三尉。あなたこのまま二週間ずっと、寝ているつもりじゃないでしょうね?」

ビデオを見ていた黒羽の部屋に、漆沢美砂生が訪ねて来たのは唐突《とうとつ》な出来事だった。

個室のドアを入って来るなり、美砂生はジーンズの腰に手を当てて、黒羽に言った。

「見たら全然、元気そうじゃない」

「──あ?」

ベッドに仰向けになったまま、黒羽は視線を向けた。わけが分からない、という顔をする。

「だから」美砂生は、少し肩を上下させていて、意気ごんでいるようだった。「鏡三尉、あなたはお医者の言う通りに、本当に二週間寝ているつもりじゃないんでしょうねって、訊いてるの」

まるでこの部屋へ階段を上がって来る途中に、言うべき台詞を考えていたみたいだった。そういう造ったような物言いに出会うと、黒羽は昔から思わず苦笑してしまう。

「ふん」

「何がおかしいのよ」

「臭い芝居みたい」浅黒い二十三の娘は、ベッドに身を起こした。「何が言いたい、漆沢三尉」

「何がって──」

「早く言いたいことを言いな」

猫のような身ごなしで、黒羽はあくびをした。そして左手をTシャツの背中に入れ、ポリポリと掻いた。

「あなたね」美砂生は、立ったまま腕組みをする。「それが人の話を聞く態度？」

「臭い芝居を見せられると、わたしは背中が痒《かゆ》くなるんだ。あー痒ぃ」

「大事な話をする時は、それなりの前置きというものがあるわ」

「パイロットなら単刀直入に言う」

「じゃあ言うけど」話しながら美砂生は、何かを見つけようとするように室内を見回す。

「何をさがしてる」

「あのさ鏡三尉。人が、夜わざわざあなたの部屋へ話をしに来たらさ、椅子を勧めて『座ったらどう』くらいは言うもんじゃない？」

「勝手に来といて……」

「あたしは仮にも、あなたの僚機だわ。一緒に死線をくぐり抜けた」

「一緒にって、勝手に割り込んで来といて……」

「いい？　鏡三尉」美砂生は有無《うむ》を言わせぬように勉強机の椅子に手を掛けると、引き寄せてどっかり座った。まるで階段を駆け上がって来た勢いを、そのまま使っているようだった。「あなたに話があるの」

「だから、言えよ」

「単刀直入に言うと」

「どこが単刀直入だよ」

「いいから。いい？　はっきりしていること。あたしとあなたの二人、あの鷲頭三佐から格闘戦であと一本取らなければ、この基地から追い出されるわ」

「――――」

「それだけじゃない。あの謎の国籍不明機――あの死神みたいなスホーイは、きっとまた襲って来るわ」

「――だから何なんだ」

「今度は負けられない」

「――え？」

「あたしたちは、負けられないわ」

「――あたし、たち？」黒羽は、意気ごんでピンクに上気した美砂生の頬を、不思議そうに見上げた。「負けられないって……」

「そうよ、あたしたち。もう負けられない。鷲頭三佐にも、あの死神にもよ」

「何を一人前みたいな……」

黒羽は背を向けかけるが、

「偉そうに言うなら、あたしを負かしてよ」

美砂生がそう言うと、あきれたように振り向いた。

「負かすって……」切れ長の眼の女性パイロットは苦笑した。「あんた、本気か？」

「本気よ」

二十七歳の、もとは証券会社で営業ＯＬだったという美砂牛は、黒羽を見つめてうなずいた。

「あたしは本気よ。あなた今日も上空でそうだったけど、偉そうな口ききたいなら、あたしを負かしてから言いなさいよ。鏡三尉」

「話にならない」

「そんなの、闘ってから言ってよ」

「ふん、馬鹿みたい」

「馬鹿みたいじゃないわ」

「わたしに勝てると思ってるのか？　あんたが」

「これから特訓する」

「――――」

あきれたように、黒羽はため息をつく。

「無駄なことを」

「無駄じゃない。あたしは、風谷く――いえ風谷三尉が、あんなに追い詰められて独りで苦しんでいるのに、横で見ているることなんか出来ないわ。出来ることをしたいわ。

すべての元凶《げんきょう》はあのスホーイよ。あなたもそう思うでしょ。あの謎の死神スホーイさえひっ捕まえて小松へ強制着陸させられれば、問題は解決するわ」

「何を一人でやる気出してるんだ」

「大事なところでやる気出さなくてどうするのよ。ねぇ聞いて鏡三尉」

「やる気で空戦に勝てりゃ、苦労はない」

「いいから聞いて」美砂生は畳みかけた。「鏡三尉。あたしと二人で組んで、あのスホーイを捕まえよう。そのために一緒に特訓しよう。あなたの腕が治り次第、すぐ」

「――何を言い出すかと思えば」

「ねぇ、やろう」

「やだよ」

「怖いの？」

「そういうわけじゃ――」

「あたしだって怖いけど、怖いなんて言っていられない。せっかくあたしたち、〈特別飛行班〉に入れられたのよ。周りじゅうから責められて、苦しんでいる風谷三尉をほうっておけない。あたしたちでやれるのならやろう。もちろんその前に、あの鷲頭三佐から一本取る」

「――――」黒羽は、やっていられないと言うようにため息をつくと、ベッドに仰向けになり、背中を向けた。「あんたと飛ぶのはもうごめんだ。出てってくれ」

その背に、美砂生は唇をぎゅっと引き結んだ。

「ねぇ鏡三尉。あなたはいいの？」

「――――」

「このままで、いいの？　鷲頭三佐にもう一本取られて負けて、イーグルを降ろされてもいいっていうの？　お互い、どれだけ苦労してここまで――」

「うるさいな！」

黒羽は、背を向けたままで怒鳴った。

「うるさいな。出てけよっ」

月刀の家

『なんだお前か。どうした』

電話はすぐに、夏威総一郎《なついそういちろう》の携帯に繋《つな》がった。

低い声の背後に、車の音や雑踏のノイズが聞こえた。都内のどこかの路上かも知れない、と月刀は思った。東京は自分には縁のない場所だ。三年前に、一般幹部候補生の採用試験官という点数稼ぎのデスクワークをやらされに市ヶ谷へ出張したのが最後だ。

「いや――あのな」

月刀は、唾《つば》を呑み込んだ。

高校時代の同級生で、現在は防衛省内局のキャリア官僚である夏威総一郎に電話したはいいが、どう話を切り出したものかと、一瞬迷った。こちらから急に電話しておいて、ひさしぶりだとか、何でもない話題を振るわけにはいかないと思った。

「あの、今、忙しいか。夏威」

『外だ。移動中だ。何だ』

ひさしぶりだ、とは夏威も言わなかった。旧友をいちいち懐《なつか》しがっているほど、内局キャリアは暇ではないのだろう。三年ぶりでも昨日会ったばかりのように簡潔に用件を訊いて来るところが、夏威らしかった。

『俺に何か用か。月刀』

うざったそうな気配はない。この男が、どんなに忙しくても余裕のなくなる度量でないことは、昔剣を合わせた経験から知っている。しかし、高校卒業以来つきあわなくなった理由も、ほかにあるのだ。だから少し、話しづらい。

「あぁ。夏威、お前――組織とか、長いだろ」

『何を言っているんだ、お前？』

夏威のやつ――現在はどんなポストにいるのだろう。三年前、那覇の基地で偶然会った時には、確か内局の防衛政策課にいるとか言っていたが……。

月刀は、三年前の那覇の時とは違って、殊勝に頭を下げるような気持ちで頼んだ。この際、昔の事情は抜きにして、話をしなくてはならない。

「すまん。ちょっと、意見を聞きたい——というか、正直言って頼みがある」

『長い話か?』

「ん。あぁ」

月刀は、うなずく。すると電話の向こうで、ひさしぶりに声を聞くかつての同級生——剣道部のチームメイトだった男も、うなずいた。

『分かった。歩きながら聞く。話せ』

東京・霞が関

『先週の、韓国エアバス撃墜事件に関連してなんだが——』

「ああ」

『お前も承知だと思うが、アンノンとの間に割って入って撃墜され、今警察からあらぬ嫌疑を掛けられているF15のパイロットがいる』

「ああ、そのことは知っている」

『あれが実を言うと、俺の直属の後輩なんだ』

「お前の――？」

夏威は、足を止めた。

霞が関一丁目交差点の信号が、赤に変わる。急げば横断歩道を渡れたが、立ち止まってやり過ごした。

やはり、あの晩要撃《ようげき》に出たのは、月刀の飛行隊だったか……。


夏威総一郎が、唐突に月刀慧からの電話を受けたのは、夜九時過ぎのこと。財務省の石造り庁舎から地下鉄日比谷線霞ヶ関駅へ向けて下っていく、坂道の途中だった。

信号が変わり、タクシーや霞が関独特の黒塗りハイヤーが数台、夏威を追い越すように交差点を左折して行く。夜風の中を、五〇メートルおきに警備の警察官が立っている。夏威は雑上掛《ぞうがみがけ》参事官の名代《みょうだい》として財務省との予算折衝会議をオブザーブし、たった今終えたところだ。

防衛省内局の参事補佐官として、夏威はもうすぐ三年の任期をこなし終えることになる。参事補佐官が三年もつことは珍しい、とよく人に言われる。

「風谷パイロットは、お前の部下だったのか」

夏威が、件《くだん》のパイロットの名を思い出して口にすると、携帯の向こうで月刀は驚いた。

『名前まで、知っているのか』

「当たり前だ。内局の組織を甘く見るな」

そう言ってやると、かつて高校の剣道部でチームメイトだった同い年の戦闘機乗りは、電話の向こうで感心したように唸《うな》った。昔から、単純な奴だ。

実際は、夏威は自分で調べたのだ。あの晩、謎の国籍不明機に張り付いていた小松のF15に『武器を使用せずに万難《ばんなん》を排して撃墜を阻止せよ』という〈防衛大臣命令〉を伝えたのは、夏威自身であった。立場上そうなったとはいえ、自分の伝えた玉虫色《たまむしいろ》の命令で、あのイーグルは撃墜されてしまった。脱出したパイロットの氏名を調べ、出来れば見舞いをしたいと考えていた。

「それで、小松では風谷パイロットの処遇は今どうなっているんだ？　月刀」

夏威は訊いた。

信号が変わった。夏威は横断歩道を渡り、地下鉄日比谷線の人口階段を降りた。その間に、耳につけた携帯の向こうで月刀は小松基地での事情を説明した。夏威は自分用の携帯に、地下街でも使える機種を選んでいる。いざ有事や災害という時のためだ。通話は支障なかった。

『――というわけで、県警を振り切って何とか基地へは連れ戻した。しかし、この先第六航空団の司令部が、風谷を元通り飛行任務へ戻してくれるかどうかは心もとない。県警は身柄の引き渡しを執拗に要求し続けるだろうし、風谷を飛ばせばマスコミも注目するだろう。団司令部の幹部連中が自分たちの保身を考えた場合、風谷を飛ばしても良いことは一つもない。このままでは正直言って地上に留め置かれたまま干されてしまう可能性が高い』

「そうか」

『あいつは——風谷は、再びイーグルに乗ることを熱望しているんだが……』

月刀は、困った声でため息をついた。

「そうだな。マスコミは、意地でも自衛隊員を国民の英雄にはしない。このまま風谷パイロットを飛ばせば、警察に嫌疑を掛けられている彼をなぜ任務につけるのかと、叩くのは必至だな」

夏威は、地下駅の売店の夕刊紙のオレンジの見出しの前を通り過ぎながら、携帯にうなずく。

「お前一人が司令部でどんなに弁護をしても、駄目だろうな。このままでは風谷パイロットが干される可能性は、高いだろう。いや、きっとそうなる」

『夏威……お前そんな、はっきり言うな』

「いや月刀。前にも言ったが、お前は甘い。戦闘機に乗って空へ上がれば、お前は強いつもりかも知れないが、自衛隊の組織の中では空中戦の腕が良いことなど何の役にも立たん。

組織で強いのは優秀な戦闘機パイロットではない。高い学歴と、人脈・根回し力を持つ官僚だ」

『――――』

「月刀。お前は、言ってみれば職人みたいなものだ。自分一人で腕を磨いていれば良かった時代は気楽だっただろう。上に向かって勇ましいことも言えただろう。だが小さくても組織の長になり、部下の面倒を見るようになると、情けないくらい自分が無力なのが分かるだろう。高卒のパイロットになど何の権限もないんだ。だから高三の時に俺が言ってやった通り、航空学生ではなく防大を受ければ良かったんだ」

『――う、うるさい』

携帯の向こうで、月刀は面《めん》を打ち込まれた剣士のように、たじろいだうめき声を出した。

『そ、組織で偉いのが、何だって言うんだ。畜生、一フィートも飛べないくせしやがって』

「だが、お前はこのままでは部下を救ってやれない。救う力がない。それは認めるだろう。第六航空団司令部の幹部たちが、自分たちの保身に走った決定をすれば、風谷パイロットは多分戦闘機を降ろされるだろう。それをお前の力では、止めることは出来ない」

『う……』

「そうか月刀、分かった。だから三年ぶりに、恥を忍んで俺に電話をして来たわけか」

夏威はホームへの階段を降りながら、唇の端をキュッと歪《ゆが》めるようにして笑った。練習試合で打ち込んだ竹刀《しない》が相手の胴に決まった時のような、ほんのちょっとした快感があった。理由あって喧嘩別れしたとはいえ、少年時代の友達とは良いものだ。好きに何でも言える。

「月刀。お前の〈頼み〉というのは、俺に内局上層部へ働きかけ、風谷パイロットが飛行任務へ戻れるよう現場に圧力をかけてくれ、ということか――？」

『……う、うぅ』

「図星か――だが、それなら聞いてやらないでもない。ただしお前が『組織の怖さが良く分かりました』と降参するならだ」

『こっ、この野郎……！　下手《したて》に出れば、好きなことを言いまくりやがって』

「少し溜まっていたんでな。お陰ですっきりしたよ」夏威は笑った。「どうだ月刀、『参りました』とひとこと言うか――？」

地下鉄のトンネルの風を巻いて、銀色の日吉《ひよし》行き電車がホームへ入って来た。プシューッ、と夏威の前でドアを開く。

「冗談だ。馬鹿」

夏威は乗り込みながら、また笑った。そう言えば、笑うのはひさしぶりだ――と思った。

「心配するな。実は風谷パイロットの身柄と処遇については、俺も全面的にバックアップしたいと考えていたところだ。彼のお陰で、少なくとも十数名の人命が救われている。本当は、表彰もしてやりたいくらいだ」

そう言ってやると、旧友は息を呑み、ついでほっとしたようにつぶやいた。

『――ったく、食えない奴だ。昔っから捻《ひね》り技ばかり使いやがる』

「ふん。表彰はちょっと無理だがな……。その代わり、俺が動くまでもないかも知れない」

『どういうことだ？』

「雑上掛参事官さ」

『雑上掛――参事官？』

「そうだ。小松にいるなら気づいているかも知れないが、元はと言えば、今回の石川県警の動きは虻沢という県警本部長が雑上掛防衛省参事官の次期事務次官就任を邪魔しようと企《くわだ》てたものだ。国籍不明機による旅客機撃墜事件を、さも自衛隊に責任があるように騒ぎ立てて、昔の同期の出世を妨害しようとしたのだ。執念深さでは虻沢も雑上掛も似た者同士だな」

夏威は車内の近くに中央省庁の官僚が立っていないか、それとなく見回してから小声で続けた。「虻沢という男と雑上掛は、警察庁に同期で入庁したキャリア同士だ。雑上掛が防衛庁へ出向する二十年前から仲が悪かったと言われるが、実は二人は東大法学部からの同級生で、駒場《こまば》学生寮でも犬猿の仲だったらしい。性格の悪さでは五十歩百歩だ。近親憎悪ではないか、と言う者もいる」

『そうなのか……』

「確かに、風谷パイロットに無理やり嫌疑が掛けられ、取り調べが強行されたことで防衛省トップのイメージはダウンした。このままでは内局でも、本流の昇格人事は難しいだろうと見る向きもある。だがあの即身仏《そくしんぶつ》爺いが、このまま引き下がるわけはない」

通常、参事補佐官である夏威が、他人に向かって本省の内情を口にすることはない。口にするどころか、思っていることを顔にすら出さないで補佐官業務に徹して来た。だから夏威は三年ももったのだ。だがかつてのチームメイトという気安さが思わず蘇って、夏威はキャリアのトップ同士の争いを話題にした。幸い、空いた車内に聞き耳を立てる官僚らしき人影はない。太った中年のおばさんが一人、こちらを見ていたが、小中学校の教師という風情《ふぜい》だ。明らかに同業者ではない。

「今日も、補佐官の俺に財務省との折衝を任せ、参事官本人はどこかへしけこんでいる。おそらく料亭だろう。爺いは政治力を背景に、巻き返しにかかるつもりだ。俺の見たところでは、防衛省の取った行動の正しさを世間に誇示《こじ》する手段の一つとして、風谷パイロットを通常の任務へ戻すトップ裁定も下るに違いない」

『ほ、本当か……』

「もしも裁定が出なければ、その時は俺が動くつもりだ。国のために命をかけて闘ったパイロットを、出来の悪い下級幕僚の保身のために、潰させてたまるか。そんなことは、俺が許さない」

月刀の家

「すまん夏威。恩に着る」

月刀は、腰にタオルを巻いてリビングに立ったまま、壁の遥か向こうの旧友に頭を下げた。

夏威の『降参しろ』が半分冗談だとは分かっていたが、もし本当に降参して見せろと強要されたら、頭を下げるつもりでいた。

悔しいが、夏威総一郎の電話越しの言葉は、半分は正しいと思った。防大に行けば良かったとは思わないが、少なくとも今自分が組織内で無力なのは、言われた通りだった。

『恩に着せるつもりはない。俺は信念を言ってみただけだ。あまり言う機会はないが』

「すまん」

月刀はもう一度、頭を下げた。

不思議なものだ。後輩のためだと思うと、かつてあれだけ張り合ったライバルにも、頭が下げられる。

那覇のころから比べると、自分も大人になったのだろうか——下げた頭の隅で月刀はちらりと思った。

コルクボードの古い写真が、目の前にあった。

笑う二人の少年と、真ん中の少女。

「…………」

ふと月刀の目は、写真の中央に奪われた。

何か、話しかけられたような気がしたのだ。二重《ふたえ》の笑顔の眼が、こちらを見ている。その顔に降り注いでいるのは、夏の体育館の裏庭に差し込む木漏れ陽だ。少女は高校の制服姿。ショートカットの髪が、頰の輪郭をきれいに浮き立たせている。

「それから……」少女の目線につられてか、つい月刀は口にしていた。「……夏威。あの時は、すまなかった」

言ってしまってから、月刀は口を押さえた。

しまった。

なぜ言ってしまった——？　それは、口にすべきではない台詞だった。同時に電話の向こうで、夏威が気色《けしき》ばむのが分かった。

『──あの時はすまなかった……だと？』

瞬時に夏威が態度を変え、声色を変えた。せっかく、昔の好きに言い合えるような気分に戻っていたのに、月刀は不注意にもそれを自分から壊していた。後悔したが、遅かった。

『それは、俺に対して言う言葉ではないだろう』

夏威は、怒りよりも月刀に対する失望が強いのか、かすれた小さな声になって責めた。

『俺に言う言葉じゃない。月刀』

「う……」

月刀は、言葉を呑み込んだ。夏威のような男にさえ、心のどこかに触れれば飛び上がるような傷口がある。自分はそれに触れてしまった。地下鉄の電車の中で唇を嚙み、辛そうに立つ旧友の顔が見えるようだった。

『いいか月刀。お前はどう思っていたのか知らないが、あの時俺がどんな気持ちだったか、いや若菜《わかな》がどんな気持ちでいたか、知っているのか。知っていて「すまない」と今さら口にするのか』

「…………」

受話器の向こうから突きつけられた言葉に、月刀も唇を嚙み、下を向いた。

様々な記憶が、瞼《まぶた》に一気に蘇ろうとする。

それらを、理性で押し戻した。

「……そんなことを言われたって……。夏威、俺は戦闘機パイロットだ。空自の基地に詰めて、空を飛ぶのが仕事だ。これ以外に、俺の生きる道はない。選びたい生き方もない」

『――――』

「こんな俺に、何がしてやれる。進む道がこんなに離れているのに、あいつに――若菜のやつに、俺がしてやれることなんか……」

月刀は、横顔を苦しげに歪めて反論したが、

『――月刀、お前、若菜の近況を知っているか』

「TVは見てる。たまにCMや、バラエティーの司会とか……」

『そうじゃない』

「何だ」

『若菜のアル中は、相当ひどいらしいぞ』

「……！」

月刀は息を呑んだ。

「……そんなに、ひどいのか」

『あいつは、ぼろぼろだ。スタジオで照明浴びれば明るくは見える。しかし心の中は今ぼろぼろなんだ。残念だが、この俺にあいつは救えない。この街にいる、東京にいる誰も、あいつの支えにはなれない』

「…………」

『どこかで好き勝手に生きている、誰か一人を除いては、だ』

「……そんなことを言ったって」

だが月刀は、二の句が継げない。

「そんなこと、言ったって……」


ひさしぶりの会話は、重苦しい沈黙で終わってしまった。

旧友との電話を切った後、月刀は再びソファにどさりと仰向けになった。リビングの灯りは点けないまま、黙って天井を見上げた。

「畜生……」

目を閉じ、月刀慧はつぶやいた。

風谷を復帰させてやりたい――その一心で昔のわだかまりには目をつぶり、旧友に電話をした。だがやはり放置したままの感情のこじれから、逃げることは出来なかった。

俺のせいか……。

元はと言えば、自分のせいだ。確かに。

「アル中、か……」

開けないままのビールの缶を、月刀は片手で額に押しつけた。硬い冷たさを感じながら、唇を噛んだ。

――『残念だが、この俺にあいつは救えない』

夏威総一郎のかすれた声が、何度も反響する。

「畜生……でも俺に、どうしろって言うんだ」

寝返りをうって目を開けると、その先に古い写真があった。笑っている三人のショットは、もう十年以上昔の、ある一瞬の光を切り取ったものだ。

「――髪が、短いってことは」

月刀は、思い出したようにつぶやいた。

「髪を切った後だから――これはあいつがデビューする直前の写真か……」

都内・地下鉄

（くそ）

夏威は、口の中に苦い味を感じながら携帯を切った。

ドアの窓の外を、トンネルの闇が流れて行く。

月刀の奴のせいで、長年そうっとしておいた傷口の存在を、また思い出された。

次の駅は恵比寿《えびす》だったか……。ふらりと降りて酒でもあおりたい気分になった。しかし明日も仕事は早い。このまま学芸大学の部屋にまっすぐ帰らなくては、眠る時間がなくなってしまう……。夏威は降りてしまいたい衝動をこらえ、ドア脇の手すりをつかんだ。鍛えたつもりの剣道四段の長身も、来年は三十歳を迎える。体力に過信は出来ない。

（明日に備え、メールでもチェックしておくか）

夏威は息をつき、頭を振ってまた携帯を握り直した。処理しなくてはならない連絡事項は、常に山ほどある。仕事に没頭すれば、また痛みも忘れられる。メールの機能を選択した。しかしボタン操作で着信リストを繰ると、一番上に〈森崎《もりさき》若菜〉という液晶文字が浮かび上がった。

「――？」

目を見開いた。何だろう――？　着信時刻を見ると、届いたばかりだ。液晶文字のその名前に、夏威は不思議な符合を感じた。どうして俺にメールなんか――？　急いで着信メールの本文を呼び出そうとしたが、その時携帯を操作する腕を、誰かが横から突いた。

「ちょっとちょっとあなた」

不意に脇から腕を押され、夏威は驚いて横を見た。太った中年のおばさんが、夏威を下から睨み上げていた。

突然の事態であった。

「は――？」

誰だろう。

「ちょっとあなたね、電車の中で携帯電話なんか使って、いいと思ってるの!?」

そのおばさんは、目をひんむいて睨んで来た。

「は――？」

「だから、いいと思ってるの!?　あなたね、そんな物をさっきから電車の中で使って、心臓にペースメーカーを入れた人が倒れたらどうするつもりなの!?　常識ないわねっ」

先ほどから、同じ車内にいた中年のおばさんだった。それが、唾を飛ばして夏威を責めて来た。

何だ、このおばさんは……？

夏威は、突然自分を責め立てて来たきんきん声に、鋭い目をしばたかせた。どうも、電車の車内で携帯を使っていた自分に、〈注意〉をしようと近づいてきたらしい。

しかし、いきなり人の腕を突いたりするのも失礼じゃないかと、夏威はムッとした。

「いや。だからといって、あなたも――」

だがおばさんは、夏威に言い返す隙も与えなかった。

「何よあなた、悪い事しておいて開き直る気!?」

「い、いや……」

夏威は、道場で竹刀を手にして闘う時はたいていの相手に物怖《ものお》じしない。だが自分より三〇センチも背が低くて剣の代わりに公衆道徳を振り回すおばさんという敵とは、闘った経験がなかった。どう応えてよいか、分からない。

「いや……確かに、少しまずかったが」

「ふんっ」

中年の、一見して中学校あたりの教師のようにも見えるおばさんは、鼻息を荒らげて睨んだ。

「少しじゃないわよ。悪いと思うんなら、反省して謝りなさいよ！　謝りなさい」

「いや、でも」

確かに、電車の中でまで月刀としゃべっていたのは、公衆マナーとしてまずかったかも知れないが……。だからといって、何故このおばさんに謝らないといけないのか……？

この人は、本当に社会の公衆マナーを良くしようとして怒っているのだろうかと夏威は思った。

普段から欲求不満を充満させたような、はちきれるような丸顔のおばさんは、まるで『落ち度のある他人』という〈獲物〉を見つけた興奮に酔ったように目を血走らせ、夏威を責め立てた。

「謝りなさい。謝りなさい。謝りなさい！」

夏威はその攻撃に辟易《へきえき》し、「失礼」と言い残すと次の瞬間身を翻《ひるがえ》し、その場を逃れていた。ちょうど電車は、恵比寿駅の明るいホームに滑り込むところだ。夏威は開いたドアから飛び降りた。

「逃げるなこら、謝れっ、こらーっ！」

相手にしたくない一心で、夏威はおばさんの金切り声を背に、ホームを小走りに逃げた。

参った……。早足で歩きながら夏威は、いつだったか車内で痴漢《ちかん》の中年男を締め上げた時とは比べものにならないような、情けない自分を感じていた。くそっ、いったいどうして、俺は逃げなければならないのだ……!?

（畜生。いったい何なんだ、あのおばさんはっ）

電車を行かせてから、夏威は人気《ひとけ》の引いたホームの最後尾のベンチに腰を降ろし、ポケットからもう一度携帯を取り出した。

（やれやれ……）

ため息をつき、電車の音が消えて静かになった中で、再びメールの画面を呼び出そうとする。

「若菜からか——何だろう」

つぶやきながら、ページを繰った。

だが、携帯の画面を注視する夏威の肩を、今度は背後から誰かが叩いた。

「夏威じゃないか」

小松基地・官舎

「ただいま――と言っても、誰もいないか……」

有守史男は、真っ暗な玄関から3LDKの間取りを見渡し、ひとりごちた。

靴を脱ぎ、上がった。うっすら埃のたまった廊下をまっすぐに歩いて、台所に入ると冷蔵庫のドアを開いた。

「そのうち――掃除でもしないといかんな……」

ビールの缶を手にして、足跡のついた廊下を振り返った。フライト以外にも雑用が多くて、近ごろは掃除機もかけていない……。

有守は、理由あって独身だった。結婚の経験がないわけではない。そういう種類の独り身だ。

三十七歳で、三佐の副隊長ともなると、独身幹部宿舎で若い連中と一緒に寝起きするのは格好がつかなかった。だが単身でも佐官クラスになると、家族向けの官舎を貸してもらえる制度があり、有り難く利用していた。わざわざ自分の事情を広言したりはしないから、基地には有守が独身だとは知らない者もいる。

「お子さんが、お待ちでしょう――か……」

缶のプルトップを引き開けながら、有守はつぶやいていた。

「お待ちでしょうって……待ってないよ。誰も」

つぶやきながら、一口呑んだ。フライト後のビールはいつも旨《うま》いものだが、今夜は味がしなかった。

しんとした3LDKは、有守には寝に帰るだけの場所だった。特に両隣の世帯からTVの音や団欒《だんらん》の声が聞こえたりすると、落ち着かない。だから仕事が珍しく早く終わった日でも、有守は外で時間をつぶしたりして、わざと遅く帰宅することがあった。

特に、今夜のような場合はなおさらだった。上層部から突然身に覚えのない〈嫌疑〉を押しつけられ、二週間後には自分のための査問委員会まで招集され、吊し上げを食わされる運命だという。いったいどうなっているんだと、まだ頬をつねりたい気持ちだ。こんな静まり返った官舎の部屋では、降って湧《わ》いた理不尽な仕打ちに立ち向かう覚悟など、固められそうになかった。

自分が副隊長を務める救難隊のオペレーションルームの机のほうが、自分を取り戻せる〈居場所〉のように思えた。有守は日常の仕事の場所で、冷静になって考えをまとめようと思ったのだ。

しかし、

――『帰ってあげてください』

つい十分前、その基地の救難隊オペレーションルームで、雪見佳子という女性の副操縦士が投げかけた言葉だ。

家族のために帰ってやれ、と言うのだ。小松では新人の佳子は、有守の事情は何も知らないから仕方がないが……。

「帰ってやれ、か……」

有守は味のしないビールをもう一口呑み、ため息をついた。

先ほどの佳子との会話を、思い出す。

救難隊の隊舎で、有守がデスクに肘をついて考え込んでいると、ふいに奥の資料室から雪見佳子が現われたのだ。遅くまで残って、勉強していたという。

「わたし、小松は初めてですから。空域や、いろんな環境に早く慣れなくちゃと思って、残って勉強していました」

「そうか」

「あのう」

「ん」

「何か、ありました？　副隊長」

「ん——ちょっとな」

有守は息をつくと、片手で頭をかきむしった。

そう言えば——有守は思い出した。あの韓国旅客機救難作戦の時の副操縦士は、佳子だった。楽縁台空将補に無理《むり》強《じ》いされ、韓国機のフラップを海面から回収した時、右側操縦席に彼女は座っていたはずだ……。

机の上でそう気づいたが、有守はその時、佳子に司令部から受けた〈嫌疑〉を説明して助力を求める気になれなかった。なぜ俺はこんな目にばかり遭うのだ——!?　という嫌悪感ばかりが、胸を占領していたのだ。話をする気力が失せていた。

「どうしたんですか」

考える有守の顔を、佳子は覗き込んで来た。ヘルメットをかぶっていない佳子を間近で見ると、まるで雪女のように色が白い。切れ長の目が、瞬いて有守を見た。

「いや——君はまだ気にしなくていい」

有守は頭《かぶり》を振った。いずれ、問題は隊のみんなが知ることになるだろう。今、ここで急いで説明しなくてもいい。心配する人間が一人増えるだけだ。

「君は、向こうで続けなさい。明日のフライトに影響しないようにな」

「副隊長は、まだお仕事ですか」

「仕事は済んだが――ちょっとな。行きたまえ」

うながしたが、佳子は行こうとしない。

「あのう、副隊長……いえ有守三佐」

佳子は立ち去ろうとせず、逆に有守の机の真ん前に進み出ると、両手のひらを胸の前で合わせるようにして、見つめて来た。

「有守三佐……あのう」

「何だ？」

「わたし一つ、お願いしてもよろしいですか」

佳子の目は、睫《まつげ》の長い、潤《うる》むような黒い瞳だ。

「な、何だ」

有守は、うっと圧力のようなものを感じ、身を反《そ》らせた。これだけ近づくと、佳子の飛行服のジッパーの合わせ目から白い肌と鎖骨の陰影がのぞいて見える。飛行任務の時は二人とも前方を向いて着席するから、この新人女性幹部を面と向かって間近に見たのは、これが初めてだった。本当にこの雰囲気は、雪女みたいだなと思った。確か、秋田の出身だと言っていたか……？

「有守三佐……お願いします。帰ってください」

だが雪見佳子の唇がそう動いた時、有守は意味が分からず「――？」と首をかしげた。

「あのう。実を言いますと、わたし――」

雪見佳子は、そこで「聞いてください」と前置きすると、自分自身のことを少し話した。小さいころ、佳子は父親不在の家庭だったのだと言う。仕事の都合で父親は家庭をかえりみず、少女時代は家で父親の顔をほとんど見られなかったのだと話した。

机で何もせずに呆然としていた有守を見て、事情を知らない佳子は〈仕事のために家庭をかえりみない父親〉の姿を重ねたのだろうか。柔らかい態度ながら「お願いします」と詰め寄って来たのだ。

「有守三佐。わたし、家で父の顔を見た記憶がないんです。父は仕事でいつも空けていて……。夜は勉強しながら、時計の音ばかり聞いていたんです」

「そ、そうか……」

アルトの声で、佳子は囁くように言う。

「ですから三佐。用がないのなら、帰ってあげてください」

両手を胸の前で合わせるようにして、真剣に訴える佳子を前にすると、有守は司令部から受けた理不尽な仕打ちのことも、「実はかみさんには五年前逃げられたんだ」という自分の事情についてもちょっと言い出す気になれず、「そうか、ありがとう」とだけ応えて救難隊の隊舎を後にしたのだった。

「君も、早く帰れよ」

「はい。後は、今日の管制塔との交信で聞き取れない箇所があったので、それをおさらいしたら帰ります」

隊舎の出口で手を上げると、佳子は有守が家庭へ戻ると思ったのだろう。微笑してうなずいた。「三佐。お子さん、まだ小さいのですか？」

「え、あ——まぁな」


「ふぅ……」

有守は、全然旨くないビールを取りあえず飲み干すと、洗い物のたまった台所の流しにもたれ、天井を仰いだ。

「俺って……昔っから下手なんだよなぁ。自分のことを説明するの」

苦労をする割りに、救難隊の隊員たちから今一つ人望を得られていないのも、そんなところに原因があるのかも知れない——と有守は思った。部下たちによかれ、とはいつも一生懸命考える。しかし何が本当に良いのか、自分は色々考えて迷うことが多い。世の中で何が正しいかなんて、簡単に分かってたまるかとも思う。だがその態度を下から見ると、何を考えているのか分からない、一貫性のない軟弱な上司に見えてしまうのかも知れない。

「悩んでもしょうがない……。取りあえず問題は、さ来週の査問委員会だ」

あの日、楽縁台空将補が無線でフラップの回収を強要して来た時、あの交信をほかに聞いていた者はいなかっただろうか——？　と有守は考えた。

雪見は駄目だ。彼女には、救難指揮機との管制交信を任せ、無線のチャンネルを別にしていた。自分と団司令との交信は、聞いていなかったはずだ。救難指揮機の無線オペレーターは？　いや、これも駄目だろう。忙しいさなかだ。司令部とのチャンネルを繋《つな》いだら、すぐにほかの交信に戻ったはずだ。よしんばあの会話を聞いていたにしても、すでに保身を図る団司令によって丸めこまれている可能性が高い。あてにはならない。

「どうしようか——査問委員会……」

査問委員会……。口の中で、その単語を繰り返した時、有守はふと、何かに気づいた。

思い出すことがあった。

「そうだ——」査問委員会。そう言えば、その名前のついた場に引っ張り出されるのは、初めてではない。五年前にも一度あった。これで二回目ということになる。

もちろん、前回は自分が責められる立場ではなかった。参考人として呼ばれ、意見を述べさせられ、ずいぶん嫌な雰囲気を味わって帰った覚えがある。出来ればあのような場所には、生涯《しょうがい》かかわらずに過ごしたいものだ、と思った記憶がある。

「あれは――五年前だから、確か俺がまだ戦闘機部隊にいたころだったな……」

その時の記憶を、たぐり寄せようとした時、ふいに有守の脳裏に、別の声が蘇った。

――『あなたは、知っているはずだ。やつを』

昼間、海面から引き揚げた鷲頭三郎が、コクピットに押しかけて来て有守に問うた言葉だ。

「鷲頭……」

――『有守さん……。見城を覚えていますか』

鷲頭に訊かれた時は、基地へ着陸する前の忙しさもあり、心に留《とど》める暇がなかった。だから問いにも生返事《なまへんじ》で済ませてしまった。

だが、〈査問委員会〉という単語から、急にいくつか思い出す記憶があった。

「そうだ……待てよ」

有守は思い付いたように、台所から書斎にしている部屋へ向かった。押し入れを開け、粘着テープで閉めた段ボール箱をいくつか、畳の上に降ろした。

それらの箱は、有守史男が空自パイロットとしての道を歩み始めたころから、時代を追って整理し封印したフライトの資料だった。ほとんどが、戦闘機に乗っていた時代の教本やノート、写真などの資料と記録だ。戦闘機に関するものはもう使わないし、見ると辛いものもある。かと言って捨てられもせず、テープで留めてしまっておいたのである。

「五年前……見城……。そう言えば」

――『有守さん。元はと言えばあなたが戦闘機隊をおん出され、〈F転〉してこうしてヘリに乗ることになったのも、やつのせいじゃあないんですか』

有守は、さ来週の査問委員会の問題が一時的に頭から吹っ飛んだように、段ボールの粘着テープを次々に剝《は》がした。「そうだ。覚えている」とつぶやきながら箱の中をかき回し、いくつ目かの箱から、分厚い一冊のファイルを捜し出して手に取った。

「……あった。これだ」

有守は記憶を蘇らせる資料を見つけた。表紙をめくり、図表や写真も挟み込まれた分厚いファイルの内容を確認すると、すぐに書斎の勉強机の上のＦＡＸ付き電話機に手を伸ばした。

「鷲頭……。思い出したことは思い出したが――いったいお前はあの男の、何を知りたいって言うんだ?」番号をプッシュしながら、有守はつぶやいていた。

都内・地下鉄

「ひさしぶりだな、夏威」

「――?」

肩を叩かれ、夏威は振り向いた。

顔をしかめ、目をこすった。驚きが二つあった。

ざわついた地下鉄駅のホームとはいえ、背後に人が近づくのに気づかなかったなんて――今夜の俺はどうしたことだ、隙だらけじゃないか、というのが一つ。もう一つは、肩を叩いて来た人物についてだった。

「――六塔先輩?」

まさかあのおばさんが追いかけて来たか……? というのは有り得ないことで、ベンチの後ろに立っていたのは夏威と同じ年代の、スーツ姿の青年だった。

長身にメタルフレームの眼鏡は、知的でハンサムという表現が似合う。真ん中で分けたさらさらの髪は、青年を実際よりも若く――大学院生といっても通るくらいに見せている。

しかしこの人物は、東大法学部の同じゼミで夏威の三年上にいた先輩であった。中央省庁入りの前に訪問し、世話になったから覚えている。

「六塔先輩じゃないですか」夏威は立ち上がると、会釈をした。「おひさしぶりです。I種試験を受ける時には、お世話になりました」

すると、先輩――財務省の官僚・六塔晃は、「お前も忙しいみたいだな……」と笑った。

「いえ、六塔さんほどじゃありません。総理秘書官として官邸へ出向されたと聞きましたが――大変ですか？」

同じ学部出身のホープと、こんな場所で鉢合わせるとは思ってもみなかった。仲間内の人事の噂で、六塔晃という先輩が今月になって急に首相官邸へ出向を命じられたという話は、夏威も耳にしていた。

「まぁな……」

六塔は乱れた長めの髪を指でかき上げ、ため息をついた。

だが、肩を叩かれた瞬間には気づかなかったが、片手をスーツのポケットに入れて立つ六塔晃は疲れた印象だった。ワイシャツの襟元も緩んでいる。

（――？）

夏威は、少し意外に感じた。

法学部の四年の夏、夏威はゼミの教授の紹介で、財務省に六塔を訪ねている。官僚としての仕事の実際を、話に聞くためだった。その時の六塔は、中央省庁の役人という先入観には合わない、あか抜けた印象の二枚目だった。自分と同い年じゃないかと思えるほど見た目も気持ちも若く、服装もこざっぱりとして、役所に染まっていなかった。

俺も官庁に入ったら、こんなふうにやりたいものだという、一つの理想形を見た気がしたのだ。結局、財務省は辞退して防衛省を選んだことからつき合いは途切れてしまったが、人事の噂は引き続き耳にしていた。地方の税務署長勤務を終え、通例なら本省のどこかへ入るところを、最年少で総理秘書官に抜擢されたと聞いた時は『さすが六塔先輩』と思ったものだ。若くして総理秘書官を経験した官僚は、将来の事務次官候補者だ。

ところが七年経って、ひさしぶりに本人と顔を合わせると、あのころからがらりと印象が違っていた。笑顔は浮かべているが、どこかぼうっとしている。あか抜けた二枚目キャリア官僚どころか、成績の悪い民間企業の営業マンみたいなくたびれ切った印象だ。これが、あの六塔晃だろうか。

（やはり、鰻谷首相の秘書官という役目は、きついのかな……。色々な面で）

戸惑《とまど》いつつ「今夜は、何ですか？」と夏威は訊いた。私的な会合にでも出た帰りかも知れない、と思った。総理秘書官は官僚のグレードで言うと課長から局次長クラスだが、激務に配慮して通勤には公用車がつくはずだ。本来ならばこんな地下鉄のホームの端に、くたびれた姿で立っているはずがなかった。

先輩も人間だ。プライベートで、何かあったのだろうか。

色々と考えをめぐらす夏威に対し、六塔は『どう応えたらいいのか』と迷う顔をした。また意外な気がした。どちらかと言えば理科系で、あいまいなところのない人だったはずだ。

「いや、ちょっと考え事をしたくてな……。ひさしぶりに地下鉄に乗って、しばらくぼうっとしていたんだ。そうしたらここへ来ていた」六塔は、メタルフレームの下の眼をしばたかせ、ホームの天井を見回した。「夏威。ところでここは——何ていう駅だ……？」

「は——？」

夏威が眼をしばたかせる番だった。

「恵比寿ですが」

「恵比寿……」六塔は、不思議そうに首をかしげた。「俺は最初、永田町から有楽町線に乗ったはずなんだが……。どうやってここまで来たんだろう」

「は？」

「俺の家——南青山なんだが……。どうやって帰ればよかっただろう——うっ」

すると六塔晃は突然「うっ」と顔をしかめ、頭痛に襲われたように手のひらで額を覆《おお》った。

「う——うぅ」

「り、六塔先輩……!?」

小松基地・官舎

「鷲頭。ひとつ教えてくれないか」

薄暗い台所の椅子に収まった大男に、有守は尋ねた。

「見城が、お前に何かしたのか――？」


電話をして、三十分と経たないうちに、鷲頭はやって来た。

昔の飛行隊時代のファイルを見つけた有守は、昼間の鷲頭の態度と物言いを思うと、電話をせずにいられなかった。番号を調べてコールすると、鷲頭の携帯へはすぐにつながった。受話器には、車でどこかを走っているらしい雑音がした。負傷しているにもかかわらず、あの大男は忙しく動き回っているらしかった。

どこへ向かっているんだ？　と訊くと、今病院からの帰りで、これから司令部へ戻ってまた調べものだと言う。だがそこで有守が「あいつのことを思い出した」と一言告げると、これから官舎へ行っていいかと言う。五年も昔に死んだ男のことをなぜ聞きたいのかと尋ねると、電話では詳しく話せない、とだけ答えた。

ほどなくして官舎の前に車が止まり、大男は額に包帯を巻いたままの姿で「失礼」と上がり込んで来た。台所の椅子にどっかと座り込み、勧めた缶ビールに眼もくれず、有守を睨みつけるようにして「見城教一《きょういち》について、知っていることを話して欲しい」とせがんだ。


「鷲頭。五年も昔に死んだ男のことを、お前はなぜ今さら訊くんだ」

「まだ今は――詳しくは言えません」

話せ、と有守には強要するくせに、反対に理由を尋ねると大男の口は重くなった。

「今度の事件に、関係があるのか。司令部の箝口令《かんこうれい》か？」

「いえ。司令部にも、まだ話してはいません」

「じゃ、いったい何があるんだ」

「いずれ、はっきりして来ると思います」

「思わせ振りは、よせよ」有守は自分の前に置いたビールのプルトップを開け、口に流し込んだ。やはり味はしなかった。「仮にも、お前と俺は、大昔ファントムの前席後席で一緒に飛んだ仲だ。新人のころのお前は図体《ずうたい》に似合わず空酔いがひどくて、レーダースコープを覗いては吐いていた」

「――――」

「懐しい、とは言わん。お前が新人のころ、一時期指導したからといって先輩風を吹かせるつもりもない。お前はあのころから研究熱心で、めきめき頭角を現わし、F15へ転換するとすぐに飛行教導隊へ引っ張られた。俺はと言えば、イーグルへは移れたものの、飛行副班長を務めただけで〈F転〉でヘリへ出された。とっくに抜かれている」

「いえ……」

大男は、殊勝そうに頭を振った。

「有守さんには、世話になりました。空酔いがひどくて使いものにならないことを、上へは黙っていてくれた。お陰であのころ、私は御払い箱にならずに済んだ。感謝していますす」

「それはいいが――」有守は缶からもう一口呑むと、尋ね直した。「お前は昼間、俺の〈F転〉が見城のせいだとか言っていたな。俺にはわけが分からん。どういうことだ？」

「五年前の戦技競技会での事故調査報告書を、詳しく調べたんです。それで分かったんです」

「五年前の事故……？」

有守は眉をひそめた。

確かに五年前――まだ戦闘機の飛行隊に所属していたころ、有守は自分の指導していた後輩の中から事故の殉職者を出している。しかしその事故は、訓練中に背後からもらった空中衝突で、原因について直接責任を追及された覚えはない。

だが有守が見返すと、大男はうなずいた。

「戦技競技会——飛行教導隊の操る仮想敵機を相手に、各飛行隊の代表選手が争う、模擬《もぎ》空戦中に起きたあの事故です。あれがすべての始まりだった」

鷲頭は息を継いだ。

「ちょうど舞台は、ここ小松。一対一で争う模擬空戦中の空中衝突だった。後方からぶつけたのは教導隊の見城、ぶつけられたのは第五航空団所属の生沢《いくさわ》三尉。当時のあなたの部下です」

「う、うむ……」

「あなたは、あの事故の後、原因を追及する空幕の査問委員会に参考人として呼ばれ、証言を求められています。ぶつけられて殉職した生沢三尉があなたの直属の班員だったことに加え、ぶつけたとされる見城も、教導隊入りする前にはあなたの下にいた。双方の技量、性格を知る職制として、あなたは意見を求められた」

「うむ。確か、そうだったが……」

「あの委員会でのことを、覚えていますか」

「査問委員会とは嫌なところだ、という感触だけしか残っていないよ……。起きてしまったことについて、後から地上の人間があれこれ言うのは簡単だ」

「どういう証言をしたか、正確には？」

「戦闘機隊時代のことは、なるべく忘れようとして暮らしているんだ。思い出しても、ヘリの仕事には役立たない」

「では、私から言います。いいですか有守さん。あなたは、当時の査問委員会が事故原因を『教導隊の見城三尉が無理に接近し過ぎた』という方向へ持っていこうとする空気をまるっきり無視し、見城をかばったんですよ」

「そうだったかな……」有守は、缶を置くと天井を仰いだ。「よく覚えていない。思ったままを、ただ述べたような気がする。どう証言したかは……」

「有守さん。あなたはその時、生沢三尉の直属上司だった。だから当然、生沢をかばう〈役目〉として出廷させられていたんです。ところがそれをあなたは無視した。見城が悪いとは思えない、彼は優秀かつ温厚で無理をする性格ではなく、戦技競技会の課目設定自体に無理がある――それが原因だと発言したんです。あなたは、後輩たちの面倒見は良かったけど、そんなことを口走ったから航空団上層部から怒りを買ったのです。それがあなたの〈F転〉の、直接の原因です」

「…………」

有守は、鷲頭の言葉を聞くと、目をつむった。

「そうだったか……」

「残念ながら、そうとしか考えられないのです」

「つくづく世渡りが下手なんだな。俺は」

「いえ。見城のせいですよ。やつが悪いのです」

「見城——あいつが……？」

「そうです」鷲頭はうなずいた。「あなたが『優秀かつ温厚』とかばった、見城のせいです」

「ちょっと待ってくれ」

有守は鷲頭を押し止《とど》めると、何かを思い出すように、視線を上げて沈黙した。

男二人が向き合って座るダイニングキッチンは、殺風景だった。かすかに、隣の世帯からTVの音が聞こえて来る。

「それで」

数秒して、有守は再び口を開いた。

「昼間の話に戻るが……。鷲頭、まさかお前はあの事故で行方不明になった見城が、今回の事件に関係しているとでも言うのじゃないだろうな」

「え、いや」

単刀直入に訊かれ、大男は口ごもった。

「まだおおっぴらには、したくないんですが……」

「思わせ振りを言うな。いいか。海面から拾ったお前が、どこか遠くの誰かを死に物狂いで睨みつけるような目をしていて、その直後にコクピットへ押しかけ『見城を覚えているか』と訊く。ならばあのテロ機と何かの繋がりがあるのではないかと、察するのが普通だ」

「……わかりました」鷲頭は有守を睨みつけた。「口外無用で願います。上層部に知れれば、俺はやつを討伐《とうばつ》する任務から外されてしまうかも知れない。だから今は、誰にも言わないでください」

「なぜ外されるんだ」

「教導隊にいたころ、俺はやつと共に任務についていた。上から見て『対処に情実《じょうじつ》が混じる』と判断されたらかないません。俺はやつを、この手で仕留めたいんだ」

鷲頭は、そう断わると、低い声で有守に昼間の空戦のあらましを語った。

「ううむ……」

聞き終わると、有守は腕組みして考え込んだ。

「鷲頭……。確かにあのスホーイのパイロットが、みずから『見城だ』と名乗ったんだな？」

「俺が呼びかけたら、否定しなかった」

「韓国旅客機撃墜事件の犯人もやつだと……？」

「やつに違いありません。あの悪魔のような空戦のやり方といい、冷酷《れいこく》さといい、やつに間違いはない」

「いや、俺は信じられないよ」有守は頭を振った。「何かの間違いだと思う。ほかの何者かが、その名をかたっているだけじゃないのか」

「なぜです」

「もし万一、行方不明の見城がどこかで生きているのかも知れないとしても――あのスホーイは、見城ではないと思う。別人だ」

「どうして、そう思うんです」

「こうして思い出してみると――俺にはお前の話が信じられないからだ」

「信じられないって、どうしてです」

「俺の思い出す限り、見城教一というのは――」有守はため息をついた。「――見城というのは、優しい男だった」

「優しい――？」

「そうだ」

有守は、鷲頭を見返して言った。

「いいか鷲頭。俺の知る見城教一は、温厚で折り目正しく、口数も少なく、隊の仲間に向かって声を荒らげることさえ一度もなかった。そういう男だった。お前が来るまでにファイルをめくって色々思い出していたが、たとえばこんなことがあった。台風の大雨の晩、基地の柵《さく》の外に捨てられて泣いていた子猫を拾って来て、幹部宿舎の自分の部屋に隠してミルクをやっていたことがあった。規則違反を咎《とが》めると、ほうっておけないから見のがしてくれと懇願した。そんなふうに優しくておとなしいが、空に上がれば技量は抜群で、隊の誰もが信頼していた。そんな男が、こともあろうに旅客機に後方から機関砲を撃ち込むなんて、有り得ないことだ」

「――――」

有守は、頭《かぶり》を振った。

「鷲頭。俺には、信じられないよ」

日本海・某所

「――――」

女は、音を立てずにその部屋の扉を開くと、暗い室内に足を踏み入れた。

岩盤をくりぬいた小部屋の奥にベッドがあり、そこからかすかな寝息を感じた。男は眠っているようだった。

昼間は、わずか二時間のことだったとはいえ、日本本土にまで侵入して激しい戦闘ミッションを闘い、偵察任務を成功させてこの島へ生還したのだ。女の監視のもと、あの男は一人でそれをやり遂げてみせた。

特殊部隊のエリートを養成するキャンプで訓練を受けた自分でも、帰り着いて機を降りた途端、ふらつくような眩暈《めまい》に襲われた。肉体が強靭《きょうじん》だろうと、神経の疲労は別なのだと思い知らされた。操縦していた男の神経疲労は、どれほどのものであっただろう……。

だが目の前で仮眠する男の、反復する寝息は静かだった。

「――――」

帰着して降機した時の、黒いサングラスの横顔を目に浮かべた。あの横顔は微《かす》かに笑っていた。神経を摩耗《まもう》していたようには見えなかった。女はあの後、島の司令官である兄から休息を許可されたが、結局自室では眠れなかった。神経が興奮し過ぎていたためだ。訓練キャンプでは最高ランクの評価を得ていたが、男が言い当てた通り、女にはまだ人間を殺《あや》めた経験は無かった。

男は、コクピットで『楽しい』と口にして見せた通り、自衛隊機との戦闘を心底楽しんでいたのだろうか。

「――――」女は、暗がりを通して岩壁につけた簡易ベッドを見やった。

玲蜂と呼ばれるこの女特務将校が、男の監視任務を命ぜられてから、すでに三年が経つ。

女は、偵察局の幹部養成コースをほぼトップで修了し、新人工作員として潜入任務に備えていたところを横から引き抜かれた。所属していたコースの出身者は、外国の市民社会に深く潜り込み、情報収集と工作の任務にあたることが多かった。場合によっては十年以上も潜伏し、その国の市民になり切ることもある。そのつもりで準備をしていたが、与えられた任務は、ある一人の〈男〉の監視だという。

初めての監視は、沖縄への白昼偵察を強行した、あの三年前の飛行だ。

〈牙〉と呼ばれる男は、すでにそれより二年前に、この国へ流れて来ていた。しかし軍人としての政治亡命を認められたとはいえ、まだ共和国での信用は得られていなかった。女――玲蜂は、男が変な真似を見せるか、あるいは日本の自衛隊や米軍に捕まるような事態に陥ったならばただちに男と機体を処分し、みずからも自害するよう命ぜられていた。

結果として、沖縄への偵察飛行は成功した。男の空中での抜きん出た能力と、男が主張した〈日本自衛隊の脆弱《ぜいじゃく》さ〉を実証する好例となった。領土上空を侵犯されながら、日本の自衛隊は何故か男の機に対して一発も撃てなかった。

男は『自分は日本を滅ぼすためにこの国へ渡って来た』と公言する。『少数の航空機による侵入テロによって日本を壊滅《かいめつ》させることは可能』と主張する。沖縄偵察の成功で、その構想は国の上層部でも真実味をもって検討の対象とされ始めた。

新しい可能性――正規軍を使った国家間の戦争によらず、秘密のテロ組織による新しいタイプの〈侵攻〉が可能かも知れない。それをもって、国民皆なが憎む敵・日本を滅ぼせるかも知れない。二十一世紀は、国力の差を問題にしない、戦闘員も民間人も区別しない、非情な新しい戦争の時代になるだろう——そう男が主張した通りの方向へ、国は動くかに見えた。

しかし、共和国の最高意志決定機関——最高指導者をトップに頂くその側近たちのグループは、容易に男を信用しなかった。沖縄への強行偵察の後、男に言い渡されたのは賛辞の代わりに『国家への忠誠心を証明するため、強制収容所で三年間の労働奉仕をせよ』という命令だった。収容所での強制労働に三年間耐え抜けたなら、共和国と最高指導者への忠誠心ありと見て、新しく結成する秘密テロ組織への参加を認める、というのだ。

男は、言い渡された命令に異議を唱えなかった。女はその場に居合わせなかったが、見た者の話によれば、ただ薄く笑ってうなずいただけだったと言う。

それから三年間。常人なら一か月で発狂すると言われる強制労働を、男は一言も文句を発せずに黙々とやり抜いた。女には、引き続き監視の任務が与えられた。農場で労働する男の姿、時には守衛たちに虐待《ぎゃくたい》される姿を、収容所の監視塔から双眼鏡で三年間毎日眺めた。

「——」

女は、ふと部屋の書類机の上を見た。簡素な木の机の上に、男の持ち物が並べてあった。スホーイ24のマニュアル類と航法地図、円型の航法計算盤など手持ちの道具だ。どれも使い込まれ、古びていた。

女の目が、机の端で留まった。擦《す》り切れかかった革の飛行手袋の上に、一個の古い銀時計が置かれていた。鎖で首から下げるタイプだ。手のひらに載せて眺めてみると重く、円い蓋《ふた》には無数の細かい傷があった。まるで膨大な距離を旅した放浪者が何年も身につけていたような、ずっしりした古び方だった。

裏返すと、微かに彫られた文字が残っている。四つの文字は漢字で『――八十周年』と読めた。ほかにも文字らしいものが並んでいたが、擦り切れていて読めない。

「………………」

円い蓋を開けて見ようとした時、背後でふいに声がした。

「それに触るな」

女は驚いて振り向いた。すぐ背後に男が立っていた。いつの間に近づいたのだ……!?

反射的に跳び退《の》いてナイフを構えようとすると、手首を打ち据《す》えられた。ガチャッ、とスイッチナイフが岩盤の床に跳ねて転がった。

「ウッ――!」

「驚くことはない」

半歩さがって身構えようとする女に、呼吸も乱さず男は告げた。

「玲蜂。お前よりも俺のほうが、はるかに経験を積んでいる。俺はプロの戦闘員だ」

「何だと」

「お前とはキャリアが違う。戦闘が済んだら体力は仮眠してただちに取り戻す。仮眠していても、注意力の目は開けておく。敵はどこに潜んでいるか分からない」

「――――」

身構えて、女は睨みつける。

興奮した野良猫をさとすように、男は続ける。

「眠っていても目を開けることは、訓練を積めば出来るようになる。この部屋は楽だ。ドアにさえ気をつけていればいい。八方どこから襲われるか分からない闇夜の密林より、遥かにイージーだ」〈牙〉はクク、と笑った。「お前が入って来た時、すぐに気づいた。次からは、俺に悟られないように努力してみろ」

女はクッと息を呑んだ。

「地上では、ただのでくのぼうだと……」

「そう思わせるようにして来た」

「何だと」

「手の内は、周囲にはそう簡単に明かさない。だが自慢ではないが、手に掛けた人間の数は相当になる。俺を本気にさせないほうがいい」

「うるさい！」

切れ長の目に怒りを燃え立たせると、女はほっそりした手足を、跳びかかる準備動作の型に作った。細く息を吐き、男を睨みつけた。

「よせ」〈牙〉は、ため息混じりに頭を振った。「訓練で覚えた型を振りかざして凄《すご》むだけのやつと、一度死のうとして戻って来た人間とでは、格が違うんだ」

確かに、ゆらりと立つ〈牙〉の姿勢には、跳びかかれる隙がどこにも無かった。女は数秒間睨みつけたが、やがて「はぁ、はぁ」と息をつくと、準備動作の型を解いた。

対峙する女の肩から、過度の緊張感が取れるのを待って、男は訊いた。

「それでいい。何の用で来た？　玲蜂」

「――大佐が呼んでいる。地底工場だ」

「分かった」男は、ベッドに歩み戻ると上半身裸の背にシャツを羽織った。時計と同じように無数の傷跡のある背が、ちらりと覗いた。革のフライトジャケットを手に取りながら、女に確認した。「潜水艦が、着いたというわけか」

「――――」

女が無言で肯定を示した。

「そうか。では中国からの褒美《ほうび》を拝むとしよう」

「――――」

ドアを出ようとして、男は振り向いた。

「どうした玲蜂。一緒に来ないのか？　監視の役に立たんぞ」

「〈牙〉。一つ訊きたい」

「何だ」

「先ほど上空で、お前はわたしのことを『分かっていない』と言った」

「…………」

「なぜだ」

「そんなことが、気になるのか？」男は、鋭い顎を部屋の中央に立つ女に向けた。「自分で考えたらどうだ。玲蜂」

「質問をはぐらかすのは許さない、答えろ！」

女の剣幕に、男は頭を振った。

「玲蜂――」数秒間、男は黒いサングラスの下で思考してから、口を開いた。「お前は、人を憎むということを知っているか」

「何――!?」

「お前には、分かっていない」

「何だと」

だが、男はそれ以上答えようとはせず「行くぞ」と背を向け、岩盤をえぐった細い洞窟のような通廊へ出て行った。

第二章　暗闇の感情飛行

日本海・某所

岩盤を荒く削り取った螺旋《らせん》状のトンネルは、地底へ向け下り坂に傾斜していた。五〇メートルおきに裸電球が灯《とも》るだけの暗闇を、〈牙〉は徒歩で降りて行った。この秘密基地を束《たば》ねる〈大佐〉が、トンネルの終わる先で待っていると言う。

背後に三歩離れ、女が続いて来る。「一緒に来い」と言いながら、女——玲蜂が先に立つことはない。彼の監視役だからだ。

下り坂の暗闇は、地の底へ降りて行くようにどこまでも続いた。ふいにあるところで、空気の質が冷んやりとしたものに変わった。温度が低下し、地の底から潮《しお》の匂《にお》いが這《は》い上って来る。日本海に突き出す尖塔《せんとう》のようなこの島の、海面下のレベルにまで降りたのだ。壁の岩盤の外は冷たい荒海だ。

〈牙〉は、地底にうがたれた暗闇を進みながら、こんな空間は初めてではない、と感じた。
こうやって、寸先も見えない地下のトンネルを、徒歩で進んだ記憶がある……。いや、歩いたのではない。逃走していたのだ。

（――――）

そうだ。暗闇のトンネルは同じだ。だがその他は違っている。あの時、潮の匂いはしなかった。あの時、自分の身体を包み込んでいたのはドブ川の汚水を集めた生温《なまあたた》かい臭気だった。背中からつき従って来る者も監視役の女将校ではなく、ナイフと拳銃を携えた複数の追手《おって》だった。自分は、生きるために逃げていた。

〈牙〉は、目を薄く閉じた。

遠い記憶のある時点で、自分は逃げていた。マニラ市街の下水道の暗闇を、水を蹴立《けた》てて走っていたのだ。自分の命を狙《ねら》って、背後から迫って来る者たちがいた。捕まれば、確実に殺される。息を切らし、目の前が見えないのも構わず、必死に逃げ続ける自分の姿が一瞬脳裏《のうり》に浮かんだ。

あの時――自分はまだ十歳だった。

短い回想を、ふいに蒼白《あおじろ》い光が遮《さえぎ》った。下降するトンネルが終わり、闇に慣れた両眼を水銀灯の光が刺した。広大な空間が眼の前に現出した。

「良い知らせと悪い知らせがある。〈牙〉」

地底湖の黒く光る水面を背に、待ち受けた髪の長い片目の男が告げた。〈牙〉に劣らぬ上背と逞《たくま》しい筋骨、緑色の軍服を紫のマントで覆っている。今朝の出撃前にも対面した、この秘密基地の司令官――〈大佐〉だ。

〈牙〉は、片目の〈大佐〉をすぐに見ようとはせず、岸壁に立ち止まると地底空洞の内部を見渡した。空洞の天井は、日本にいくつかあるドーム型球場のそれに近く、目の届く視野の大部分は黒い水面だった。この孤島の地底に、外海とつながる自然の空洞があるらしいとは知っていた。しかし実際にその中に立つのは初めてだ。

「こんなに広いとはな……」

「掘り広げたのだ」〈大佐〉は、背後の地底湖を顎《あご》で指した。黒光りする水面の真ん中に、さらに濃い艶消《つやけ》しの影が浮かんでいる。クジラのようなシルエットだ。「ここはドックを兼ねた地底の要塞《ようさい》だ。外海に通じる地下水路も拡張した。あのようにロメオ級の潜水艦まで入港出来る」

「なるほどな……。地下壕《ちかごう》を掘らせたら、あんたらの国は世界一か」

「軽口を叩くな」

片目の男は、紫色のマントをばさりと翻《ひるがえ》し「ついて来い」と促《うなが》した。

「すべては〈旭光作戦《きよっこう》〉のために、三年間かけて準備したものだ」

〈大佐〉は、先に立って岸壁を歩いた。〈牙〉は続いた。その後に玲蜂が影のように従う。潮の匂いがきつい。頭上に岩の天井がなければ、どこか地上の軍港だと思うだろう。

さらに掘り広げているのか、空洞には掘削《くっさく》機械の響きが充満している。仮設式照明があちこちで要員の作業を照らしている。岩壁の掘削の横では、荷揚げの作業も進められている。中型のガントリー・クレーンが腕を伸ばし、黒い水面から何か細長い物体を引き揚げている。

「あれは半潜航貨物ユニットだ」

先を歩きながら、〈大佐〉は顎で指した。クレーンが物体を引き揚げている下に、水面に見え隠れする黒い甲板がある。上部構造がないため、初めは気づかなかったが、平坦な黒い甲板は潜水艦の横に並んで浮いており、上向きに貨物室らしき両開き扉を開放している。内部から作業用照明が漏《も》れ出ている。水面下の大きさと形は想像するしかないが、横の潜水艦よりも幅広で、巨大だ。

「半潜航貨物ユニットは、無人の潜水ダルマ船だ。水深三〇メートルで自動的に中性浮力を取り、潜水艦に曳航《えいこう》されて物資を運ぶ。最初にお前のフェンサーを搬入したのもあれだ」

〈牙〉は、説明にはさして関心も示さず、マントの背中に訊《き》く。

「良い知らせと悪い知らせがある、と言ったな」

「言った。だがその前に、昼間の偵察写真を見てもらう。〈攻撃目標〉を確認したい」

小規模な軍港の様相を呈する空洞の奥に、光の漏れる窓の列があった。岩盤にうがたれた入口をくぐると、天井の低い空間は通信機器を設置した指揮所になっていた。分厚い防弾ガラスの窓からは、空洞の内部が一望出来た。

「この作戦室が、〈旭光作戦〉の統合指揮所となる。指揮用の通信アンテナは島の頂上に設置してある。UHF波とラジオ波で、本国と日本の内陸部、どちらにも届く」

説明しながら〈大佐〉が作戦室に入ると、機器のテストをしていた要員たちがパッと作業を中断して直立不動の姿勢を取った。

「偉大なる首領様万歳！」

「偉大なる首領様万歳。よし作業に戻れ」

〈大佐〉が命じると、要員たちは物も言わずに再び指揮通信システムの調整作業に戻った。黙々と手を動かす要員たちは一切私語をせず、動作に無駄がない。顔はみな黒ずんでいて、眼だけが光っている。

「特殊部隊の連中か」

「この基地の要員は、ほぼ全員がそうだ。初期の掘削作業には収容所の人員も使ったが、全部消費してしまった。今は本国に忠誠を誓う熱血の同志だけだ――おい、写真を持って来い」

〈大佐〉は、指揮所の分析要員に出来上がった偵察写真のプリントアウトを運ばせると、中央の作戦図台に広げて並べた。

「昼間、お前の撮影して来た〈目標〉の可視光線俯瞰《ふかん》画像だ。目当てのものが写っている」

〈大佐〉は、〈牙〉の撮影した浜高原子力発電所の航空写真を、指揮棒の先でパンと叩いた。同じアングルの画像が何段階かに拡大され、並べられている。

日本の新沢県の海岸に、最近完成した超大型の原子力発電所。その俯瞰図だ。海岸線に突き出すように幾何学《きかがく》模様の岸壁が造成され、施設全体は一辺が一キロメートルの菱形をなしている。その敷地の中央に、白い円形のドームが三つ、三つ子のように並んでいる。

「この中央のドーム三つが、三基の原子炉建屋——浜高一号炉・二号炉・三号炉だ。一号炉には、つい先ほどプルトニウム混合酸化物を含有するMOX燃料が搬入され、運転準備が進められている。日本政府がプルサーマルと呼ぶ、プルトニウム保有を正当化する愚《おろ》かな発電方式の実用試験のためだ。これは、原発反対の市民団体に紛《まぎ》れ込ませた工作員が確認し、報告して来ている」

「————」

〈牙〉は、数時間前に自分が撮影したその画像を、サングラス越しに見下ろした。

「だが、ここは狙わない」

〈大佐〉は一転否定するように、航空写真の三つの白いドームを指揮棒ではじいた。原子炉そのものは攻撃目標として狙わない、と言うのだ。

「以前にも検討した通り、装甲堅固な原子炉本体への空爆は成功率が低く、効果が期待出来ない。よって我々の狙う〈攻撃目標〉は、予定通りにここだ」

指揮棒の先が、中央の原子炉建屋のずっと横——施設の敷地の奥まった崖《がけ》の下にある、正方形の屋根を叩いた。

「ここだ。〈高レベル放射性廃棄物中間集積施設〉。要するに使用済み核燃料の貯蔵所だ。ここが我々の狙う〈目標〉だ。

日本の原子力発電は行き詰まっている。その証拠に、規模の大きいこの浜高原発には日本海沿岸に林立する既存の各原発から、貯蔵し切れなくなり持て余した使用済み燃料が『一時的保存』という名目で集積され、溜《た》め込まれている。愚かな日本政府は、いつか核兵器開発を果たそうと国土中に原子炉を造りまくったが、使用済み核燃料をどう処分するかなど、全然考えていなかったのだ。仕方なく英仏に再処理を依頼し、高レベルの放射能を持つ使用済み燃料をあろうことか船に載せて輸出し、大洋を行き来させて全世界の人民を危険にさらしながら、自分さえよければいいという核燃料サイクル政策を強行している。しかし船積みして送り出せる量は限られており、全国の原発から出る使用済み燃料は、溜まるばかりだ。そのツケを溜め込んだ巨大貯蔵タンクが、この屋根の下にある。使用済み燃料の貯蔵量は、推定二〇〇〇トン強だ」

〈大佐〉の指揮棒は、正方形の屋根をさらに拡大した一枚を、パシパシと叩いた。

「原子炉本体の防備は堅固でも、愚かなことにこの〈高レベル放射性廃棄物中間集積施設〉は、鋼鉄製の貯蔵タンク三本に、鉄筋コンクリートの屋根をかぶせただけの建物に過ぎない。公表された建築資料によれば、正方形の建物は一辺が五〇メートル、地上高一二メートル。天井のコンクリートの厚さは、他の事務棟と変わらないわずか三センチだ。こんな物なら二五〇キロ爆弾一発で容易に大穴が開き、釣りが来る。五〇メートル四方のどこかにでも命中すれば、天井を貫通した爆弾は半地下に設置された貯蔵タンクに突っ込んで発火し、内容物を爆発的に飛散させるだろう」

「飛散する放射性物質のシミュレーションは？」

〈牙〉は無表情に訊いた。

「これを見ろ」

〈大佐〉は、出来たばかりのプリントアウトをばさっと広げた。波の広がるような三次元モデルがいくつも、ドットで描き出されている。

「時間を追ったシミュレーション・モデルだ。これからまだ一か月間――完全に春になるまでは、日本の北陸地方は日本海――いや東海から吹きつける強い西の季節風に見舞われ続ける。爆撃により〈高レベル放射性廃棄物中間集積施設〉から飛散した放射性廃液《はいえき》二〇〇トンは、たちまち空中で気化し、放射能を撒《ま》き散らしながら山岳地帯に沿って急速に左右へ拡散、まずは新沢県の全域を汚染する。次いで数時間以内に隣接する新潟県、石川県、福井県を汚染、半日以内に山を越えた近山県一帯をも汚染するだろう。さらに山岳地帯に沿って上昇した放射能は上空のジェット気流に乗って東進、やつらの首都・東京を覆《おお》うのに二十四時間かからない。予想される人的被害はかつてのチェルノブイリ事故を上回り、経済的被害に至ってはパラメータが多過ぎて予測不可能だ」

ふん、と〈牙〉は鋭い鼻を鳴らした。

「溜飲《りゅういん》の下がる話だ。成功すればな」

「必ず成功させねばならない。さらにこの原発空爆のパニックに呼応し、日本国内全域に休眠しているわが潜入工作員全員が決起《けっき》、各地で一斉《いっせい》に無差別テロを繰り広げれば、あの肥え太ったブタのような国は神経中枢である社会システムを完全に破壊され、内側から腐るように倒れるだろう」

「――上等だ」一通りの説明を聞き終わると、〈牙〉はうなずいた。「だが〈大佐〉、あんたは先ほど『悪い知らせ』もあると言った」

「その通りだ。実はわが偵察局において、困ったことに〈旭光作戦〉の支援態勢に齟齬《そご》が生じつつある」

「齟齬――？」

「そうだ」

〈大佐〉は、三十代を迎えたばかりのまだ若々しい髪をかき上げ、黒い眼帯の眉をしかめて見せた。

「話せば少し長くなるが……本国の国家安全保衛部において、わが〈亜細亜《アジア》のあけぼの〉発足に尽力された人物がいる。そのことは知っているだろう。私が〈総裁R〉とお呼びする平等党幹部で、安全保衛部のナンバー3だ」

「――――」

「我々の組織が偉大なる首領様から活動を許されたのも、お前の提案が通ったのも、すべては〈総裁R〉のお力によるところが大きい。いわば〈亜細亜のあけぼの〉生みの親が、〈総裁R〉だ」

〈大佐〉は、本国上層部の事情を説明し始めた。

石川県警察本部

「いったいどうなっておるかっ！」

小松市内の石川県警本部。

本部ビル大会議室では、夜の十時を回ったというのに、県警本部長の指示により〈緊急対策幹部会議〉が招集されていた。

締め切った会議室の上席で、かき集めた幹部たちを前に怒鳴《どな》り散らしているのは虻沢県警本部長――別名〈怒りザル〉と呼ばれる警察庁キャリアだ。『風谷修に嫌疑をかけて引っ張れ』と組織に厳命している張本人である。

「被疑者の自衛隊操縦士を基地へ帰してしまいました、とはどういうことかっ」

全員の前で起立させられ、吊し上げを食っているのは日本海中央病院前の監視を命ぜられていた覆面《ふくめん》パトカーの刑事だった。風谷修を拘束連行出来ずに退院させてしまった若手の刑事は、激しく責められていた。

「病院を出たなら万難《ばんなん》を排して拘束連行せよと命じてあったはずだっ」

「は……しかし」

「しかしもくそもないっ」

しわだらけの顔を真っ赤にして怒鳴り散らすキャリア官僚の前で、当の若手刑事も、県警の幹部たち全員も、嵐が頭上を去るのを待つようにうつむいていた。

「ですが本部長。任意では、相手が交通違反でも犯さない限り、署へ連行は出来ません」

「馬鹿者、やる気がないのか貴様は！　何とかして強制捜査に切り替えろっ」

「強制は、どうしても裁判所の令状が降りません。今の状況では七十二時間の拘束ですら不可能です」

若手の刑事は、自衛隊の公用車に言いがかりをつけた時には乗っていた三人に凄んで見せたが、県警本部長の前ではやる気がなさそうに反論をした。

「ふ、不可能ですだとこの――！」

〈怒りザル〉が切れそうになった瞬間、会議室のテーブルの列から顔色の悪い中年刑事が
「お、お待ちください。お待ちください」と這《は》いずるように進み出た。夕方まで風谷修を尋問していた、あの増沢という刑事副部長の男だった。

「本部長、も、申し訳ございません」

増沢は、背の高い若手刑事の頭に手を掛けて「こら無礼だぞ」と無理やり押し下げ、自分も床に土下座をした。

「最近の若い者は、ろくに働きもしないくせに口ばかり達者でして。私にどうかお任せください。若い連中には頭を使わせます。必ずや被疑者の自衛隊員は、別件でパクります。微罪でも現行犯逮捕いたします。早速、小松基地の周囲に要員を重点配置し、二十四時間態勢で監視させます」

「言われなくてもそうせんか、この馬鹿者！」

〈怒りザル〉が怒鳴りつけると、増沢は若い刑事の後頭部を床に押さえつけながら「はは

ーっ」とひれ伏した。

しかし〈怒りザル〉――虻沢本部長が、緊急の県警幹部会議を招集したのは、風谷修を取り逃がした一件だけが要因ではないようだった。

「いいかっ。自衛隊のこともだが、お前たちのせいで実は大変な事態になっておるのだ」

ひとしきり怒鳴った後、虻沢は脇に控える本部の総務部長に「おい」と顎をしゃくると、束になったプリントアウトを準備させた。

「状況を説明しろ。総務部長」

「はっ、本部長」

五十代の総務部長は、一礼すると汗を拭きながら会議室の全員に向き直った。

「えぇみなさん。今夜お集まりいただきました主たる理由は、ほかでもありません」

幹部たちが注目するが、中には眠そうな者もいる。

「実は現在、本県内の犯罪検挙率に関し、重大事態の発生していることが分かったのでありますす」総務部長は、何ごとかと顔を見合わせる幹部たちに、手もとのデータを読み上げた。「先月の、県内における犯罪検挙率ですが――集計データがつい先ほど出たのでありますす。先月の検挙率実績は――驚くなかれ、五四パーセントという数字です。前年同月が八〇パーセントでしたから、実に一年間で二六ポイントもの下落であります」

ざわざわっ、と会議室の空気が揺れた。眠そうなのを我慢していた風情《ふぜい》の幹部たちも、目をしばたかせて互いの顔を見合った。日本の警察は『世界一優秀』と言われている。治安も世界一良いと言われて来ている。その中で『犯罪検挙率五四パーセント』は、確かに重大事態と表現されても仕方のない数字だった。

だが続く総務部長の言葉は、全員の目をさらに見開かせ、完全に目覚めさせてしまった。

「みなさん、これは残念ながら事実であります。しかしさらに申しあげますと、実は、全種目平均では五四パーセントに留まっていますが、強盗傷害・殺人などの重要犯罪だけに限って見れば、先月の検挙率はわずか二〇パーセントなのであります。強盗傷害事件等の実に五件に四件が、全く解決を見ていないのであります。その原因は、色々と考えられますが――」

一同が息を呑《の》んだ。

重要犯罪検挙率が、二〇パーセント……!?

たったの？　嘘《うそ》だろう？　いつの間にそんなにおちこんだ……？　見交わす顔、顔がそう言っていた。

ざわざわざわ

ざわめき始めた場内を一喝《いっかつ》するように、

「諸君っ」

蛇沢が怒鳴った。

「諸君。聞いての通り、これは重大事態である。放置すればわが県警の権威を失墜《しっつい》させかねない、由々《ゆゆ》しき事態である。

分析すれば、外国人犯罪組織の流入があるとか、昔の犯罪は被害者の背後関係さえ洗えばたいてい犯人の目星はついたものだが最近はそうでないとか、いろいろあるだろう。だがそういうことは脇に置いておいて困った問題がある。よりによってこのような時に、わが県警は本庁の定期査察を受けなくてはならないのだ」

全員の視線が、ザザッと集まった。

「諸君も知っての通りだ。月の替わった二週間後には、中央の警察庁から定期査察のために査察官が来訪し、組織の運営体制は適正か、治安維持は効率よく行われているか等を審査する。今年が定期査察の年だとは分かっていたものの、大変困った事態になってしまった。こんな犯罪検挙率の数字など査察官に見られたら、我が県警の評価は地におちてしまう！」

しぃん、と会議室の空気が静まった。県警の幹部たち——警務部長、生活安全部長、地域部長、刑事副部長、交通部長、警備部長、各所轄《しょかつ》警察署長、機動隊長、それに中央から赴任して来ている若手キャリアの人事部長までもが、息を呑んで蛇沢の赤ら顔に注目した。

「諸君。もしもだ。本庁の行う定期査察において、もしも低い評価を受けた場合、その後の諸君の警察官としての処遇がどうなってしまうか、知らぬわけではあるまい」

ごくり、と全員が唾《つば》を呑み込んだ。

虻沢は、『お前たち』と怒鳴りつけていたのが、いつの間にか『諸君』に変わっている。

「分かっておろう。二週間後に迫った本庁の定期査察、これをわが県警は何としてでも穏《おん》便《びん》に乗り切らねばならぬ。我々は本庁から来る査察官に、何に代えても低い評価をさせてはならんのだ――おい総務部長っ」

呼びつけられると、太った総務部長は禿《は》げ頭から汗を飛び散らせるようにして「ははっ」と威儀《いぎ》を正した。

「総務部長、接待の準備はっ!?」

「はは。東京からいらした査察官殿御一行にはまず、郷土自慢の温泉にて一息ついていただく手はずにしております」

「どこの温泉か」

「市内の、最も便利で設備の良い宿を検討中でありますが――」

すると、

「馬鹿者っ」虻沢は一喝した。「査察官一行の接待なら、入婿山温泉に決まっておるだろう！　何を考えておるか」

虻沢は、同じ小松市内ではあるが、ひと山越えて市街地から離れているため市民の目が届きにくい、両白山中の温泉地を指定した。

「入婿山の、いつも歓送迎会や国会議員の接待などに使っておる旅館があっただろう。確かうちの県警の婦警の実家で、口の堅いところだ」

「はっ、そうでした。あそこなら確かに、雀卓を囲んでも芸者を揚げても、市民にばれません。露天風呂も北陸十指に入りますし——」

「その通りだ。総務部はただちに全力を挙げ、歓迎の準備をせよ。各組織の部長は、宴席に全員出席し全力で接待をせよ」蚯沢は一同を睨《ね》め回して命じた。「さらに、並行して検挙率アップのための非常対策を、石川県警の組織を挙げて今夜から緊急に実施する」

「——」

「——」

一同の、真剣な視線が〈怒りザル〉の狭い額に集まった。ボス猿が一方的に怒鳴り散らす態度ではなく、まるで集まった視線に対し団結を呼びかける組合委員長のように、蚯沢は続けた。

「いいか聞け。今夜ただ今より、わが県警全組織は、解決できる事件以外は相手にしないこととする。犯罪の通報があっても、外国人の仕業《しわざ》と思われる窃盗《せっとう》やひったくり、強盗などは事件化せず、送検もするな。どうせ犯人は捕まらない。外国人同士の抗争もほうっておけ。いたずらに事件数を増やせば、検挙率が下がるだけだ。海岸で市民が行方不明になったという届け出があっても、相手にするな。某国に拉致《らち》されたとすればどうせ戻って来ない。そんなやばい場所をうろうろしているほうが悪いのだ。どうしてもと家族が言うのなら、家出として受理しろ。とにかくなるべく出動をするな。現在という状態は現場が出動すればするほど、解決出来そうにない事件を抱え込むだけだ。査察官が役目を終えて無事に帰るまで、仕事はするな。これをただちに各現場へ徹底させよ！」

はっ、はっ、と各組織の部長たちが緊張の面持《おもも》ちでうなずいた。虻沢の言う〈非常対策〉に、けげんな表情を浮かべる幹部はいなかった。

「ほ、本部長。では自衛隊小松基地周辺の監視は、いかがいたしますか」

交通部長が、手を挙げて訊《き》いた。

虻沢は当然のようにうなずいた。

「もちろん、それだけは厳重に行う。ちょうど出動を減らした分だけ人員は浮くだろう。組織の壁を超え、浮いた人員を総投入して厳格に、まず交通取り締まりを行え。小松基地に出入りする自衛官全員を、交通違反でしょっぴく覚悟で厳しくやれ！」

本部長の叱咤《しった》する声で、県警幹部会議はお開きになった。

小松市内・繁華街

「坂田さん！」

坂田刑事が、コートを着たままの姿で裏通りの赤ちょうちんに腰かけていると、背後から暖簾《のれん》をぱっと撥《は》ね上げて男が入って来た。

「坂田さん。やはりこちらでしたか」

呼ばれると、屋台の円椅子から定年近い刑事はうっそりと見上げた。店に入って来たのは、スーツ姿の男。年齢は若く、二十代の後半だ。

「何だ、あんたか。人事部長」

胡麻塩《ごましお》頭の刑事は、けげんな顔をした。緊急幹部会議に呼ばれたわけでもなく、一日の職務を自分なりにこなし終えた老刑事は、一人でくつろいでいるところだった。

「何か用かね」

「坂田さん。大変なことになりつつあります」

県警本部から走って来たらしい若手キャリアは、はぁはぁと息をつきながら注進をした。

「は、話を聞いてください」

通常、地方の警察組織では、人事部長という役職は中央の警察庁から出向して来た若手キャリアが務めることになっている。地方の県警では地元の血縁など職員同士の結びつきが強いので、組織人事に情実《じょうじつ》が入ってはいけないと、地元の利害関係と縁のない中央出向の若手キャリアが人事を公平に仕切ることになっている。だが実態では、任期二年で移動する若手キャリアはたいがい地元警察官たちから相手にされず、人事部が作成した書類に決済の判を押すだけが仕事になっている。

この東大卒だという二十六歳の石川県警人事部長も、その例に漏れていなかった。外見も、他の若手キャリアが概《おおむ》ねそうであるように警察官には見えなかった。人事部長は人目をはばかるように腰をかがめ、たった今終わったばかりの県警緊急幹部会議の内容を早口で説明し始めたが、はた目には黒ぶち眼鏡の銀行員が屋台に座った老刑事に耳打ちしているようにしか見えなかった。

「――というわけで、とんでもない非常対策が」

しかし、

「あんた、どうしてここが分かった」

坂田はうざったそうに話を遮《さえぎ》り、訊き返した。

「はぁ、交通課の婦警の子から……。よく仕事帰りに座っておられるのを見かけたと聞きました。で、こちらが行きつけではないかと」

「しょうがねぇな――まぁ座れよ」坂田は隣の円椅子を勧めた。「あんた、何か飲むか」

「いえ。私は」飲みに来たんじゃないから結構です、と人事部長は頭《かぶり》を振った。「それより、続きを聞いてください坂田さん」

「いやあんた、そういうわけには行かねぇだろう」坂田はカウンターの向こうでおでんの鍋を見ている主人に顎をしゃくった。顔に皺《しわ》のたくさんある禿げ頭の主人は、無口に具の串《くし》を整えている。「飲み屋の屋台に入って来て、つっ立ったままでしゃべりまくって酒も注文しないなんて、世間の常識と違うぜ」

坂田が言うと、銀行員のように見える若い人事部長は顔をしかめて円椅子に掛け、カウンターの向こうの老主人に「ビール」と注文した。しかしほとんど口をつけず、先ほどの緊急幹部会議の顚末《てんまつ》を語った。坂田は、梅干し入りの温かい焼酎《しょうちゅう》を大事そうにすすりながら、無言で聞いている。

「坂田さん。何とかしてください。誰も本部長に逆らえません。組織がどんどん、異常な方向へ走って行っています。でも誰も異を唱えられません。このままでは県警は――」

人事部長がいい加減しゃべったところで、坂田はまた「なぁ、あんた」と遮った。

「あんたな、こうやって俺のところへ来て、俺に何をさせたいんだ」

「あの本部長に、正面切ってものを言えるのはあなただけです。私も含めてですが、みんな本部長のやり方はおかしいと心の中で思っていても、面と向かって逆らう肝《きも》っ玉《たま》がありなません。しかし、誰かが先頭に立ってものを言ってくれれば――」

「なら、あんたが立てよ」

「は？」

「あんたが先頭に立って、あの猿に逆らえばいいんじゃないのか？　あんたもキャリアだろう。もうじき御払い箱になる年寄猿《としよりざる》の悪あがきにつき合う必要はない」

坂田は横顔を向けたままで、焼酎をすすった。

「いえ坂田さん。私なんかが逆らっても、人がついてきません。私はしょせん外様《とざま》で、この県警での勤務も腰掛けだと思われています」

「甘えるんじゃねえよ」坂田は、鋭い横目でキャリアの若者を見た。「俺があの猿に逆らって見せるのは、別に肝っ玉があるからじゃねえ。俺が背中に背負っている、警察官としての〈使命〉が言わせるんだ。あんたにも市民の役に立つお巡《まわ》りさんとしての使命感があるなら、言えるはずだ」

「し、しかし――あの本部長に意見するには、私では役者が軽すぎます。みんなの期待が――」

「あんた、この老いぼれを、かませ犬にしてあの〈怒りザル〉にけしかけようって腹か？」

坂田は、ぎろっと睨んだ。

「いえ、そ、そんなことは――」

銀行員風の人事部長は、のけぞり汗を拭《ふ》いた。

「――け、決してそんなことはありません。わ、私は県警の将来を憂《うれ》えて……」

坂田は苦笑し、頭を振った。

「ま、警察の将来を憂えてくれるところは有り難いが――だがあんたな、頭はいいんだろうが、人を利用せずに自分で喧嘩しろよ。警察官としての〈使命〉をちっとでも自覚しているんなら、出来るはずだろう。自分の〈使命〉を果たそうと、身体を張ってるところを周囲に見せてみろよ。そうすりゃ、あんたがキャリアだろうと叩き上げだろうと関係ねぇ、必ず助けてくれる味方は現われるもんだ」

言われると、真面目《まじめ》そうなキャリアの青年は黙って下を向いてしまった。

「…………」

「ま、頑張りな」

西日本海TV

小松市内にある西日本海TVの局舎一階では、沢渡有里香が一人、とぼとぼと暗い廊下を歩いていた。

（お腹《なか》すいたなぁ……）

命じられた資料室の整理は、結局、夜の十時過ぎまでかかってしまった。

作業を終えて廊下へ出ると、局舎内はしんと静まり返っていた。この時刻になると、地方局独自制作の番組はもう品切れでオンエアされず、東京のキー局が配給して来る夜のニュースやドラマを右から左へ流すだけになる。勤務する人員も極端に少なくなる。

（机の引き出しに、まだチョコがあったかな……。とにかく今夜は、もう帰って寝よう）

明日も早朝から仕事だ。風谷の件で取材を申し込もうと計画している大学助教授には、明日改めて電話をしよう――そう考えながら、埃《ほこり》だらけになった有里香は煤《すす》のついた頬をこすりながら階段を上がった。

報道部へ戻ると、照明が半分おちて人気《ひとけ》のないオフィスの中に一つ、ずんぐりしたシルエットがあった。三つ揃いを着込んだ河馬《かば》のような姿は、見間違いようもない第二報道部デスクの三宅だ。机に靴のまま両足を載《の》せ、煙草をふかしている。何をしているのだろう。料理番組の撮影で、カニ料理屋へ行ったはずだが……。もう済んだのだろうか。

「どうも。お疲れ様です」

有里香は会釈《えしゃく》をして、自分の机で手早く帰り支度をした。料亭から戻ったらしい赤ら顔の三宅の他に、オフィスには人影がなかった。あまり二人で一緒には居たくない。早く帰ろう。

だが、

「おい、沢渡」

有里香を認めると、三宅は待ちかねていたように手招きをした。

「沢渡、ちょっと来い」

「何でしょうか」

資料室の整理なら――と言いかけると、「そうじゃない。とにかくちょっと来い」と言う。

わたしに何か用だろうか――？

酔っ払いにからまれている感じがして、『嫌だなぁ』と思いながら三宅の前に立った有里香は、次の瞬間ぎくりとした。きつい臭いの外国煙草をくわえる三宅が膝に載せているのは、有里香が付箋《ふせん》を貼っておいた職業別電話帳だった。自分の机の本棚に伏せておいたのに……。三宅が勝手に取ったのだろうか。

だが三宅は、膝に載せた電話帳のことにはすぐに触れず、前に立たせた有里香に質問をした。

「おい沢渡。お前、うちへ来て何か月になる？」

「はい……もうすぐ、七か月ですが」

「では、うちのような地方TV局の仕事と役割についても、もう熟知したはずだな？　お前、採用の面接ではいろいろ偉そうなことをしゃべったようだが――」三宅の机の上には、どこから借り出して来たのか有里香の履歴書と身上調書《しんじょう》、採用試験時の成績表などが並べられている。「――報道人として早く立派な仕事がしたい。マスコミの一員として報道の使命を果たしたい。立派だなぁ、お前は。さすがは元Ｍ物産のＯＬだ」

言いながら、三宅は有里香の身上調書を手にして団扇《うちわ》のようにパタパタ扇《あお》いだ。

有里香は、背筋にじんましんが出る気がした。

（何を言いたいのかしら……？）

いったい、この中年男は夜遅くに自分を呼び止め、何を言い出すのだろう？　気味悪さをこらえる有里香に、三宅は続けて訊いた。

「おい沢渡。ところでな、うちのような地方ＴＶ局の〈三大取材〉とは何か、知っているか」

「いえ。知りません」

有里香は頭を振った。

「なら教えてやる」三宅は有里香の身上調書をパシッと机に置くと、あばたのある河馬のような巨顔の離れた両目をぎろりと向けた。「地方ＴＶ局の〈三大取材〉とは、事件・高校野球・選挙だ。地元の事件・高校野球・選挙の三つだけが、東京のキー局に代わって地元地方局が主体となって取材を実行出来る対象だ。この三つについてだけは、うちの局アナや記者が全国ネットのニュースに顔を出してしゃべれるチャンスがある。だが逆に言えば、その三つ以外には、地方局報道部には大した役割も仕事もないということになる。分かるか」

「……は、はぁ」

顔をしかめながらうなずく有里香に、アルコールの息と煙草の煙をプハァッと吐《は》きかけ、河馬は力説した。

「いいか沢渡。その優秀な頭でよく考えろ。事件・高校野球・選挙の三つのうち、高校野球と選挙は季節限定モノだから、普段うちには取材をする対象が、事件しかない。それしか普段の仕事はない。それしか仕事はないというのに、事件のネタは県警の記者クラブに詰めていないと取れない。つまりうちの報道部は、県警記者クラブに入れてもらっていないと全く何の商売にもならないということなのだ！」

河馬はバンと机を叩いた。そして膝に載せた電話帳を取り上げ、付箋を貼ってアンダーラインを引いたページを両手で開き、有里香にグイと突き出した。

「なのに何だ。何だお前は！　県警のやることにちょこまか口を出して邪魔をして、今度は法律家まで担《かつ》ぎ出して騒ぎを大きくするつもりかっ」

まずい。やはり県警の行為について法学部の助教授に取材しようとしているのを知って、咎《とが》めようというのか。

「あ、あのデスク。でも……」

有里香は弁明しようとする。何とか取材は進めなくては。それにこの問題をクローズアップして全国的に広げられれば、西日本海TV報道部の殊勲《しゅくん》にもなるはずだ。説得しなくては……。

しかし、

「でももくそもないっ」中年河馬は分厚い電話帳で机をバシッと叩いた。「いいか俺は知っているんだ。県警の警務部長は、俺の中学の同級生だ。最近、うちの世間知らずの契約社員が捜査を妨害して困ると、クレームをして来ている。悪いことをした自衛隊員を、せっかく捜査員が尋問しようとすると、うるさい子犬みたいに周りを跳ね回って邪魔すると な」

「でもデスク、自衛隊パイロットは悪いことをしていません。警察のほうが不法な――」

「不法もくそもあるかっ。県警のやることは、全部正しいんだ馬鹿野郎！」河馬は怒鳴った。「万一正しくないとしても、警察の不祥事《ふしょうじ》を叩いて良いのは中央の大マスコミだけだ。俺たちに県警を叩ける場合があるとしたら、東京のキー局が横並びでみんな警察を叩き始めた時だけだ。そういう時以外に、俺たちに県警が叩けるか馬鹿野郎。うちの局の事業部長が県警総務部長の又従兄弟《またいとこ》で、営業課長が県警副本部長に仲人《なこうど》をしてもらっていて、その他地縁・血縁になれば納豆の糸みたいにこんがらがっているこの町で、地元U局が県警と事を構えられるわけがないだろう。考えりゃ分かるだろう、この馬鹿野郎っ」

「で……でも、それではこの局の、社会を見守る報道機関としての使命は――」

「うるせえなっ」

中年河馬は唸《うな》ると、有里香の目の前で電話帳をばりばりと引きちぎった。

「黙るんだ沢渡。余計なことをするんじゃない。いいか、安く使える人手が足りないから、余計なことさえしなければうちの局に置いといてやってもいいが、しかしこれ以上県警を嗅《か》ぎ回るんなら今夜限りで契約を切るぞ。切られたくなけりゃ、おとなしく言われた仕事だけをしてろ。分かったかっ、この小娘！」


有里香は気がつくと報道部オフィスを飛び出していた。泣きながら階段を駆け降りて行くと、正面玄関脇の職員通用口で、入って来た誰かと出会い頭《がしら》にぶつかった。

「あっつ」

煙草の匂いのする胸が、目の前でのけぞった。

「あっ、すみません」

目の前を、見ていなかった。涙で見えなかった。有里香があわてて「失礼しました」とお辞儀すると、のけぞった長身の男は頭上から「何だ、まただ働きしてるのか」と不快そうに言った。

（やだ――こんなところでこの人にぶつかるなんて……）

鰐塚であった。有里香の所属する第二報道部の制作主任だ。ただしこの顔の長い無精髭の三十男は、西口本海ＴＶ労働組合副委員長としての存在感のほうが強い。昼間も、『気安く時間外労働をし過ぎる』と有里香に文句をつけたばかりだ。『君の働きは迷惑だ』とまで言われた。契約社員が勤務規準を無視する働きをすれば、正社員全体も勤務条件が下がると言うのだ。

有里香は、鰐塚に泣いているところなんか見られたくはなかった。

しかし鰐塚は、有里香の顔をけげんそうに覗《のぞ》き込んだ。さっきの中年河馬とは違う煙草の匂いがした。

「どうした。泣いてるのか」

「な、何でもありません」

有里香は顔を背《そむ》けた。

「局アナにでも、いじめられたか？」鰐塚は袖をぱんぱんと払った。「勘違いしているやつが多いからな。うちには局アナ＝お姫様だと思ってやがるのがごろごろいる」

「そんなんじゃ、ありません」

有里香は鼻をすすって否定した。

「わたしは、わたしは報道にたずさわる身として、当然のことをしようとしたのに……」

だが、やる気のなさそうな鰐塚に話しても仕方がない気がして、有里香は口ごもった。

「……いえ。やっぱり何でもありません」

「ふん」

そんな有里香の気持ちを見透《みす》かしたのか、昔は精力的にジャーナリストを目指していたという鰐塚は、馬鹿にし返すように言った。

「デスクに何か言われたか」

「――――」

「沢渡。君はまた昼間みたいに、報道の〈使命〉だとか何だとか口にしたんじゃないだろうな？　何をいきがってる。君は全然分かってない」

「何をです」

有里香はムッとして訊き返した。

「何を分かっていないって言うんです」

「常識さ。こんな地方U局にはな、報道の使命とか、そんな大それた立派なものはないんだ。それだけじゃない。見ていると、君はひどい勘違《かんちが》いをしてる。ちゃらちゃらした局アナの姉ちゃんたち以上に、ひどい勘違いだ」

「勘違い……？」

「そうだ。君は自分のことをどう思っている。報道記者か？　そう思っているかも知れないが、現実は違うね。君という存在は、ただの安い労働力だ。ただそれだけだ。自分のことをいっぱしの報道人だなんて思うんじゃない。この局も、周囲のみんなも君のことを臨時雇いの雑用肉体労働力だと思って見ている。だが君一人だけが自分を〈ジャーナリスト〉だと思い込んでいきがってる。滑稽《こっけい》だな。こんなところへ流れて来て、もう〈報道〉なんかやろうとするな。悪あがきはよすんだ、キー局の試験に全部おちたくせに」

「〈報道〉なんかって――」有里香は、あまりの物言いだと思った。天井を指さして言い返した。「じゃ、あそこに立っているアンテナは何なんです⁉　TV放送の設備は⁉　ここは、この局は、報道機関じゃないんですかっ。社会に対する報道の使命はないんですかっ」

鰐塚は、苛立《いらだ》ったように頭《かぶり》を振った。

「うるさい」

「ただでさえ麻雀で負けた後に、気に障《さわ》る台詞《せりふ》を吐くんじゃないよ。いいか、ここは報道機関なんかではない。ここは地元財閥が放送免許と権益を独占し、キー局の作った番組を右から左へ垂れ流すことで広告収入を儲《もう》ける装置だ。財閥一族とそれにぶら下がる連中が、ご飯を食べるための装置なんだ。君が今していることは、選挙区の土建屋に仕事を取って来るだけしか能のない代議士に、日本を救う法律を作れと懇願しているようなものだ。何の意味もないことだ」

「じゃあ、どうして鰐塚さんはここにいるんです？　あなたが馬鹿にしているこんなところで給料もらって仕事もしないで麻雀してて、それでいいんですかっ。楽しいですかっ」

有里香が言い返すと、普段やる気のなさそうな顔の長い三十男は、珍しく気色《けしき》ばんだ。

「な——なんだと」腕を振り上げかけたが、相手が女性と気づいて、そのままわなわな震わせた。「世間を何も知らない小娘が、聞いてりゃ報道だの使命だの何だの、俺がとっくの昔にあきらめたことをピーチクパーチクさえずりやがって。いい加減頭に来るんだよっ」

「——————」

有里香は、鰐塚の剣幕に息を呑んだ。

この男が、本気で声を荒らげるところを初めて見た気がした。しかし振り上げた拳《こぶし》が振り下ろされることもなく、鰐塚は次の瞬間やる気のなさそうな無表情に戻ると、有里香に背を向けた。

「……とにかく、食って行きたければデスクの言う通り、余計な真似《まね》はよすんだな」

それだけ言うと、長身の三十男は人気のない正面ロビーをカツカツと行ってしまう。また宿直室にでも泊まるつもりなのだろうか。

「——————」

有里香は、肩を上下させながらその後ろ姿を見送った。

わたしは、どうすればいいんだ――と思った。

日本海・某所

「――と言うわけだ」

一通りの説明を終え、〈大佐〉は〈牙〉を見た。作戦室の内部では、指揮通信システムの調整作業が進められていたが、作業にかかっている特殊部隊所属の技術者たちは、全員が〈大佐〉の信頼出来る腹心なのだろうか、片目の男は本国上層部の事情を説明する時にも、声を低めることはしなかった。

「今話した通り、我々秘密結社〈亜細亜のあけぼの〉は、事実上〈総裁R〉が作られた組織だ。総裁のお力がなければ、偉大なる首領様に組織の設立を認めていただけることもなかっただろう。お前の身柄も、収容所に入れられたままで朽《く》ち果てたかも知れない。日本を憎み、その滅亡《めつぼう》を願う気持ちは同じでも、決して共和国の国家安全保衛部は一枚岩《いちまいいわ》ではないということだ。我々のこの組織は、非常に危ういバランスの上に立って活動している」

「――――」

〈牙〉は、黙って黒いサングラスの両目を〈大佐〉に向けていた。

これまでに、島の上部にある〈大佐〉の執務室へ何度か呼ばれたことがある。その時、巨大なマホガニー製執務机の後ろにカーテンが引かれ、スチール製のドアが隠されているのを目にした。

おそらく、その扉の内部に、本国の〈総裁〉から指令を受けるための秘匿《ひとく》された通信設備があるのだろう……。そのくらいの推測は出来た。

ところが、この組織――〈亜細亜のあけぼの〉設立に尽力したその〈総裁〉が、実は平等党と国家安全保衛部の権力の本流にいる人物ではなく、安全保衛部ナンバー3のポジション――偵察局参与というどちらかといえば傍流《ぼうりゅう》の位置から一発逆転の這い上がりを狙っている若手の権力者であることまでは、知らなかった。

共和国の頂上に君臨するのが唯一《ゆいいつ》の世襲の最高指導者――彼らが口にする〈偉大なる首領様〉であることに揺らぎはないが、その下では激しい権力争いがくり広げられているらしい。国家の役職に、選挙も定年もないとすると、地位の奪い合いはどうなるか想像の外だ。〈牙〉の生まれた国も民主主義国家とは名ばかりで政治腐敗《ふはい》はひどいものだったが、おそらくその比ではないだろう。

「昨年、国家安全保衛部のナンバー1である偵察局長の老人が、病床についた。おそらく来月には引退が正式に決まるだろう。順当に行けばナンバー2の六十七歳の偵察局副局長が昇進して、局長ポストに納まる。しかし今この時に、ナンバー3の局参与の組織した秘密結社が日本を壊滅に追い込むような大テロ作戦を成功させれば、順位は逆転する。〈総裁R〉はまだお若いから、その後さらに運に恵まれれば人民武力省のトップにまで上がれるだろう」

「そうなれば、あんたがその次の偵察局長か」

「そういうことだ」

〈大佐〉はうなずいた。

「お前にも、外国人というハンデはあるものの、相応の待遇が約束されるだろう」

「出世に興味はない。俺は日本を滅ぼしたいだけだ」〈牙〉は興味なさそうに頭を振った。

「〈大佐〉。あんたの説明――偵察局内部で〈総裁〉が不利な地位にいるという事情は分かった。それで悪い知らせとは具体的にどういうことだ」

「うむ」

片目の男は、さすがに少し声を低めた。

「歩きながら話そう。来い」

建造中の地底要塞は、暗いドームのような空間のあちこちに溶接《ようせつ》の火花が散っている。

地底湖の黒い水面を見下ろす軍港の岸壁を、〈牙〉は〈大佐〉と並んで歩いた。三歩遅れて、玲蜂が影のように続いた。

「実は、今話した国家安全保衛部ナンバー2の偵察局副局長――六十七歳の老獪《ろうかい》な男だが、これが我々の作戦を妨害に出ている。自分の出世を、護《まも》るつもりだ」

〈大佐〉は低い声で告げた。

「もちろん、〈旭光作戦〉が偉大なる首領様の裁可を受けている以上、表立って邪魔することは出来ない。しかし、現在入院中の局長に代わり偵察局の実権を握っているこの男は、配下の対外工作課に謀《はか》って『成功の可能性が低い原発空爆に呼応して日本国内の休眠工作員を蜂起させることは、リスクが大き過ぎて困難』と通告させて来た。『せっかく偉大なる首領様からお預かりした工作員を、無駄にしてもよいのか』と、大義名分もつけている」

「作戦では、原発突入と同時に日本全国で無差別テロを起こすのではなかったか」

「その通りだ〈牙〉。正確には、お前たちが基地を発進すると同時に日本全土で無差別テロを実行させ、破壊活動により日本の治安系統を混乱させ、お前たちの突入を助ける手はずだった。

ところが、日本国内の二万名の休眠工作員の大部分を統括している対外工作課日本支部は、事実上副局長が掌握《しょうあく》している。ここが『成功の可能性が低い空爆に呼応しては休眠工作員を使えない』と難色《なんしょく》を示せば、安全保衛部としても作戦を見直さざるを得なくなる」

「――――」

「休眠工作員たちは、現在、日本の社会で一般市民になりすまして生活している。こちらから潜入させた者もいるし、日本人を洗脳《せんのう》して工作員とした例も多い。身分は学生もいれば、様々な職業についている者もいる。その数は日本全土で二万余名にのぼるが、一度カミングアウトさせて使ってしまうと、治安当局に正体を知られてしまうので二度と使えないという欠点がある。

休眠工作員たちの指揮権は、大部分が対外工作課日本支部に握られている。もし副局長の支配下にある対外工作課がこのまま協力を拒《こば》み続ければ、わが〈総裁R〉の権限で直接動かすことの出来る日本国内の工作員は、わずか数百名に限られてしまう。支援破壊工作は何とかやれるだろうが、日本全土壊滅には不十分だ。そこで〈牙〉。お前に頼みがある」

〈大佐〉は、立ち止まると〈牙〉の顔を見た。

「〈旭光作戦〉発動の前に、一働きして欲しい」

「俺に、何をしろと言うのだ」

「作戦発動の前に、日本へ行ってくれ」

「――日本へ？」

〈牙〉の黒いグラスに、揺らめく地底湖の水面が映り込んだ。

中国・北京空港

一週間後。

大陸の東北部に位置するここ中国の首都は、四月を迎えても最低気温摂氏《せっし》五度と、早朝の空気が冷たい。

その代わりに大気は乾燥していて透明度が高く、古い空港の待合室からも蒼空《そうくう》を背景に首都のビル群がくっきりと見えている。

北京市の東部に位置する北京首都空港は、民間向けの国際空港だった。南北に伸びる一万フィート級滑走路が二本、並行して配置されている。すべての滑走路にＩＬＳ計器着陸システムが備わっている。一応備わってはいるが、設備は中国製で、時々停電で電波が止まると言われている。各国のエアラインのパイロットからは、用心が必要な空港という評価だ。

しかし敷地だけは広いので、面積で言えば世界有数の空港である。二本の並行滑走路に挟まれる形で、三十年前に造られた巨大なターミナルビルが立っている。

〈牙〉は、その搭乗待合室にいた。

「――――」

古い革張りのソファに無言で座る男の隣には、いつも通りに女がつき添っている。二人とも私服の旅姿だ。女は髪を下ろしているので、ストレートのロングヘアが腰まで届いている。

待合室は朝のざわめきだ。『間もなく新北京空港の建設が始まる』という広報ポスターが、二人の背後の壁に掲げられている。空港ターミナルの壁は、欧米には見られない微妙な碧色《へきしょく》のタイル張りだ。空気には香を焚《た》いたような匂いが混じり、人が歩けば病院の通路のように足音が反響する。この古い建物も、やがては建て替えられるのだろう。

搭乗待合室はエプロンに突き出した円形のサテライトで、旧式のボーディングブリッジが三基ついていた。今その一つの先で、東京行きのボーイング777が機首をこちらへ向け、出発準備を進めている。白地にブルーの機体は、日本の航空会社だ。

『太平洋航空二一便・新東京国際空港行・定刻』と頭上の案内板に表示が出ている。集まっている乗客はまばらだ。チェックインカウンターの案内では、今朝の東京行きは予約が少なく、ビジネスクラスには空席が目立つだろうという。

黒いコートに黒いサングラスの姿で待合室に座る〈牙〉は、斜めに差し込む朝日を顔に受けながら、中国大陸の空を見上げた。

日本海に浮かぶ秘密基地の島を出て、今朝で一週間になる。あの晩、〈大佐〉の指示を受けた男は、物資を運んで来た潜水艦に便乗して大陸へ渡ったのだ。

島を離れた目的は、二つある。

一つは中国政府が極秘で供与して来た新型機への機種転換訓練であった。わずか四日の日程だったが、男はフェンサーに替えて与えられた新しい機体の操縦法を修得するため、人民解放軍の訓練基地をベースに大陸東北部の上空を飛んだ。マニュアルは潜水艦の艦内で読みこなしたので、実機訓練は速やかに行われた。担当した解放軍の教官が目を丸くするような成績で技量チェックにパスすると、男は慌ただしく荷物をまとめて首都へ移動した。そして今、二つ目の目的のために、この空港で東京行き旅客便の搭乗を待っている。

二つ目の目的は、東京へ行くことだった。パスポートなど必要な書類の準備は、すべて組織が整えてあった。〈大佐〉に指示された日本での任務とは、東京において、現地の組織と〈ある交渉〉をすることだった。

当初、〈大佐〉は男が東京行きを忌避《きひ》するのではないかと危惧《きぐ》していたようだった。しかし男はあっさりと任務を了承した。男にとっても、〈作戦〉の前に一度日本へ渡ることは拒否する理由がなかった。彼がこれまでして来た長い旅の、最後の行程が近づいていた。

「――――」

大陸の空を見上げるのは、今回が初めてではなかった。表情こそ動かさないが、冷たい蒼空を懐しむかのように、〈牙〉は窓外を見続けた。

その横顔を、ソファの隣に座る玲蜂は意外に感じた。

「何を考えている」

「――――」

男が応えないのは、いつものことだ。

しかし、無表情な横顔が微《かす》かに懐かしそうにしたのを、玲蜂は見て取った。この男は何故《なぜ》そんな顔をしたのだろう、と思った。三年間もつき添っているせいか、表情の微かな変化は見逃さなくなった。だが男が頭の中で何を考えているのかまでは、分からない。

「今、何を考えている」

「――――」

この男は……分からない。

玲蜂は髪をかき上げた。

やがて搭乗案内が始まり、無言で立ち上がった男に続いて、玲蜂は機内に入った。待合室の内装とは見違えるような、清潔感のある真新しいビジネスクラスのシートに落ち着いた。席は、二本の通路に挟まれた真ん中の列を玲蜂が指定しておいた。万が一だが、窓の外から狙撃《そげき》されるのを警戒したのだ。それに両サイドが通路なら、機内で刺客《しかく》に襲われても、どちらかが逃げ道になる。

淡いグレーのシートについた玲蜂は、客室乗務員の配るウェルカムドリンクを断わり、周囲の乗客たちに素早く目を走らせた。こちらを窺《うかが》う者がないかを、チェックした。

玲蜂は仕事が増えていた。

一週間前までと、彼女の警戒すべき対象は微妙に異なっていた。隣のシートに無言で腰掛ける〈牙〉という男……。この男が変な真似をしたら即座に殺せというのが、これまで三年間の彼女への〈指令〉だった。

ところが、

――『やつを護れ』

あの晩、急に〈指令〉は変更されたのだ。

玲蜂は、兄――秘密基地の司令官である〈大佐〉の意外な命令に、面食《めんく》らった。これまで三年間『油断なく見張り続け、共和国を裏切る素振りを見せたらただちに殺せ』と命じられていた〈監視対象〉を、今度は『襲って来るであろう刺客から護れ』と言うのだ。


――『やつを護れ。必ず生きてこの島へ還せ』

玲蜂は、男のボディーガードをしなくてはならなくなった。

もちろん、男が祖国への裏切りを見せたらただちに殺せという〈指令〉も、まだ生きている。だからややこしい。男と、自分たちの周囲との両面を監視しなくてはならない。一人では荷の重い仕事だったが、彼女は物心ついてから二十二歳の今まで、弱音を吐いたことが一度もなかった。

笑顔で雑誌を持って来た客室乗務員に「いらない」と断わり、「食事も一切いらない」と告げて下がらせた。毒物を警戒しなくてはならなかった。中国国内で人民解放軍から供された食事は豪華に感じたが、やはり毒物を警戒しながら摂《と》っていたので、味を楽しむ余裕などなかった。

——『中国国内でも安全とは言えない。やつを護って、必ずこの島へ生還するのだ。玲蜂』

兄の声が、また脳裏に蘇った。

（全く、いらぬ苦労をさせられる……）

周囲の状況を確認し終わり、一通りの安全を確保すると、玲蜂はシートに座った自分の脚に目をおとした。腿《もも》が丸出しになるようなミニスカートをはかされている。深いビジネスクラスのシートに腰掛けると、さらに裾が上がって短くなったような気がした。この格好が組織の指示とはいえ、落ち着かなかった。

（くそっ。脚がスースーする……）

玲蜂は脚を組み、微かにため息をつき、一週間前のあの晩の出来事を思い出した。

「対外工作課日本支部は、こう要求して来た。休眠工作員を蜂起《ほうき》させる条件として『〈旭光作戦〉の実務担当責任者を東京へ寄越して空爆の成功率について説明させろ』とな。つまり〈牙〉、お前を東京まで寄越せということだ」

「――――」

司令官である兄は、地底の軍港の岸壁で、男に任務の内容を説明した。

「空爆の成功について確証がなければ工作員を動かせない、というのは多分口実だ。副局長の掌握する対外工作課は、お前をこの島から引っ張り出して消すつもりだ。本国内ではやりづらいが、東京ならやつらの守備範囲だからな。事故に見せかけるなり、手口はどうとでもなるのだろう」

「――――」

「副局長は作戦の要《かなめ》であるお前を消して、我々を潰《つぶ》す腹だ。だが、国家安全保衛部内でそういう話になってしまった以上、お前を説明に行かせないわけにはいかなくなった。そうしなければ組織は動かない。〈旭光作戦〉は発動出来ない」

「――――」

話を聞きながら、男は無表情に地底湖の水面を見ていた。そのサングラスの表面に、黒い水面の仄《ほの》めきが映り込んだ。

「〈牙〉。中国での機種転換訓練の後、東京へ行ってもらう。お前に頼む仕事は、東京の対外工作課日本支部で現地の責任者である支部長に説明を行い、納得させた上で生きて還《かえ》ることだ。困難な任務だが、やらねばならない。玲蜂に護衛をさせる」

玲蜂は、話を聞きながら、この男がそんな任務を簡単に引き受けるわけがないと思った。兄の言葉に男がうなずいたのは、意外だった。

「――いいだろう、〈大佐〉」

男は、国家のためならばどんな命令でも絶対に服従する共和国の軍人ではない。たまたま利害で結びついているだけだ。組織の内紛《ないふん》のことなど知らぬと主張しても、不思議ではなかった。しかし男は、生命の危険が待ち受ける東京行きの任務を、あっさりと引き受けた。

「あんたの言う通り、東京へ行こう。機種転換訓練の後にしてくれ。負傷でもしたら飛行機に乗れない」

〈牙〉は、半潜航貨物ユニットからクレーンで引き揚げられる防水布に包まれた細長い物体を、黒いサングラスの目で見やりながら言った。

「以前から、飛ばしてみたかった機体だ」

「分かっている〈牙〉。今夜すぐに潜水艦で発《た》て。中国東北部の黒河《ヘイホー》で、向こうのエージェントが待っている。人民解放軍の基地で訓練が受けられるようにしてある」

玲蜂は、その後すぐに兄の執務室へ呼ばれた。

「今夜、やつと共に潜水艦で出ろ」

「中国へ行くのか。兄上」

「そうだ」兄は黒い眼帯で片目を隠した顔を、妹に向けた。「尖閣《せんかく》諸島での戦果の見返りに、中国が新しく供与して来た戦闘機の操縦訓練を、やつと共に受けて来い。届いた機体は下の要塞で組み立てに入るが、ここでは飛行訓練が出来ない」

玲蜂は、東京行きの任務を依頼した後に、兄が〈牙〉に見せた新型機の機首部分を思い出した。「良い知らせを見せよう」と言って、兄はクレーンで降ろされたばかりの胴体から、防水布をはぎ取らせて見せた。淡いトーンのブルーグレーの機首部分が露《あら》わになった。玲蜂もそれを見上げた。これまで搭乗して来た武骨《ぶこつ》なフェンサーに比べると、流れるような曲面のラインが美しかった。

「お前の希望していた機体だ、〈牙〉。これから要塞の工場で組み立てに入る」兄が説明した。「一週間あれば完成する。お前が東京から無事に戻れば、出来上がっているだろう」

「悪くない」〈牙〉はブルーグレーの機首を見上げてつぶやいた。胴体に主翼はついていない。兄の説明通り、分解されて運ばれて来たこの戦闘機は、これから要塞の工場内で出撃に備え組み立てられるのだろう。「これと同じものが、全部で十機か？」〈大佐〉

見れば、半潜航貨物ユニットの貨物扉からは、ずんぐりした葉巻型の物体が同じように防水布にくるまれ、次々とクレーンに吊られて荷揚げされて来る。しかし後続のそれらは、目の前の機体のすらりとしたラインとは少し外形が異なる。

「いいや〈牙〉。実を言うとこのタイプはこれ一機、お前専用の一機だけだ。残り十機は全部、ミグ19になる」

「それは約束が違う」男は不服を唱えた。「ちっとも良い知らせではない」

「何を言う。中国が最新鋭機を十機も寄越すと思うか？　お前の乗るぶんだけでも確保したのだ。ありがたく思え」

「それでは、作戦の手直しが要《い》るぞ」

「任せろ。それは考えてある」

どうやら、男の希望した新型戦闘機は手に入ったが、〈旭光作戦〉を新型機のみで決行することは出来ないようだった。しかし玲蜂には、男が裏切らずに作戦の任務を遂行するかどうか、そのことにしか関心はなかった。どのみち生還は期せない作戦だ。棺桶《かんおけ》が新しかろうと古かろうと、あまり変わりはないはずだ……。玲蜂は男の横で機体を見上げながら、そう思った。

「あれには、わたしの乗る席もあるのか」

執務室に立った玲蜂は、目の前の兄に訊いた。

「当然だ。あの機体は複座だ。お前も戦闘機操縦の基礎は修得している。もしもやつが倒れたら、代わって任務を遂行しなければならん」

〈大佐〉は立ち上がった。

「いいか玲蜂。お前に新しい任務を与える。やつを護れ」

「護る……？」

玲蜂は兄を見た。

「あの男が裏切る素振りを見せたら、ただちに殺すのがわたしの――」

「そうだ」片目の男はうなずいた。「その役目ももちろん生きている。だが今は、作戦の要であるやつを無事に連れ帰ることが最優先だ。お前への〈指令〉を、一部変更する。いいか。対外工作課の日本支部が、やつの身を狙うだろう。中国での飛行訓練、そして東京での任務を通して、やつの身をガードしろ。中国国内でも安全とは言えない。やつを護って、必ずこの島へ生還するのだ。玲蜂」

東京行二一便・機内

日本の航空会社のボーイング７７７は、北京空港の滑走路36Ｌを定刻に離陸、機首を南へ向けて高度を上げた。天津の上空で水平飛行に移り、南東へ向きを変えると、黄海《こうかい》上空へ出た。

ビジネスクラス客室の、通路に挟まれた中央列の席に座った玲蜂は、前方のスクリーンに表示される地図を見ていた。機の飛行コースがＣＧの地図上に描き出されている。黄海を横断した機は、これより朝鮮半島を西から東へ横切り、日本海へ出ると南下して島根県松江《まつえ》の上空から琵琶湖《びわこ》の近くを通過し、一路成田へと向かう。飛行コースが北緯三八度のすぐ南、ソウル上空を通っているのを目にした玲蜂は、上空から写真を撮れば国の役に立つだろうか――と思った。島で兄から渡された装備の中に、簡単にデジタル撮影をする機能を持った道具がある。

（いや――今はこの男の警護が先だ。余計な真似はやめておこう）

玲蜂は、隣のシートに目をやった。

男は寝ていた。黒のサングラスはそのままに、〈牙〉は席を倒して眠っているようだった。周囲の警戒を自分にやらせ、ゆっくりと休息か。いい気なものだ……。

玲蜂にも疲労はあった。

ロシア、モンゴルと国境を接する興安嶺《こうあんれい》山脈上空で行われた四日間の飛行訓練は、ハードなものだった。玲蜂にも新しい機体の操縦訓練は行われ、合計八時間を飛んだ。しかし、自分には離着陸の感覚をつかむまでが精一杯だった。その横で、この男は同じ訓練時間でありながら、かなり高度な戦技までをマスターしていた。その横で、この男は同じ訓練時間でありながら、

「同志〈牙〉、解放軍のアグレッサー部隊にあなたを迎えたい。あなたの身元が、確かならばだが……」教官は冗談でなく、悔しそうにそう言っていた。男がある種の天才に恵まれていることは、確かなようだった。

玲蜂にも訓練の疲れはあったが、気安く眠るわけにはいかなかった。

食事のサービスを終えた客室乗務員が笑顔でやって来て「何か御用はありませんか」と尋ねた。何もいらない、と頭《かぶり》を振って追い返そうとすると、「どこの学校ですか？」と尋ねられた。

「学校――？」

「日本の高校へ通っているんでしょう？　お隣は、お兄さんですか」

「あ――あぁ、そうだ。わたしは交換留学生だ。春休みで、中国へ里帰りしていた」

玲蜂はうなずいて、組織が設定した彼女の〈素姓《すじょう》〉を口にした。

しかし腹が立つ……。玲蜂はむくれた。わたしは二十二だというのに、どうして女学生

の振りなどしなくてはいけないのだ……!?

　客室乗務員を追い返すと、玲蜂は舌打ちし、自分の服装を見下ろした。島の秘密基地で〈指令〉を受けた時のことが、再び蘇った。

「玲蜂。日本に潜入する時の装備だ。これを持ってゆけ」

兄は、執務机の上に、用意させた潜入用の装備一式を並べた。東京へ向かう任務の時、もちろん共和国の軍人として入国出来るわけがない。組織が考えた、最も疑われにくい潜入用の偽名と身分が、服装と共に用意されていた。パスポートに身分証、通信用の小道具類もあった。

「潜入する時は、これを着ろ。お前は体型からして幼く見える。これを着て行くのが一番いい」

　兄は畳んだ服を指さした。

「兄上、何だこれは」

　玲蜂がぶっきらぼうに訊くと、その声音に兄は眉を曇らせた。

「玲蜂。お前は男ばかりの特殊部隊にいたから仕方ないかも知れんが、その言葉遣いは何とかならんのか。お前は今回、東京の女子高校へ通う交換留学生の中国娘十七歳という設定になるのだ」

「わたしは、腹違いだ。兄上のように品は良くない」玲蜂はむくれて、机の上の衣装をつまみ上げた。「これは何だ」

「日本の女子高校の制服だ。東京の潜入工作員に入手させ、送らせた。お前はそれを着ていたほうが街中で目立たない」

「これは腹巻きか？」

「スカートだ」

「兄上っ、わたしをからかうのか！」

「本当にそうだ」

「ではこれは何だ。ちぎれたモモヒキか？」

「それは靴下の一種だ。穿《は》いてみろ」

「わたしに雑技団《ざつぎだん》の道化をやれと言うのかっ」

「いいから、着てみろ」

兄に言われ、むくれながら玲蜂は異国の衣装に脚を通した。だが執務室の調度品の鏡に自分の姿が映ると、顔を赤くして怒った。

「こ――こんな脚丸出しの格好で、女子が外を歩けるわけがない！」

「日本では歩いている」

「嘘《うそ》をつくな」

「お前は国を出たことがないから、分からんのだろうが……」

「特殊部隊の訓練で中国へは行った。馬鹿にするな。どこの国のどこの世界に、こんな格好の女学生がいる。女学生がこんな格好で、どうやって農村や工場で勤労奉仕するのだ」

「日本の女子学生は、勤労奉仕などしない」

「では、どうやって食料の配給を受ける」

「食料の配給など日本にはない。親が稼ぐ収入だけで、家族がみな食べている」

「では女学生たちは、国家のために何をしているのだ。自衛隊の慰問《いもん》か？」

「そんなことも、していない。ただ学校へ行き、授業が終わると働かずに遊んでいる」

「働かずに遊んでいるだと――!?」

「たまに働くことはあるが、それはアルバイトと言って、自分のために贅沢《ぜいたく》品を買ったり、自分で旅行に行くためだ」

「働きもせず、国家に奉仕もしないで、ただ学校へ行って遊ぶだけの子供――？」玲蜂は、穿かされたチェックのミニスカートの裾を握って唸《うな》った。「そんなものが、許されていいのか。国家への反逆罪で銃殺にならないのか!?」

「ならない。確かにわが国ならば、偉大なる首領様に背く行為として厳罰だが、ただ学校へ行き遊ぶだけで日本人の子供は十分に食って太っている。日本は悪の軍事国家だが、自国民の子供を甘やかすことにかけては世界一だ」

兄の言葉に、玲蜂は「信じられぬ……」と絶句した。その胸元でブルーのリボンが震えた。

「……そんなことは、許されぬことだ」

「それが許される――出来るのが日本という国だ、玲蜂。なぜなら日本は、アジアの国々の人々を不当に安く働かせ、搾取《さくしゅ》しているからだ。日本の子供が遊んでハンバーガーを食い散らかす下で、アジアの子供たちは苦しい労働を安い賃金でやらされている。それがアジア世界の仕組みだ」

「…………」

「どうだ、やはり日本は攻め滅ぼさなくてはならないと分かるだろう。アジアのすべての人民のために」

「……兄上」

「何だ」

「やはりわたしは、こんな服は着られない。働きもせず、国家に奉仕もせず、ただ自堕落《じだらく》に食って太っているやつらの衣装など――」

「いいから、着ていろ玲蜂」

「嫌だ」

「東京の街には、南の工作員も紛れ込んでいる。南のやつらに狙われる可能性もある。用心のために着ていたほうがいい」

「嫌だっ」

「それに――良い悪いは別として、中々似合う。可愛いぞ」

「ふざけるな兄上！」


玲蜂に手渡されたのは、衣装のほかにも偽造のパスポート、身分証、偽のドル紙幣に通信用の装備などであった。

「これは携帯電話というものだ」兄は、妹に銀色の薄型携帯を手渡して説明した。「我々からの指令は、メールの形でその電話機に着信させる。お前から返信や連絡事項がある時も、メールで送信しろ。使い方はマニュアルがついているから、日本へ入る前に目を通して覚えろ」

「兄上。それはいいが、女学生がこんな高価なものを持ち歩いていたら怪しまれるぞ」

「それが怪しまれないのが、日本という国だ」

「――？」

「その電話機は、裏側が超小型デジタルカメラになっている。撮った画像は、メールで送信も出来る。向こうで、何か国家の役に立つと思える情報を見かけたら、撮影して送れ」

「兄上。こんな秘密工作員用の装備を女学生が持っていたら――」

「それが怪しまれないのが、日本という国だ」

「――?」

島での会話を思い出し、むくれている玲蜂の横で、〈牙〉は浅い眠りについていた。束《つか》の間《ま》の休息だった。潜水艦の艦内での事前学習に始まり、わずか四日・八時間で新型戦闘機の操縦法を即製とはいえわがものにした。男にとっても、それはかなりのハードワークだった。

眠っていても、注意は四周に向けている。しかし旅客機の機内という密室は、飛び上がってしまえば比較的警戒がし易《やす》い。ボディーチェックを受けた客ばかりだから、銃器や刃物で襲われる心配も少ない。経験の少ない小娘にも周囲を任せておける。男は、ひさしぶりに夢を見ていた。

意識の暗闇の底へ、静かに沈み込んで行った。

――パシャッ

暗闇の底から、何かが聞こえて来た。

何だろう……。

――バシャバシャッ、バシャッ

水の音だった。

――バシャバシャバシャッ、バシャッバシャッ

音は次第に激しくなる。蹴散《けち》らすような水音だ。真っ暗な視野の底に揺れ動く水面が見えた。

猛烈な勢いで、真っ黒い水面が前方から足元へ吸い込まれ、背後へ消えて行く。

自分は進んでいる……跳んでいるのか――？

いや。

視界が激しくぶれている。

息を切らす音がする。自分は走っている。水を蹴立てて走っている。裸足《はだし》の足の裏に、ざらつくコンクリートの感触。コンクリートを蹴って暗闇を進んでいる。その暗闇は下水道の地下トンネルだ。空気の臭いで分かる。はぁっ、はぁっと息を切らし、自分は必死に走って逃げている。

暗闇の中を逃げている。

また、あの時の夢か……。

刃物と銃を手にした追手たちの怒号が、背後の暗闇から迫って来る。捕まったら殺される……！　自分は必死に走る。必死に走る頭の中に、ふと、

──『お父さんが来てくれるよ』

誰かの声がした。

──『今にきっと、お父さんが来てくれるよ』

やめてくれ。

〈牙〉は夢の中でつぶやき、目をこすりたくなった。

その声は、聞きたくないのだ……やめてくれ。

俺は思い出したくない。どこにも癒《いや》しはない。憩うべき故郷もない……。だが泣くやつは誰だ、と自分を叱咤してここまで来た。

そうだ。

俺はいつも一人だった。あの地下トンネルを駆け抜けて脱出した日から。地下トンネルを走って抜ける時の、酸素を求める肺が腐った空気を掻き込んで灼《や》けるような感覚……。嫌だ。こんな夢は、もうたくさんだ。見たくない。

だが過酷な飛行訓練をこなした後の疲労が、男をさらに夢の世界へと引き込んだ。

──『今にきっと、お父さんが助けに来てくれるはずだよ……レイ』

夢の場面が変わった。

雲が灼けている。道は乾いている。赤茶けた大地と、彼方に噴煙《ふんえん》を上げる山。幼い自分は、裸足で土の上を歩いて行く。追手は振り切った。だが町へはもう帰れない。帰るつもりもない。脚から血が流れる。逃走の時に引っ掻いた傷から、皮が裂《さ》けていく。それでもいい。痛みは生きているしるしだ。自分は生きている。ここにいて、まだ生きている……。

でも、何のために生きる……？？

こんなに苦しい思いをして、なぜ自分は生きている。死んだほうが、ずっと楽だ。どうして生き続けようとしている──？

何のためだ。

誰かに会うためか……？

そうかも知れない。どこかで誰かが、自分を待っているかも知れない。

でも、会ってどうする。

分からない。

いや、どうするかは分かっている。会って復讐《ふくしゅう》する。復讐するのだ。決まっているじゃないか。母さんをあんなにしたのは、あいつだ。あいつと、あいつの国だ。

あいつと……あいつの国だ……。

幼い十歳の自分は、脚を引きずりながら手のひらの銀時計を握り締める。

俺は、会うんだ。会って復讐するんだ……。

「う――」

男は、目を閉じたままうめくと、飛行機に酔ったように顔をしかめ、仰向けになったまま額に手を当てた。

急速に、意識が現実へと回帰する。旅客機のシートにいることが分かる。

俺は、眠らせてももらえないのか――男は思った。憎しみを背負っている限り、寝ても覚めてもずっとこうなのか……。

「どうした。〈牙〉」

隣のシートから、女が訊いた。

「――何でもない」

男は息をつき、頭を振った。

「何でもない。いつものことだ」

新東京国際空港

「ミスター・レイ・ヴェントラム……？」

入国係官が、ガラスの向こうから長身の男を見上げた。尖《とが》った猛禽《もうきん》類を想わせる男の顔を、パスポートの写真と見比べた。提出された旅券の表紙は黒に近い焦茶色《こげちゃいろ》で、フィリピンの国章が金色に刻まれている。偽造品とは気づかれない。男の態度に揺るぎがないせいだった。

「職業は、ＴＶ番組制作会社プロデューサーですか」

「そうだ」

男は、低い声で応えた。

定刻に到着した北京からの便の乗客が、入国審査場に列を作っている。男は、その中の一人となっていた。五年ぶりの日本であることに感慨《かんがい》も持たない。南方系の顔を持つ男は、姿形も話し言葉も、外側からは完璧なフィリピン人に見えた。

「国籍はフィリピンだが、上海の制作会社に雇われている。今回は、日本の芸能プロダクションと契約をしに来た。後ろにいる娘は私が中国で見つけた金の卵だ。東京の女子高校に留学させて日本語を覚えさせ、半年後にはこの国でデビューさせる」

「ほう」

若い係官は、男の後ろで入国審査の順番を待っている制服姿の少女に目をやった。

「ふん、なるほど」

「風俗で働かせるような娘を運び込むのではない。見れば分かるだろう、あれは来年中にはアジア全域でスターになるぞ。サインさせようか？」

「ん。いや。結構」

係官は、無表情を装って男のパスポートにスタンプを押した。


「どうしてわたしが中国人で、お前がフィリピン人なのだ、〈牙〉」

空港の営業所で借りたレンタカーの助手席に乗り込むなり、女は不服そうに言った。

「係官が広東語で、歌は歌えるのかとしつこく訊いて来た。フィリピンの業者に騙《だま》されてはいけないとか、余計なことを言って引き止めた。わたしの取り調べは、お前より一分も長かった」

「それは、お前が可愛く見えたからだろう。玲蜂」〈牙〉はハンドルを回して車を東関東《ひがしかんとう》自動車道のスロープへ入れながら言った。車は日本車の最上級クラスを選んだ。並みのスポーツタイプよりも加速力は強い。色は目立たない白だ。「日本の入国審査官は、昔から賄賂《わいろ》は取らないが助平が多い。気にするな」

Ｖ８エンジンの唸るボンネットの向こうに、グレーの風景が広がる。関東地方の空は、どんよりと曇っていた。快晴だった北京とは印象が違う。

男の運転する車は成田のインターチェンジを通過し、東京へと向かう高速道路に乗った。千葉県警の覆面パトカーに目をつけられない一二〇キロ以下で巡航する。

「フィリピン人に化けるのが巧いんだな。〈牙〉」

助手席から女が言った。

「何を言う」男は、サングラスの視線をフロントガラスの前方へ向けたままで応えた。黒いグラスの表面を、曇り空の模様が流れて行く。「前に言わなかったか？　俺は、元々生粋《きっすい》のフィリピン人だ」

東京・新橋

目指す都内の場所へは、東関道《とうかんどう》と首都高速道路を経由して小一時間で到着した。地図を全く見ずに男は運転し、高速を降りると東京の現地の車の流れに乗って、地上の街路を迷わずに進んだ。

新橋、という中小のビル群が混み入って並ぶ事業地域の一角に、七階建ての雑居ビルがあり、そこが目指す組織の日本支部だった。エレベーターの脇の入居表示板は、三階から七階までを〈アフリカ・マリネリス共和国難民支援財団〉という慈善団体らしい名のプレートが占めている。一階は駐車場、二階は他のアフリカ系貿易会社の名だ。

アフリカと、アジアの一角にある共和国の組織とは一見何の関係もなさそうに見えるが、確かにそこが事前に知らされた目的地だった。

男は白い日本車を路上に止めた。空洞になったビルの一階には、二台の黒い大型ベンツ、それに目を引く真っ白い大きな車体の外車が入っていた。大型車ばかりで窮屈《きゅうくつ》そうだ。

「あの車は何というのだ」

玲蜂が目で指して言った。

「ベントレーだ。ロールスロイスの一種だ」

「派手だな。偉大なる首領様のパレードでも見たことがない」

ロールスロイスを初めて見るらしい女を促し、男はエレベーター脇の階段を上がった。自分たちの来訪は、すでにどこかに設置された監視カメラに捉えられているだろう。案内は不要だった。

予想通り、三階に上がると事務所のドアがすでに開いており、額のてかてかと光るにこやかな中年の男が出迎えた。

「ようこそいらした、ミスター・レイ・ヴェントラム。お待ちしていた」

仕立てのよい背広を着た中年男は、目を細めて二人を請《しょう》じ入れた。

天井の低いフロアの入口に、アフリカの産品らしい巨大な木彫りの象が向き合って鼻を高々と振り上げている。その間を、案内されて通った。玲蜂が通過すると、ブザーが鳴った。

「ボディーチェックを」

どこからともなく屈強《くっきょう》そうな男が二人現われ、そのうちの禿げ頭の一人が慇懃《いんぎん》な態度だが玲蜂に身体検査を迫った。

「俺も検査してくれて構わない」

〈牙〉は、うなずいて言った。自分の手にしている黒いアタッシェケースを差し出した。

「ただし、その女には丁重にしろ。あんたたちの国の特殊部隊の中尉で、それでも二十二だ」

言ってやると、玲蜂は無言でキッと睨《にら》んだ。

「このガリガリの女子高生が……？」

警備を担当しているらしい屈強の男は、意外そうな顔をしたが、それでも身体を調べる手つきに容赦《ようしゃ》はなかった。玲蜂の髪の毛をわしづかみにして引っ張り、スカートの中にすら平然と手を突っ込んで調べた。〈牙〉はその時だけ目を逸《そ》らした。

「探知機に反応したのは、これです」

禿げ頭のプロレスラーのような男は、玲蜂の制服の内ポケットから銀色の薄型携帯を取り出すと中年の男に差し出した。

「普通の携帯だ。仕込みはない」にこにこした中年男は、よく見ると笑っていない細い眼で携帯を素早くあらためた。「返してやれ」

男の提出したアタッシェケースも調べられたが、中身は書類と情報ディスクだけと分かった。

ボディーチェックを済まされ、刃物も銃器も所持していないことを確かめられると、〈牙〉は女と共に奥の執務室へ通された。


意外なことに、出迎えたにこにこした中年男が、対外工作課の日本支部長だった。日本における秘密工作の責任者である。年のころは四十代後半だろうか、てかてかした額を光らせて「こちらへ」と執務室へ導く。すると待機していた六名の委員たちが両脇から立ち上がって直立不動の姿勢を取り、中年男が会議テーブル中央の席につくのを待った。

「偉大なる首領様万歳」

「偉大なる首領様万歳っ」

「偉大なる首領様万歳。着席」

案内された〈牙〉は、長大な会議テーブルの反対側で、中年男と対峙《たいじ》する形で着席させられた。玲蜂には少し下がって椅子のみが与えられた。

「さて。〈山猫大佐〉が寄越した、作戦の実務担当責任者とは君か。噂は聞いていたが、顔を見るのは初めてだな、ミスター〈牙〉……いや見城教一君」

「――――」

「私は偵察局対外工作課の日本支部長。ここの責任者だ。コードネーム〈鼬《いたち》〉と呼ばれている。本名はいいだろう、短いつき合いだ」

中年の男は、窓のブラインドからの光の縞《しま》をてかてかの額に受けながら自己紹介した。

隣のビルの壁が迫っているせいか、執務室は明るくはなかった。

「日本は、長いのか。支部長」

「十三年になるかな。主任工作員として赴任して以来ずっとだ。こちらでの資金集めには、顔と人脈が物を言うのでね。おいそれと交替は出来ない」

「この国は、居心地がいいからな」

〈牙〉はうなずいた。見ると、〈鼬〉と名乗った中年支部長の後ろの壁には、畳一枚ほどもある写真パネルが掛けられている。当の支部長と、熟年の女性政治家が笑顔で握手する姿がでかでかと飾られている。女性政治家は、確か齢《よわい》七十歳、日本の野党の党首をここ数年務めている有名な人物だ。そのパネルの上に『アフリカの難民と子供たちを救おう』というスローガンが、額に入って掲げられている。

「アフリカの難民救援組織か――クク」男は、喉《のど》を鳴らした。「考えたな」

「別に詐欺《さぎ》ではない。ここでは日本の企業から金を取っている。寄付を募っているのだ。合法的な慈善活動だ」額のてかてかした男は、卓上の茶をすすった。「マリネリス共和国――聞いたことはないかも知れんが、あるアフリカの小国の難民支援受付組織あてに、一口一億で寄付をさせる。金はちゃんとアフリカを経由する。通過するだけだが」

「寄付を断われば――？」

「断われば、その企業の幹部が〈自殺〉するだけさ」支部長は、目を細めて笑った。「最近、この国では大手金融機関の役員が相次いで〈自殺〉している。これは世間では不良債権回収にからむトラブルで心労のためにみずから命を絶ったのだろうとか、あるいはヤクザに襲われ自殺に見せかけて殺されたのだろうと見る者もあるが、どれも違う。彼らは、我々への募金を断わったので〈自殺〉させられたのだ。我々の特殊工作員の働きによるものだ」

「――――」

「対外工作課特殊工作員――特殊部隊出身のプロの仕事だ。証拠は何も残らない。日本という国は非常にいいところでね。警察は証拠がなければ事件にしない。仮にプロの仕事だと感づいた刑事がいたとしても、好き好んで事件にはしない。解決出来ないと分かっているからね。弱小の犯罪組織ならともかく、一国の軍隊の特殊部隊と事を構えるほど馬鹿ではない。我々の活動はほとんどフリーだ。何しろこの国では、警察は電話の盗聴すら満足に出来ないのだ。フフフ」

「あんたたちがこの国の企業と接点を持てば、いずれ存在は明るみに出るぞ」

「へまはしない。実際に企業の総務部に接触するのは、総会屋と呼ばれる連中だ。法の規制が厳しくなり金に困った総会屋が仲介となって、寄付を持ちかける。企業はアフリカの難民支援組織へ金を出す。税法上も全く問題なく処理される、表の金だ。金はアフリカを経由しわが国へ還流《かんりゅう》する。総会屋には後で手数料をくれてやる。我々の手先となって働く連中は暴力団体だが、わが特殊部隊を敵にするほど馬鹿ではない」

「特殊部隊が、そんなに入り込んでいるのか」

「けげんな顔をするな、見城君。日本海沿岸に打ち上げられる潜水装備がすべてだと思っているのかね？　わが特殊部隊はとっくにこの国へ大量に潜入し、常時活動している。我々の勢力は、この国の隅々まで浸透中だ。社会のあらゆる階層に浸透し、この国を根底から腐らせ、骨の髄《ずい》までしゃぶり尽くしにかかっている。逆らう者は、すべて〈自殺〉する。日本の警察は何も出来ない。わが国に言いがかりをつけても『証拠があるのか』と罵《ば》倒《とう》すれば、途端にひれ伏してぺこぺこ謝り、金とコメを差し出すだろう」

「――――」

「この島国は、かつてのアメリカ占領軍支配政策により魂を骨抜きにされ、占領軍の作った〈平和憲法〉により手足をがんじがらめに縛られている。フフフ、我々はがんじがらめに縛られた太った豚を、思う存分しゃぶり尽くしてやればいいのさ」

「あんたの物言いを聞いていると、この国を滅ぼすつもりはなさそうだな」

「そんなことはない」

中年男は肩をすくめた。

「我々は、偉大なる首領様に忠誠を誓う臣民だ。どこぞの新興秘密結社が立てた作戦であろうと、偉大なる首領様が裁可を下されたならば、全面的に協力せねばなるまい。ただし、我々は首領様からお預かりした一万九千七百余名の休眠工作員の保全に関して責任がある。大切な切り札、日本の喉元に突きつけた刃だ。成功の見込みのない原発空爆に先立って休眠工作員を蜂起させたりし、もし日本壊滅に失敗したらどうなる？　取り返しのつかない国家的損失だ。我々はそれを憂えている」

「――――」

「では、説明を聞こう、見城君」

中年男は、〈牙〉に顎《あご》をしゃくり、作戦の詳細について説明するよう促した。中年男の合図で部屋のカーテンが引かれ、会議テーブルにプロジェクターが用意された。

「聞いた話では、中国は君たちに約束していた最新鋭機を一機しか都合してくれず、作戦では君の乗機以外は十機全部が旧式のミグ19になると言うではないか。それでも原発空爆が成功するという根拠を、ぜひお聞かせ願いたい」

「――情報が速いな」男は、ふっと笑って背後の玲蜂を見た。「島の内部は、ずいぶんと風通しがいいらしい」

玲蜂はキッと唇を噛《か》み締め、中年男と居並ぶ男たちを睨んだ。

「まぁいいだろう」〈牙〉は、プロジェクターにディスクをセットし、黒いサングラスのまま室内の面々を見渡した。「説明を始めよう」

静岡県・清水市

段々畑が、海を見下ろしている。

緑の斜面に刻まれたつづら折りの細い道を、徒歩で登ること二十分。六塔晃が汗を拭きながら振り向くと、遥かに輝く水平線――駿河湾《するが》が望めた。

東海地方は、晴れていた。午前中の陽光が逆光となり、ぎらぎらと海面で反射した。眩《まぶ》しくて六塔は目をすがめた。四月の初めといっても、この辺りはすでに初夏のような暖かさだった。

（とうとう、ここまで来た……畜生）

もうだいぶ登った。日差しが暑い……。六塔は、不精髭で黒くなった顎を手の甲でぬぐった。汗をかいていた。そう言えばワイシャツも、ここ数日——いや先週から替えていないな気がする。服装に気が回らなくなるほど、自分はこの一週間を歩きづめで動き続けたのだ。

（畜生……）

六塔は立ち止まると、シャツの胸ポケットからくしゃくしゃになったメモを取り出した。それにはある人物の居所《いどころ》が記してある。山梨県のある場所で、やっとの思いで教えてもらった住所だ。

「本当に……居るんだろうな。この先に」

六塔はつぶやいた。

その人物が見つからなければ、困ったことになる。汗ばんだ手で、その紙片を握りしめると、六塔は上着を肩に担いだ。再び斜面を這《は》うような小道を登り始めた。

「居てくれないと……俺はおしまいだ」

はぁ、はぁと息を切らした。

——『良かったじゃないか』

斜面を登る六塔の脳裏《のうり》に、ふと声がよぎった。

皮肉るような、含み笑いの声だ。一週間前に聞いたその声が、頭にこびりついて離れない。

顎の尖《とが》った顔――暗い目をした四十代の男。グレーの背広のポケットにいつも片手を突っ込み、不敵に笑っている男。そいつが、六塔に向けて放った言葉だ。


――『よう。良かったじゃないか六塔秘書官』

あれは、一週間前。官邸の二階の廊下だった。

「何が良かっただ、畜生」

六塔は、耕耘機《こううんき》も通れないような細い斜面の道を登りながらつぶやいた。

忘れもしない、その男――官邸へ出向している警察庁キャリアの男が放った台詞《せりふ》を、六塔は反芻《はんすう》していた。俺はあいつの物言いを、生涯忘れないだろう――嫌でも忘れることが出来ないだろうと思った。

「よう。良かったじゃないか六塔秘書官。総理から汚れ仕事を任されたんだって――？」

その男――内閣広報官室長・叩戸は、廊下の真ん中で呆然《ぼうぜん》としている六塔に歩み寄って来ると、肩をポンと叩いて低い声で祝福したのだ。

「良かったな。これで君は、将来の財務事務次官だ。……鰻谷派が潰れなければだが」

「ど……どういうことです!?」


あの時――一週間前の晩。自分は鰻谷総理と蠟山首席秘書官から『新聞記者の塩河原清《きよ》美《み》を〈自殺〉させろ』と命令され、いきなりのことに動転していた……。廊下へ出て、しばらく呆然としていたのだ。すると目の前に、偶然のように叩戸のやつが現われた……。

（いや、偶然なものか。あの警察官僚は、俺に具体的指示を与えるために、近寄って来たのだ。あいつは俺が総理と首席秘書官から『女性新聞記者を〈自殺〉させろ』と命ぜられたことを、ちゃんと知っていたじゃないか……！）

六塔は、土の小道に自分の影を映しながら足跡を刻むように一歩一歩登った。山梨で昨夜得た情報が正しければ、一週間にわたるこの苦行《くぎよう》行脚《あんぎや》もこの先で終わりになるはずだ。もうたくさんだ。こんな思いはもう二度とごめんだ……。六塔は歯を食いしばって急な斜面を登り続けた。

その耳の中に、一週間前の首相官邸での秘密の会話は蘇《よみがえ》った。

「どういうことなんです、叩戸さん!?」

六塔は、財務省から首相官邸へ秘書官として派遣されてまだ日が浅かった。だからあの時、官邸執務室で両生類のような総理大臣が口にした〈命令〉が、冗談なのか本気なのか分からなかった。いや、目の前の出来事は現実ではなくて、自分は悪い夢を見ているのではないかとさえ思った。

だが、

「残念ながら、君は夢を見ているんじゃないよ。六塔秘書官」まるで見透かしたように、四十代の顎の尖った警察官僚は六塔にうなずいて見せた。「君が執務室でたった今受けた〈命令〉は、本物だ。君は時の総理から、邪魔者の新聞記者を消すように命ぜられたわけだ。さぁどうするかな」

「ど――どうするかなって……」六塔は、悲鳴を上げる手前で何とか踏みとどまり、震える膝に力を入れて叩戸を見返した。これでも、先月までは北陸の地方都市で税務署長をしていたのだ。六塔は肩を震わせながら叩戸に訊《き》き返した。「お、教えてくださいませんか、叩戸さん。僕は、いえ私は、総理からいったい何を命じられたというのです」

「そんなの決まってるじゃないか、聞いた通りだ。中央新聞・塩河原清美記者の暗殺だよ」

「じょ――――！」

「大声を出すな」

剃刀《かみそり》のような頰をした警察官僚の内閣広報官室長は、六塔の肩を抱いて、空いている小応接室へ連れ込んだ。白いカバーのかかったソファに座らせ、水差しからコップに水を注いで渡した。

「いいか、落ち着くんだ財務省エリートの六塔秘書官。これは、誰もが通る道なんだ」

「だ、誰もが……?」

「そうだ。正確には『中央各省庁で事務次官になるような者なら誰もが』と言うべきかな」

「私にはよく分かりません」

「いいか聞け、六塔君。君たち――いや俺たち東大卒のキャリア官僚にとって、最終的な出世のゴールはもちろん各省庁の事務次官だ。俺の場合は警察庁長官だ。それを目指してみんな日々頑張っている。

だがはっきり言って俺たちの能力は、ここまで来てしまえば個人差はあまりない。将来の事務次官なんて同期の誰がなっても不思議じゃないし、誰がなってもそこそこは務まるだろう。では、この出世競争を闘うのにいったいどこで差をつけて行く?」

「ど、どこでって……」

「能力にあまり差がないキャリア同士の出世競争では、勝負がつきにくい。だからはっきり言って政治家――政権与党の主流派のボスとくっついてしまうのが一番手っ取り早い。

それが一番強いんだ。官邸の秘書官になり、時の総理に恩を売るなんて最高の出世術だ。その中でも総理から依頼された汚れ仕事を請け負って、やばい秘密を一蓮托生《いちれんたくしょう》で共有するなんて最高中の最高の出世法だ。いやぁ素晴らしいぞ六塔秘書官、おめでとうと言わせてもらおう。君の十五年後の財務事務次官就任は、これで確実になったも同然だ。……鰻谷派が十五年後まで健在ならばだが」

「――――」六塔は頭が白くなった。受験なら、代《よ》ゼミの模試からZ会まで全国十番を切ったことのない六塔の頭脳でも、理解するのに数秒かかった。「そ、それで僕に……総理の命令通り暗殺をやれって言うのですか」

「そうだ」叩戸はうなずいた。「さっきから、言っているだろう。その通りだ」

「そ、そんなこと出来ません！」六塔は頭《かぶり》を振った。「それに僕は、将来事務次官になりたいとも思わないし――」

「でも君はもう、命令されてしまったんだ」

「こ、断わったら」

「断わったら大変だよ。今度は君が消される」

「ま――まじですか」

「君、結婚したばかりの奥さんがいるんだろう？　家庭を壊したくはないだろう。将来のある身だからな。だが大丈夫だよ、それなりの業者を雇って、仕事を任せればいいんだ」

叩戸は、息の止まりそうな若い秘書官の背中をポンポンとさすった。「人を使うことを覚えたまえ、六塔秘書官。費用は官房機密費から出してよいと言われてるんだろう？　うんといい業者を雇えばいい。さっさとやらせて、君は出世すればいい」

「ぼ――僕は……」

あの日は、あまりのことにわけが分からず、天井がグルグル回っているような気がした。それならあなたがやればいいじゃないですか、と叩戸に言い返すと、剃刀のような頬の男は肩をすくめた。あれはユーモアの表現だったのか……？　よく分からない。

「俺は、警察官僚だよ。ここでの広報官室長勤務が終われば、本庁で警視総監の座が待っている。いくらなんでもヤクザに暗殺の仕事を外注したり出来ないだろう。そりゃまずいよ」

「僕だってまずいですよ！」

「でも君、この仕事やらないと本当にこれだぜ」

叩戸は自分の喉をかっ切る仕草をして見せた。

「おどかさないでください！　だいたい、僕はヤクザに知り合いなんていません。女性新聞記者を暗殺しろなんて言われても、業者を雇えなんて言われても、誰に頼めばいいのかさっぱり――」

「あぁ、いいかね六塔書記官」叩戸は咳払《せきばら》いをした。「なら、俺が助け船を出そう。俺は帰れば警視総監になる身だから君に請負業者の紹介など出来ないが、ここで独り言を言うことにする。君が俺の独り言を立ち聞きして何をしようと、それは俺の知ったことではない。いいかね」

叩戸は大げさに前置きをすると、都内のある場所の地名を言った。

「――そこに、自由資本党が戦後の混乱期から高度成長期にわたって裏の仕事を頼んで来た組織の事務所がある。ここ十年ばかり大きな疑獄《ぎごく》事件もなくて、仕事を依頼するのはひさしぶりになるが、当時の組長はまだ元気だろう。ここへ行って頼んで来たまえ」

「――――」

絶句する六塔に、叩戸は紙片を素早く渡した。

「まぁ、まずは電話してみたまえ」

いったいどうなっているんだ……。

警察組織のトップに座る官僚が、どうしてこんなことを俺に吹き込むんだ。いったいこの世は、どうなっているんだ……!?

組事務所の連絡先をもらったはいいが、六塔は自分に降りかかって来た現実がまだ信じられなかった。あれからの数時間は、よく覚えていない。紙片に書かれた連絡先へ電話するのに、官邸の電話は使えない——少なくともそれだけの意識は働いていたようだ。とりあえず永田町の駅から地下鉄に乗った。ところが途中からどこで何をすればいいのか分からなくなった。もう家へ帰りたいという意識が、仕事を片づけようという意識の邪魔をしたのだ。都内の地下鉄をぐるぐる回り、気がついたら何故《なぜ》か日比谷線の恵比須駅のホームで、大学時代の後輩に抱きかかえられていた。

ホームで偶然出会ったのは、東大のゼミの後輩・夏威総一郎だった。防衛省のキャリア官僚だ。だが上《うわ》の空になった理由を夏威に打ち明けるわけにはいかなかった。「先輩、大丈夫ですか?」と気づかってくれるのを置いて、再び地下鉄に乗った。

妻が自宅にいたなら、そのまま帰ったことだろう。南青山に、妻の実家が新居用に買ってくれたマンションがある。だが三か月前に結婚した新妻は国際線の客室乗務員で、ヨーロッパへのフライトに出ていて一週間帰らない予定だった。

税務署長として赴任した北陸の地方都市を地盤とする県会議員の次女が、六塔の妻だ。半年前に東京で見合いをさせられ、結婚した。将来は地盤を譲るからと、県会議員の義父は六塔を後継者に考えているようだったが、娘のほうは東京での現在の仕事をやめる気はないようだった。六塔の生活は、独身時代とあまり変わらなかった。

「困りましたなぁ。そのようなご依頼は」

都心のホテルに部屋を取って気をおちつけ、渡された紙片の連絡先へ電話をすると、やがて黒いスーツ姿の初老の男がすうっと音もなく廊下を歩いて訪ねて来た。

しかし、一見すればまともなビジネスマン——銀行か商社の支店長と変わらないように見える五十代の組事務所の男は、六塔の切り出した依頼の件を「難しい」と言った。

「ど——どうしてですか。新聞記者を〈自殺〉させるのは難しいのですか」

「いえ。技術的には特に……」

「では、報酬《ほうしゅう》ですか？　十年の間に相場が上がったとか……？」

六塔は、ヤクザの幹部と言葉を交わすのは初めてではなかった。税務署長をしていた北陸の町にも、ヤクザはいた。しかしこんな企業の役員みたいな幹部は初めてだった。襟につけたバッジがなければ、それと分からない。自分の知らないことが、この世の中にはまだまだあるのか……。

「官房機密費から出せる額では、不足ですか？　これだけでは出来ませんか」

「いえいえ。うちの組といたしましては、自由資本党総裁じきじきのご依頼とあらば、永いおつき合いもございます。何を措《お》いてもご協力したいところなのですが……」初老の男は、困ったように白髪《しらが》頭を振った。「しかし協力したくても、肝心の人材がおらんのです」

「人材が……？」

「さよう。ここ十年ばかりで、うちの組で抱えていたベテランの仕事人たちが、次々に引退いたしましてて」

「仕事人――つまりその、現場で仕事をする人たちですか。その人材がいないのですか」

「いえ。いるには、いるのです。昨今そういった仕事の需要は、むしろ増えているくらいですし。うちで現在使っている若手の仕事人たちは、証拠も残さずきっちりと依頼を果たします。警視庁の捜査一課でも、現場へ来てうちの仕事人の仕業《しわざ》だと分かると、事件にしても無駄だからと、さっさと〈自殺〉にして処理してくれるくらいでしてね」

「じゃあ、どうして引き受けてくれないのです」

「それがですねぇ……」組事務所の男は、言いにくそうに頭を掻《か》いた。「……実は、現在うちで契約して使っている仕事人たち――うちの連中はですね、全員が東南アジア系の外国人なのですよ。中でも中国系の仕事人はほとんど全員が大陸の中国情報部と繋《つな》がり、日本の情報を売ることを副業にしています。したがってですね、首相官邸の依頼を彼らにさせることは、日本政府の自殺行為となります。やめておいたほうがよろしいです」

「そ、そんな……」六塔は絶句した。「……では、失礼だが、お宅の他にどこか任せて安心な業者はいないものでしょうか」

「うーん。難しいですねぇ。もともと政治がらみの仕事は、ヤクザの世界では出世に繋がらないので人気がないのです。うちの他に引き受ける組が、あるかなぁ……」

「どうして、人気がないのです」

「だってそうでしょう、秘書官。あたしたちヤクザというのは、周囲に度胸を示して初めて存在が認められるのです。どこぞの組の親分を命がけで襲って刺した、懲役に行った、出所した。それで度胸が認められ、幹部になり出世して行くわけです。ところが、たとえば政治家から『疑獄事件の証人を消してくれ』と頼まれるとします。すると相手はたいてい一般人です。我々に襲われたら、すくみ上がって抵抗なんか出来ません。抵抗も出来ない相手を、しかも殺《や》った後で自殺に見せかけるわけでしょう。どこに度胸を示す余地があります？　しかも仕事は秘密だから俺がやったとも言えない。報酬はもらえるけれど、ヤクザだって後味悪いですよ。抵抗出来ない一般人ですよ。殺った後一週間は夢見が悪いってみんな言いますよ」

「…………」

「それでもね秘書官。まだ昭和のころは、お世話になった自由資本党のため、お国のためなら俺がやろうという、男気《おとこぎ》のある古いタイプの仕事人がおったのです。たいていは戦争経験者です。中国大陸や南方の戦地で闘った者たちです。そういうベテラン仕事人が、出世にならない依頼でも、黙って引き受けてこなして来た。日本の資本主義体制を陰で支える仕事をして来たわけですよ。でもねぇ、さすがに戦後六十数年、彼らも寄る年波には勝てません。みんな引退して行きました……」

組事務所の初老の男は、ため息をついた。

「……彼らの中でも、うちに長く居て『伝説の仕事人』と呼ばれた夜叉《やしゃ》の弦《げん》さんなどは、立派だったんだが……。どんな依頼にも文句一つ言わず、いつでも完璧に仕事をこなしてくれたものだ。あの人は今でも、どこかで存命と聞くが――」

六塔は、その時思わず立ち上がると「その夜叉の弦さんの連絡先を教えてください」と叫んでいた。すがるような思いだった。

簡単には、分からなかった。

六塔には、依頼を受けてくれる仕事人を捜すしかない。そうしないと自分の身が危ないかも知れなかった。それから一週間というもの、都内の組事務所から組事務所へ、かつて『伝説の仕事人』と呼ばれた老人の居所を求めて歩き回ることになった。もちろん各組で仕事の依頼もしてみたが、みんな丁重に断わられてしまった。

鰻谷総理から強要された仕事をこなせるのは、ただ一人、その引退した元ヤクザの仕事人しかいないような気がした。ところが〈夜叉の弦〉と呼ばれた老人は、都内の複数の組を客分《きゃくぶん》として渡り歩いた後「百姓になる」と言い残し、姿を消したという。都内から奥多摩へ、奥多摩から山梨へ、引退した老人の足跡を辿《たど》って六塔は歩き続けた。

そしてとうとう、件《くだん》の老人が東海地方の山の斜面に小さな畑を買ったという事実をつきとめ、その場所を叩戸から渡された紙片の裏に書き留めると、不眠不休の六塔は甲府市内でタクシーをつかまえて長駆《ちょうく》静岡へ向かったのだった。

「はぁ、はぁ」

まるで天国と地獄だ——陽の当たる斜面を登りながら、六塔は心の中でひとりごちた。

税務署長時代はよかった。六塔は二十八歳の時から三年間、日本海に面したある県の県庁所在地で税務署の署長をしていた。財務省本省での仕事を一通り覚えた後、地方の税務署長を三年ほど務めるのは東大卒キャリアの決められたコースである。税務署勤務を終えて東京へ戻ると、三十代初めで本省の課長補佐になるのだ。

署長だった三年間、あの地方都市で六塔に愛想をつかわぬ者は一人もいなかった。道や役所の中で誰かとすれ違う時も、こちらから頭を下げることはただの一度としてなかった。「あっ、署長」「これは署長」「どうも署長」三年間ずっと毎日、この調子だった。地元財界の宴席があれば、床の間を背にした上座の中央が県知事で、その横が市長、市長の次が自分だった。県警本部長が六塔の席まで酌《しゃく》をしに来た時は驚いたが、財務省キャリアのほうが、歳は若くても警察庁キャリアより格上なのだった。後は言うにおよばず、地銀の頭取、建設会社の社長、地元メーカーの会長、バス会社の社長、教育委員会の幹部たちもみんな列をなして、六塔の席へお酌をしに来た。宴会の途中で六塔が席を立つことは、トイレ以外には一度もなかった。六塔が独身と分かると、地元の政財界の重鎮たちは競って孫や娘を嫁に取らせようと働きかけて来た。あんまりうるさいので、ちょうど大学を出る時に失恋していた六塔は、その中で一番きれいな子を「一人でいるよりもいいか」ともらったのである。

極めつきは、夜の繁華街でのことだ。六塔が税務署の部下たちに連れられて、気が進まないままナイトクラブに入ると、それを一番奥のボックス席で見ていた地元ヤクザの組長がパッと立ち上がって最敬礼し「これは署長、どうぞどうぞ」と席を譲ったのである。

参ったなぁ。これでは、自分がまるでこの世で一番偉いみたいに勘違いするぞ……。六塔は頭の片隅で自分に『おちつけ』と命じながら、その時そう思った。俺は開業医の息子で、小さいころから坊ちゃんで裕福だったからまだ正気を保っているけれど、もし貧乏な境遇から苦学して東大を出たような人間がこんな待遇を受けたら、完全に勘違いして舞い上がってしまうだろう……。

だが、先月まで自分がこの世で一番偉いんじゃないかと勘違いするような待遇を受けていた六塔が、今は総理大臣の揚げ足を取った女性新聞記者をこの世から消すために、殺し屋を捜して汗みずくになりながら静岡の段々畑をよじ登っているのだ。

(やっぱり、十四年前ものの弾みで文Iを受けたのがいけなかったんだ……。思えばあれが、すべての間違いの始まりで――)

心の中でつぶやきかけた時、ふいに登りの坂道は終わった。

斜面の上を、風が吹いていた。木々の梢《こずえ》を揺らして海からの風が吹き抜ける下に、小さな細長い畑があった。紫色の茄子《なす》が成り下がっている。その手前に、白い肌着の背を見せて麦わら帽子の老人が一人、しゃがみこんでいた。

「あのう、嘉納弦一郎《かのうげんいちろう》さんでしょうか」

上着を畳んで腕に抱えた六塔が声をかけると、半袖の肌着姿の老人はうっそりと振り向いた。麦わら帽子の下からこちらを窺《うかが》う気配がしたが、

「――――」

老人は応えなかった。

無視して農作業に戻ろうとする老人に、六塔は歩み寄った。ポケットを探り、財布から名刺を取り出した。

「突然、お邪魔を失礼します。私は東京から来ました、総理秘書官の六塔晃といいます」

「――――」

老人は無視しようとした。

海を望む小さな畑の横には、トタン屋根の小屋が半ば草に覆《おお》われている。干されたシャツが旗のようになびいている。まるで世捨て人の庵《いおり》のようだと六塔は思った。肌着姿の老人の他に、人影はなかった。六塔が声を出さなければ、風の音ばかりの農園だ。

「嘉納さん――いえ、夜叉の弦さん」

ここまでやって来て、手ぶらで帰るわけにはいかない。痩せた土を掘り返す老人の隣にしゃがみこむと、六塔はその顔を覗き込んだ。

「あなたを捜してここまで来ましたのは、ほかでもありません。あなたに是非《ぜひ》、お願いしたい仕事があるのです。現役に復帰していただけませんか」

「――――」

「一度だけで、結構です。報酬は払います。お願いします」

「その名前を――二度とあたしの前で言うんじゃない。若いの」

老人は、刻まれた皺《しわ》の一本のように細く鋭い目を開き、六塔を睨み返した。

六塔は、目の光の凄みに絶句した。

老人は、枯れた枝のような腕で茄子を一本、蔓《つる》からもぎ取って六塔に差し出した。

「お天道様を吸って命が育つってのは、いいもんだ。ここへ来て、初めてそういうことが分かったんだ」

「…………」

受け取った茄子は、痩せた土地の産物でも、鮮やかな紫につやつやと光っていた。

「あたしは、もうヤクザには戻らない。帰ってくれ」老人は立ち上がると、首のタオルで汗を拭きながら歩き出した。

「し、しかし弦さん――いえ嘉納さん。待ってください」

六塔が食い下がって頼もうとすると、老人は「来な、若いの」と先に立ち、狭い草の道をかき分けて木々の中へ踏み入った。

小高い山の細長い尾根にしがみつくような、茄子畑の農園。その外れには、頭上を覆うような木々のトンネルがあった。暗がりを徒歩で抜けると、日の前に眩しい海が広がった。駿河湾を見下ろすように、草の斜面にいくつもの墓碑《ぼひ》が置かれ、風に吹かれていた。手で石を立てただけの簡素な一群だが、一見してその列は墓碑だと分かった。野牛の花が供えられていた。

「――あたしが手に掛けた、犠牲者たちさ」

ぼそっと言うと、老人は粗末な石の墓碑にひざまずき、麦わら帽子を取った。頭を垂れるうなじに、背中の彫り物がちらりと覗いた。

数十基の石の墓碑は、ものも言わずに遥かな海面を見下ろしている。老人は、一つ一つ丁寧にお辞儀をして歩いた。

「こっちの二つは、二十年前の疑獄事件の時のものだ。ある政治家の屋敷に住み込みの、運転手の老夫婦さね」

老人は花を飾った二つの墓碑にかがみ込むと、手を合わせた。

「二十年前の疑獄事件――ですか」

六塔がそばにしゃがんで聞くと、老人は事件の名を言った。軽い驚きを覚えた。二十年前、自由資本党最大派閥の領袖《りょうしゅう》のところに持ち上がった、不正献金疑惑事件だった。

「あの時の――」

「そうさね」

老人はうなずいた。

「あたしが手に掛けた、罪もない夫婦さね」

東京・首相官邸

「ううっ」

鰻谷大道は官邸二階の総理執務室へ蕎麦《そば》を運ばせ、TVを見ながら昼食をとっていたが、画面の昼のワイドショーでコメンテーターの一人が発した言葉に思わず唸りを上げた。

「ううう、な、何だ。あの言い方は――!」

『――私はこれまでさんざん主張して来ました。日本は、戦後中国への賠償《ばいしょう》をしなかった代わりにODAと称して経済援助を行っていますが、これは全く額が足りません。二十年間でたったの四兆円です。これでは戦時中に日本が中国大陸で悪事の限りを尽くした罪への謝罪とはなりません。せめて毎年四兆円差し出すべきです。そうでなければ、誠意ある謝罪とは言えません』

「こ、こっちは、たった五〇〇億の工面《くめん》がつかずに右往左往しているというのに、中国へ毎年四兆円も払えだと!?」

忙しい公務の合間にようやく昼食時間を取ったものの、鰻谷はくつろぐ気分ではなかった。

「総理、あれが例の鬼座輪ですよ」一緒に蕎麦をすすっていた蠟山首席秘書官が、言った。

「中央新聞の幹部です。口を開けば『アジアに謝れ謝れ』と主張する論客です」

「うう。あの女記者といい、こいつといい、いっそ新聞社ごと消してやりたいわ」

民放の昼のワイドショーの画面では、わざと不精髭を生やしたような五十代の目の鋭い男が、司会者の質問に答えている。男の手前には『中央新聞編集主幹・鬼座輪教介』というテロップ。左右にずらりとパネリストが並ぶ頭上には『どうしてテロ機に狙われる日本列島!?　緊急提言この国を救え』という題目が掲げられている。近ごろはやりの討論コーナーだ。

中央の司会者が最初に振った質問は「どうしたらテロ機による領空侵犯《しんぱん》の脅威が防げるのでしょう」だったが、鬼座輪という新聞社幹部の意見は、いきなり日本とアジア諸国の関係に及んだ。

『中国への謝罪一つ取っても、この有様だ。日本は迷惑をかけたアジアの国々に対して、全く謝ろうとせず、逆に経済的に支配して多くの現地の人々を搾取《さくしゅ》している。冗談ではない、アジア諸地域に進出している日本企業は、現地採用従業員の給料を、今すぐ日本人正社員と同額にするべきだ。中国だけでなく、韓国、北朝鮮に対しても年間それぞれ一兆円以上の謝罪金を支払うべきだ。金が足りなければ全国民から〈アジア謝罪税〉を取ればいい。とにかく日本は謝り方が足りない。だから謎のテロ機に狙われたりするのです。謝るのだ。とにかく謝るのだ。国民みんなが中国・韓国・北朝鮮その他迷惑をかけたアジアの国々に対して、全財産を投げ出し誠意を持ってひれ伏して謝るのです。そうしなければ、決して国籍不明機による脅威はなくなりはしない』

『それには賛成出来ません』

パネリスト席の一方から、中年の軍事評論家が手を上げて言った。

『中国へのODAは、今すぐゼロにするべきです。やめるべきです。中国は現在、アジア地域での覇権《はけん》国家になろうとして軍備を大増強している。このまま行けば、二〇一五年には中国の軍事力は自衛隊では完全に歯が立たなくなる。そのような軍備拡大に使われているのが、日本からの経済援助です。全く馬鹿ばかしい。すぐやめるべきだ。韓国や北朝鮮への金や食糧援助についても同様のことが言えます』

『何を言うか』鬼座輪編集主幹は嚙《か》み付いた。『中国への経済援助の金を、中国が何に使おうと、それは中国の国内問題だ。軍備に使うな、などと言うのは内政干渉だ』

『あなたこそ何を言うのです』軍事評論家が反論した。『中国や韓国は、日本の靖国《やすくに》問題や教科書問題で内政干渉して来るじゃないですか。こちらが援助した金を軍備に使うなと注文して、何が悪いのです』

『靖国問題や教科書問題は、日本が悪いのだから当然だ。日本でも、正しい中国や韓国の国定教科書を授業で使うべきだ』

『賛成、賛成』

別の席から、野党の若手女性議員が手を上げて叫んだ。

『全くその通り。日本の小中学校でも、正しい外国の教科書を使いましょう。それでこそ、アジアの子供たちとの間に正しい〈共通認識〉が生まれ、将来の平和に結びつくのです。今教育の現場では、一部の心ある教師たちが結束し、子供たちに正しいアジアの歴史を見せる活動をしています。たとえば韓国へ修学旅行に行って戦没者慰霊碑に献花し、膝をついて祈りを捧げたりしている。そういう活動が大事なのです』

『やめてくれ』軍事評論家が言い返した。『うちには小学四年生の娘がいるが、この間学校から涙を溜《た》めて帰って来て「日本は悪いことをしたの？」と訊いて来た。子供たちに変なことを吹き込むのはやめてくれっ』

『待ってください。今日のこの場は、わが国へ襲来する国籍不明機の脅威をどうするかというのがテーマです』

司会者が制した。

『実際に、日本海の原発が襲われるかも知れないという危険を、どうやって回避すればいいのでしょうか。それについて何かいいアイディアをお持ちの方は――』

『それは簡単よ』端の席から、髪の短い女性新聞記者が手を上げた。『今すぐ原発を廃絶して、自衛隊を解散して米軍を追い出してアジアの国々に謝罪すればいいのよ!』

『非現実的なことを言うのはやめてくれ』軍事評論家が反対した。『私は反対だ。今すぐ自衛隊法を改正して、自衛隊に原発の警備が出来るようにし、かつ日本海沿岸部の原発にはパトリオット迎撃ミサイルを配備するべきだ』

『きゃあ、原発にミサイル!』女性新聞記者が悲鳴を上げ、前歯をむき出して唸った。『ただでさえ危ない原発にミサイルだなんて! おぉ危ないわ、危険だわ、戦争だわっ』

「おい」

鰻谷は箸で画面を指さし、ソファのさしむかいの席の蠟山秘書官に言った。

「あの女記者、まだ生きてるじゃないか。どうなっているんだ。六塔秘書官は何をやってる」

「はぁ総理。六塔からはまだ報告がありません」

「全く」鰻谷はグルルッと喉《のど》を鳴らした。「使えんやつだな、あの財務省キャリアは」

『丸腰で運転している今のほうが、余程危険だ』

画面では、軍事評論家が反論している。

『原子力発電所は、地震などの災害に対しては安全係数を取って設計しているが、爆撃されることなんて初めから想定していないんだ』

『危険な原発を、憲法違反の自衛隊に警備させるなんて危険だわ！　危険極まりないわ！』

『ちょっと待ってくれ、あなたには論理的な思考が出来ないのかっ』

たまりかねたように軍事評論家が立ち上がると、それを抑え込むように鬼座輪編集主幹が立ち上がり、女性記者との間に割って入った。

『うちの社の記者を、論理的思考が出来ないなどと侮辱《ぶじょく》するのはやめてもらおう』

『だってそうじゃないですか』

『いいかね。彼女は、危険な原発に憲法違反の自衛隊を導入するなど、危険の上塗りでとても容認出来ないと言っているのだ。正しい市民感情だ。そんな間違いを重ねるよりも、国民みんなでアジアに謝罪するほうが、よほど国籍不明機の襲来を防ぐことに繋がると主張している。これはうちの社の主張にもかなっている』

『あなたのところの新聞は、いったいどこの国の味方なんですかっ。中国の家来ですかっ』

『君はわが社を侮辱するつもりかっ』鬼座輪教介編集主幹は、激昂《げっこう》した。『私は不愉快だ。

これ以上アジア蔑視《べっし》の醜い日本人どもと議論は出来ない。社に帰らせてもらうっ』った。

新聞社の男は、座をぎろりと睨み渡すと、本当にすたすたとスタジオを出て行ってしまった。

司会者は『あっ、鬼座輪さん』と一応うろたえる素振りを見せたが、この騒動で視聴率は稼げたと思ったのだろう。すぐに気を取り直して『では、航空評論家の赤城さんにも、この問題について訊いてみましょう』とパネリスト席の逆サイドに話を振った。

「総理」TVの騒動を見ながら、蠟山秘書官が言った。「しかし本当に来るのでしょうか……？　原発に、国籍不明機が」

「うーむ。どうかな」鰻谷はぞぞっと蕎麦をすすった。赤坂の名店から出前させたザル蕎麦が、太い喉にぐびぐびと呑《の》み込まれる。「来るかも知れんし、来ないかも知れんな」

「一部の意見の通り、急ぎ自衛隊法を改正し、原発の警備を自衛隊にやらせましょうか」

「参院選の後でなければ駄目だ。今はまずい。自衛隊重視の政策など取れば、野党に叩かれる。来るか来ないかわからん国籍不明機より、今は来月の選挙――」鰻谷は言いかけて、嫌なことを思い出したように顔をしかめた。「――いやその前に、例の五〇〇億だ」

新橋

対外工作課日本支部での〈牙〉の説明は、プロジェクターを使って二時間以上に及び、いつしか午後に食い込んでいた。

コードネーム〈鼬〉と名乗った中年の支部長を始め、対外工作課日本支部の委員たちの質問は、『旧式のミグ19戦闘爆撃機十機でも原発空爆は成功するのか』の一点に集中した。それに対して、基地の〈大佐〉が練り直したプランを〈牙〉は繰り返し伝えた。

「前回の強行偵察で、自衛隊の基地レーダーと、Ｆ15の機上搭載レーダーの周波数に関しては詳細なデータが得られている。それによって、かなり有効な電子妨害《ＥＣＭ》が掛けられるだろう。ミグ19編隊は、強力なＥＣＭに護られて進撃する」

「ミグ19にＥＣＭなど掛けられるのか」

「指揮官機が掛ける。俺の機体だけは最新鋭だ」

「航法はどうなる。君以外の搭乗員十名は、〈山猫大佐〉が選抜した特殊部隊からの即製パイロットだと言うではないか」

「即製パイロットではない。死ぬ覚悟をしたパイロットたちだ」〈牙〉は、〈大佐〉の受け売りを言うのは嫌だったが、作戦に出る搭乗員たちをそう表現した。しかし、

「覚悟があろうとなかろうと、問題は技量だ。作戦では編隊は二つに分かれるのだろう。君が誘導しないグループはどうなる。初めて飛ぶ日本海の対岸に目標の原発を目視で見つけ、迷わずに突入出来るのか——いや、そもそも目標の付近まで自力でたどり着けるのかね」

「心配はいらない」〈牙〉は説明を続けた。「ミグ19全機に、日本製ＧＰＳ航法システムを追加装備する。慣れないパイロットでも扱える簡単な航法システムだ。液晶画面のクロスポインターを常に中央に合わせるよう飛べば、自動的に目標まで導かれる。途中に雲があっても問題はない」

「爆撃の精度は。即製パイロットたちの練度は」

質問は集中したが、それらにすべて〈牙〉は回答した。客観的には過不足ない答えであったが、最後に支部長の〈鼬〉が立ち上がると、一同を制して言った。

「諸君。議論は尽くしたが、私はやはりこの計画には無理があるように思う」

「————」

〈牙〉は黒いサングラスで、静かに見返した。

「我々としてはこのように不確かな計画に、偉大なる首領様からお預かりした大切な休眠工作員を投入して浪費することは——」〈鼬〉は決定事項のように結論を言おうとしたが、

「ちょっと待ってくれ」後ろの席から、たまりかねたように玲蜂が立ち上がると、叫んだ。

「あんたたちは、日本が憎くないのか⁉」

「女子高生は黙れ」

「女子高生ではない。私は特殊部隊中尉だ。これでも操縦資格を持つ搭乗員の端くれだ。経験の浅い私から見ても、今説明された作戦は命がけで臨《のぞ》めば可能だと分かる。死を恐れずに突っ込めば、十機のうち少なくとも一機は原発に到達して爆弾を命中させられる。なのにあんたたちはなぜ反対する？　なぜ憎い日本を滅ぼせるこの機会を、潰そうとするのだ」

　玲蜂の主張に、中年男は目を細め、笑った。

「愛国的だな、女子高生。しかし本質的には、お前は全然愛国的ではない」

「なぜだっ」

「お前たち秘密結社〈亜細亜のあけぼの〉は、最も大切な問題をクリアしていない」

「最も大切な問題――？」

「そうだ。いいかね。現在我が国の製造する覚醒剤の最大の消費地は日本だ。昨年実績で一三〇億円の売り上げがあり、今年度はもっと増える見通しだ。それに加えて日本国内の本国系金融機関からの送金、我々の組織が日本企業から集める寄付もある。だが仮に日本を壊滅させたら、それらすべてがなくなってしまうのだ。代替の資金源を、お前たちは用意出来るのか。こんな大きな資金源がほかのどこにある？　お前たちは国を本当に飢え死にさせるつもりかっ」

「そんなことは、関係ない」

〈牙〉は素っ気なく言った。

「日本を壊滅出来たら、俺はそれでいい。俺はこの国を憎んでいる。滅亡を願っている。あんたたちも、そうだったんじゃないのか」

「〈牙〉――いや見城君」

〈鼬〉は笑っているような目を細め、テーブルの対岸に立った男を睨みつけた。

「本音と建前《たてまえ》は違う。寄生虫が宿主《やどぬし》を殺してしまってどうする」

「それが、あんたたちの本音か」

クク――皮肉るように〈牙〉は笑った。机上の資料を、片づけ始めた。

「交渉は、決裂《けつれつ》だな」

新橋・路上

〈牙〉は黒いコートを羽織《はお》った姿で、雑居ビルのエントランスから路上へ出た。玲蜂が数歩遅れて駆け出て来た。

「〈牙〉。交渉を投げて帰るのか」

「最初から、連中には交渉する気などない」歩きながら男は言った。「金だけが命のやつらだ。あのベントレーを見ろ」

「どうするんだ」

「ここにはもう用はない——おい、車に触るな」

白いレンタカーのドアに触れようとした玲蜂を、〈牙〉は制した。

「死にたくなければ触るな。徒歩で脱出するぞ」


雑居ビルが接触しそうな間隔で立ち並ぶ裏通りを、男は徒歩で進んだ。玲蜂が続く。

「どっちへ向かう？　〈牙〉」

「とりあえず、地下鉄の駅だ」

「交渉はどうするんだ」

「無駄だ。対外工作課日本支部の連中は、今の贅沢《ぜいたく》な暮らしを放棄するつもりがない。こんなことは、初めから見えていたが——作戦は〈亜細亜のあけぼの〉だけで決行しなくてはならない」

「ではなぜ、わざわざ東京へ来た」

玲蜂は、人通りの少ない午後の裏通りを振り返った。小規模な会社が多数入居する雑居ビルの谷間には、作業服姿の中年男や書類袋を抱えた若い女の事務員、配達の軽トラックから降りて来た運送会社の運転手などが見える。営業マンらしい背広姿の男はあちこちに数人見える。

「消される危険が一杯だと言うのに――〈牙〉」

気配を察知した玲蜂が、短く警告した。

「分かっている」男は歩を止めずにうなずいた。「後ろを見るな。建物を出た時からつけられている。連中はここで、俺とお前を消すつもりだ」

「まさか……」

同胞、それも同じ偵察局の工作員に狙われることがあるのか――と玲蜂の横顔には一瞬の動揺が走った。

「殺気を感じている、その胸の勘を信じろ玲蜂。やつらは襲って来るぞ」

「〈牙〉。お前については分からないことだらけだ。お前はいったい――」

「しゃべるな。追手《おって》は何人いる?」

「五人、六人……」

玲蜂は制服の胸ポケットから鏡付きの口紅ケースを出すと、振り向かずに背後を素早くチェックした。

「……いや七人。全員通行人に化けている」

「お前と同じ養成所の出身か」

「多分そうだ。特殊工作員だ。特殊第八軍団のマニュアル通りに後方から包囲して来る」

背後に迫る殺気を感じ取った玲蜂の胸が、制服のブラウスの下で微かに上下した。

「……殲滅《せんめつ》のパターンだ」

「屋上からの狙撃は」

「あるかも知れない。射手を配置するとすれば左前方のビル。追手に追い立てさせて罠《わな》へ誘い込むやり方だ」

「右のコンビニへ入るぞ」

「コンビニって何だ」

「そこのガラス張りの店だ」

男は黒いコートをひるがえし、歩道からガラスのドアをくぐった。制服姿の玲蜂が続く。レジの若い店員が「いらっしゃいませ」と言った。店内には床を掃除するもう一人の男の店員、弁当の冷蔵ケースをチェックしている店長らしい中年の男、スナックの棚を見ているOLの二人組に窓際で雑誌を立ち読みする若い男と背広の営業マンらしい三十代の男がいた。

「裏口へ抜ける。路地を伝って表通りへ出る」

だが、男に続く玲蜂は、スナック菓子の棚の前にいるOL二人組の横顔を見るなり、顔色を変えた。

「〈牙〉——まずい」

「どうした」

「同期生がいる。この店の中——多分全員敵だ」

「何だと」

〈牙〉が反応するより一瞬速く、ＯＬ二人組がスナックの袋の山の中からザザッと黒い何かをつかみ出した。こちらへ向けて来る。〈牙〉はほぼ同時に反応し、黒いコートを蝙蝠《こうもり》の羽根のようにバサッと打ち振った。パパパパンッ！　空気が震え、空中に広がったコートを十数発の銃弾が横なぐりに貫通した。反対側の壁に着弾の煙が走り、中華饅頭《まんじゅう》のガラスケースを粉砕した。

「走れっ」

姿勢を低くした〈牙〉が叫び、着弾の煙の下を駆け抜けた。その背を追うようにレジの男、冷蔵ケースの店長、窓際の二人の男がレジ台やケースや本棚の下から黒い物体を取り出して向けた。スコーピオンＶＺ61、いったいどうやって日本に持ち込んだのか、バナナ型弾倉の旧チェコ製機関短銃だ。四丁が店の奥へ飛び込んで行く〈牙〉の背を追って、一斉に火を噴いた。

パパパパパッ！

パパッ！　パッ！

「ぎゃあっ」

「うぎゃああっ」

悲鳴を上げて吹っ飛んだのは、ピンクのベストを着たOL二人組だった。窓際の二人の工作員が仲間を避ける射線を取らずに無差別射撃したためだった。レジの工作員が放った銃弾は〈牙〉が後ろ手につかんで投げたメリケン粉の2キログラム袋に空中で命中し、破《は》裂《れつ》させた。爆発的に飛び散った白粉は煙のように店内を真っ白にし、床に飛び込んで転がった玲蜂の姿を一瞬隠した。玲蜂は立ち上がり、中腰で〈牙〉に続いて奥の台所へ駆け込んだ。すぐに銃弾が追いかけて着弾し、畳をぼそぼそぼそっとほじくり返したあと壁を駆け登ってステンレスの流し台と窓ガラスを一緒くたに粉砕した。

ばりばりばりばりばりっ
「き、〈牙〉っ」

「早く来い」

〈牙〉は勝手口から出ようとはせず、身体の向きを変えて次の間へ飛び込んだ。押し入れの襖《ふすま》を長い腕で打ち開き、休憩用らしいマットレスを引き出すと放り捨て、長身を跳躍させて上の段へ飛び乗った。

「何やってるんだ、逃げないのかっ」

「早くしろ」

〈牙〉は玲蜂の制服ブラウスの襟首に後ろから手を掛けると、猫でもつかむように引きずり上げた。押し入れの襖を内側から閉じた。ほとんど同時に台所の勝手口を外側から蹴破って、電気工事会社とガス会社の作業服を来た二名の工作員が突入して来た。二名はそのまま土足で台所へ駆け上がると、白い煙で視界のきかない店内へ向けて手にしたＶＺ61を無差別に撃ちまくった。

パパパパパパッ！

パパパパッ！

「ぐぎゃあっ」

「ぎゃあぁーっ」

「殺せ、殺せーっ」

「うぎゃあああっ」

叫びと銃声が店内に充満すると、〈牙〉は襖を開けて飛び降り、勝手口へ走った。

「行くぞ」

通りでは、唐突に殺戮《さつりく》の場と化したコンビニのウインドー目がけ、対岸の雑居ビルの屋上から何か黒い小さな物体が白煙の尾を曳《ひ》きながら斜めに走って来ると、ガラスを突き破り飛び込んだ。

ヒュンッ
〈牙〉と玲蜂が裏口から飛び出したのと、着弾したＲＰＧ７ロケット弾が発火したのは全くの同時だった。

「伏せろっ」

ドドォーンンッ！

白昼の新橋二丁目の裏通りで、コンビニエンス・ストアが一軒、オレンジ色の火球を噴き出しながら爆散した。

「立て。走れ。こっちだ」

爆風をやり過ごすと〈牙〉は立ち上がり、雑居ビルの裏口ばかりが並ぶ迷路のような一角を走った。玲蜂が耳を押さえながら続いた。

「玲蜂、さすがにお前の国の連中だな」

「何がっ」

「工作員の命が安い」

「くっ」

右へ、左へ、三輪車やマンホールの蓋《ふた》を跳び越え、走った。

ビルの裏側の角を曲がりざま、ベビーカーを押す若い主婦と出会い頭《がしら》にぶつかった。

〈牙〉は避けて走ったが、玲蜂が襲いかかった。若い主婦はベビーカーの中から取り出した黒い自動拳銃を〈牙〉の背中へ向けようとしたところを、玲蜂の膝蹴りに遭《あ》ってもんどりうった。拳銃がキン、キンと路地のアスファルトに跳ねた。玲蜂は猫のような唸りを上げ、主婦が左手で繰り出したナイフを叩きおとし、奪い取ると逆手に握って相手の首筋に突き立てようとした。しかし「――玲蜂！」主婦が悲鳴のように口にした自分の名に、一瞬その腕が止まった。猫のような目が見開かれる。

ドンッ

その時重い銃声がして、主婦の上半身が背後から突き飛ばされるように跳ねた。主婦が口から吐き飛ばした毒針がわずかに逸《そ》れ、立ちすくんだ玲蜂の左の頰をかすめて後方へ飛び去った。

ドンッ、ドンッと発射音は連続し、主婦は見えない手に張り飛ばされるように吹っ飛んできりきり舞いし、路地の奥へ転がって動かなくなった。

「馬鹿、何をためらった」

〈牙〉が硝煙《しょうえん》の上がる銃口を主婦に向けたままで、たしなめた。手にしているのは、主婦の取りおとした自動拳銃だ。

「あれも、お前の同期生か。玲蜂」

「え、偉そうに言うな。あいつの正体に、気づかなかったくせに」玲蜂は肩を上下させせながら〈牙〉を睨み返した。「あいつは、この路地を押さえていた。おそらくこのエリアの出口のストッパーだ。ここにあいつがいたということは、日本支部を中心に半径およそ三〇〇メートルの捕殺《ほさつ》エリアが敷かれている。特殊第八軍団のマニュアル通りなら、最低でも二〇〇名以上の要員が街路という街路に配置され、漁網のように移動しながらわたしたちを追いかけて包囲し呑み込むように襲う。……信じられないが、総力を挙げてわたしたちを消すつもりだ」

「ふん。俺が悠長《ゆうちょう》に作戦の説明などしている間に、配備を完了していたというわけか」

「どうする〈牙〉。特殊工作員二〇〇名が相手だ。逃げられない」

「すぐそこが表通りだ」

「雑踏でもやつらは襲って来る。RPGまで繰り出して来た。本気で消すつもりだ」

遠くから、パトカーと消防車らしきサイレンが近づいて来る。八方から近づいて来る。コンビニの大爆発がどのように処理されるのか未知数だが、市街地に大混乱を起こしてでも、対外工作課日本支部は〈牙〉の存在をこの世から抹殺《まっさつ》すると決めたようだった。

「分かっている。来い」

〈牙〉は黒い自動拳銃――ベルギー製ブローニング・ハイパワーを上着の下のベルトに差し込むと、身をひるがえして走り出した。

地下街

〈牙〉は表通りの雑踏を通り抜けて、地下鉄駅の入口から階段を降りた。その間にも、見た目は営業マンだがコートの下に消音器付きの銃を忍ばせた工作員たちが、通行人の群れを縫うように四方から接近して来た。玲蜂の視野に捉《とら》えられただけでも、その数七名。包囲を狭めようと追って来る工作員たちを引き連れたまま、〈牙〉は階段を降りた。玲蜂が続く。

「〈牙〉。なぜ自分から限定空間に入る?」

「いいから来い」

「何が『俺はプロの戦闘員だ』だ。自殺行為だ」

〈牙〉は構わず、地下街のレストランの脇の〈係員専用〉と表示された鉄扉を開けて身を滑り込ませた。玲蜂も続く。暗い機械室を通り抜け、さらにもう一枚の古い鉄扉を開くと、コンクリートの下り階段があった。闇の底へ降りて行くような急階段を、ためらわずに駆け降りる。手すりは錆《さ》び付いている。玲蜂の短いスカートが、闇の底から吹いて来る風にフワリと舞い上がった。雷鳴のような音が聞こえる。

「地下鉄か」

「そうだ」

〈牙〉はまるで、ここ一帯の地下の構造を知り尽くしているかのようだった。灯《あか》りの全くない暗闇を、迷わずに早足で降りた。

電車の轟音《ごうおん》が、暗闇の底のほうを走り抜けた。

頭上のほうからは、複数の足音が追って来る気配がする。こんな場所へ入り込んで来たのでは、追手の工作員たちは武器の使用をためらわないだろう。だが心配する玲蜂をよそに、〈牙〉はさらに闇の底へと降りて行く。

暗闇の階段が終わるとコンクリートの出口が切ってあり、いきなり地下鉄の線路へ出た。カマボコ型の断面をしたトンネルだ。〈牙〉は壁に沿って進み、トンネル内を照らす照明灯の陰に入ると階段の出口へ向けて銃を構えた。

貧弱な照明だが、太陽のように明るく感じる。電車は通過したばかりだ。轟音は背後のほうへ次第におさまって消えて行く。

「一度に、一人しか出て来られない」

ぴたりと狙いを点《つ》けながら、〈牙〉は言った。

距離、一〇メートル余り。数秒後、追手の工作員の黒い頭が一つ、壁の出口からトンネル内へ出ようとした。その瞬間〈牙〉は撃った。銃のクセは先ほどの三発でつかんでしまったのか、恐ろしい精度で弾丸は命中し、工作員の影が吹っ飛ぶように消えた。

「これで時間は稼げる。行くぞ」

後続の追手が頭を出して来る気配はなかった。

「どこへ行くんだ、〈牙〉」

「来れば分かる」

だが、〈牙〉が玲蜂をうながしてトンネル伝いに移動しようとした時、壁の出口から黒い小さな丸っこい物体が複数、投げ込まれたように転がり出て来た。

「き、〈牙〉っ。手榴弾《しゆりゆうだん》だっ」

丸の内

「…………」

六塔晃は、オフィス街の交差点に立ち止まると、ぼうっとした横顔で空を見上げた。

ここは——どこだ……。

自分がなぜ、この街角に立っているのか、分からなかった。確か午前中は、静岡県の海に面した段々畑にいたのだ。斜面を登って、汗をかいていた。それが今、東京にいるということは……。

「そうだ……」

六塔は、振り向いた。東京駅の赤煉瓦の駅舎が、遠く背後に見えている。俺は――そうだ。あの老人に仕事の依頼を頑《かたく》なに拒否され、失意のまま上りの新幹線に乗ったのだ……。だが東京駅の新幹線ホームから、この丸の内のビル街の真ん中まで、歩いて来た記憶がない。

俺はなぜ、ここにいるのだ……。

六塔は、交差点の岸に立って、周囲を見回した。こざっぱりしたスーツの会社員や制服のOLがざわざわと波のように、自分を追い越して行く。自分のぼうっとした顔や、のっそりした動作は、この場所にはひどく不似合いに見えるだろう。なぜ俺は、こんなところにいるのだろう。

六塔は、自分が無意識に歩いて行こうとしていた方角へ向き直ると、もう一度前方を見上げた。

まぶしそうに目をすがめた。目の前に立つビルの壁面が、雲を破った太陽を照り返している。東京も晴れ始めている。その総ガラス張りのような巨大なビルには、端のほうに電光掲示板が縦に張りつけられ、オレンジ色の文字ニュースが下から上へ流れ出て来る。

『……速報。新橋二丁目のコンビニエンス・ストアでガス爆発。死傷者多数の模様……』

電光掲示板の横には、ビルの屋上から垂幕《たれまく》が下がっている。大きな文字の宣伝文句が読める。

『創刊百十周年・平和な未来を拓く中央新聞社』

中央――新聞……？

六塔はまぶしそうに目を細めながら、汚れたワイシャツの襟に手をやり、緩んだネクタイの結び目を握った。

地下トンネル

手榴弾の衝撃波と爆風は、伏せた〈牙〉と玲蜂の頭上を超音速で吹き抜けたが、爆発で四散した線路のコンクリート部材は四周の壁に跳ね返って霰《あられ》のようにトンネル内をなぎ払った。頭上から石つぶてのような激しい打撃を受け、爆風がおさまった時には二人とも砂利に埋まったような状態になっていた。

「――クッ」

〈牙〉は上半身を起こす時に顔をしかめたが、その右腕は機械のように背後へスイングし、壁の出口へブローニング・ハイパワーをポイントした。その一秒後、トンネル内へ追手の一人がちらりと頭を出した。同時に〈牙〉の指が引き金を引き、ドンッ、という響きと共に追手の影がのけぞるように吹っ飛んだ。

「立てるか、玲蜂」

〈牙〉は壁の出口を狙ったまま、身を起こしてゆっくりと後退した。頭を振りながら立ち上がった玲蜂が、それに続く。

「先に行け。二十メートル進んだところの側壁に、小さな鉄扉がある。五年前に俺が鍵を壊して、グリスを注《さ》しておいた。開くはずだ」

「な、何のことだ」

「次の電車が来れば、確実に脱線する——いやそれより先に次の手榴弾を食らいたくない。急いで開けてくれ」

「扉……？」

「早くしろ」

出口を狙ったまま、男は小さく命じた。

「次の手榴弾が来る前に、そこへ転がり込むぞ」

玲蜂が中腰で進み、〈牙〉の示した位置に小さな古い鉄扉を見つけるのと、新たな二個の手榴弾がトンネルの空間へコン、コンと放り込まれて来たのはほぼ同時だった。

「開いた」

「中へ飛び込め！」

ドグァーンンッ、という爆風が襲って来た瞬間、開口部へ飛び込んだ〈牙〉が背中で扉を閉じた。ドドドンッ、と壁面全体が震動したが、転がり込んだ狭い空間は天井からコンクリートの屑《くず》がパラパラこぼれて来るだけだった。

「ここは何だ。また階段か――？」

玲蜂が、全く灯りのない中で下方を見やって訊いた。ひどく古い階段だ。苔《こけ》の生えた石造りの段が、地底に呑み込まれるように続いている。

「そうだ。また降りる」

「いったい、どこへ行く」

「捜し物だ。地の底へ、隠しておいた物を取りに行く。五年ぶりになるが――」

「……？」


玲蜂の勘で、三〇メートルほど降下した後だった。苔の生えて滑りやすい石の階段は、ふいに終わった。ローファーの靴底の下が、固い地面になった。

耳が広さを感じた。そこは地中の空洞のような、大規模なトンネルの内部だった。灯りはない。気配で空間の広さを探ると、天井はカマボコ型アーチで高さ約八メートル、降り立った地面の位置から前方と背後へそれぞれ数百メートルの長さがある。

「ここも、地下鉄か」

足元にレールがあるのに気づき、玲蜂は〈牙〉を振り向いた。

「封印《ふういん》された古いトンネルだ。六十年近く使われていない、ここは地下鉄銀座線・旧新橋駅だ」

　地名や線名を言われても、玲蜂には分からない。今回の東京潜入任務は急だった。事前学習も出来ていない。

　玲蜂が十五歳から訓練を受けた本国の特殊部隊養成施設では、将来海外で特殊工作員となることが予定されていた。自分でも、そのつもりでいた。しかし外地潜入知識教育が行われる前に、玲蜂は兄の引き抜きで〈亜細亜のあけぼの〉へ転属してしまった。だから日本について持っている知識は、国民学校の教科書で習った学習内容程度でしかない。

　だが、この男にしても――特定の地下街の奥深くをこうも詳しく知っているとは、不可解だ。

「〈牙〉。お前は――」

「待て」

　玲蜂の問いかけを〈牙〉は制し、視線を頭上へやった。天井の遥か上を見透《みす》かすようにした。

　次の瞬間、
　ズドドドドォオーンンッ――――！

　暗闇の天井から、地鳴りのような轟《とどろ》きが降って来た。湿った冷たい空気が震え、パラパラと石のかけらが舞いおちて来る。

「何だ――？」

「電車が脱線したようだ。上は大惨事《さんじ》だな……」〈牙〉はつぶやくと、トンネルの側壁へ歩き、壁を背にして腰を降ろした。「だが、ここへ来る階段の扉は塞《ふさ》がれただろう。しばらくは安全だ」

「ほかに出口は――？」

「心配するな。この辺りの地中の構造は、熟知している」

「なぜ知っている」

「調べた。昔な」

男は言うと、上着を取ってシャツをはだけ、左の上腕部を露出させた。

玲蜂は次第に暗闇に目が慣れて、男の左の肩と腕が出血しているのを見て取った。

「負傷したのか、〈牙〉」

「先ほどの爆発でだ。大したことはない」

男は上着のポケットから取り出した消毒スプレーを、自分で吹きかけた。クッ――とかすかに顔をしかめる。

玲蜂は歩み寄ると、着ている女子高校の制服の胸元に手をやり、ブルーのスカーフを解いた。

「使え」

「優しいんだな」

「お前を生かして島へ還《かえ》せと、兄に命じられた」

男は、差し出されたスカーフを黙って受け取ると、みずからの肩と二の腕に巻きつけた。

ギュッと縛ると、再びシャツを羽織った。

「優しいついでに、玲蜂」

「何だ」

「服を全部脱げ」

「何だと!?」

「先ほど日本支部へ入る前に、ボディーチェックをされただろう。衣服のどこかに発信機を貼りつけられているはずだ。捜して取り除け」

「発信機――?」

「俺はコートに貼りつけられた。一セント硬貨くらいの円《まる》い小さな物だ。心配するな、向こうを向いていてやる」

玲蜂は一瞬気色《けしき》ばんだが、男に背を向けるとトンネルの反対側まで歩き、ブラウスから脱いだ。身につけた衣装をすべて取り去ると、指の感覚を研《と》ぎ澄まして日本製の服の布地を隅々まで調べた。指摘された形の発信機は、あろうことかスカートの裾の裏側のひだから見つかった。

「――くそっ」

衣服を元通り身につけ、玲蜂は小さな発信機を踏みつぶそうとした。

「大丈夫だ。ここから地上へは届かない」

振り向くと、男はいつの間にか、両手に紙包みのような物を抱えていた。

「玲蜂。ナイフをくれ」

「ナイフ――?」

「とぼけるな。さっきお前の同期生から奪っただろう。こいつを開けるのに要る」男は、防水シートに厳重にくるまれた包みを持ち上げて示した。「俺の捜し物だ。そこの壁の点検孔に、湿らないように隠しておいた。五年経つうちにテープが固着して、開けにくい」

玲蜂が舌打ちしてスカートのポケットに隠したバタフライナイフを放ると、男は器用につかまえて刃を開き、防水シートの包みを切り開いた。

「大丈夫だ――湿っていない」

「〈牙〉」

玲蜂は、包みの中身を確かめては上着の内ポケットへ移し替えている男の前に立ち、訊いた。

「〈牙〉。いつかわたしがした質問に、お前はまだ答えていない」苛立《いらだ》たしそうに、玲蜂はスカートの腰に手を置いた。「三年間監視していても、お前は分からないことだらけだ。なぜ、わざわざ殺されに東京へやって来た。その包みの中身は何だ。そしてわたしが『分かっていない』とは、いったい何を――いやその前に、お前はいったい何者だ⁉」

「質問の多いやつだ……」男は、小さく息をついた。「……お前に話したことはないが――俺は十五歳から十年間、この日本で過ごした。少年自衛官から始まって飛行教導隊のパイロットまで、ほとんどが自衛隊での生活だったが、漫然と過ごしていたのではない。こうして準備をして、将来の機会に備えていた。〈大佐〉が俺に要請した東京行きの任務は、実は願ってもないことだった」

「願ってもない――？」

「俺は、出来れば作戦の前に東京へ渡り、ある人物に逢おうと考えていた……。この国を滅ぼす前にな。それが叶《かな》えられるのなら、多少の危険には目をつぶってもいい」

「誰に逢う」

「――――」

その問いには、〈牙〉は答えず受け流した。玲蜂は男の手もとを指さした。

「〈牙〉。その包みを、こんな地下の奥へ隠しておいたのか。その誰かに逢うためにか――？」

「これから少々ガードの堅い場所へ乗り込む。そのための準備だ。いつか機会が来る時のために、俺は日本を離れる前に備えだけはしておいた」男は、暗黒のトンネルの一方へ目をやった。「この地下を伝って行けば、その場所へたどり着く。この中身はそいつへの贈り物だ」

「ちょっと待て──！」

玲蜂は、男の視線の先を遮《さえぎ》るように立った。

「〈牙〉。お前はここを脱出したら、ただちに島へ帰るのだ。勝手な行動は許さない」

「島へは帰る。俺の用事を済ませたならな」

「駄目だ。また勝手をするつもりかっ。任務にない行動は、わたしが許さない！」

玲蜂は、ナイフを渡してしまったことに心の中で舌打ちした。男の策略にかかったかと思うと、急に腹が立った。

だが、気色ばむ女を無視するように、男はうっそりと言った。

「玲蜂──お前は人を憎むということを知っているか」

「何だと」

「前にも訊いたな……？　お前は、本気で何かを憎んだことがあるか」

「わたしは、わが民族の敵・日本を憎んでいる」

「どうかな。俺から見ればお前は、さっきの日本支部の連中と同じだ」

その言葉に、玲蜂は目を見開いた。

「侮辱するのか〈牙〉！　わたしは、金に目がくらんで愛国心を忘れる愚か者では――」

「そういう意味ではない。玲蜂、お前という女を支えているのは、いったい何だ」

「――？」

わけの分からぬことを、〈牙〉は質問した。

「憎んでいる憎んでいると口にしても、お前は少しも辛《つら》そうではない。辛そうでないのは、本当に憎んではいない証拠だ」

「何だと――？」

訊き返すと、〈牙〉――日本支部長に見城教一と呼ばれた男は、静かに息を吸い込んだ。玲蜂は鋭い鉤鼻《かぎばな》を持った男の面に、感情というものが沸き上がるのを、この三年間で初めて目にした。

暗闇のどこかで、地下水の水滴が垂れおちている。静寂《せいじゃく》が戻っている。頭上に響いた脱線の轟音は消えてしまった。どれほどの破壊が起こったのか分からないが、二人が降りて来た階段の出口には、人の来る気配は感じられない。

「今の俺を支えているのは――復讐《ふくしゅう》のための憎しみだけだ」

かすれた声で、〈牙〉はつぶやいた。

「俺のことを話そう」

長く一緒にいたというのに、玲蜂にとって、それは初めて聞かされる男の過去だった。責め立てるのを止《や》め、玲蜂は立ったまま男の顔を見下ろした。

「二十九年前、俺はマニラ市街のトンド地区という場所で生まれた。スラム街だ。母親は日本企業の機械部品工場で働いていた。父親は──顔を見た覚えがない。

俺が十歳の時に、母親が死んだ。冷酷《れいこく》な日本企業の仕打ちに遭い、殺されたのだ。俺は住処《すみか》から逃げなければならなくなった。そうしなければ俺まで殺される危険があった。予想通り地元のヤクザたちが襲って来た。俺は下水道のトンネルを走り、必死に逃げ伸びた。

ルソン島の北部へ逃亡した俺は、十歳でフィリピン共産党の新国民軍に入った。農民解放運動の武装集団だ。別に思想があったわけではない、そうしなければ生きられなかった……。〈メンジョーラの虐殺《ぎやくさつ》〉という事件を知っているか」

「────」

玲蜂は黙って頭《かぶり》を振る。

「そうだろうな……。

俺が十三歳の時だった。マニラの大通りで、農民解放運動のデモ隊が当局にやられた。新国民軍の組織は壊滅、俺は警官隊に殺されかけ再び逃亡した。残ったルソン島北部のバギオ訓練キャンプも、ピナツボ山の噴火で消滅してしまった。俺はさらに北へと逃げた。

フィリピンを出て、タイを経由しシャン州へ――黄金の三角地帯と呼ばれる辺りだ。その奥まで逃亡し、シャン州独立運動の盟主《めいしゅ》で麻薬王と呼ばれた人物に拾われた。その人物の許で戦闘員となることで生き延びた。

母親に教わって日本語を話せた俺は、組織からすぐに運び屋を命じられた。ベトナムのジャングルを横切り、中露国境の山岳、砂漠、そして海を渡って日本までを何度も往復した。

上陸はしなかったが、日本を初めて見た時は何とも言えない気持ちだった。日本は、父親の国だった。母親を殺した国だった。あそこに暮らす日本人たちは、飢え死の心配も殺される心配もない……。俺は日本海の上から、遠くの山並みをいつも黙って眺めていた。

麻薬を運ぶ戦闘員の一人として、幾度も死にかけたが、不思議と死にはしなかった。そして十五歳の時だ。荷を積んだ偽装漁船が、台風に遭って転覆《てんぷく》した。遭難した乗組員で俺一人だけが日本の山陰地方の小さな集落の岸へ流れ着いた。その集落も台風の直撃で全滅していた。俺は救助に来た自衛隊に『集落でただ一人の生存者』と勘違いされて収容された。その村には、俺とちょうど同じ年格好の少年が住んでいたのだ。俺は、押し流されて消えたその少年の名をもらった」

「――――」

「俺は、はからずも〈見城教一〉として――十五歳の日本人の子として生きることになった。別人となったのだ。天涯孤独ではあったが、もう誰かに追われたり、殺される心配はしなくてよくなった。偶然の悪戯《いたずら》とは言え、アジアで最も恵まれた日本人の子になることが出来たのだ。

　日本は憎い国だが、これでいい。もう飢え死ぬ心配はない。このまま日本人として生きて行ってもいい……。俺はその時、そう思ったが……」

　男は苦しげに、息を継いだ。

「だが自分の日本人の父親が、誰であるかを知った時……俺の中に、耐え切れないほどの憎しみが湧《わ》いた。そして偶然もらい受けた自分の名前に、父親と同じ一文字を見つけた時。俺は自分の運命を悟った。俺は、死んだ母親に導かれてアジアの大陸を渡り、あの山陰の海岸へ流れ着いたのだ。俺は復讐しなければならないと悟った。そのために、俺は十六歳で自衛隊に入った。

　以来、俺は日本という国を憎み、復讐を誓って生きて来た。この命が続く限り俺は復讐する。しかし四六時中憎しみに浸《つ》かって、復讐のことばかり考えていてみろ。俺のような人間でも、さすがに辛い」

　男は珍しく、ため息をついた。

「日本民族を憎んでいるといっても……玲蜂、お前は――お前たちは国家から『日本を憎め』と教育されただけだろう。何か日本人から直接にひどいことをされたわけではない」

「そんなことはない、〈牙〉。わが国では国民がみな飢えている。これは日本のせいだ。全部日本が悪いのだ。日本さえ滅ぼせば、すべて良くなる」

「お前は、そう教育されているだけだ。本当の憎しみに浸かっているわけではない。憎しみというのは持っていると辛い。しかし手放すことは出来ない。

生きている限り、復讐を遂げるのが俺の宿命だ。しかし時々、どこかでポクッと逝《い》ってしまえばもう憎まなくて済む――そのほうが楽だと、思うことがある」

「――――」

「誰だって、生きるのは辛い。誰だってだ。例外はない」

丸の内・路上

「…………」

六塔晃は、もう三十分も交差点の歩道に立ち、そのガラス張りのビルを見上げていた。

そそり立つビルの壁面では、縦長の電光掲示板がオレンジ色の文字で絶え間なくニュースを流し続けている。その〈速報〉によると、たった今、どこかで地下鉄の大規模な脱線事故が起きたらしい。新橋のコンビニのガス爆発といい、派手な事件が連続する午後だった。他にも株価、銀行の統合など、さまざまな情報が下から上へ流れ出ては消えて行く。

しかし六塔は、それらのニュースをほとんど読んではいなかった。

――『道具じゃねぇんだよ』

六塔の頭の中では、今朝《けさ》がた静岡の段々畑で元ヤクザの老人から浴びせられた言葉が、こだまのように反響していた。

――『ヤクザだって人間なんだよ。道具じゃねぇんだよ』

つい数時間前。老人は、小さな石の墓碑に頭を垂れながら、六塔の依頼を拒絶《きょぜつ》したのだった。

その時の会話を、六塔は忘れることは出来なかった。自分がどのように新幹線に乗ったのかは覚えていなくても、あの老人――かつて夜叉の弦と呼ばれた仕事人が放った言葉を、六塔は頭から払うことは出来なかった。

「世の中には……そんなことがあったのか……」

六塔は、ぼうっと立ちながら頭を振った。

「……知らなかった」

目をつぶった。

その脳裏に、老人の言葉は蘇った。

「これは、二十年前――あたしが引退を決意した事件の、犠牲者の夫婦さね」老人は手を合わせ、海を見下ろす斜面で風に吹かれる墓碑を拝《おが》んだ。「あの二十年前の疑獄事件で、〈自殺〉したことにされている、政治家専属運転手の夫婦の墓さね。マスコミも警察も簡単に〈自殺〉と決めたが、実際はあたしが手に掛けたんだ。

今でも忘れねえ。旦那が六十八、奥さんが六十四、真面目《まじめ》を絵に描《か》いたような、おとなしい夫婦だった。殺されなきゃいけねえ理由なんか、本当は何もありゃしねえ。しかし悪いことに、夫婦は自由資本党の大物政治家の屋敷の離れに住み込みで、旦那は車内で交わされるその政治家の会話を、毎日全部聞いていたんだ。不正献金疑惑が発覚して、もし運転手の旦那が検察官に聞いたことをしゃべれば、派閥の領袖だった政治家は失脚《しっきゃく》する事態だった。自由資本党は、運転手に〈自殺〉してもらうことに決めたらしい。あたしのところに仕事の依頼が回って来た。

あたしは、若いころは陸軍の兵隊でね。大陸じゃ好き勝手にやったし、人もたくさん殺《あや》めて来た。復員してヤクザになってからも、そのことを自慢に、昔話で箔《はく》をつけて汚れ仕事をやったもんだ。敵対する組織の偉いやつも次々に殺《や》ったし、頼まれた仕事は完璧にこなすってことを、自分の美学みたいに考えていた」

「―――」

六塔が隣にしゃがんで黙って聞いていると、白髪を短く刈り込んだ老人は、遠い目をして水平線を見やった。

「ところが……。今も忘れられねぇ。あの晩、あたしが忍び込んで行くとね。あの夫婦は揃って畳に手をついて『お待ちしておりました。覚悟は出来ております』と言うのさ。あたしはあのころ、こわもてが売り物だったから表情は変えなかったが、驚いたよ。死に装束《しょうぞく》のつもりかね、二人ともこざっぱりした浴衣を着て、忍び込んだあたしにお辞儀をするのさ。『お世話になった先生が、検察に捕まって危ないと聞きます。私たちが生きておれば、まずいことがばれて先生が刑務所へ行かされる。私たちのせいで、このお家が絶えてしまいます。それだけはたまらない。戦後の焼け跡から私たち夫婦を拾い上げて今日まで使ってくださった先生に、申し訳が立ちません。自分たちで死のうとも考えましたが、そんな勇気もありません。さ、どうぞ自殺に見せかけて一思いにやっておくんなさい』そう言って手をつくのさ。奥さんのほうは旦那に輪をかけておとなしい人でね。一言も言わずに涙ぼろぼろこぼしてね……」

「―――それで、やったのですか」

「やったよ。引き受けた仕事だからね。狙《ねら》った的《まと》は全部始末するのが誇りだったからね。

だがそれまではね、人を殺める時は自分ももしかしたら殺られる、という危険の中での闘いだった。相手を倒した時には『やった！』という手ごたえがあった。『生き延びたぞ』という、魂が震えるような手ごたえがね。ふん、それがどうだい、抵抗もしない老夫婦を——ただ泣いてるだけなんだぜぇ、あたしが首吊りの縄に掛けてもよぉ……。ただ泣いて……」

老人は、片手を上げて目頭をこすった。

「あんな気持ちの悪い思いは——気味の悪い感触は、中国でも戦後の闇市《やみいち》でも、したことがねえ。あたしは何でこんなことをしなきゃいけねぇんだ——そう思った。あたしは、その時ヤクザはやめようと思った」

「嘉納さん——」

「帰ってくれ」

ぴしゃりと、老人は言った。

「帰ってくれ。あたしはな、ヤクザだったよ。今でも身体の芯はそうだよ。でもな、ヤクザだって心はあるんだよ。気持ちってものがあるんだよ。

ヤクザだって人間なんだよ。道具じゃねえんだよ。あんたたち政治屋の道具にするのは、もうやめてくれよっ！」

「——」

老人の激しい目の光に、六塔はただのけぞって何も言えなかった。

「俺は……」

六塔は、交差点前の歩道に立ちつくしたまま、ぼうっとつぶやいていた。

「……俺はいったい、どうすればいいんだ……」

――『断わったら大変だ。今度は君が消される』

この冷たい声は、叩戸の言葉だ。

信号が変わり、雑踏が追い越して行く。六塔はまるで、汚れた川の中に突き立てられた一本の棒のようだった。

「畜生……あの時総理に、茶なんか出さなければ良かった。そうすればこんなことには――」つぶやきながら上着のポケットに手を入れると、不意に指先に何かが触れた。「何だ……これは」

六塔は訝《いぶか》った。

指に触れたそれは、冷たい感触の細長い物体だった。俺はポケットに、こんな形の物を入れただろうか……？　握ってみるとずっしり重い。新幹線に乗っていた間の記憶がないから、どこかで何か買ったのかも知れないが、何だろう……？

首をかしげながら取り出してみると、自分の指に握られて出て来たのは、金属製の物体——一本のナイフだった。六塔は目を見開いた。

な——何だこれは……!?

どうして、俺のポケットに入っているんだ。

銀色の真新しいスイッチナイフが、丸の内の午後の陽光をギラッと反射して六塔の目を射た。

「うっ……」

都内・地下

〈牙〉は暗闇の中を進んでいた。古い廃線《はいせん》のトンネルから別の地下道へ入り、下水道へ降りて、水音のする入り組んだ闇の中を目指す方角へと進んだ。下水道から地下街の機械室へ、そしてまた地下道へ。途中、別の地下鉄の線路も二度横切った。

経路はすべて、五年前に調べて頭に叩き込んだ通りだった。

まるで自分の記憶の中を進んでいるようだ、と〈牙〉は思った。言葉に出さなかったが、自分はこの暗闇をいつ抜け出せるのだろうと考えた。暗闇と霧の中を、どこまでもどこまでも飛んで行く夢を、幾度か見たことがあった。

「〈牙〉。考え直せ」

後ろからついて来る玲蜂が、胸ポケットの携帯電話を取り出して言った。

「電波の通じる地上へ出て、基地に連絡を取るんだ。わたしが回収の工作漁船を要請する」

「用事が済んでからにしろ」

「〈牙〉、いい加減に——はっ」

怒鳴《どな》り掛けた玲蜂は、次の瞬間ハッと口を押さえ、狭い電信点検用のトンネルの中でコンクリートの柱に身を隠した。行く手に気配を感じたのだ。

「何か来るぞ」

「大丈夫だ」

だが〈牙〉は警戒の色も見せず、地下道の真ん中で腰をかがめると、小さく口笛を吹いた。

ニャア
すると、応えるように鳴き声がして、前方の闇から沁《し》み出すように小さな影が現われた。

黒い影はするりと男に近寄り、男の差し出した指先に鼻を寄せて匂いを嗅ぐような仕草をした。

「猫か——」

玲蜂が物陰から出て来ると、不思議そうに男の指先にたわむれる小さな影を見やった。

「この地下道は、こいつの猟場だ。鼠《ねずみ》が取れる」

男は言った。

「なぜ分かる」

「五年前に下見した時も、ここで出会った。こいつは俺の知り合いだ」

男はつぶやきながら、痩せた小さな黒猫の首筋を掻いた。野良猫は、身体は小さいが凄みのある目をしていた。しかし不思議におとなしく、男の指先に首筋を預けた。

「野良猫に、好かれるんだな……」

「こいつらと俺は——境遇が似ている。仲間のようなものだ」

〈牙〉は振り向くと、玲蜂に手を差し出した。

「さっきの発信機を寄越せ」

「どうするんだ」

「いいから、出せ」

〈牙〉は、受け取った小さなコインのような発信機を、猫の背中に貼り付けた。

「粘着剤が弱っている。走っているうちに、どこかでこぼれおちるだろう」男は黒い毛皮の背を叩き、自分たちが来た方向の暗闇の奥へ猫を行かせた。「生き続けろ。元気でな」

「猫には優しいんだな」

玲蜂のその言葉には応えず、〈牙〉は立ち上がると再び進み始めた。『元気でな』などという台詞を口にしたことを打ち消すように、いつもの無表情な横顔に戻った。

「——行くぞ。あと2ブロックだ」


そこは、ビルの地下機械室だった。

地図上の位置で考えると、旧新橋駅のトンネルから地下に潜ったまま数キロ北東へ移動して来たことになる。〈牙〉はその移動ルートを、全く迷わずに進んで来た。

入り組んだ通信ケーブル点検用地下道を進み、ある場所で梯子《はしご》を登ると、その大規模な機械室の床面へ出た。暗い照明の下を見渡すと、かなり大きなビルの地下だと分かった。

男は点検マンホールから床に上り、白家発電設備の間を通り抜けると、迷わずに階段を上った。玲蜂が後に続く。人気のない階段を二階ぶん上がった。正面に現われたスチールの両開きドアを、男の手が開けた。

眩しい白い照明が、目を射た。四角い断面の、広い廊下が遠近法のように左右へ伸びていた。天井には蛍光灯が並んでいる。オフィスビルの内部のようだった。左手の奥に複数のエレベーターが並び、青い制服のガードマンが立っている。

廊下へ出ると、背中に閉めたドアには〈機械室・関係者以外立入禁止〉の表示。

「ここは、どこだ――？」

　玲蜂は左右を見回した。

「ここは日本を代表する新聞社の一つ。その社屋一階だ。正面玄関には金属探知機がある。銃を持っては入れない」

　男は言いながら、上着のポケットから写真付きの社員証らしき物を取り出すと、胸につけた。

「何だ、それは」

「あいにくだが、お前の分は作っていない。この辺でうろついていろ。すぐに済む」

　男は言い残すと、黒いスーツに包んだ長身の背を向け、エレベーターホールへ歩き出した。

「お、おい〈牙〉っ」

「警備員と遊んでいろ」

　男が言った通り、どこからか玲蜂の姿を見つけたガードマンが走り寄って来ると、誰何《すいか》した。

「こらっ、そこの女子高生。どこから入った。何をしている」

中央新聞本社

目指す人物の居場所は、この新聞社の本社ビルの最上階、十一階の役員フロアにあった。

エレベーターが静かに停止しドアが開くと、目の前のホールにも小さな受付カウンターがあり、駄目押しのように制服のガードマンが立っていた。役員フロア専属らしい中年の警備員は「こんにちは」と丁寧に敬礼しながらも、〈牙〉の胸の社員証を油断ない目つきでチェックした。

「社員の方ですか。どちらへおいでですか」

「――編集主幹の部屋だ」

「お名前は」

「レイ・ヴェントラム。マニラ支局から来た」

「今、お約束を確認します」

ガードマンはカウンターの内線電話を取ろうとしたが、その瞬間ヒュッ！　と空気の切れる音がして、受話器を取る姿勢のまま前のめりに倒れ伏した。

「家族が会いに来るのに、アポイントなど要らぬだろう」

〈牙〉は、悶絶《もんぜつ》させた警備員をカウンターの後ろへ押し倒し、エレベーターから見えない

ように隠すと、沈み込むような絨緞を踏み締めて奥へ進んだ。

編集主幹室――丸の内を一望するガラス張りの広大な部屋が、〈牙〉の目的地だった。

入口の秘書室にいた二十代の女性秘書を、一言も発せぬうちに一撃で悶絶させると、〈牙〉は奥のドアを開いてその部屋へ踏み込んだ。

発行部数で日本最大を争う新聞社の、そこは司令塔の一角だった。窓際の巨大なマホガニー製デスクの向こうで、黒のタートルネックに上着姿の五十代の男が、刷り上がったばかりの夕刊を広げていた。その手前で整理部長らしい中年の社員が「いかがでしょうか」と伺《うかが》いを立てている。

「いかんな。足りん。もっと叩き方があるだろう。これでは中国が喜ばん――ん？」

黒いタートルネックの男は、音もなく入室して来た〈牙〉に気づき、整理部長の肩ごしに不審げな視線を向けた。

「誰だ、お前は」

「――――」

広大な部屋の中央に立つと、〈牙〉は無言で見返した。黒いスーツの長身から、黒いサングラスでデスクの向こうの男を見据えた。

「――分からないか……」

〈牙〉は言った。

「……では、思い出してくれ」

「何だね君はっ」

振り向いた中年の整理部長が「出て行きたまえ」と叫ぶと、〈牙〉の胸ぐらを下からつかもうとした。だがその手は届かず、逆にマットレスのように深い絨緞の上へ振り飛ばされた。

「なっ、何をする」

「――――」〈牙〉は気色ばむ中年男を相手にせず、デスクの向こうの人物に視線を向けたまま立っていた。

「ふ、不届き者め！」尻餅《しりもち》をついた整理部長は顔を赤くして立ち上がり、部屋の外へ叫んだ。「誰かっ、不審者だ。ガードマンを！　ガ――」

だが最後まで言わせず、〈牙〉はベルトから黒い自動拳銃を抜くと、台尻《だいじり》を横へ向けて無造作に振り払った。

「ぐわっ」

整理部長はのけぞって吹っ飛び、壁にぶち当たると白目を剝《む》いて床に転がった。

「――――」

〈牙〉は、悶絶した整理部長を見もしない。

「お……」

デスクの向こうの男は、鋭い目を見開いて、革張りチェアの中から〈牙〉を見上げた。その腕が夕刊をパサッと取りおとし、細かく震え始めた。

「お、お前は誰だ……？」

「――」

黙って見返す〈牙〉の黒いグラスに、のけぞるようにして震える男と、その机上の〈編集主幹・鬼座輪教介〉というネームプレートが映り込んだ。

「う、右翼か。過激派か。何をしに来た。何が望みだ。こ、こんなことをして――」

「俺の名は」〈牙〉は、うっそりと口を開いた。「――俺の名は、レイ・ヴェントラム。マリア・ヴェントラムの長男だ」

「それがどうした。そんなやつは、知らん」

「分からないか」〈牙〉は、銃を持った手とは反対の左手を上げると、ゆっくりとサングラスを外した。「鬼座輪さん。分からないか。二十九年ぶりに逢いに来た、あんたの息子だ」

一方、一階のフロアでは玲蜂が暴れていた。「何をしている」と廊下をやって来て肩を摑《つか》もうとしたガードマンを、回し蹴りと膝蹴りの連続技で吹っ飛ばし、壁にぶち当てて悶絶させたのだ。

「ぐぎゃっ」

「く――くそ」

玲蜂は、やってしまってから舌打ちをした。騒ぎを大きくするつもりはなかった。だが、むさ苦しい大男に肩を摑まれそうになると、身体が反射的に反撃してしまったのだ。玲蜂より三〇センチも大きな制服の警備員は、ずだだっと派手な響きを上げて廊下へ転がった。

廊下の前方と背後で、目を丸くした社員たちが「おい」「おい大変だ」と呼び合っている。玲蜂は自分の未熟さを恥じた。

「ガ、ガードマンを呼べ」

「あそこで不審者が暴れているっ」

玲蜂はもう一度「ちっ」と舌打ちすると、駆け出した。とりあえずどこかへ身を隠さねばならない。だが自分の服装は、新聞社の社屋内では非常に目立った。

「逃げたぞっ、追え」

「女子高生の格好をしているぞ」

「変装した極右過激派かも知れん！」

社員たちの声に追われ、玲蜂は廊下を走った。背後でピーッ、とガードマンが笛を吹いた。

「そこだっ、そこの女子高生を捕まえろっ」

「気をつけろ、スタンガンか何か持っている」

くっ、と歯噛《はが》みしながら玲蜂はローファーで床を蹴った。廊下の角を曲がり、目についた階段室のドアへ飛び込んだ。

何が『この格好のほうが目立たない』だ――！　心の中で兄に向かって悪態《あくたい》をつきながら、人気《ひとけ》のない非常階段を駆け上がった。

「――どうしてこんな目に……！　〈牙〉のせいだ。あいつはどこで何をやっている!?」


「息子……!?　お前が、私の息子だと」

鬼座輪教介は、わざと伸ばしたような不精髭の顔を、デスクの前に立つ〈牙〉に向けた。しかしその南方系の尖《とが》った顎と鼻梁《びりょう》を見やって「馬鹿な」と頭を振った。

「馬鹿な、何を言う。私に息子などいない」

「俺はマニラからやって来た――そう言えば分かるだろう。鬼座輪さん」

「マニラ……？　お前はフィリピン人か」

「そうだ」

「私にフィリピン人の親戚など……」

鬼座輪は否定するが、

「二十九年前」

〈牙〉はそれを遮って言った。

「あんたは、この新聞社のマニラ支局員だった。あんたはマニラの歓楽街で知り合ったある女に、子を産ませた」

「な……」

「覚えていないのか？　あんたは、その女と生まれて来た男の子に、約束をしたはずだ。自分はいずれマニラを去るが、きっと戻って来てお前たちを日本へ連れて行き、一緒に暮らしてやると」

「あ……」

編集主幹の男は、口を開いたまま絶句した。

しばらくの沈黙の後、五十代の男は「あぁ」と顔をしかめ、くだらないものでも思い出したように頭を振った。

「あぁ、あれか」

「――」

「あの女か。あれは間違いだった」吐き捨てるように、男は言った。「ちゃんと始末したとか嘘をつき、金を巻き上げておきながらちゃっかり産みやがって。その次は『養育費を

よこせ』だ。とんでもない女だった」

「――間違いだと……？」〈牙〉は、降ろしていた右手をスッと上げ、ブローニング・ハイパワーを男の眉間《みけん》にポイントした。「あんたは、この俺が生まれて来たことが、間違いだと言うのか」

「あ――い、いや待て。待ってくれ」鬼座輪は自分の過去の不始末に気を取られ、拳銃のことを一瞬忘れていたようだ。目の前に銃口を突きつけられ、急に偉そうな態度を改めた。「き、君は蛇頭のメンバーか何かか。それとも新国民軍のメンバーか。いったい何の目的で来たのか知らないが、とにかく日本までやって来て、物騒なものを振り回すのはやめようじゃないか。話せば分かる」

「――――」

だが、〈牙〉は上げた銃口を向け続ける。

「君。ま、間違いだとか言って、悪かった。悪かった。誤解しないでくれ。私は確かに忙しくて、あれからマニラへは行っていない。だがそれは、君たちのために一生懸命働いていたせいだ。この私こそ、君たちの味方なんだ」だから物騒なものをしまってくれ、と男は懇願した。

「俺たちの味方――？　俺たちとは、誰を指す」

〈牙〉は銃を向けたままで問うた。

「も、もちろん君たちアジアの人民だ。いいかね。我々中央新聞の人間ほど、君たちアジアの人民を思いやっている正しい集団は日本にないのだ。私の率いる中央新聞は、悪い日本人にアジアの人民への謝罪をさせるため、日夜正しい記事を書き続けている」

「──────」

〈牙〉の保持する銃口は、微動だにしない。

「ほ、本当だ。悪い日本人の中で、我々中央新聞だけが、正しいのだ。我々中央新聞だけが、正義なのだ。頼むから我々正しい中央新聞社員を、悪くてずるい日本人どもと一緒にしないでくれ」

「正しい──？」

「そ、そうさ。そうさ」TVでは威厳を装ってふてぶてしい口調を演じていた編集主幹の男は、銃口を眉間にポイントされ、まるで本性が現われたかのように必死に舌を動かしてまくしたて始めた。「み、見ろ。あの従軍慰安婦問題の時だって、まともな証拠などほとんどないのに我々中央新聞がキャンペーンを張って書き立ててやったから、あれほど盛り上がったじゃないか。日本政府にアジア女性基金までつくらせ、金をたくさん君たちアジアの人民にくれてやっただろう？　あれは我々中央新聞の威光あっての輝かしい成果だぞ。私に銃を向けるのはやめろ。我々中央新聞は優秀だから、馬鹿な日本人どもとは違うのだ。君たち東南アジア人たちを決して見下げたり差別したり、搾取したりしない。私は、その

栄誉ある中央新聞の編集主幹なのだ。な、分かったかね？　だから、そ、その銃を下ろせ」

「ではなぜ、俺の母を見捨てた」

〈牙〉は、かすれた声で問い返した。

「俺の母は、幼い俺にいつもこう言っていた。『お前の父は優秀だ。優秀で清廉潔白《せいれんけっぱく》な、日本の新聞記者なのだ。自分はいつもアジア人の味方だと言っていた。だからきっと迎えに来る。わたしたち母子を、正式な家族とするためきっと迎えに来る。フィリピン人を妻子として、みずからが日本とアジアの融和の掛け橋の第一歩となるのだと、あの人はいつも言っていた』そう俺に話した。お前を信じていた母親を――マリアを、お前はなぜ捨てた。なぜ一文の養育費さえ送らなかった」

「あ、いや、う……」

編集主幹の男は、うめいてのけぞった。

〈牙〉のかすれた声は続いた。

「母は、お前が――日本という国が、自分たちを幸せにしてくれると信じていた。だから帰国して居なくなったお前を待つ間、母は夜の勤めをやめて日本企業の工場へ働きに出かけた。そして事故に遭って、死んだ」〈牙〉は『死んだ』という言葉を吐く時、唇を微かに震わせた。「事故は、本社から来た日本人社員の不注意だった。しかし機械の操作ミスは母のせいにさせられた。会社は母にすべての非をなすりつけた上で『生産ラインが五秒も止まった』として、補償どころか死んだ母に払われる賃金まですべて没収した。俺はそんな悲劇も知らずに、工場の外で帰らぬ母親を三日間待ち続けた」

　丸の内を見下ろす十一階の窓から、午後の陽光が差し込んで来た。半分下げられたブラインドが〈牙〉の額に斜めの影をおとした。

　のけぞって固まる男を相手に、〈牙〉は言葉を続けた。右腕は微動だにせず、顔も無表情だったが、その薄い唇だけが時折震えた。

「会社は、マニラの市民団体の中に俺を担いで提訴する動きが出たのを知ると、ヤクザ者を雇って俺まで殺そうとした。俺たちフィリピン人の命など、虫けらと同じに思っていたのだ。あの会社の支社長は『自分はフィリピン人が大好きだ、フィリピンの発展に手を貸すつもりで来た』とか言いながら、自分の地位を危うくしそうな問題が起きるとヤクザに金をやって俺を消そうとした。自分の利益のためなら、アジア人の命などいくら費消《ひしょう》したって構わないと思っている。それがお前たち日本人だ。そして俺が一番忌《い》み嫌う日本人は、自分だけ日本人ではないような面をして、自分だけは違うような面をして他の日本人を小馬鹿にし、自分だけはアジアの人民をさも理解したような、慈悲深そうな人権を大切にするような振る舞いをして見せるやつだ。俺たちのことを本気で思ってもいないのに、自分の売名や出世のために、俺たち貧しい民を利用する日本人だ。つまり、お前のようなやつだ――――！」

〈牙〉の両目が、カッと見開かれた。向けられた銃口が数センチ上がった。

「ひ、ひぃいっ」

がたっ、と革張りチェアの背もたれを鳴らして、編集主幹の男はのけぞった。

「ま、待ってくれ。やめてくれっ」

「フィリピン人の女に子を産ませて逃げ帰り、ビタ一文送らずに自分は新聞社の幹部の娘と結婚し出世する。編集主幹？　人権派？　従軍慰安婦問題？　ほう、立派過ぎて涙が出る。そんなあったかなかったかも分からぬような半世紀も昔の問題を蒸し返すのなら、なぜフィリピンの日本孤児を救う運動をしない？　今、マニラで苦しんでいる俺の同類たちをお前はなぜ救わないいっ⁉」

「ちょっ、ちょっと待ってくれ。ちょっと――――」

鬼座輪教介は、両手を振り回した。

「き、君は何だ。そのことで、まさか復讐をしにやって来たとでも言うのかっ」

「その通りだ」

〈牙〉は一歩近づき、銃口を鬼座輪の額の三〇センチ手前にピタリと止めた。

「俺は、復讐をしに来た。お前を殺しに来た。五秒やる。祈れ。俺の母さんがお前らの機械部品工場のラインを止めたのと同じ五秒間だけ、お前に悔い改める時間をくれてやる」

「ま、待て。待ってくれ。私を殺すのは君にとって不利益だぞ」鬼座輪は両手を意味もなくバタバタさせながら、汗を飛び散らせてまくしたてた。「いいか。今我々中央新聞は、日本国民の意識をある方向へ誘導しているのだ。この国の国民を導いているのだ」

「五」

「わ、我々の誘導によって、日本国民は今に『国の防衛など要らない』と思い始める」

「四」

「アメリカ占領軍がたった六日ででっちあげた日本国憲法を、本気で素晴らしい素晴らしいと信じ込み、海の向こうの外国は全部『平和を愛する諸国民』しかいないと信じ始める」

「三」

「そ、そうすればどうなる。世論の力で自衛隊を廃絶し、日米安保条約も破棄《はき》することが出来るのだ。自衛隊が解体され米軍が出て行けば――」気を引くようにまくしたてながら、男の右手はデスクの下側へさ迷い、非常警報ボタンのありかを探った。

「二」

「じ、自衛隊が解体され米軍が出て行けば、その途端にこの島はどうなる？　考えるだけでも、わくわくするじゃないか。なぁ君、わくわくしないか。我々中央新聞が、ペンの力でこの国をおしまいに出来るんだ。どうだね、私と手を――」

「妄想《もうそう》を口にするのもいい加減にしろっ」

〈牙〉はカウントを止め、罵《ののし》った。

「なっ、何だと」

「鬼座輪教介。お前という人間については調べた。お前は昔、東大を志望したが、おちて早稲田へ行った。そして卒業時も大蔵省キャリア官僚を志望して国家公務員上級職を受けたが、これもおちた。実力もないくせにプライドだけ高いお前は、自分を拒否した日本の権威が許せなかった。そこでお前は中央新聞に入社し、自分を認めなかった日本の既存権威すべてに復讐してやろうと考えた。お前はこの国を中国に売って占領させ、お前を追い抜いて東大へ行った者や中央省庁のキャリアになった者をすべて政治犯として投獄し、蹴落としてから支配階級に這い上がってやろうと妄想した。そしてその企みを、もう三十年間続けている。見上げたねじ曲がり方と言えるだろう」

「う――くっ……」

「そしておそらくこの新聞社には、お前と似たようなねじ曲がったやつがうようよいるんだろう。偽善の臭いが、さっきからぷんぷんするぜ」

〈牙〉は顎を上げ、周囲の部屋の空気を嫌そうに嗅いだ。

「そっ、そこまで――」

だが〈牙〉の視線のそれた一瞬の隙に、男の右手の指先は非常警報ボタンに届いた。

「ふん、分かるんだよ。あんたの経歴を調べれば調べるほど、俺にはあんたの考えていることが嫌になるほど分かっちまう。何しろ、俺はあんたの息子だからな……」

哀しげな眼で、〈牙〉は銃を鬼座輪の右腕に向けた。ドンッ、と至近距離の発射音が窓ガラスを震わせ、五十代の編集主幹の男は椅子から吹っ飛ばされて転がった。

「ぐわぁあっ」

絨緞の上で腕を抱え、上半身を痙攣《けいれん》させながら苦痛に目を血走らせた男は、泣き顔とも皮肉な笑いとも取れる表情で〈牙〉を見上げた。

「ぐくく……。確かにそうだ……お――お前のその復讐心……。恨みを忘れぬそのねじ曲がった心――まさしく私の息子だ……」

すると、物凄い眼で〈牙〉は鬼座輪を睨んだ。

「この人でなしめ。お前は簡単には死なせない」

〈牙〉は上着の中へ手を入れると、ビニールにくるまれた灰色の紙粘土のような物体を取り出した。そして痙攣しながらうずくまる鬼座輪の横へ膝をつくと、透明のビニールを剝《は》がし、手の中で捏《こ》ねた。

「な――何をする、何をしている。ひぃぃいっ！」

鬼座輪は這いずって逃げようとするが、至近距離から撃たれたショックのためか、手足は動かずその場でもがくだけだ。

「妄想を口走るのは、この口か」〈牙〉は鬼座輪の肩を捕まえると、不精髭の口の中へ捏ねたC４プラスチック爆薬をねじ込んだ。スティック状の導火雷管をその上に突き立てた。

「母さんをだましたのは、この口か」

「うぐ、うぐ……うぐぐぐっ」

「受け取れ。母さんからの贈り物だ」

〈牙〉は静かに言うと、ポケットからマッチを取り出した。

丸の内・路上

俺は、何をしているんだ……。

六塔は、上着のポケットに右手を入れたまま新聞社の正面玄関へ歩いていた。歩道からは大理石の階段が数段あり、その上にエントランスの回転扉が見える。〈中央新聞社〉の金文字の看板。制服のガードマンが二名、両脇に狛犬《こまいぬ》のように陣取っている。この新聞社は、かつて右翼の過激派が内部へ乱入して暴れたことがあるため、警備の厳重さは群を抜いている。

六塔は石の階段を上がった。胸ポケットには、財務省課長補佐の身分証がある。入口でこの身分証を示して、政治部の誰かに会いに来たとでも言えば、中へ入れるだろう……。

右のポケットには、手を入れたままだ。その中で、六塔の右手は一本のスイッチナイフを握り締めていた。自分ではさっぱり記憶にないが、ＪＲ清水駅前のアウトドア用品専門店のレシートが、同じポケットの中にあった。

俺はどうやら、自分でこのナイフを買ったらしい。だがこんな物を手にして、俺は何をしようとしているんだ……。

――『断わったら大変だ。今度は君が消される』

叩戸内閣広報官室長――あの暗い目の警察庁キャリアの声が、耳元にこだましていた。

――『君、結婚したばかりの奥さんがいるんだろう？　家庭を壊したくはないだろう。将来のある身だからな』

六塔は、なぜ先月の初めに財務省の先輩が官邸秘書官出向を断わり、後輩の自分に押しつけて逃げたのか、今理由が分かった気がした。くそっ。何が事務次官だ……。六塔は心の中で悪態をついた。俺は、とんでもない世間知らずだった。世の中の裏側を何も知らなかった。

――『君の十五年後の財務事務次官就任は、これで確実になったも同然だ。……鰻谷派が十五年後まで健在ならばだが』

畜生、だまされた。鰻谷派なんて――あんな公共事業頼みの建設族の派閥なんて、十五年後まで存続しているわけがないじゃないか……。心の中でぶつぶつつぶやいていると、正面玄関へついてしまった。ガードマンに身分証を提示して、以前名刺をもらったことのある政治部記者の名を言うと、簡単に中へ通された。だが、回転扉をくぐって広い吹き抜けロビーへ足を踏み入れると、六塔はびくっと立ち止まった。

（じょ、冗談じゃない……金属探知機があるぞ）

ロビーに入った訪問客は、全員並んで空港の搭乗口のような金属探知機をくぐっていた。機械が反応した者は、ガードマンに呼び止められボディーチェックを受けている。

ど――どうしよう。六塔は固まった。そうだ、こんな馬鹿な――馬鹿げた真似はやめよう。だいたいナイフを手にしてこの新聞社へ潜入したとして、衆人環視の中で日当ての女性記者をどうやって始末するというんだ。馬鹿な。俺は何を考えていた。こんなことは止めるんだ……！

右手でポケットの中にナイフを握り締めたまま、六塔は顔色を蒼《あお》くしてきびすを返した。

だがその動作を見とがめたのか、ガードマンの一人が「ちょっと。そこのあなた」と声をかけて来た。

「あなた、どこへ行くんですか。ポケットの中に何を持ってるんですか」

「え。あ……」

六塔は後ずさった。

その態度をますます怪しいと感じたのか、複数のガードマンが左右から早足で近寄って来た。

「おい、止まれ」

「そいつを捕まえろ」

「先ほど一階の廊下で警備員を倒した過激派が、まだ逃走中だ。仲間かも知れないぞっ」

か、過激派――？　何のことだ。

とにかく冗談ではない。何もしないうちに捕まってしまう……！

六塔は警備員の声に背を向けると、くぐったばかりの回転扉めがけて駆け出した。磨り減った靴底に大理石の床が滑った。四方から駆け寄るガードマンが、脚をもつれさせる六塔に追いすがって来た。六塔は脚を滑らせて転んだ。とっさに右手を出して顔をかばった。

「あっ、こいつナイフを持ってるぞ」

「取り押さえろっ」

二名のガードマンが倒れた六塔にタックルして来た。起き上がろうとしたところを再び押し倒され、上半身と下半身別々にのしかかられて、呼吸も出来なくなった。悲鳴も出ない。六塔は必死で手足をばたばたさせたが、強い力で床に押しつけられた。

「は、放してくれっ、放せ」とわめいたつもりだが、声にならない。

「おとなしくしろ、過激派め」

「観念しろっ」

だが、のしかかったガードマンの一人が「誰か警察を――」と叫びかけた時。

ふいに六塔は耳に圧力を感じた。

次の瞬間だった。

ズッドドドドォオーンンッ――！

突如、轟音と共に建物全体が激しく揺れ、ロビーの大理石空間がまるでシェイカーのように上下した。うわぁあーっ、と悲鳴を上げて警備員も訪問客も全員が宙に放り上げられ、続いて床に叩き付けられた。

ドシィイインッ！

激しい衝撃波がビルを震わせた。何だ――何が起きたんだ!?　分からない。地震か――!?　いや頭上のほうで、何か大規模な爆発が起きたような……。

建物は上下に凄まじく揺れ、六塔の身体にのしかかっていた二名のガードマンの上へ、吹き抜けの天井から外れた大理石パネルがドドドッと落下した。うぐぐっ、と唸ってガードマンは悶絶した。そんな唸りなど聞こえぬくらいに人々の悲鳴はロビーに充満し、ついでそれをかき消すように、膨大《ぼうだい》な量のコンクリートとガラス建材の破片が回転扉の向こう側にドシャアアッと降って来た。外が立ちこめる白い煙で見えなくなった。

「な――」

六塔は轟音の中、ガードマンの身体をどけて頭を振りながら立ち上がった。

「――何が起きたんだ……?」

と、その背中へ、建物の内部から目にも留まらぬ疾《はや》さで走って来た何かの影がぶつかった。「あうっ」と前のめりになって振り向くと、一人の少女が「どけっ」と叫んで通り過ぎた。六塔は目を見開いた。女子高生だった。どこかの私立校の制服を着た髪の長い娘が、誰もが衝撃で倒れ伏しているロビーを、猛烈なスピードで駆け抜けて行く。

「おいっ。外は危険だぞ!」

思わず呼び止めると、女子高生は立ち止まってキッと振り向いた。切れ長の目は大人びていて、高校生ではないのではないかと六塔は一瞬思った。だが制服姿の少女は六塔が右手にナイフを手にしているのを見てとると、軽業《かるわざ》のようにジャンプして襲いかかって来た。

「うわっ」

少女の姿は一瞬見えなくなり、六塔の右手からナイフが吹っ飛んだ。次の瞬間には着地した少女の手に、奪われたナイフが握られていた。

「お、おい……」

呼び止める隙もなく、異常な運動能力の女子高生は六塔を無視してヒュッとロビーを駆け抜け、外に立ちこめる白い煙の中へ消えて行った。

「何だ……あいつは」

東京駅

煙の中を突破した玲蜂は、とりあえず爆破された新聞社ビルを中心とするこの一帯から、離脱しなくてはならないと思った。

〈牙〉がどういう目的で何をやったのか知らないが、地底のトンネルに隠してあった包みの中身がプラスチック爆弾であったということは、想像がついた。とんでもないことをしてくれた。東京中の警察が、今にどっと集結して来るだろう。

駆け込んだのは、巨大な鉄道駅のコンコースだった。ここは東京の中央駅か――？　と立ち止まって周囲を見回した。丸の内のオフィスビル街から大爆発の轟音がしたので、通行人たちはやじ馬となって「何だ」「何だ!?」と玲蜂とは反対の方向へ流れて行く。振り向くと、オフィス街の中で鏡張りのビルが一つ、頂上から噴煙を上げている。新聞社ビルは上層三分の一の外壁を粉砕《ふんさい》され、燃えていた。玲蜂は制服のブラウスから灰色の埃を払うと、人波に逆らって駅の構内へ入った。

首都の中央駅にしては国の指導者の銅像もなく、肖像もかかっていないのに違和感を持ったが、各方面へ向かう列車の路線図が掲げられている。確かにここは中央駅らしかった。旅行許可証のチェックに遭ったらまずいが、図を目でたどると日本海まで抜ける長距離の路線もある。

(とりあえず――近郊電車でよいから、ここを離れよう)

はぐれてしまった〈牙〉の身柄を捜索するのは、その後になっても仕方がない。大爆発を目にして、この国の諜報機関や司法当局が緊急に群れ集まって来るだろう。万一見つかって捕まったら、この国でもスパイは死刑に違いない。

(電車の乗り場は、どこだ……?)

玲蜂は、何故か係員の姿が一人も見えない改札口を、飛び越えて侵入した。旅行者や通行人で混み合う中央通路を進み、近郊電車が出るらしい発着ホームを見つけて駆け上がった。用心深く前後を見回すが、旅行許可証をチェックする鉄道警察官の姿はなく、尾行者らしき不審な影も見えなかった。ホームの中ほどに立ち、玲蜂は息をついた。あの対外工作課日本支部の特殊工作員たちも、今のところ自分たちの姿をロストしているのだろう。三

気づくと、自分と似たような背格好の、制服姿の少女たちがホームにあふれている。三

人、四人で連れ歩き、みんな自分と同じような薄型の携帯電話を手にしている。この少女たちの群れに紛《まぎ》れてしまえば、確かに目立つことはない。玲蜂は、兄の配慮の意味がやっと分かった気がした。

（あと、注意するのは南の工作員か……）

基地での兄の言葉を思い出した。この国には、あらゆる国や勢力のスパイが流入し、活動しているらしい。対外工作課を巻いたとしても、全く油断は出来ないのだ。玲蜂はスカートのポケットに手を入れ、先ほど新聞社を脱出する時に男から奪い取ったナイフの感触を確かめた。

風を巻いて、電車がやって来た。見たこともないステンレス製の車両は、銀色のボディーに緑色の帯を入れていて、驚くほど音を出さない。車体の外側にしがみついて乗っている者が一人も見えなかったことも、玲蜂を驚かせた。

（何だ、すいているな……）

明るい車内のドア脇のスペースに立ち、電車が動き出すのを確かめると、玲蜂は胸ポケットのデジタルカメラ付き携帯電話を取り出した。基地へ連絡をし、指示を受けなくてはならない。メールの使い方は、潜水艦の中で手引書を読んで覚えていた。

操作は理解していたが、長文を打って送るのに手間取った。他にも、基地の兄へ送りたいものがあった。電車のドア脇に立ちながら、玲蜂はつい周囲への警戒を緩《ゆる》めていた。

その時だった。

「ちょっとちょっとあなた」

ふいに横から腕を小突かれ、玲蜂はハッと飛びのいて身構えた。

「な、何だ貴様はっ」

「どこの国の言葉しゃべってるの。ケムに巻こうったって、そうはいかないわよ」玲蜂の腕をいきなり小突いてきた相手は、中年の女だった。太った丸顔を紅潮させ、ふんっと鼻息を噴いた。「あなたね。S川女子高校の生徒ね？　学校でどういう教育をされてるの、電車の中で携帯電話なんか使って、そんなことして心臓にペースメーカーを入れた人が倒れたらどうするつもりなのっ」

「くっ」

玲蜂は日本語をわずかに解するが、いきなり言いがかりをつけてきた太った中年女の文句は、聞き取れなかった。こいつは何者だ――？　わたしが警戒を緩めた一瞬の隙に近づいて来た。どこかの工作員か……？　まさかこんな人混みの中で仕掛ける気か。

身構えた制服姿の玲蜂に、中年女はひどく気分を害したらしく罵り始めた。

「何よあなた、悪いことしておいて開き直る気!?　何よその目は。何睨んでるのよ！　謝りなさい謝りなさい、その携帯こっちに寄越しなさいっ」

興奮した中年女は玲蜂にぐいと詰め寄ると、その手から携帯をつかみ取ろうとした。

「なっ、何をする」

「寄越せ。こら寄越せ、こんな物は捨ててやる」

中年女は「きぃっ」と声を上げると、基地への報告を送信しようとしていた玲蜂の携帯を奪い取ろうとした。

「き——貴様、やはり南の工作員かっ」

玲蜂は中年女の手を振り払うと、ステップバックして右手にナイフを出した。チャッ、と刃を開くと中年女の腹目がけて突き出した。

「死ねっ」


だがその時、背後からもう一つの手が現われて、ナイフを持つ玲蜂の腕を止めた。

「この馬鹿っ。何をしている玲蜂！」

男の声が玲蜂を叱《しか》りつけた。同時に壁の非常用ブレーキが引かれたらしく、急制動のGが車内の乗客全員をつんのめらせた。

ギキキキキッ
うわーっ、という悲鳴と共に、立っていた乗客が全員前方へ転んで倒れ、窓の外の景色が停止した。玲蜂はかろうじて床に踏ん張りながら、自分を止めた長身を振り返って絶句した。

「き、〈牙〉――!?」

「そいつは工作員じゃない。こんな場所で武器など出すな」

黒いスーツの長身は、確かに〈牙〉だった。

いつの間に乗っていたのか……？　あそこからどうやって逃げて来たのだ？　だが玲蜂に考える余裕を与えず、隣の車両との連結扉から飛び出して来た黒いサングラスの男は、乗降ドアの非常開放コックを握って捻《ひね》りながら玲蜂を叱咤《しった》した。

「この馬鹿野郎、脱出するぞ。続けっ」

プシュッ、とドアが開き、男は停止した電車の車体から高架線路の脇の空間へ、身を翻して飛び降りた。

「く――」

玲蜂は一瞬あっけにとられたが、すぐにナイフをしまうと男を追ってジャンプした。

首相官邸
内閣広報官室

「また外国工作員同士の抗争――？　例の国の連中か。そうか、分かった……。やむを得ないが、いつも通りに対処するしかないだろう」

西日が差し込む官邸の内閣広報官室で、叩戸は警察庁直通回線の受話器にうなずいていた。

「そちらでは、どのように発表した。新橋のコンビニの件はガス爆発、地下鉄は単なる脱線事故で押し通すか――うむ、その線でいいだろう。俺からも総理に報告を上げておく。中央新聞社の爆発――？　それは過激派の犯行でいいだろう。あの新聞社をよく思っていない連中など大勢いる。適当な会派をでっちあげ、犯行声明を出させればいい」

　黒い受話器は平凡な古いタイプだったが、盗聴防止用の特殊秘話回路を内蔵している。四十代のキャリア警察官僚は、霞が関の部下からの報告を受けながら、小声で指示を返していた。

「とにかく、本日午後の外国工作員同士によるものと見られる銃撃戦に関しては、マスコミには絶対に真相を悟られるな。こともあろうに日本の首都の真ん中で、外国の工作員どもが好き勝手にサブマシンガンやらロケット砲やら手榴弾までぶちかまし合っていると知られたら、わが警察の威信は――いや日本の国の面子《メンツ》は丸潰れだ。世界中から馬鹿にされ、警察庁トップは責任を取らされ総退陣、俺もお前もおしまいだぞ。下手をすれば政権にも影響する。絶対に表に出してはならん」

　音を小さくした広報官室のＴＶでは、噴煙を上げる中央新聞社の本社ビルを背にして、緊急報道番組のレポーターが口を動かしている。その下に〈ガス爆発・地下鉄脱線・新聞社炎上――いったいどうした巨大都市東京〉というテロップ。今のところ情報操作はうまくいっているようだった。横目でその画面を見ながら、叩戸は電話の向こうの部下に向かってさらに指示を出した。

「とにかく今後は早急に、お前たち公安警察の総力を挙げて現場から証拠を隠滅《いんめつ》しろ。銃弾、薬きょう、ロケット砲や手榴弾の破片、銃撃でやられた工作員のホトケまで一つ残らず全部だ。単なる事故に見せかけるのだ。銃撃戦など無かったことにするのだ。え、捜査? したってしょうがないだろう。俺たちに出来ることなど限られている。うむ、そうだ。今は俺たちの組織を護ることだ。外国工作員のやつらをここまで入れてしまったという事実は、政治家連中からもマスコミからも、何としてでも隠し通すのだ」

いいな、と指示を出し終わり、ふうっと息をついて椅子を立った叩戸は、窓に傾き始めた四月の午後の日を見やって顔をしかめた。

「く――」

官邸勤務の次には、警視総監就任が待っているという叩戸は、眩しそうに目をすがめた。

「――これでいいなどと思ってはいない。だが俺たちに、どうしろと言うのだ……?」

誰に言うというふうでもなく、叩戸はつぶやいた。自分自身への言い訳のようでもあった。

「スパイ防止法もない、電話の盗聴すら満足に出来ないこの国で、俺たち警察にどうしろと言うのだ。やつらに対して何も出来ないのは、俺たちの責任じゃない」

叩戸は「フン」と鼻を鳴らし、ポケットに両手を入れると、執務室の総理大臣に報告をするため部屋を出て行った。

都内・南青山

夕方、午後六時。

「はぁ……」

身体中がまるでボロ雑巾《ぞうきん》にでもなったような疲労を抱え、南青山の自宅マンションに帰り着いた六塔晃は、板張りのリビングに座り込んでいた。

新聞社のビルからは、爆発後のどさくさに紛れて脱出をした。総理秘書官である自分が、爆発事件の現場に居合わせていたとは、おそらく知る者は無いだろう。

家に帰ったのは一週間ぶりだった。部屋には六塔一人だった。カーテンの向こうからの夕日が目にしみた。いつから食べていないのか思い出せないほどだったが、胃に空腹感もない。ただ何もせず、スーツの上着だけを床に放り出して、六塔は膝を抱えていた。

背中で鍵を開ける気配がして、航空会社の制服を着た女が玄関を上がって来た。

「あら、晃君。いたの」

妻だった。スーツケースを片手で引き、紺色のショルダーバッグを肩に掛けている。

そう言えば——今日は結婚したばかりの妻が、一週間のフライトを終えて帰国する日だ。

この部屋は四階にあるから、表にタクシーが着いても分からない。

「どうしたー？　電気も点けないで。誰も居ないかと思っちゃった」

四つ年下の妻——亜希子は、大学時代から東京で独り暮らしをしていて、世慣れていた。見合いで初デートした時からそうだったが、六塔をまるで弟のように扱うのがおかしかった。実際、東大在学中は家庭教師しかしたことのない六塔に比べ、亜希子はナレーターコンパニオンのバイトからスポーツサークルの切り回しまで、幅広く活動していた。亭主持ちのキャビンアテンダントとなった現在でも顔は広く、自宅の留守電に入るメッセージの九割が彼女の知り合いからだった。

「…………」

六塔には『お前が居ない間、大変だったんだぞ』と説明する気力もない。黙ったままうずくまっていると、亜希子はスリッパをぱたぱたと鳴らして近づいて来た。室内の空気に、華やかな匂いが漂った。

「どうした、秘書官。ボスに怒られた？」

見栄えのする亜希子は、大学時代のキャビンアテンダントになってからも、男にはもてまくっていたらしい。そのくらいは、六塔にも見れば分かる。亜希子には、過去に関係のあった相手がたくさんいるはずだが――しかし六塔と結婚を前提につき合い出してから、昔の男の影がちらりとでも見えた試しがない。まるで自分が初めて付き合う男なのではないかと、錯覚《さっかく》を起こすほどだった。

結婚を期して、亜希子は自分の過去を全部すっぱり切って捨ててしまったのか――？器用なやつだ、と六塔は感心したことがある。俺などはまだ、十数年も昔のことを頻繁《ひんぱん》に思い出して、色々後悔しながら暮らしているというのに……。

「……亜希子」

「どうしたー？　あっ、そうだ。晃君にお土産があるんだよ」

妻はぱたんとスーツケースを広げる。ぎっしり物が詰まった中から、白い紙袋を出して来た。

「ほらー、セーターだよ。パリで買ったんだ。似合うかなぁ。着てみてくれる？」

「……亜希子。俺――」

「どうした？」

ボブカットの髪の中から、整った二つの目で亜希子は不思議そうに六塔を見た。結婚してふた月も過ぎたら見慣れてしまったが、目も耳も大きくて、美形だと思う。しかし亜希子はさばけた社交家の女の子で、得体の知れない神秘性のようなものはない。憂《うれ》いを帯びた影もない。サークルで人気者になる、明るい美人だ。

そうだ。こいつは、あの女にちっとも似ていない。似ていないから、俺は結婚しようと思ったんだ……。六塔はちらりと思った。実家にマンションを買ってもらえるとか、そんなことはどうでも良かった。似ていなくてきれいだから、こいつに惚《ほ》れれば、心に引っかかっているものを忘れられるだろう——そう思った。でもこいつにそんなことを期待してはいけなかった。亜希子は過去を忘れさせてくれる装置ではない。一人の女だ。

「亜希子。俺さ……考えたんだけど」

「なぁに」

「俺……この際官邸も財務省も辞め——」

六塔がそう言いかけた時、リビングの電話が鳴った。亜希子が「ああ、ちょっと待ってね」と立ち上がり、レースのカバーで包んだ受話器を取った。「はい六塔です」と華やいだ声を出す。

「あらまぁ、いつもどうもお世話になっております。いいえぇ、そんな」はしゃいだ声で十秒以上話しているから、彼女の知り合いかと思っていたら、いきなり六塔に受話器を差し出した。「はい晃君、電話」

「え——誰から」

「あなたのボス」

「ええっ」

六塔は慌てて受話器を受け取った。

「はい、代わりました。私で――」

だが六塔が応えるよりも早く、受話器の向こうで両生類のような政治家は太い声で言った。

『六塔秘書官、よくやった』

「は――？」

表情を止めて固まる六塔に、鰻谷は繰り返した。

『よくやったぞ六塔秘書官。よくぞぶっ飛ばしてくれた。わしは感心したぞ』

六塔は、わけが分からない。

よくやった――？　感心――？

ぶっ飛ばした――？

何のことだ。

だが首をかしげる六塔に、鰻谷大臣は続けた。

『わしの意を汲み取って、依頼された以上の成果を上げてみせるとは、正直驚いた。さすがは東大出身財務省キャリアのトップだ。君のことはよく覚えておく。これからも国家のため職務に邁進《まいしん》してくれたまえ。以上だ』

一方的に褒めちぎると、電話は切れた。

「ぶっ飛ばしたって……？　いったい俺が何をぶっ飛ばしたんだ」

受話器を握って呆然とする六塔の横に、制服姿の妻が来て笑った。

「ねぇ。何だか総理、晃君のこと褒めまくってたよ。予想以上の素晴らしい働きをしてくれた、六塔秘書官は若いのに凄いって」

亜希子は座ったまま、ぱちぱちと拍手をした。

「よかったね、晃君」

「――――」

首相官邸

「総理」

六塔秘書官の自宅へねぎらいの電話をかけた鰻谷の横で、蠟山首席秘書官がTVの画面を指さした。

「総理。六塔秘書官は、あまり褒められたものではありません」

「どうしてだ、蠟山。六塔は極右過激派の犯行に見せかけて、あのいまいましい女記者と中央新聞社をビルごとぶっ飛ばしてくれたではないか。わしの望んだ通りだ」

「いえ総理、あれをご覧ください。あの女記者、まだ生きています」

「何だと――？」

見ると、蠟山の指さす先で、埃まみれになったショートカットの女性新聞記者が画面にアップになり、マイクに向かって歯を剝《む》き出している。緊急報道番組の女性レポーターが訊く。

『中央新聞政治部記者の、塩河原清美さんにお話を伺います。塩河原さん。中央新聞社はこの通り何者かに爆破されてしまいましたが、あなたは昼のワイドショーに出演されていて、難を逃れたそうですね』

『その通りです』

『中央新聞社は、あれに見る通り最上階の役員フロアとその下の国際通信センター、政治部、社会部のフロアを全滅させられ、まだ犠牲者の数もつかみ切れていません。一部に新聞発行は最早不可能だろうとの声も聞かれますが、この惨状《さんじょう》をご覧になって、どう思われますか』

『とんでもない！』きいぃっ、と前歯を剝き出し、女性記者は唸った。『私たちマスコミに対し、爆弾をもって言論弾圧するなどもってのほかです。これはきっと自衛隊や有事法制を支持する間違った悪い集団の仕業です。私たち中央新聞社は中枢機能を吹き飛ばされても決して屈せず、断固として闘って行きます』

『今回の爆破事件をきっかけに、塩河原さんには参院選立候補の誘いも来ているそうですが？』

『はい。平和世界党の千畳敷《せんじょうじき》かた子党首から、つい先ほどじきじきに電話でお誘いを頂きました。正しい平和な日本とアジアの明日のため、私が力を発揮出来るのであれば、前向きに検討したいと考えています』

「何だ。どうして肝心の標的が、ぴんぴんしとるのだ」鰻谷は、いまいましそうに喉を鳴らした。「しかもあの女、次の参院選に出るだと――？」

「総理、やっぱりあの坊ちゃんの財務省キャリアは当てになりませんよ。詰めが甘過ぎます」

「うう～む」

鰻谷は、腕組みして唸った。

日本海・洋上

三十時間後。

夜の海は、星もない暗闇だった。

山陰地方の海岸で、〈牙〉と玲蜂の二名を回収した〈亜細亜のあけぼの〉所属の工作漁船は、深夜の日本海を全速力で西へ進んでいた。

頭上を分厚い雲が覆っていた。船尾にしばらくちらちら光っていた島根県の海岸の灯りも、黒い水平線に隠れてしまった。

塗りつぶしたような闇の中、黒い水を掻き分けて二〇〇トンの工作船は進む。針路は先ほどから一定に保たれている。このような夜は、米国の偵察衛星も海面を監視することが出来ない。欺瞞《ぎまん》航法も取らずにこの船が一直線に目指すのは、百数十マイル彼方で海面に突き出しているはずの岩山の孤島――秘密基地の島だ。

「――――」

日本の漁船を装っているが、漁具は無い後甲板。その船尾で、男は黒い水平線に視線を向けたまま夜の潮風に吹かれていた。

「〈牙〉」

茶色の飛行服に着替えた玲蜂がキャビンから現われると、その背中へ声をかけた。

「何をしている。〈牙〉」

一日半前。急停止させた山手線電車を脱出すると、路上の車を男が奪い、二人は日本海へと向かった。対外工作課日本支部との交渉が決裂した以上、日本国内に長居する意味はない。一刻も早く基地へ戻らねばならなかった。

車は高速道路のサービスエリアなどで、数回乗り換えた。玲蜂が車中で携帯を操作し、メールで回収ポイントの指示を受けた。島根県のとある寂しい海岸の松林へたどり着くと、待ち受けた組織の工作漁船から、夜陰に紛れてゾディアック・ボートが岩場に乗り付けられた。日本の地元の警察に見つかることはなかった。

沖で待機していた工作漁船は、二人を収容するとただちに西へと船首を向けた。


「――――」

男は、玲蜂が近づくと、手のひらに載せていた古い銀時計を上着の中へ仕舞った。吹きつける風がネクタイを外した男のシャツの襟をなぶり続けた。

「〈牙〉。兄から連絡が入った。〈旭光作戦〉はわが組織単独で決行される」

玲蜂がそう告げると、男は横顔でうなずいた。

「だが〈牙〉。東京でのお前の勝手な行動、わたしは許さない。許すことは出来ない。もう一度収容所へ戻してやりたい。だがお前は作戦に必要な人間だ。兄も期待している。不本意だが、東京で新聞社を爆破した任務逸脱行為は、伏せておく」

「――そうか」

「誤解するな。組織の目的を最優先するだけだ」

玲蜂は腰に手を置き、男の視線の先――黒い水平線を見やった。長い髪が風に散った。

「〈牙〉。お前を生還させろという兄からの命令は、これで果たした。島へ戻ったならば、わたしの役目は元に戻る」

「――――」

「新しい機体の後席には、わたしが乗る。今度組織の命令に背く行為を見せれば、わたしは監視役としてお前を即座に殺す。それだけは、覚えておけ」

「――有り難う」

「…………」玲蜂は一瞬耳を疑ったように絶句すると、男の横顔を見上げた。「……お前今、何と言った」

「礼を言ったのだ」〈牙〉は、つぶやくように応えた。「一緒に死んでくれるつもりなのだろう、玲蜂。お前は律儀なやつだ」

「何だと」

「これまで――俺は心の中に一つだけ不満を抱いていた。原発を吹っ飛ばしてあの国を壊滅させたとしても、あの男をこの手で始末出来ないのなら、俺の復讐は終わらない。もしも俺が空で死に、あの男が生き残ったとしたら、浮かばれるものではない」

「…………」

「だが、これで心おきなく出撃が出来る。俺の命がどうなろうとあの国を滅ぼし、長かった復讐の旅を終わらせることが出来る。復讐が遂げられれば――」男は黒い水平線の向こうを見るように、鋭い目を細めた。「――俺は初めて楽になれる。その時点で俺が死んでいようと、生きていようと……。核廃棄物貯蔵施設を爆砕する炎とともに、俺の憎しみも燃え尽きる」

「黙れ〈牙〉！」玲蜂は叫んだ。「我々の組織〈亜細亜のあけぼの〉は、お前の個人的復讐のためにあるのではない。わたしは共和国の将校として、お前を監視し続ける。それだけだ」

きっと男を睨んで言い放つと、玲蜂は長い髪をひるがえして漁船のキャビンへ戻って行った。

「――――」

〈牙〉は見送らず、船尾に広がる黒い海を見やっていた。上着のポケットに右手を入れた。指に触れた冷たく重い銀時計を握り締めた。

日本海・某所

「攻撃の日時が決まった。四月×日午前十時十三分、干潮の海面低下と共に全機出撃、〈目標〉の原発を空襲する」

「白昼攻撃か」

「なぜ明るい昼間を選ぶ？」

〈大佐〉の言葉に、〈牙〉は眉をひそめた。

工作漁船で秘密基地の島へ帰着した〈牙〉は、ただちに地下要塞へ請じ入れられた。

突貫工事で完成させられた作戦室では、〈大佐〉が待ち受けていた。岩盤をくり貫《ぬ》いた低い天井の下には、日本海全域の海図を広げた作戦図台がある。赤い戦闘照明が、海図の中に描き込まれた幾本かのコースラインを浮き上がらせている。

「この基地の〈幻の滑走路〉を出撃に使用するならば、潮位《ちょうい》の最も下がる時期を選ばねばならん。お前はともかく、特殊部隊出身の決死隊搭乗員たちは、ヘリから空中発進する技術など持ち合わせてはいない。ミグ19編隊の発進には、〈幻の滑走路〉が十分に露頂しなくては駄目だ。それが理由の一つ。もう一つは、日本国内でお前たちの空襲を助ける工作員たちの都合だ」

〈大佐〉は、海図を見下ろしながら説明した。

「日本国内のわが工作員に支援をさせるなら、その日を置いて都合の良い時期はない」

「休眠工作員たちは、使えることになったのか」

「一部だけだ。わが組織の〈総裁R〉に直属し、じかに命令を受けて行動出来る工作員のグループが、少数だが存在する。これらは、有効に使わねばならない」

「――――」

「日本国内の全休眠工作員の一斉蜂起についても、実現するよう偵察局に粘り強く交渉して行く。実は〈牙〉。お前たちがここへ帰還する間に、対外工作課日本支部の責任者が失脚した」

「――〈鼬〉が失脚？」

「そうだ」

「理由は」

「国家反逆罪だ」

「反逆罪？」

「玲蜂がデジタルカメラで撮影し、報告のメールに添付して来た一枚の写真が決め手になった。あの白い大型ロールスロイスだ。〈鼬〉は本国へ送金すべき金を着服し、偉大なる首領様の専用車に匹敵する高級車を乗り回していた。自分一人あんなものに乗っていて、国家安全保衛部の幹部たちが許すと思うか」

「――――」

「これまでは取り巻きに護られて油断していたようだが、やつは召還が決まった。本国へ戻れば、よくて終身収容所、悪ければ銃殺だろう。やつの取り巻きの委員たちも失脚した。これで対外工作課日本支部は、偵察局副局長の支配を離れる。最早副局長は日本支部を思い通りには出来ない。譲歩を引き出せるだろう」

〈大佐〉は作戦の見通しを説明すると、立ち上がって「一緒に来い」とうながした。

「どこへ行く」

「お前の機体の組み立てが完成した。見せてやる」


〈牙〉は、〈大佐〉の案内で地底要塞の軍港に出ると、荷揚げ用クレーンの根本から岩壁に穿《うが》たれたトンネルに入った。三歩後から、いつものように玲蜂が続く。茶色の飛行服という本来の服装に戻った女特務将校は、足音も立てずに影のようについて来る。

岩盤をくりぬいたトンネルをくぐると、もう一つの広大な空間に出た。天井は低いが、軍港と違って十分な輝度《きど》で照明されている。VTRの資料で見た、アメリカ海軍航空母艦の甲板下格納庫のようだった。機材移送用クレーンの軌条《きじょう》が、岩の天井を駆けめぐっている。

「ここは、新たに掘り広げた地底格納庫だ。整備工場も兼ねている。整備・爆装《ばくそう》の済んだ攻撃機は奥のエレベーターで海面レベルの発進デッキへと運び上げられ、〈幻の滑走路〉から出撃する」

「――――」

〈牙〉は、黙って水銀灯に照らし出される空間を見渡した。そのサングラスの表面に、ぎっしりと並べられた旧ソ連製戦闘爆撃機の銀色のシシャモのような群れが映り込んだ。ミグ19――信頼性と低空・低速での運動性は実証済みだが、三世代も昔の機体だ。

「来い。お前の乗機は、一番奥だ」

〈大佐〉は紫のマントをひるがえし、カツカツと格納庫の床を進んだ。忙しくミグ19の機体に取りついていた整備員たちが、作業を止《や》めて声もなく姿勢を正すと、〈大佐〉の横顔に敬礼した。

格納庫の一番奥に、目当ての機体は置かれていた。その機体の周囲だけは〈亜細亜のあけぼの〉の黒子のような整備員たちも遠ざけられ、深紅のつなぎを着た中国人らしい技術者が二名、クリップボードを手に最終チェックにかかっていた。

ブルーグレーの流麗な戦闘機は背が高く、長い前脚に支えられた機首は、まるで赤い小魚に寄生虫をついばんでもらっている巨大な鮫《さめ》のように見えた。

「君がパイロットか」

赤いつなぎの技術者の一人が振り向き、細い眼で〈牙〉を品定めするように見た。技術者は中年で、銀髪が混ざっている。言葉は北京語だ。

「どうだ。美しいだろう。世界最高の戦闘機だ」

「――――」

〈牙〉は近寄ると、見上げた。

技術者が言う通りの、優美な曲線で構成された機首。それに続くストレーキ付き後退角四二度の主翼。主翼下に並ぶウェッジ型の二つの空気取入口。垂直尾翼は、双発エンジン排気口の両脇に間隔をありて二枚立っているはずだが、機体の下に入ってしまうと見えない。〈牙〉は、すでに中国国内でこの機体への転換訓練は終えている。即製とはいえ、飛行特性は手に入れている。

「君の機種転換訓練の成績は見せてもらった。同志〈牙〉」銀髪の技術者は、右手を差し出した。「私は解放軍から派遣された技術少佐。コードネーム〈赤鮫《あかざめ》〉と呼べ。本名はいいだろう、短いつき合いだからな」

「――UB型か」

〈牙〉は差し出された手を無視して、機体を見上げたまま言った。

「そうだ、同志〈牙〉。スホーイ27UB。君が興安嶺の訓練空域で飛ばしたものと同じ複座型だ。しかし戦闘能力は単座型と全く変わらない。胴体内燃料タンクの容量がわずかに小さいが、問題とはならないだろう。攻撃目標が近いからな」

技術少佐は、気を悪くする素振りもなく、機体の前脚を手で叩いて細い眼をさらに細めた。

「こいつは、四年前に中国製ライセンス生産の試作初号機として造られ、データ収集のために飛んだ後、記念博物館収蔵という名目で先月登録を抹消《まっしょう》された機体だ。北京の博物館のほうには、ダミーが飾られている。米国の情報機関にも気づかれていない」

「中国製か」

「そんな顔をするな。性能は実証済みだ」

「〈牙〉。この機体には、データ収集用の計測システムが取りつけられたままにされている」横に立った〈大佐〉が口をはさんだ。「航空自衛隊のF15と闘ったならば、その実戦のデータを記録し渡すこと。それが中国政府がお前にこの機体を供与する、前提条件だそうだ」

「別に構わない」〈牙〉は機体を見上げたまま、つぶやくように言った。「こいつさえあれば、空自のイーグルなど何機でも屠《ほふ》ってやる」

「頼もしいな」

〈赤鮫〉と自称した技術将校はうなずいた。

「わが人民解放軍としても、米国製主力機との実戦データが手に入るなら、スホーイ27一機くらい安いものだ。期待しているぞ」

「あれはAA10か」

〈牙〉は、胴体脇のハードポイントに懸架《けんか》された大型ミサイルに顎をしゃくった。白いミサイルの弾体は一抱えもある。

「NATO名などで呼ぶな。R27T中距離ミサイルだ。射程二五マイル、赤外線誘導弾としては世界最高の射程距離を誇っている。スホーイ27の赤外線索敵システムと組み合わせれば、素晴らしい戦果が期待出来るだろう。中国政府としては、今回このR27T四発に加え、近距離用熱線追尾ミサイルR60四発もつけての大サービスだ」

技術将校は、熱心にしゃべり始めると止まらなかった。

「今回は、こいつの対地攻撃兵装が実戦テスト出来ないのが残念だよ。作戦内容の手直しで、君は攻撃編隊十機の直掩《ちょくえん》に徹するというじゃないか」

〈牙〉は新しく供与された機体の横で、装備の質問などに小一時間を費やしてから、休息のために格納庫を出た。技術者に説明を受ける男の横で、玲蜂は言葉を発せずに立って監視していた。

ずらりと並ぶミグ19の列線の前を歩いて行くと、隊列を組んでロードワークする黒い飛行服姿の一団とすれ違った。黒色の隊列の男たちは、みな黒ずんだ顔の中に、目だけがぎらついていた。

「日本人を殺せ」

「日本人を殺せ」

「根絶やしだ」

「根絶やしだ」

低いかけ声と共に、男たちは格納庫の周囲の空きスペースを黙々と走り続けた。その隊列は、目で数えると十名だった。

「あの連中が、そうか」

「そうだ」

ミグの列線で整備責任者から説明を受けていた〈大佐〉が、振り向いてうなずいた。

「特殊部隊から特に選抜され、中東の友好国へ派遣されて十五か月間の飛行訓練を受けた精鋭たちだ。共和国の栄光のため、死をも恐れぬ決死隊搭乗員たちだ」

（本作品はフィクションであり、実在の個人・団体などとは一切関係がありません）

この作品は２００２年７月徳間書店より刊行された『僕はイーグル③』を改題しました。

本書のコピー、スキャン、デジタル化等の無断複製は著作権法上での例外を除き禁じられています。本書を代行業者等の第三者に依頼してスキャンやデジタル化することは、たとえ個人や家庭内での利用であっても著作権法上一切認められておりません。

徳間文庫

スクランブル

復讐《ふくしゅう》の戦闘機《フランカー》 上

© Masataka Natsumi 2009

2009年1月15日 初刷
2015年10月31日 6刷

著者 夏《なつ》見《み》正《まさ》隆《たか》
発行者 平野健一
東京都港区芝大門二—二—二〒105—8055
発行所 株式会社徳間書店
電話 編集〇三（五四〇三）四二四九
販売〇四八（四五一）五九六〇
振替 〇〇一四〇—〇—四四三九二
印刷 本郷印刷株式会社
製本 東京美術紙工協業組合

ISBN978-4-19-892915-2 （乱丁、落丁本はお取りかえいたします）

徳間文庫の好評既刊

夏見正隆
スクランブル
亡命機ミグ29

日本国憲法の前文には、わが国の周囲には『平和を愛する諸国民』しか存在しない、と書いてある。だから軍隊は必要ないと。ほかの国には普通にある交戦規定《ROE》は、自衛隊には存在しない。存在しないはずの日本の破壊を目論む軍事勢力。イーグルのパイロット風谷三尉はミグによる原発攻撃を阻止していながら、その事実を話してはならないといわれるのだった！

徳間文庫の好評既刊

夏見正隆

スクランブル
尖閣の守護天使

書下し

那覇基地で待機中の戦闘機パイロット・風《かぜ》谷《たに》修《おさむ》に緊急発進が下令された。後輩の女性パイロット鏡《かがみ》黒《くろ》羽《は》を従え、F15Jイーグルにわけも分からぬまま搭乗した風谷は、レーダーで未確認戦闘機を追った。中国からの民間旅客機の腹の下に隠れ、日本領空に侵入した未確認機の目的とは!?　尖《せん》閣《かく》諸島・魚《うお》釣《つり》島《じま》上空での格闘戦は幕を開けた——。迫真のサバイバル・パイロット・アクション！

徳間文庫の好評既刊

夏見正隆

スクランブル イーグル生還せよ

書下し

空自のイーグルドライバー・鏡《かがみ》黒《くろ》羽《は》は、女優である双子の妹と間違われ、何者かにスタンガンで気絶させられた。目覚めると、そこは非政府組織〈平和の翼〉のチャーター機の中だった——。「偉大なる首領様」への貢《みつぎ》物《もの》として、北朝鮮に拉《ら》致《ち》された黒羽は、日本の〈青少年平和訪問団〉の幼い命を救い、脱出できるのか!?　祖父から継いだ天才の血がついに……！　かつてなきパイロットアクション。

徳間文庫の好評既刊

夏見正隆

スクランブル

空のタイタニック

書下し

世界一の巨人旅客機《CA380》〈タイタン〉が、スクーボウ航空の国際線進出第一便として羽田からソウルへ向け勇躍テイクオフ。だが同機は突如連絡を断ち、竹島上空で無言の旋回を始める。高度に発達したオート・パイロットの故障か!? 風《かぜ》谷《たに》修《おさむ》、鏡《かがみ》黒《くろ》羽《は》が操る航空自衛隊F15が駆けつけると、韓国空軍F16の大編隊が襲ってきた——。努力家と天才、二人のイーグルドライバーが、800人の命を守る！

徳間文庫の好評既刊

夏見正隆

スクランブル
バイパーゼロの女

書下し

　自衛隊機Ｆ２が超低空飛行を続ける。海面から六メートルの高度だ。危険すぎる。しかも血しぶきを浴《あ》び、機体全体に羽毛が張り付いている。鳥の群れに突っ込んだのか!?　イーグルに乗った風《かぜ》谷《たに》修《おさむ》の警告も伝わらない。無線も壊れたのか!?　自力で小松基地にスポット・インしたＦ２から現れたのは幼さを残した女性パイロット割《わり》鞘《さや》忍《しのぶ》――。中国の海賊船《ワリヤーグ》阻止に出動する若き自衛官の物語開幕。

徳間文庫の好評既刊

夏見正隆
スクランブル
不死身のイーグル
書下し

突然、アメリカ空軍がＤＡＣＴ（異機種間模擬格闘戦訓練）を申し込んできた。さきの戦技競技会で飛行教導隊を倒したチームと戦いたいのだという。指名された風谷修、鏡黒羽、漆沢美砂生、菅野一朗らのＦ15イーグルが対峙するのは、アメリカの至宝、世界最強のステルス戦闘機との呼び声高いＦ22ラプター。訓練を申し込んできたアメリカの思惑に航空自衛隊は……。

徳間文庫の好評既刊

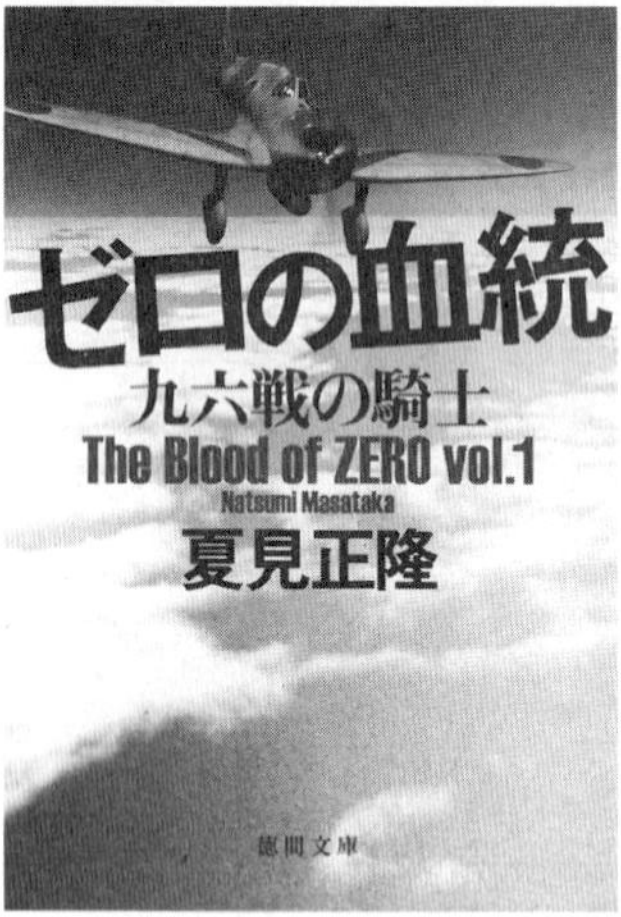

夏見正隆
ゼロの血統
九六戦の騎士

書下し

「銃で撃たれる。このまま離陸するぞっ！」父は負傷していた。このままでは新型戦闘機の設計図がソ連に奪われる！　父の代わりに操縦桿を握った時から、鏡《かがみ》龍《りゅう》之《の》介《すけ》の人生は大きく変わった。一九三七年(昭和一二年)。十七歳になり帝国海軍のパイロットとなった龍之介は、父が命懸けで設計図を護った九六式艦上戦闘機に乗り、戦乱の上海に飛ぶ。その膝上には満州国の皇女!?　大航空活劇開幕！

徳間文庫の好評既刊

夏見正隆

ゼロの血統
零戦の天使

書下し

一九三七（昭和一二）年。鏡《かがみ》龍《りゅう》之《の》介《すけ》は、帝国海軍の搭乗員として新設の第一三航空隊へ配属された。ついに最前線で戦うのだ。攻略目標の南《なん》京《きん》は、シェンノート大佐ら凄腕の外人航空部隊の存在に加えドイツの軍事援助によって要塞化されている。攻撃前夜、龍之介に託された極秘命令とは？　大人気シリーズ「スクランブル」の女性パイロット鏡黒《くろ》羽《は》の祖父の若き日を描く航空冒険活劇、第二弾！

徳間文庫の好評既刊

夏見正隆

ゼロの血統

南京の空中戦艦

書下し

攻撃目標、蔣《しょう》介《かい》石《せき》率いる国民党軍の本拠地・南京城。出撃、午前三時半。帝国海軍パイロットの鏡《かがみ》龍《りゅう》之《の》介《すけ》に極秘命令が下った。荒天下、南京に向かう龍之介たちを待ち受けるはアメリカ義勇航空軍の凄腕戦闘機《フライング・タイガース》乗り。さらに雲中には、ドイツ軍事顧問団が密かに用意した決戦兵器が。激烈な空戦の末、南京城に迷い込んだ龍之介は、恐るべき謀略が進んでいることを知る。そしてあの少女との再会が…!?